最好的人生
Best Life

郑锦杭 / 著

浙江出版联合集团
浙江文艺出版社

无论如何

我深信

上帝不是在掷骰子

——爱因斯坦

目 录
Contents

第一部

在时光的湍流里。
过去，是迟早都要离开的地方。
将来，是迟早都将要去的地方。
别无选择。

1

杜卷耳。

想过。

最好的人生。

是一辈子只爱一个人。

从年轻貌美的时光。

到白发苍苍的暮年。

2

诸葛生绕着湖岸的密林，走了一圈。又走了一圈。又走了一圈。没有找到酒店。诸葛生站在一个轻易就会让人忽略的岔路，看到了一块轻易就会让人忽略的石头，看到了石头上一排轻易就会让人忽略的小字，找到了酒店。酒店只有两层高，白墙灰瓦，石狮把门，门内是皇家气派的园林，恢宏，迂回，深邃。层层叠叠的密林严严实实地阻隔了酒店，密林以外，湍流的人，湍流的车，轻易就会忽略了密林中的酒店，就好像密林只是密林，从来就没有酒店。

诸葛生走过一道，一道，又一道连廊。

走过一重，一重，又一重门禁。

走到了餐厅。

杜卷耳预订的是酒店东厢的中餐厅。

诸葛生到的却是酒店西厢的西餐厅。

诸葛生走过一重，一重，又一重门禁。

走过一道，一道，又一道连廊。

走到了中餐厅。

诸葛生就像走在谜中。

不解之谜。

中餐厅的主调是雍容的暗红木。四座非富即贵。服务生在其中忽隐，忽现，就像隐身人，在需要服务的时候即时降临，在不需要服务的时候即时消匿，降临和消匿都悄然无息。

诸葛生勉强地吃了一些。

杜卷耳勉强地吃了一些。

相互说的话。

都不是想说的话。

想说的话。

应该相互单独说。

时光却在湍流。

每时每刻，时光都在湍流而去，片刻不留。

诸葛生说："买单吧？"

杜卷耳说："好。"

服务生即时降临在诸葛生的右后侧，悄然无息地用双手送上买单夹：消费四千元人民币，加收服务费，共计五千元人民币。

诸葛生从钱夹里抽出钱的手轻微地顿了一下，抽出了信用卡。

杜卷耳，笑，粲然地笑。

诸葛生随着杜卷耳，几步就已经离开了酒店，到了密林以外。

仿佛诸葛生就像走在谜中的来路，只是虚构，从不存在。

仿佛是诸葛生在举轻若重。

杜卷耳却在举重若轻。

就像谜。

不解之谜。

密林以外，是湍流的人，湍流的车，还有湍流的时光。

诸葛生站在湍流中，说："不早了。就近再找个单独说话的地方？"

杜卷耳站在湍流中，说："好。"

诸葛生和杜卷耳就被湍流卷进了就近的咖啡馆。

咖啡馆已经陈旧了。客人也不多。只有一个单独的包间。没有窗户。已经褪色的墙纸已经剥落。还有长年毗近湖水的潮湿的霉味。从酒店到咖啡馆，就像天差地别，就像弄巧成拙，就像百密一疏的漏洞。可是，是不早了。原来正喧闹的夜色已经将要渐渐沉静。不早了。想说的话都还没有说。不早了。

诸葛生说："就这里？"

杜卷耳说："好。"

诸葛生，已经被时光的湍流腐化。原来颀长挺拔的身形已经臃肿，原来仿佛五月清爽的晨晖一样的五官已经松懈，原来略微扬起的精神的头发已经委顿，原来仿佛微微斜拉着一道俊美的弧线的略微地一高一低的肩膀已经扯平。原来英俊的诸葛生，已经平庸。原来的诸葛生，已经无迹可寻。

杜卷耳，应该是爱过诸葛生的。

因为诸葛生说："生活了这么多年，经历了这么多事，心已经渐渐麻木，想起我们的那份感情，还是很感人，是俗世里残存的温暖。"

诸葛生，应该是爱过杜卷耳的。

因为诸葛生说："始终都在心里为你留着位置。人的精力是有限的，人的感情也是有限的，最初的总是最美的。等我们老了以后，等到如果各自都可以，我们还在一起，好不好？"

杜卷耳，笑，粲然地笑。

杜卷耳，是被时光忘记了。还像单纯的稚子，还像林中的清风，还像疾劲的草木，仿佛时光湍流，但是从来都没有在杜卷耳身上留下一时一刻的痕迹。杜卷耳就此仿佛一直停驻在了过去，拥有着罕见的超然物外的美好。是时光忘记了杜卷耳。是杜卷耳也忘记了时光。

杜卷耳问诸葛生："我有那么爱过你吗？"

杜卷耳问诸葛生："你有那么爱过我吗？"

时光。

是什么？

是良药？

是杀手？

时隔十八年。

只有十八年。

杜卷耳，已经怎么也想不起自己怎样爱过诸葛生，想不起自己爱过诸葛生的细节。

杜卷耳，已经怎么也想不起诸葛生怎样爱过自己，想不起诸葛生爱过自己的细节。

已经想不起，自己爱过诸葛生。

已经想不起，诸葛生爱过自己。

杜卷耳，笑，粲然地笑。

人生层层叠叠，诸葛生早已经被覆盖，风化在了人生的岩层里。

"是我。"

一个在生活的磨蚀下开始老化的声音。

"知道我是谁吗？"

一个没有任何辨识记忆的声音。

“我是诸葛生。”

杜卷耳的回忆就像失聪了一样。诸葛生似乎站在回忆很遥远很遥远的一头，杜卷耳怎么费劲也够不着。仿佛诸葛生是虚空事物。仿佛诸葛生从很遥远很遥远以前就已经腐朽的墓堆爬出来，浑身尘埃，面目全非。

知是故人来。

杜卷耳首先预订了密林中的酒店。因为密林中的酒店最尊贵最奢华。酒店除了客房，除了有八人起订的独栋的贵宾楼，其他敞开的中餐厅、西餐厅、酒吧、大堂，以及户外，都不足以相互单独地说话，其实不合故人来的时宜。杜卷耳就开始打电话。打了一个。又一个。又一个。都不如密林中的酒店奢华尊贵。杜卷耳举棋不定。杜卷耳继续打电话，打了一个。又一个。又一个。直到时光湍流，夜色已经开始喧嚣，诸葛生就要到了，杜卷耳才终于决定还是在密林中的酒店了，即便不合时宜。

杜卷耳是要披上最尊贵最奢华的外衣，要让故人看到自己的人生无懈可击，哪怕不合时宜。

杜卷耳，看着诸葛生从钱夹里抽出钱的手轻微地顿了一下，露出了局促的破绽，杜卷耳以为最尊贵最奢华的外衣，功成圆满。

杜卷耳，看着就像天差地别就像弄巧成拙就像百密一疏的漏洞的咖啡馆，杜卷耳以为最尊贵最奢华的外衣，功亏一篑。

没有无懈可击的人生。

可是，这些都已经不重要了，而且毫无意义，枉费心机。

诸葛生，杜卷耳，隔着窄窄的桌子。

诸葛生拿出 iPhone。拿出 iPad。拿出汽车钥匙。一一放在窄窄的桌子上。就像拿出筹码。就像拿出身家。堂皇。局促。

隔着窄窄的桌子。隔着桌子上的筹码和身家。隔着堂皇和局促。

怅然遥相望。

杜卷耳，笑，粲然地笑。

眼前的诸葛生已经是一个平庸的人。是一个卷到湍流中谁和谁都不会多看上一眼的平庸的人。杜卷耳并不认识这个平庸的人。这个平庸的人和杜卷耳没有任何关系。这个平庸的人不是诸葛生。这个平庸的人假借了诸葛生之名。这个平庸的人，就像盗墓一样扒开了人生的岩层，致使诸葛生彻底崩解粉碎。这个平庸的人，彻底地销毁了诸葛生。

杜卷耳说："每个人都有自己生命中的一座丰碑。我有我的丰碑。你有你的丰碑。但丁九岁爱上了贝雅特丽齐，但是未通音讯，过了九年再遇到，还是无语，后来，贝雅特丽齐出嫁直到三十五岁死的时候，一直都不知道但丁爱她，《新生》就是写了这一段爱——每个人都经过一段无望的爱情，爱在心里，死在心里。人生最痛的，不是不爱了，而是不再想起，不再想得起。人生还能记得都是幸福的。"

杜卷耳，笑，粲然地笑。

听到自己心里一串一串眼泪落下的声音。

时光湍流。

临别。

夜色已经深沉。

诸葛生伸出手，想要牵住杜卷耳的手。

杜卷耳顾自走了。

冉冉地消失在深沉的夜色中。

诸葛生眼睁睁地看着杜卷耳冉冉地离开自己的视线。眼睁睁地看着原来爱过自己的杜卷耳，就好像从来没有爱过自己一样。眼睁睁地看着自己好像在这一刻又已经在老去，杜卷耳却丝毫不受到时光湍流的影响，就好像竖立着连时光都无法穿透的坚壁，就好像杜卷耳会不朽地永恒在时光里。

就像谜。

不解之谜。

人生还能记得。

都是幸福的。

忘了。

才是真的。

失散了。

杜卷耳。

诸葛生。

已经。

失散了。

3

开始的时候，诸葛生是一张照片。

杜卷耳是大家的标杆。

高中的时候，大家都不乏发愤的志气。

每天晚自修结束以后，教室熄灯了，很快又会点上一片一片的蜡烛。等到老师过来巡查熄灭蜡烛以后，寝室走廊的路灯下又会站满一群一群捧着书用功的同学。等到老师过来巡查熄灭路灯的时候，寝室里还会点起一盏一盏的蜡烛。等到老师过来巡查熄灭蜡烛的时候，还会有同学在被窝里打起手电筒继续用功。第二天，天还没亮，特别用功的同学又已经陆续站在了学校公共厕所前的路灯下。

杜卷耳总是最后一个熄灭手电筒的。寝室里已经寂静。寝室是通铺，每个人的铺位只有半米宽窄，每个铺位的一头都搁着一只木箱子，箱子高矮大小各不相同，但都装着够一个星期吃的大米和咸菜。杜卷耳打着手电筒趴在窄窄的被窝里，常常会听到老鼠在这些木箱子里窸窸窣窣的声音，有时候老鼠就从杜卷耳的被子上哧哧地爬过去，杜卷耳屏住声息一动也不敢动。杜卷耳并不因此会早一些熄灭手电筒。

杜卷耳总是第一个站在公共厕所前的路灯下的。校园还在黑暗中。公共厕所前的路灯是仅有的一团光亮。路灯旁是浓密的鹅掌楸和梧桐树，浓密的树影在橘黄的灯光中寂静地婆娑。偶尔有同学披散着头发睡眼蒙眬地匆匆跑来上厕所。偶尔，浓密的树影会轻微地摇晃两下，像是有飞鸟撞到枝头，还有厕所的臊臭。什么都没有影响到杜卷耳。直到有其他同学也陆续地来到路灯下。直到天渐渐亮了。

杜卷耳就像有不用睡觉的秘籍。

杜卷耳在理科班年纪最小，成绩却一直最好，班上占到绝大多数的男同学不甘落后，屡屡试图挑战，但是屡战屡败，从来没有人能够考过杜卷耳，从来只能望其项背。

杜卷耳旁若无人。

就像身怀绝技的高手。

一骑绝尘。

杜卷耳是大家望尘莫及的标杆。

杜卷耳也是诸葛生的标杆。

诸葛生是班上成绩最好的男同学。诸葛生是班上除杜卷耳以外成绩最好的。诸葛生一直想要比过杜卷耳。诸葛生在男同学里总是最后一个熄灭手电筒的，总是第一个站在公共厕所的路灯下的。诸葛生却也只是班上成绩最好的男同学，也只是班上除杜卷耳以外成绩最好的，从来没有能够考过杜卷耳，从来只能望其项背。

诸葛生总想要和杜卷耳比谁更快地吃饭。

学校的食堂在教学楼百米以外。食堂又黑又矮。食堂前面有一块露天的空地。空地上有一长排水泥板，有的一个角残破了，有的已经开裂，残破的开裂的水泥板上，逐一按着班次放着一长排简易的铁篓子。旁边有一长排水槽，歪歪斜斜的水管上有一长排歪歪斜斜的水龙头，各个班的同学都用饭盒在这里淘好米，再把饭盒放到自己班级的铁篓子里。铁篓子里就一层一层地叠满了饭盒，有的大，有的小，有的已经发黑，有的凹凸着变了形，饭盒上都刻着醒目的姓名作为标记。食堂的工人把一个一个叠满了饭盒的铁篓子，用一个大铁钩唰唰地拖进蒸笼，然后嚓嚓嚓地铲起煤屑起火蒸饭。快到开饭的时间，工人们就提前把铁篓子重新用大铁钩唰唰地拖出来，按着班次放在了残破的开裂的水泥板上。天气热一些的时候，铁篓子长时间地冒着呼呼的热气，同学们取到饭盒的时候还很烫手，要用衣角垫着捧住；天气严寒或者下雨的时候，铁篓子的热气很快就冷却，还没有等到同学们来取饭盒就已经冰凉。

开饭了。各个班的同学都从教室里飞奔出来，就像跑步比赛一样，一大片一大片黑压压地冲刺到一个一个铁篓子边，迅速地取到饭盒，然后迅速地回到寝室，从一个一个木箱子里取出装着咸菜的玻璃罐子、瓶子、搪瓷杯子，迅速地开始吃饭。咸菜，有的是腌的，有的是晒干的，有的光有腌的或晒干的菜，稍好一些的炒着豆腐干，最好的是炒过猪肉的，偶尔会有几个同学会到教工窗口买份青菜或者菜汤。不过，大家并不在意吃的是什么，在意的是谁能最迅速地吃完饭，大家都不舍得浪费时间，甚至连吃饭都分秒必争。

每一次开饭的时候。杜卷耳总是落在最后面。铁篓子里最后一只饭盒总是杜卷耳的。杜卷耳却总是最快一个吃完饭，又最早一个回到教室的。

诸葛生想要比杜卷耳更快地吃完饭。诸葛生认为比杜卷耳更快地吃完饭就有考过杜卷耳的可能。诸葛生无论怎么狼吞虎咽，却也从来没有能够比杜卷耳更快地吃完过饭。杜卷耳还是最快一个吃完饭，又最早一个回到教室的。诸葛生成了杜卷耳之后最快一个吃完饭，又最早一个回到教室的。诸葛生还是没有能够考过杜卷耳。

杜卷耳又像有不用吃饭的秘籍。

杜卷耳旁若无人。

就像身怀绝技的高手。

一骑绝尘。

杜卷耳是诸葛生望尘莫及的标杆。

杜卷耳喜欢看诸葛生跨栏。

诸葛生每年都要代表班级参加学校运动会的跨栏比赛。诸葛生颀长，挺拔，跨栏的时候，就像燕子一样猛烈地俯冲过一排一排的栏架，凌厉，潇洒。每年学校运动会以前，诸葛生都要参加跨栏集训。

清晨，学校的每个班级都排列着整齐的方阵绕着操场晨跑。操场开阔广远，看起来就像一块大大的画布。黄泥土的跑道上铺着黑乎乎的煤渣，远远地伸向前方，又远远地迂回。四周是高高的水杉，云层在高高的树梢上滑移，有时候会呈现出透明的色彩，把树梢的轮廓衬托得干净鲜明。跑道上一个个跑动的方阵就像是画布上跳跃的色块，朝气勃勃。

操场东边的跑道，占据着一排一排的栏架。栏架刷着黑白相间的油漆，在黄黑色的跑道上就像一组巨大的琴键。集训的运动员在压腿，快速跑，纵跳，充分热身，然后陆续从起跨点飞快地冲向栏架，然后起跨，腾空，压身，下栏，冲刺，最后向着栏架的尽头落下，利落得就像指尖迅速地划过琴键。因为失误打翻栏架的噼噼啪啪声，就像是利落的旋律中增添的金属颗粒感的顿挫。

诸葛生颀长挺拔。

飞快地冲过一排一排的栏架。

就像燕子在平静的水面上猛烈地俯冲。

凌厉。

潇洒。

班级的方阵经过的时候，大家就会整齐地朝着诸葛生大声地喊：“诸葛生——加油——”

杜卷耳也在班级的方阵中大声地喊：“诸葛生——加油——”

集训比晨跑开始得早，也比晨跑结束得早。诸葛生结束集训以后，就换下从学校运动队借来的钉鞋，提在手上，沿着跑道，走回班级的方阵。诸葛生在走路的时候，肩膀略微地一高一低，就像微微斜拉着一道俊美的弧线。

杜卷耳喜欢看诸葛生跨栏。

杜卷耳也喜欢看诸葛生的肩膀略微地一高一低，就像微微地斜拉着一道俊美的弧线。

杜卷耳认为诸葛生是班上最英俊的男同学。

发愤的志气使得班上的男同学和女同学很少交流。杜卷耳和诸葛生相互也几乎没有说过话。仅有那些，诸葛生一直想要比过杜卷耳，又从来没有比过杜卷耳，以及杜卷耳和诸葛生一前一后，最快一个吃完饭，又最早一个回到教室的时刻，仿佛就是杜卷耳和诸葛生在发愤的时光中仅有过的无声的交流。

直到毕业。

毕业的时候，同学们相互交换照片留念。条件略微好些的同学，就到县城唯一的一家照相馆里拍了洋气的彩色照片，条件差的同学只是把黑白的毕业一寸照冲印了一些。

杜卷耳也和诸葛生交换了照片。

薄薄的一寸黑白照片上，诸葛生穿着洁白的衬衫，精神的头发略微扬起，眉毛轻轻地拧着，有些严肃地抿着嘴，涩涩的青春意气，仿佛五月清爽的晨晖。

杜卷耳认为没有人比诸葛生更能用“英俊”来形容了。

杜卷耳认为“英俊”就是用来形容诸葛生的。

直到毕业也仿佛仅有过无声的交流的杜卷耳和诸葛生，其实只是像和其他同学一样普通地相互交换了照片。

可是，这张照片在后来就成了诸葛生在杜卷耳心里的底片。

在杜卷耳全部的记忆中，诸葛生就只是这张照片上的诸葛生。

等到这张照片上的诸葛生就像底片上的影像一样，经不住时光湍流的冲刷，终于模糊，直到空无一物，再也不能冲印了的时候，诸葛生，也就磨灭了。

4

后来，诸葛生是一沓一沓的饭票。

南方大学在离城。

离城地理位置中庸，虽然是省城，却并不十分昌盛，但是城内地势平旷，风貌古今丛糅，中西合璧，可以堪见历史有过的兴废盛衰。离城有山，山势磅礴。离城有湖，湖面坦荡。离城多树，树都粗枝大叶。磅礴的山脚下，粗枝大叶的树伸出粗枝大叶的枝丫互相纠缠，遮天蔽日，坦荡的湖岸边，粗枝大叶的树伸出粗枝大叶的枝丫向着湖岸一个个突兀的岬角扩展，有的已经触及拍击着岬角的湖水，总之，很少有城市有这么多粗枝大叶的树。离城在很多人看来，也是不但有些中庸，而且还有些粗枝大叶。

离城其实钟灵毓秀。

比如，离城有南方大学。

南方大学最让人追慕的，是建筑系。

南方大学建筑系是国内现代建筑教育的发源地。发源时候的南方大学建筑系，撑起了国内建筑界半壁江山，那时的先生们学高身正，有的成了一代宗师。比如，祝氏先生严谨，总是随身携带一把钢卷尺，一支笔，一个小记事本，随时记下需要的尺寸或者值得参考的速写，在饭馆就餐的时候也会突然从座位上站起来，又坐下，又站起来，打量着桌椅，然后掏出卷尺，量了尺寸，逐一记在小记事本上，如此，终生持之以恒。戴氏先生潜心，不为时俗所移，每天都在学校期刊室的固定位子上端坐，研读写作，铺陈笔墨，从不随便说一句话，也没人敢打扰，学生向他请教问题都要先想很久到底能不能问，然后再去开口。潘氏先生谦逊，认为自己不过具中人资质，能够做出点成绩，主要靠多干了一点，除了工作，很少有事情能够引起他的兴趣。宗师们的严谨、潜心、谦逊种种，代代相传、浸濡，就成了南方大学建筑系的传承。南方大学建筑系因此总有端肃、冲和、藏晖的气派，引人追慕。

又到了一年新生入学的时候。

又有学子追慕来到南方大学建筑系。

晓风微动。

光线由青黑向明亮，一层一层地推开。

南方大学的建筑群仿若处子初醒。三开间方柱梁枋的门楼，爱奥尼柱式的图书馆，砖木结构的体育馆，拱券形大门的科学馆，青灰石材的音乐馆，每个线脚都对得整整齐齐的教学楼，中央大道尽头铜绿穹隆顶的大礼堂……都在随着光影轻谧迭变，一层一层张开旧时遗存的积蕴，粗枝大叶的梧桐树叶在空中簌簌轻响，仿佛是处子般初醒的建筑在向着世间苍穹说话。

人间的一天就此展开，深刻而迷人。

这天。

杜卷耳和诸葛生。

也来到南方大学建筑系注册了新生报到。

诸葛生不会画画。

美术课的第一课，要进行摸底考试。

摸底考试以前，老师先让大家领略了柯布西耶。

老师戴着一副黑边圆眼镜。老师说，这是出自对柯布西耶的崇敬。柯布西耶典型的装束就是身穿黑西装，头戴圆顶帽，严肃平板的脸上戴着一副黑边圆眼镜。

老师放幻灯。是柯布西耶的作品。萨伊夫别墅，别墅的露台。马赛公寓，公寓的走廊。朗香教堂，教堂的手稿。拉图雷特修道院，修道院的圣堂。

老师冗长地介绍。

柯布西耶平时经常抽半天时间作画，旅途中也不停笔，在飞机、轮船及旅馆中都坚持画画，还举办过很多次画展。

柯布西耶一生中画了几乎难计其数的图画，而且画风多变，画过瓶瓶罐罐，画过贝壳、卵石、树叶、树根、骨头、螺壳，画过大量的女人人体及器官，也画过日月星辰。

柯布西耶认为，他是在通过绘画接近建筑灵感，发展自己独特的建筑语言，他一切的作品都是透过绘画获得建筑的灵感的。

柯布西耶的绘画史就是他的建筑史，他的绘画常常是他建筑探索的先导。他早期的绘画作品画面上的各种物品都很有机器的意味，那个时期他的萨伏伊别墅，就表现出机器美学。他后来的绘画趋向自然题材，他的建筑也就表现出浓厚的自然情结。再后来，他的画作开始对有机物以及人造物器件的内蕴和神秘性进行体验和表现，其中粗野、原始、神秘的意象就开始显现在他的建筑中，朗香教堂就是这样。

柯布西耶自称，他从画中寻求形式的秘密和创造性，那情况就和杂技演员每日练习控制他们的肌肉一样，如果人们从他作为建筑师的作品中看出什么道理来，应当将其中最深邃的品质归功于他私下的绘画劳作。

老师最后说："柯布西耶说过，建筑师应当是画家、雕塑家，即使他实际上不是，通过深刻的认识，他在精神上一定要是。"

老师说完以后，在黑板上悬挂了一张大大的图，图中布满着房屋、人物、车辆、道路、草木、天空……让大家直接临摹，作为摸底考试的作业。

但凡建筑系招生一般都要进行美术加试，南方大学是例外。南方大学建筑系坚持，美术教育资源分配并不均匀，通过测试一个学生的美术水准作为是否适合学建筑的判断标准是不成立的，所以不关心学生既有的美术基础，在招生的时候并不进行美术加试。但是，一个建筑师一定要有对形式和空间敏锐的感知，这种感知不仅仅是绘画的需要，更是建筑造型、审美，以及形成图形思维表达能力的基础，是一个建筑师的基本，所以南方大学建筑系又是最重视学生的美术感觉的。摸底考试就是要了解在美术方面，哪些同学有基础，哪些同学有悟性，哪些同学完全没有感觉，然后根据不同的程度进行跨班分组，便于将来有针对性地教学。

诸葛生对黑板上的图完全没有感觉。

诸葛生被老师一遍，一遍，又一遍强调的柯布西耶压迫着。诸葛生对着大大的图中布满着的房屋、人物、车辆、道路、草木、天空，茫然地游离。诸葛生完全没有感觉。

诸葛生最终分在了完全没有感觉的一组。

诸葛生的模型也完成得很糟糕。

第一次模型作业。老师让每个人自己动手用木板做一个工具箱。要求能够容纳测绘、剪裁、切割、绘画、涂色所需的基本工具。

到了作业评讲的时候。

老师拿出一个工具箱。是心形的，涂成鲜艳的大红色，箱子的底部镂刻着一座钟。

老师说：“为什么还要在红心里刻一座钟？”

同学说：“因为他喜欢钟同学。”

老师说："这样的造型大部分的空间都用不上，原来主要是用来装钟的，心有独钟。"

同学们哈哈大笑。

老师又拿出一个工具箱。箱子有六层抽屉。每一层抽屉拉开都抠着密密麻麻的凹槽，几乎把所有能想到的工具的凹槽都抠出来了。

老师说："这个小方块的凹槽是放什么的？"

同学说："橡皮。"

老师说："要是换了一块大的橡皮怎么办？"

同学们哈哈大笑。

老师又拿出几个工具箱。有的有雕花，有的有贴面。

老师说："为什么雕花？贴面？"

同学说："好看。"

老师说："雕花和贴面破坏了材料本来的质感，反而显得廉价了，没有审美的眼光。"

同学们哈哈大笑。

老师又拿出一个工具箱。是一个将近一个立方的正方体。

老师说："为什么做这么大？"

同学说："可以放很多工具。"

老师说："为什么用胶水粘？"

同学说："简单。"

老师说："体量这么大，根本不方便使用，而且用胶水粘，也根本不牢固，大而无当，至多只能算是模型，不能算工具箱。"

同学们哈哈大笑。

老师又拿出一个工具箱。

这是一个提盒。

提盒的量度适当。长方的盒子边宽在三十厘米左右，高度六十厘米左右，盒子上方有可以拎的把手。结构简单。有上下两个抽屉，上面的抽屉小一些，用来放各种笔和刀以及其他一些小工具，下面是双开门的大抽屉，用来放颜料罐和其他大一些的工具。也有匠心。盒子上面有一个翻盖，打开翻盖，排列着放针管笔的地方，而且用一块木板做了钻洞，可以把笔卡住，盒子左右两侧则藏着可以旋转出来的格子，可以放比较高的水彩笔、毛笔，还有比较长的尺子。另外，结实耐用。没有一处使用胶水，都用燕尾榫拼接完成，所有的面板也没有任何雕琢，只是用菜油薄薄地擦过，显得打磨过一样的光洁，而且可以防腐。

这是一个恰如其分的工具箱，看起来，用起来，都很舒服。

老师说："建筑不是空中楼阁，不是用来把玩收藏的器物，要营建起来，更要长久地使用下去。在古代，在营造构筑之前，就常常利用模型权衡尺度，审曲面势，在现代，模型制作的过程更是塑形的过程，可以检验建筑师对建筑的适用性、技术性和艺术性三要素统一的理解能力和表现力。所以，建筑模型不是简单的仿型制作，它的精度和表现力，可以很好地反映出建筑师的建筑思维和实现能力。这个工具箱是一个很好的范例。"

同学们不再哈哈大笑。

这是杜卷耳的工具箱。

老师最后拿出一个工具箱。是用六块木板组合的。五块木板用胶水黏合，一块木板是门，门是用胶带粘的。老师稍微用力地拎了拎，门就掉下来了，其他五块木板也散了架。

老师说："这别说是工具箱，连模型都不是。"

同学们又哈哈大笑。

这是诸葛生的工具箱。

杜卷耳要把一沓饭票交给诸葛生。

同学们每个月有三十斤饭票补助，男同学几乎都不够吃，女同学则都会多余一些，女同学就会把多余的饭票给需要的男同学，杜卷耳把多余的饭票用牛皮筋扎成一沓，准备给诸葛生。

诸葛生在设计教室。

设计教室挑高、狭长，容纳了一百多张操作台，一半在左，一半在右，左右夹道，夹道窄而深，就像一个深邃的大仓库。建筑系每个年级都有这样一个大仓库，建筑系的每个同学都在这样的大仓库里有一张固定的操作台。大仓库杂乱，每张操作台上都堆着一摞一摞的书，还有有的成形，有的还没有成形的模型，还有大大小小的卡纸，地上有横着的、竖着的画板，还散落着海绵、纸屑、金属线、裁刀、笔刷……

同学们围着教室左边的一排操作台，在热烈地谈论。

"……据说，一百个建筑师中，有九十九人都会说喜欢柯布西耶。"

"……弗兰克·盖里说柯布西耶是盏明灯，在他心目中排名第一。"

"……安藤忠雄曾经在柯布西耶在过的每一个地方停留，就像朝圣一样。他说自己深受一位有极度矛盾个性的人物的影响，他既有热情，又富想象，既崇尚秩序，又偏爱扑朔迷离，他就是柯布西耶。他的工作室里挂着大大的柯布西耶肖像，他甚至将他的一只宠物狗取名为柯布西耶。"

"……路易·康一直没有见过柯布西耶，但在他进行建筑研究的所有年间，他都一直假设他是在为柯布西耶工作，当他得知柯布西耶去世的消息时，他茫然地问：那么，我们将为谁工作？"

"……雨果在《巴黎圣母院》中不无悲观地预言建筑艺术将会消

失，但他也预言将会出现一位伟大的建筑师来改变这一切。柯布西耶被认为正是其人。”

“……柯布西耶是建筑革新的摩西。”

“……柯布西耶是现代建筑的源头。”

“……柯布西耶是建筑师们的英雄。”

“……柯布西耶……”

“……柯布西耶……”

“……柯布西耶……”

诸葛生的操作台在教室的右边。诸葛生坐在教室右边的操作台前。诸葛生沉默。

“……柯布西耶……”

“……柯布西耶……”

“……柯布西耶……”

教室左边热烈讨论的柯布西耶，轻易地穿过窄而深的夹道，纠缠着教室另一头的诸葛生。诸葛生沉默。

杜卷耳打断了诸葛生的沉默。

杜卷耳对诸葛生说：“都是多余的饭票。以后每个月多余的饭票都给你。”

诸葛生暂时摆脱了柯布西耶的纠缠。

诸葛生对杜卷耳说：“你陪我到夜市买运动鞋。”

夜幕中的城市，灯火明灭，就像扑朔迷离的幻象。

杜卷耳说：“……朗香教堂是对安藤忠雄影响最深的建筑，是朗香教堂让他的生命第一次受到建筑的鼓舞，他因此为了找柯布西耶的工作室而在巴黎的街市里来回探访……”

诸葛生讪笑。

杜卷耳说："……弗朗克·盖里也说过，他之所以在建筑的世界里屈膝向前，就是受到了像朗香教堂这样伟大作品的感召……"

诸葛生讪笑。

杜卷耳说："将来我们可能去看看朗香教堂吗？"

诸葛生讪笑，说："那么远。不可能的。"

夜幕中的夜市，灯火明灭，就像扑朔迷离的幻象。

夜市从街的这一头一直到街的那一头。

在街的这一头的第一个摊铺上，诸葛生就看中了一双运动鞋，摊主要价二十块钱。

诸葛生说："最便宜多少钱？"

摊主说："不能再便宜了，看你们是学生，已经是最低的价格了，整个夜市里没有再比这更低的价格了。"

诸葛生说："再看看吧。"

杜卷耳和诸葛生一个摊铺一个摊铺地看过去。

直到从街的这一头走到街的那一头，还是没有买好。

又从街的那一头走回到街的这一头，还是没有买好。

从街的这一头到街的那一头。从街的那一头到街的这一头。来来。回回。

街的这一头的第一个摊铺的摊主说："我看你们都已经走了几个来回了，学生自己没有钱的，父母供你们上大学都不容易，亏本卖给你们，十八块。"

终于买好了鞋。

摊主说的没错。诸葛生一共只从家里带了一百多块钱的生活费，买齐画图的工具就花费了大半，余下的几乎每一分钱的开销都要精打细算。哪怕只是便宜了两块钱，对于诸葛生来讲，也是不得不锱铢计较的。

诸葛生对杜卷耳说："这是我买过的最贵的鞋了。"

夜市的灯火明灭，就像扑朔迷离的幻象。

有一个摊铺悬挂着一件紫色的夹克衫。

诸葛生对杜卷耳说："这件衣服适合你。"

杜卷耳穿在身上。

诸葛生认真地端详。

恍若恋人。

其实，衣服的螺口收束得太紧，拉上衣襟的拉链的时候，螺口就会向上耸紧，就像被束缚一样。杜卷耳的生活费也丝毫不宽绰。杜卷耳却不假思索地买下了衣服。也是十八块钱。

杜卷耳对诸葛生说："这是我买过的最贵的衣服了。"

夜幕中的城市，灯火明灭。

夜幕中的夜市，灯火明灭。

就像扑朔迷离的幻象。

事实上，这几乎是全部大学生活里，杜卷耳和诸葛生最为亲近的一次相处。

这以后，杜卷耳常常努力想要回忆起这个夜晚，想要凭借一丝一缕的回忆找寻到诸葛生应该是喜欢过自己的痕迹，可是杜卷耳每次试图回忆的时候，就觉得这个夜晚仿佛本来子虚乌有，仿佛本来就像是杜撰的一样。

世间的情形常常这样扑朔迷离。

杜卷耳要把一沓饭票交给诸葛生。

很快就要期末设计作业评图了。

这是建筑系的第一次大考。

诸葛生还没有完成作业。

杜卷耳也没有完成。

杜卷耳到设计教室找诸葛生。

离城，由于已经与北方毗近接壤，而且地势平旷，到了冬天，磅礴的山势也屏障不住疾风凛冽，坦荡的湖面又加剧了湿冷刺骨，需要裹上厚实的棉衣才能抵挡。风，一团一团地翻卷，杜卷耳走在暗淡的路灯下，暗淡的灯光把身影拉得又细又长，风，一团一团地从又细又长的身影上翻卷过。

杜卷耳把棉衣裹得更紧一些，还是冷。

诸葛生走过来。诸葛生顶着一团一团翻卷的风，低着头，缩着脖子，佝着背，双手抱着肩。诸葛生挨着路边，挨着路边已经光秃秃的落光了大叶只剩粗枝的梧桐树干走路。

风，一团一团地翻卷。

杜卷耳问诸葛生："不画图了？"

诸葛生说："画不下去。"

杜卷耳说："还是要画下去。"

诸葛生说："天天熬夜。还是画不下去。"

杜卷耳说："也得画下去。"

诸葛生说："回去睡一觉回来再画。只有画下去。"

杜卷耳说："用老师的样图描图了吗？"

诸葛生说："描了。我照你说的，先在图纸上模仿它们的步骤。还是不行。"

杜卷耳说："再描一套。就像写字描红，或者画画临摹一样，总能找到它们基本的特点规律，就不会总是没有头绪。"

诸葛生说："来不及了。"

杜卷耳说："我还在做模型。模型完成了，再出图纸。"

诸葛生说："只有几天时间了。"

风，一团一团地翻卷。

诸葛生一直都低着头，缩着脖子，佝着背，双手抱着肩，一直都挨着路边，挨着路边已经光秃秃的落光了大叶只剩粗枝的梧桐树干。

杜卷耳在一团一团翻卷的风中，问诸葛生："怎么挨着路边走路？"

诸葛生在一团一团翻卷的风中，说："路边有树——可以挡风——"

诸葛生只穿了一件松垮的棉毛衫，一件已经短了一截的毛衣，一件还是秋天时候穿的夹克衫，衣领子一件比一件低矮，脖子光溜溜地露着，在一团一团翻卷的风中，萧瑟，单薄。

杜卷耳说："你穿得太少了！"

诸葛生说："还能忍受——确实是冷——这么冷的风——"

风，一团一团地翻卷。

杜卷耳说："不能穿这么少。"

诸葛生松开抱着肩的双手，挺直背，肩膀恢复了一道微微斜拉的俊美的弧线，问杜卷耳："你还有多的毛衣吗？"

诸葛生根本没有多的衣服了。

杜卷耳说："你等我，我去拿毛衣。"

疾风凛冽，湿冷刺骨，暗淡的路灯下，风，一团，一团，翻卷。

杜卷耳很快就抱着毛衣跑回来。

自从一起到夜市以后，杜卷耳和诸葛生没有更多亲近的相处。除了杜卷耳每个月都把多余的饭票交给诸葛生。除了杜卷耳把饭票交给诸葛生的时候泛泛地多说几句话。没有更多亲近的相处。有时候，杜卷耳怔怔地看着挂在床头的紫色的夹克衫，怔怔地想，诸葛生好像完全忘了和自己一起到过夜市买过衣服一样，就好像那个夜晚根本就没有发生过一样。

杜卷耳把饭票和毛衣一起交给了诸葛生。

诸葛生微微斜拉着俊美的弧线，走了，就像被一团团的风翻卷走。

杜卷耳怔怔地站着。

风，一团一团地翻卷，零星有几对恋人手牵着手在暗淡的路灯下走过，路灯把他们肩并肩的身影拉得又细又长，风，一团一团地从他们又细又长的身影上翻卷过。

杜卷耳，怔怔地站着。

后来，杜卷耳再追溯这部分记忆的时候，只想得起来自己一次一次地把一沓一沓饭票交给诸葛生。原来，是直接交给诸葛生的。后来，夹在诸葛生操作台上的书里。后来，一年，一年，又一年，不知道是什么时候不再给诸葛生饭票了。

追溯起来，仅仅残余这一沓一沓的饭票，是那部分磨灭的过去唯一的凭据。

杜卷耳应该就是这样爱上诸葛生的。

不经审视、判断、瞻顾。

几乎盲目而肤浅。

波及了此后多年的人生。

也或许，是波及了此后全部的人生。

5

后来，诸葛生是一封一封的信。

杜卷耳没有经历过校园的爱情。

杜卷耳和诸葛生的爱情是从毕业以后开始的。

杜卷耳留在了学校的建筑设计研究院。

诸葛生回到了县城的建设局。

杜卷耳和诸葛生之间的距离，是两百多公里路途的距离，是从县城到市里，再从市里到离城十几个小时车程的距离，是一封信要辗转四五天才能到达的距离。

杜卷耳收到了诸葛生的信。

信封上的邮票是倒着贴的。

诸葛生在信上说，邮票倒着贴，就是我爱你的意思。

诸葛生在信上说，星期六来看杜卷耳。

杜卷耳收到信的时候已经是星期六了。

诸葛生在信上说，晚上九点左右到站。

杜卷耳来到火车站，站在出站口。

出站口就像幻景一样，一会儿汹涌出无数的人，一会儿无数汹涌的人消失了，一会儿再汹涌出无数的人，一会儿无数汹涌的人再消失了，汹涌，消失，再汹涌，再消失，就像幻景一样。

汹涌。

消失。

再汹涌。

再消失。

终于，是诸葛生乘坐的列车到站了。

杜卷耳看着出站口汹涌出无数的人。

杜卷耳在无数汹涌的人中找诸葛生。

杜卷耳看着无数汹涌的人消失了。

杜卷耳没有找到诸葛生。

杜卷耳在出站口的四处找了一遍，一遍，又一遍。

出站口的工作人员困顿地锁起铁栅栏，困顿地说：“不用找了——人都走光了——”

杜卷耳茫然地站在出站口。

出站口就像幻景一样，又汹涌出无数的人，无数汹涌的人又消失了。

杜卷耳回到宿舍。

杜卷耳在宿舍里等诸葛生。

杜卷耳没有等到诸葛生。

杜卷耳到传达室打电话。传达室的大爷已经下班了。传达室已经漆黑。电话锁在一个已经旧了的木盒子里。杜卷耳从木盒子的缝隙伸进手指。杜卷耳摸索着电话号码的数字一圈一圈地拨盘。话筒一阵一阵地脉冲。电话通了。没有人接。杜卷耳和诸葛生的办公室都只有内线电话，都只能到传达室接外线电话，杜卷耳和诸葛生要在信里约定打电话的时间，按时守在电话机旁才能接到电话，没有约定很难接到电话。杜卷耳知道没人接电话，还是摸索着电话号码的数字一圈一圈地拨盘，没有人接电话。

杜卷耳又回到火车站。

先到售票处。

又到候车室。

售票处和候车室到处是人。有的坐着，有的站着，有的蹲着，有的睡着，有的横着，有的蜷缩着。到处是人。来路不明不知去向的人。

只是没有诸葛生。

杜卷耳挤在来路不明不知去向的人群里，买了火车票。

杜卷耳挤在来路不明不知去向的人群里，检票。

杜卷耳挤在来路不明不知去向的人群里，要去往诸葛生的方向。

就要踏上火车的时候，杜卷耳却像逆流的鱼一样奋力地离开了来路不明不知去向的人群，就像受到召唤和感应。

杜卷耳又回到了宿舍。

诸葛生站在宿舍门口。

就像幻景。

从县城到市里的车抛锚了。诸葛生没有赶上火车。诸葛生买了别的火车票。中途转了两次车。没有什么能够阻挡诸葛生来看杜卷耳。就像受到召唤和感应。

诸葛生说："差点就来不了了。"

杜卷耳说："差点我就上车了。"

不久以后，人们轻易就能有了自己的传呼机、电话、手机，不需要受到召唤和感应，也轻易就能找到一个人，轻易就能见到一个人。杜卷耳和诸葛生没有躬逢其时。杜卷耳和诸葛生之间的距离，两百多公里路途的距离，从县城到市里，再从市里到离城十几个小时车程的距离，一封信要辗转四五天才能到达的距离，那是命运早有的安排，是生不逢时的爱情。杜卷耳和诸葛生就像一条河流，流着，流着，很快地，就永远地，分流，流向了不同的方向。

生不逢时的爱情，是绝顶高原的氧气，来不及呼吸，就已经稀薄，殆尽。

诸葛生收到了杜卷耳的两封信。

第一封信是快件。

第二封信还是快件。

杜卷耳在第一封信上说，星期六来看诸葛生。

杜卷耳在第二封信上说，星期六要加班，不能来看诸葛生。

杜卷耳的信都用快件。

快件比平信贵了几倍的邮资。

快件比平信能快上一天、两天，有时也并不比平信快。

杜卷耳还是一直都用快件给诸葛生寄信。

杜卷耳说来又不能来看诸葛生的星期六，突然下雪了。严寒。朔风。大片的雪花，覆盖屋顶，覆盖光秃的树枝，覆盖地面。一切都在变白。

杜卷耳请了假。

给诸葛生买了新的棉衣。

买了火车票。

在火车站肮脏的小店用肮脏的公用电话给诸葛生打电话。

没有打上电话就踏上了火车。

火车摇摇晃晃。哐噹哐噹。拖着塞满了来路不明不知去向的人的车厢。在不知道从哪里开始也不知道到哪里结束的铁轨上爬行。哐噹哐噹。摇摇晃晃。

房屋，山坡，田野，河流，都在摇摇晃晃地后退，哐噹哐噹地，都在变白。不知道从哪里开始也不知道到哪里结束的铁轨，也在摇摇晃晃地后退，一会看见，一会看不见，哐噹哐噹地，也在变白。

摇摇晃晃地。

哐噹哐噹地。

一切都在变得更白。

摇摇晃晃地。

哐啷哐啷地。

一切白得彻底。

那一天，除了夜是黑的，一切都是白的。

杜卷耳突然抱着棉衣站在诸葛生的眼前。

头上，是白的。身上，是白的。脸上，是白的。都是白的。

就像是天使降临。

那一天。

除了夜是黑的。

一切都是白的。

诸葛生。

第一次。

笨拙地。

抱着。

杜卷耳。

笨拙的身体。

诸葛生说：“你已经是我的妻子。”

诸葛生又说：“等我每个月挣到五千块钱，我就来娶你。”

有限的人生岁月，说过的话，做过的事，很快就销声匿迹了，就像根本就没有说过，就像根本就没有做过。杜卷耳没有成为诸葛生的妻子。诸葛生每个月挣到五千块钱的时候，没有来娶过杜卷耳。岁月，是一块薄情的橡皮，说过的话，做过的事，都被擦除得干干净净了，片字不留，无凭无据。

杜卷耳用快件寄给诸葛生的信，也都留给了诸葛生。

诸葛生倒贴着邮票寄给杜卷耳的信，也都还给了诸葛生。

片字不留。

有过的一封一封的信，就此无凭无据，就像根本没有过。

有限的人生岁月，回想起来，片字不留，无凭无据。

6

为着杜卷耳和杜北山读书，父亲母亲一直不盖房子。

黍村，在一个狭长的山坳里。

有群山。群山层叠，峰峦一座高过一座，近的苍绿如浓墨，越往远去墨色越淡，渐渐就成了缥缈的乳白色，就像浮动在天际的薄雾。

有小河。只有几米宽。河水潺潺清洌。水草簇生。趴着懒散的乌龟，警觉的螃蟹，安静的河虾，形如柳叶的河鱼结群游弋，青黑的螺蛳密密麻麻，还有泥鳅、黄鳝，在石缝里藏匿，也有水蛇会哧溜地迅速滑过。河岸上杂草丛生，野菜密集。黍村的人都在这里洗菜，洗衣服，洗澡，这里的一切都可供黍村的人取之不竭。这是在中国农村寻常可见的丰美的小河。

河边有一座破落的小庙。小庙的墙上描绘着慈善的菩萨，怒目的金刚。小庙平时都是寂寥的，只有每年的正月初一，村里的人都会齐集在这里上香供奉，噼噼啪啪地燃放鞭炮，在烟雾缭绕中祈求一年的安康。

离小庙不远有一棵老樟树。老樟树枝叶浓密，需要好几个人才能环抱树干，树干已经中空，就像山洞一样，孩子们路过的时候都喜欢停留下来，在里边钻进钻出一番，从不厌倦。村里的老人也说不清楚，老樟树已经长了有多少年头了。

老樟树在村尾，村头是晒谷场。晒谷场是黍村最宽阔的空地，有上中下三大片，生产队的时候，黍村的三个小队各占到其中的一大片，分田到户以后，每户人家就在原来所在小队的一大片上按户头分到了几块，黍村的人就一年四季都在这里轮番地晒稻谷、麦子、棉花、大豆、油菜籽。空地要是得闲的时候，黍村的孩子们就会在这里尽情地追跑，学着骑自行车、跳格子、跳皮筋、过家家、等等孩子们一切想得到的嬉戏。定期就会来放映的露天电影，深冬时候搭起戏台请来剧团演戏，都在这里进行。晒谷场也就成了黍村的人最经常聚集的地方。

晒谷场最上面一大片的右侧是一座仓库。仓库在黍村算是面积最大的房子了，以前生产队的时候，主要用来囤积收割的粮食、作物，后来主要就用来堆放家家户户的稻栅、地簟等等一些大件的农具。除此以外，黍村要是有哪户人家要办丧事，就都在这里陈设灵堂，在这里守灵、出殡，所以，尤其是孩子们，尽管都愿意在晒谷场撒欢，可一到了天黑下来以后，都没有敢靠近仓库的，有些胆小的孩子，甚至连白天的时候大人们催促着到仓库取些物件，也是死活都不肯的。

晒谷场旁，就是黍村通向外界的唯一的一条黄泥路面的机耕路。到了下雨的时候，机耕路坑坑洼洼，泥泞不堪，常常要蹚着稀粥似的黄泥浆通行。

黍村只有几十户人家，大半的人家都居住在老式的三合院里。三合院依地就势，上下连接，一院连着一院，一院和一院之间墙靠着墙，廊连着廊，互通不阻。三合院的三面是木板筑墙的房屋，一面是泥坯的围墙，围成带天井的庭院。房屋都是楼上楼下两层结构的，楼下用来日常生活，楼上用来堆放谷仓、米罐，以及各种农具和杂物。从楼下到楼上有一具斜梯，斜梯是木板的，楼板也是木板的。楼下，有走廊，走廊是牛腿承托挑檐檩，可以使房屋避免阳光直射以及雨水侵袭。走廊前面就是天井，天井的地面铺着小河里捡回来的卵石，天井的中央种着墨绿的柚子树，树边上堆着破的碗，破的罐，破的盆，碗里，罐里，盆里，种着几把葱，几棵大蒜，还种着一些花草。

三合院已经垂老。角角落落都明显地烙下了时光流逝的印迹。房屋光线晦暗。有的木板墙已经倾斜甚至腐朽。楼梯和楼板的木板都已经乌黑暗沉，有的已经被白蚁蛀得空心了，有的已经被屋漏漏得发霉了，有的干脆已经破败了，豁开几块破洞，小一些的破洞就那么豁开着，大一些的破洞用不知哪里捡来的木块或者硬纸板遮挡起来，孩子们上楼拿东西的时候，总要小心翼翼，防止一脚踩到烂了的木板，或者把遮拦破洞的木板纸板踩得翘起来，就有可能从楼上掉下去。

三合院里的人家总是亲密热闹。每座三合院都住着几户人家，每家都不过分到其中的一两间房屋。到了吃饭的时候，家家户户都端着饭碗聚集在走廊上，有的坐在走廊的石礅上、门槛上，有的站着，有的蹲着，一边吃饭一边谈论家长里短。要是谁家里烧了好菜，谁都可以到那家的餐桌上夹上几口。要是烙饼、擀面条，每家都会多做一些送给各家。农闲的时候，走廊上特别热闹，大人们扯大人的家常，小孩玩小孩的把戏，尤其夏天的时候，走廊的穿堂风徐徐而过，那是最为惬意的时光。

三合院以外，黍村其他的人家，都住在夯土的房子里。房子都是平房，也都已经旧了，大多都是裸露着夯土的墙垣的，很少数刷过白石灰的也早就已经剥落了。

距离黍村四五里路以外，有一座矿区。矿区出萤石。配套建设了邮局、医院、商店、菜场、食堂、棒冰厂、学校、电影院、浴室、理发店、车队、家属大院……比所在的县城还要兴盛繁荣。

黍村的人经常挑着自家种的蔬菜瓜果卖给矿区的工人。生了病也在矿区的医院诊治。快要过年的时候，大部分人家都会举家到矿区的浴室，痛快地洗上整个冬天以来仅有的一次澡。矿区的食堂里，有馒头、大饼、油条，食堂边的馄饨铺里有薄皮鲜肉漂浮着葱花的喷香的馄饨，这些，黍村的大人孩子一年到头也不一定能舍得吃上一回。到了夏天，黍村的人摘下地里的西瓜，用独轮车一车一车地推着到矿区卖，回来以后常常会说："矿区的那些女人，皮肤煞白，穿着裙子，撑着花伞，太阳都晒不得，胳膊细得抓鸡的力气都没有，买个西瓜，哎哟哎哟地捧不动，那一把腰都要折了，看是好看，恐怕是什么活也干不来的。"话虽如此，其实，在黍村的人的见识中，矿区的生活是人世间最让人羡慕的生活了。

黍村的人也在矿区周边的山上采矿。都是非法开采。有一些零星的矿井，大都是直井，至少几十米深度，防护简陋，井壁用一些松木粗糙地加固。井口有黑乎乎的柴油机，柴油机突突突地发动以后，就可以制动卷扬机，卷扬机用钢丝绳索吊着吊笼，下井的人爬进吊笼，吊笼就吆吆吆地落下，越落越深，直到完全看不见井外的光明。井里的人用雷管炸药爆破，然后用钢钎叮叮当当地开采，然后把开采的矿石用吊笼吊到井外，然后再爬进吊笼里回到光明的井外。有时候，卷扬机的钢丝绳索突然断裂，人就随着吊笼坠到井里，摔死了。有时候，井壁上突然滚下矿石，人就砸死了。有时候，井塌方了，人就活活埋死。有个下井的人，被矿石砸伤了手臂，一个人坐上吊笼准备到矿区的医院去，伤得太重了，靠着吊笼就晕过去，头歪在了吊笼外，等到吊笼吊上井口，头已经因为擦到井壁整个擦没了。被矿石砸断腰，砸断腿，砸断手的，都常见。

黍村的人照样采矿。

依靠着采矿的收入，黍村的人陆续开始盖新房子了。

母亲却不肯盖房子。

杜卷耳的家就在黍村沿路边的一座三合院里。

只有两间厢房。

一间厢房是父亲母亲的卧房。一张床是父亲母亲结婚时置办的，刷着暗红色的色漆，床沿嵌着方匾，匾上描绘着喜鹊迎梅和花开富贵的图案。床前是一张写字桌，也是暗红色的。靠墙是一个衣柜，一个五斗橱，也是暗红色的。都是母亲当年的陪嫁。

另外一间厢房用泥砖隔成了两个窄小的小间。里边的小间，归杜卷耳。一张床是用杉木打的，没有上过漆，窗前的一张桌子也是用杉木打的，也没有上过漆。除此以外，再没有多余的空地了。因为木板墙已经有些倾斜，木框的窗户也已经变形，显得有些摇摇欲坠。窗户的两块玻璃打破了，没有换上新的玻璃，就用铁钉钉了几层塑料布作为遮挡。外边的小间，归杜北山。只有一张床，是用一块废弃的门板和两张条凳搭起来的床。

厢房向南开了个门，搭建了一间夯土的厨房。厨房的地是泥地，高低不平，要是倒上些水，就容易滑跤。墙上的石灰已经有几处明显的剥落。门上写着“勤劳致富”的红纸斗方已经褪色。菜橱、八仙桌、条凳的油漆都已经斑驳。灶台已经旧了。木框的窗台已经腐烂了一截。家养的鸡常常默默地孵在八仙桌下，昏昏欲睡。

厨房沿路，又用夯土的矮墙围了一个院子。院子很小。矮墙几次被台风挟着暴雨冲倒过，几次又重新垒上，墙头上用一些石块压着几层装过尿素的尼龙袋以及破旧的大花塑料布，用来防止风雨的再度侵袭。左边有一间柴房，用杉木上下隔断，上边堆积一捆一捆的干柴，下边是猪圈、羊圈，还放着鸡笼。右边有一个水池，用几把水泥糊过，有时用来养些鱼、虾、泥鳅、螺蛳，有时用来青贮刈割的草籽，作为养猪的食料。水池旁有一棵高高的水杉树。水杉树脚下有一个小花坛，用一圈浅绿、蓝紫、酒黄、玫瑰红等等色泽的萤石围起来，填着泥土，一年四季，轮番栽种着凤仙花、牵牛花、太阳花、鸡冠花，还有蔷薇、美人蕉，其中还有几簇苍耳，夏末秋初的时候，长势尤其葳蕤。

这样的家，在过去是普通不过的，在现在，却开始显得破敝了。

现在，黍村不少人家都已经批了新的宅基地。有的砌起了墙脚。有的已经盖起了一层楼，赭红的砖块，水泥的空心楼板，楼板上盖着油毡布防止淋雨，也没有刷过墙壁，窗户没有装窗门，没遮没拦地豁开着，要等到再挣够钱才能继续往上盖，即便这样，已经很触目了，让很多人都眼热。有两户已经完全盖好了，有一户还把赭红的砖墙刷得雪白雪白，气派地矗立在村子里。

母亲种田，养鱼，种藕，磨豆腐，卖豆腐，还和父亲一起到山上给矿井运矿石，只有四十出头的年纪，头发却早早地白了，染过发以后，头顶的一圈很快又会触目惊心地白起来，脸色却一年比一年褐黑，两颊的釉斑一层层地厚起来，就像生了厚厚的铁锈。

母亲做牛做马。

却不盖房子。

黍村的人都说："做牛做马挣了钱不就是为了盖房子吗？"

母亲却说："做牛做马是为了儿女读书。"

黍村的人说："读书有什么花头？读不出去都白读。"

母亲却说："读书才有出路。"

母亲逼着杜北山继续复读。

杜北山高考又落榜了。第一年相差了一分。第二年相差了五分。这一年突然高烧不退在考场上睡着了。杜北山再也不肯复读了。杜北山要跟着村里的木匠学木工。

母亲不同意。

母亲说："有的人考几年才考上呢。"

杜北山说："村里和我同年的，初中毕业就都给家里挣钱了。我该给家里挣钱了。"

母亲说："挣那几个钱有什么花头？不读书没有花头的。"

杜北山说："读书才没有花头！"

母亲说："读书才有出路。"

杜北山说："我没有读书的命。"

杜北山天天跟人去打红五。

杜北山在哪里打红五，母亲就追到哪里。

母亲说："打完这一副，就该回家了。"

杜北山说："你别管我。"

母亲说："该回家了。"

杜北山说："叫你别管我。"

母亲说："你还要回家看书呢！"

杜北山说："我说过我没有读书的命！"

母亲说："走不走？"

杜北山说："不走。"

母亲铁青着脸，一把掀翻牌桌，一起打牌的人，围观的人，骂骂咧咧地散去，杜北山悻悻地回家。

村里的木匠来找杜北山。

母亲指着木匠的鼻子破口大骂："你以为别人家孩子只有你那点本事？你也不看看你自己有什么本事？"

木匠回敬："你有本事？你家孩子有本事？有本事不照样考不上

大学？萝卜都腌透了，还考不上，有什么本事？”

母亲就拉着杜北山去算命。

算命先生是瞎子，枯瘦的脸上，凹着两只眼窝，就像皱巴巴的桃干。

算命先生翕动着皱巴巴的眼窝，说：“八字生得好，是读书的命。”

母亲说：“喏，算命的都说你是读书的命。”

母亲就逼着杜北山上了邻县的复读班。邻县的高复上线率更高，母亲是托人才给杜北山报了名的。为了杜北山能安心复读，母亲又四处比价格给杜北山租下了一间房子。每个星期，母亲都会划算些钱，买来猪肉炒了咸菜，用搪瓷杯子装好，然后骑着自行车，骑上几十里路，去看杜北山。

母亲却总是找不到杜北山。

杜北山不在学校，也不在出租房，在到处晃荡。

母亲到处找杜北山。

学校传达室的大爷看见了，总说：“做母亲的可怜的。”

房东大娘看见了，总说：“可怜天下父母心。”

母亲还是固执地哀求杜北山：“就算替我读书吧。”

母亲坚韧要强，可在哀求杜北山的时候就会流起眼泪。

杜北山只能继续复读。

父亲听从母亲的主张，也从不提要盖房子。

父亲和一般的农民不一样。

父亲会泥水工。家里的灶台，院子的矮墙，院子里的水池，都是父亲自己动手砌的，虽然砌得并不精细，模样显得粗糙，但是家里需要泥水工的活从来不用请人。父亲还常常给别人家砌灶台，砌墙，砌水池，虽然砌得也并不精细，模样显得粗糙，但是别人家需要泥水工的活都还常常叫上父亲。村里的人说，父亲虽然不是专门的泥水工，可是除了不像专门的泥水工那样精细，模样也显得粗糙以外，父亲和专门的泥水工也差不多。

父亲会泥水工，大概和父亲会画画有些关系。父亲会用半截铅笔随手在废纸上画村里的各个人，有的锄地，有的挑担，有的插秧，有的洗衣，有的叉着腰骂人，都很逼真，村里的各个人都会指着父亲随手画的逼真的各个人说，真有本事画得这么像。村里破落的小庙的墙上描绘着的慈善的菩萨，怒目的金刚，也就是父亲画的。父亲大概就是像画画一样，依照着灶台、墙、水池的大概，无师自通地做泥水工，虽然模样粗糙，并不精细，但也能像个泥水工的大概。

父亲也会拉手风琴。父亲是跟着以前下放到村里的知青学会拉琴的。知青返城的时候就把琴留给了父亲。杜卷耳从小就常常和村里的孩子们一起聚集在院子里听父亲拉琴。父亲拉得最好听的是《弹起我心爱的土琵琶》。夏天的夜晚，银色的月光洒在院子里，皎洁，清朗，高高的水杉树梢几乎高高地触碰到了满天的星斗，父亲刚刚喝过酒，满脸酱红，就像被酒糟浸过一样，头发上还有田里回来没有冲洗干净的泥土，父亲光着黝黑的膀子，背上手风琴的背带，然后开始推拉风箱，悠扬而又宏伟的琴声就随之流淌，杜卷耳就和孩子们一起陶醉地跟唱：西边的太阳快要落山了，微山湖上静悄悄。弹起我心爱的土琵琶，唱起那动人的歌谣……

不过，父亲脾气暴躁。

母亲和父亲到山上给矿井运矿石。矿井在山腰深处，开采出的矿石要用独轮车装运。先经过一段约莫百来米的长坡，再经过两三里窄小坎坷的山路，最后经过一段短促而陡峭的下坡，运到山脚卸下。这样运上一吨矿石可以挣到两块钱。独轮车一次要装下半吨矿石，装满矿石的车子就像一座沉重的小山。父亲把车活襻挂在双肩上推车，双手攥紧车把，就像野牛一样抬起车身，腿肚子像树瘤子一样紧紧地鼓起顶住浑身的气力。车轮骨碌骨碌地向前，父亲时刻要保持住车身的平衡，精神不敢有一分涣散。母亲在车前面单肩挂着车死襻拉车。母亲曲着身子，低垂着头颅，襻死死地勒进肩里，层积下青黑的瘀血，就像一匹无论如何负重都从来不会呻吟的母马。山路崎岖不平，有时磕到凸着的石子，就会有矿石突然滚下来，父亲母亲不能松开襻躲避，否则车子会突然失去平衡侧翻，因此有时候就会被矿石擦伤或者轧到。

有一次，骄阳暴晒，母亲挥汗如雨，已经再也拖不动腿。

母亲说："歇会儿吧。"

一天满打满算不过能运上个六七车。多运一车就能多挣两块钱。父亲不肯歇。

母亲说："就是做牛做马也有歇力的时候——"

父亲还是不肯。

终于要下坡了。下坡短而陡。父亲汗流如注，凝聚着精神，咬着牙关，尽量地往后仰着身子，拼力拽着车把，拉住车子缓慢下坡，不能使车子有丝毫的闪失，以免导致连人带车滚下坡的后果。这时，母亲就赶紧反转身来，张开双手反方向顶住车身，不使车子快速下溜，因为用力过度，母亲的脸绷得就像车上的矿石一样坚硬。

母亲说："比做牛做马来都不如——"

父亲突然就像被点燃引线的炸药一样爆发了。父亲猛地松了车把。车子瞬时往坡下滚。一车子的矿石就像山崩一样。母亲惊惶地闪开，看着当场就可以砸死自己的车子和矿石轰轰地滚下坡，呆若木鸡。

过后，父亲母亲还继续运矿石，一个推，一个拉，就像什么也没有发生过。只是母亲在以后总会说父亲："原来就恨不得要砸死我！"

父亲还贪酒，像酒鬼。

母亲年年都要给父亲酿酒。年年十月，母亲就要碾上一担新打的糯米，然后浸泡，蒸熟，拌上红曲，倒到酒缸里，放足水量，然后用厚厚的尼龙布封得严严实实。过了两个月以后开封，酒味香浓，足够父亲喝上一整年。

父亲喝起酒来，常常喝醉。父亲喝醉了，就好像活到了另外一个世界，变成了另外一个人。会摔东西。灶台上的铲子、勺子、锅刷、酱油瓶，八仙桌旁的条凳，都被摔得横七竖八，东倒西歪。会哇哇地吐。不脱鞋就倒在床上呼呼大睡，嘴角淌着长长的口水，口水淌着淌着就开始吐，不省人事。还会举着扫帚打母亲。母亲被父亲打了，不会像别的女人一样哭哭啼啼，只是说父亲："将来要是死了，喊你喝酒，你还会爬起来！"父亲喝醉酒的时候，是灵魂出窍到只有父亲自己知道的世界里去了。

父亲终究和所有臣服于粗粝生活的一般的农民没什么两样。

父亲对于杜卷耳和杜北山读书的打算，却和母亲一样，从来都没有松懈过。

父亲总是对杜卷耳和杜北山说："农民挣每分钱都要像鸡啄米一样，靠两只手从土里扒出来。当农民太苦了。考出去才能过好日子。"

父亲因此完全服从母亲的主张，像母亲一样做牛做马，也像母亲一样从来不提要盖房子。

生活显然贫穷、粗粝，之于杜卷耳，却并不匮乏。

杜卷耳的名字也是由下放到村里的知青取的。知青读过《诗经》。《诗经》的第二首就是《卷耳》。知青说，卷耳，就是苍耳，生命力很顽强，不管到了哪里，都能落地生长。杜卷耳眉眼清秀大方，鼻梁英武挺直，从小遇事笃定，从来也不娇气，果然就像苍耳一样好生好养。

杜卷耳还要踮着脚尖才能够上灶台的时候，就已经学会了刷碗、烧菜、做饭。再长大一些，杜卷耳就会到河边的埠头洗衣服了。有时候，孵在八仙桌下的鸡突然惊醒，拍着翅膀胡乱地扑腾，惊慌失措地落下满地的鸡屎、鸡毛，杜卷耳就会学着母亲的样子清扫得干干净净。有时候，猪饿得发慌了，就会拱翻猪栏，在家里鲁莽地四处冲撞，杜卷耳就会镇定地把猪赶回猪圈，再提着有半个人那么高的一桶猪食喂猪，直到猪心满意足地安定下来。再长大一些，杜卷耳就总是像影子一样跟着杜北山一起漫山遍野地奔跑。一起挖野菜，抓蟹，抓鱼，抓虾，摸螺蛳。一起捡秋收以后散落在田地里的番薯、豆荚。一起上山捡柴火，耙松毛，源源不断地把自然的赐予搬回家。再长大一些，杜卷耳就和村里的孩子们一起走路上学了。天还没亮就出发。天快黑了才回到家。路上的严寒、酷热、风霜，从来都没有让杜卷耳畏惧过。再长大一些，杜卷耳就完全崭露了聪颖的天资，刻苦的毅力，虽然比别人晚了两年上的学，可是成绩拔群，从来不需要父亲母亲的催促……

杜卷耳从小就会像父亲一样，用半截铅笔，或者木炭，甚至树枝，随手画画，随手画的瓶子、罐子、房子、花草、树木、鸟、虫、鱼，人，都很逼真，村里的人也都会指着杜卷耳随手画的逼真的这些东西说，真有本事，画得这么像。村里破落的小庙的墙上描绘着的慈善的菩萨，怒目的金刚，也就是父亲带着杜卷耳一起画的。杜卷耳从小也会学着父亲做泥水工一样，用泥巴，或者石头，堆出灶台、墙、水池，还有房子、桥，各种各样能见到的能想到的东西的模样。村里的人说，儿子才喜欢泥巴、石头，杜卷耳一个女孩子却像儿子，不过堆得倒比父亲还要像样。

杜卷耳从小也跟着父亲拉过手风琴。父亲并没有经过专业的学习，只能大概地跟杜卷耳讲些拉琴的大概，杜卷耳却总能很快地领悟。杜卷耳就学会了推拉风箱、触键，还会无师自通地练习左右手指对音乐的感应能力，练习手腕对风箱的控制，练习抖风箱，练习简单的歌曲。可惜，母亲在后来总是越来越不情愿父亲拉琴，父亲拉琴的时候，母亲就会沉着脸，母亲还试图要砸过琴，父亲后来就不拉琴了，杜卷耳也没有再拉过琴。

高考填志愿的时候，杜卷耳填报了要画画的南方大学建筑系。

南方大学建筑系的录取分数线很高，很少有女同学能考上。

杜卷耳却顺利地被录取了。

杜卷耳成了黍村出的第一个大学生。

黍村的人都不知道建筑系是干什么的，以为就是像泥水工一样砌墙、盖房子的。不过，黍村的人对此并不在意。黍村的人在意的是黍村终于出了第一个大学生。

黍村的人都议论纷纷。

“考上大学就是城市户口了！”

“比矿区的工人还要强几倍！”

“还是该让孩子读书的！”

“要是能够培养出大学生，做牛做马都愿意！”

“不是做牛做马就能培养出大学生的！”

“祖坟风水好！”

“宅基的风水也好！”

“……”

这是盖起了气派的砖房的人家根本不能比拟的荣耀。

父亲母亲喜气洋洋，风风光光。

杜卷耳果然就像顽强的苍耳一样，承受着自然的温柔和严厉，忽略了一切贫瘠的条件，疾劲地生长了起来，就像坦荡的自然中一切疾劲的草木一样。

一年以后，杜北山也考上了师范大学。

父亲母亲要供养两个大学生。

日子比原来还要艰难。

父亲母亲还是没有盖房子。

这些岁月，连同杜卷耳受馈过的广袤而深刻的自然，早早地给杜卷耳打下了最纯正而坚固的人生底板，领受将来的岁月，一切好的、坏的，泥沙俱下，奔流而过。

7

诸葛生上大学的时候，父亲母亲把家里的宅基地卖了。

诸葛生的姐姐疯了。

姐姐白皙、娟秀，乌黑的长发及腰，在村里是最漂亮的姑娘。村里的男青年爱慕姐姐，胆子大些的会直接到诸葛生家里串门，腼腆一些的会朝着诸葛生家的院子扔石子，以引起姐姐的注意。姐姐一概不理睬。姐姐从来不把这些一辈子都要当农民的青年放在眼里。姐姐一心一意要考上大学。姐姐就像白天鹅一样心高气傲。

姐姐说过：“我不会一辈子当农民的。”

姐姐也对诸葛生说：“不好好读书就只能当农民。”

正是“双抢”的时节。

姐姐连续复读三年以后，还是没有考上大学。

开始几天，姐姐就是不说话。

后来，姐姐就成天睡觉，紧紧地关着门，关着窗，谁都叫不起来。终于起来的时候，就坐在床上，举着镜子，左照，右照，仔仔细细地照，照很长时间。

母亲说：“读书读伤了。”

父亲说：“过了就好了。”

那天，夕阳收尽了最后的一丝光辉，乳白色的暮霭降临，大地开始渐渐地氤氲模糊。终于割完了最后一丘稻田，诸葛生和父亲从地里抬起稻桶回家，母亲背着稻栅走在前面，田边的水牛哞哞地叫唤，一群群的鸭，一群群的鹅，从水塘里一群群地上岸，雏黄的小鸡跟着母鸡不紧不慢地横穿过公路。

母亲说：“死人总还在睡。我们都累死了。养这么大了，本来好歹该让我们回家吃到现成饭的。”

父亲说：“她心里难过的。不要骂她。”

母亲说：“只知道纵着她！”

诸葛生什么也没说。

到家了，母亲站在门口，推开门，却不进去。

诸葛生想要尽快地歇下稻桶，催促母亲，说：“快点。”

母亲像丢了魂灵似的，不动。

诸葛生又催促。

母亲背着的稻栅“嘭”地掉在地上，差点砸到诸葛生的脚背。

诸葛生和父亲就在门口歇下了稻桶。

姐姐在院子里。姐姐站在院子中央用几块石板搭起来的自来水池边，水龙头哗哗地开着。姐姐赤着身子，用一只葫芦瓢子，一瓢，一瓢地往身上浇水。地上积满了水，水淹过了姐姐的双脚。姐姐长长的头发一绺一绺湿漉漉地披散在苍白的身上，像一条一条乌黑的水蛇，触目惊心。

母亲说："门关上——"

诸葛生和父亲伫立在门外。

姐姐不停地往身上浇水，母亲把姐姐拖进了房间。

姐姐赤着身子坐在床上，母亲又给姐姐穿上衣服。

姐姐披散着湿漉漉的头发，举起镜子，左照，右照，仔仔细细地照。

母亲要夺过镜子。

姐姐砰地把镜子摔在地上，镜子四分五裂。

母亲吼起来："越纵越没样子了——你这个样子，也不怕别人笑话——你没考上大学，没人比你好过——养了你这么大，你这样对得起人吗——"

姐姐又抄起房间里的茶壶、茶杯，乒乒乓乓地摔起来。

母亲尖锐地叫起来："说你几句都说不得——"

姐姐抡起房门后的扁担，朝母亲狠狠地砸过来。母亲抬起手臂抵挡。手臂砸折了。

母亲哭号："你这是怎么了——"

诸葛生和父亲冲过去阻止姐姐。姐姐挥舞着扁担向父亲冲过来，扁担噼噼啪啪地砸在父亲的脸上、腰上、腿上。诸葛生抱住姐姐，平时文弱的姐姐不知从哪里来那么大的力气，甩开诸葛生，向诸葛生冲过来。诸葛生赶紧跑，姐姐就举着扁担追。

暮色深重。

诸葛生沿着公路一边跑一边喊："姐姐——你疯了吗？——你疯

了吗？”

村里的人不知发生了什么事，都张望起来。

姐姐就这样疯了。

父亲母亲卑微地活着。

诸葛生的家紧挨着公路。公路仅够两台拖拉机相向通过，通向不远处的县城。家里自从起过一场大火以后，一直家徒四壁，再修葺回去的房子还有墨黑的火烧过的痕迹。前些年，家里好不容易再批了一块宅基地，砌了一半墙脚，再没有钱砌下去，如今，宅基荒芜，杂草乱生。

家里年年都欠债。诸葛生和姐姐的学费总是从这家亲戚借来，还给那家亲戚，又从那家亲戚借来，还给这家亲戚，拆东墙补西墙，借不到钱的时候，就先欠着学校，等到有钱了再补交。日子过得捉襟见肘。

姐姐疯了以后，村里的人各种说长道短。

“读书有什么用？竹篮打水一场空。”

“女儿终归是要嫁人的。到头来嫁人都难了。”

“哪有那么容易不当农民的！心比天高呢！”

“这人家是穷上加穷了！”

“真晦气！”

……

父亲母亲抬不起头来。

母亲翻来覆去地说：“读什么书呢？读什么书呢？”

姐姐被用麻绳捆起来关在房间里。诸葛生给姐姐送饭送菜。姐姐平静的时候，会朝着诸葛生笑，就像从前姐姐总是爱护诸葛生那样笑，笑得诸葛生阵阵凄凉。姐姐总在轻轻地自言自语：“你听听——别人都在笑话我，他们都在看我，他们都在说我——你听听——”

诸葛生压抑着凄凉，说："你别乱想，没人说你。"

姐姐还是轻轻地说："我都听到的——你听听——"

姐姐不吃饭，不吃菜，把饭碗菜碗都砰砰砰地摔在墙上。

姐姐苍白如纸，骨瘦如柴。

诸葛生央求父亲母亲送姐姐到医院。

父亲不作声。

母亲不作声。

家里拿不出钱送姐姐上医院。

虽然生活总是一贫如洗，可在诸葛生是第一次感到生活的绝望，诸葛生捧着头大哭："救救姐姐！我去挣钱！我不读书了！"

父亲母亲又到亲戚家里借钱。

借了钱送姐姐到医院。

医生说："精神分裂症一旦确诊就要终生治疗。先住院三个月。以后终生都要用药。早期治疗，效果会好的，但是精神分裂症容易复发，今后每复发一次，就会对药物资源破坏一次，就会难治疗一些。"

母亲以泪洗面："住院三个月花的钱家里一年的收入都还不够——还要吃一辈子药——这可怎么是好——好端端的大姑娘了——这以后还怎么嫁人——什么指望都没了——什么都毁了——我造了什么孽——这样报应我——倒这样八辈子的霉——早知这样，读什么书呢——肠子都悔青了——全家的体面也都没了——做人怎么这么苦——"

做人的苦难，让原来就很少说话的父亲，就像墙壁一样沉默。

母亲对诸葛生说："要不是还有你，不如一死了之了——以后这个家都靠你了——"

诸葛生继续到学校读书。

高考成绩出来，诸葛生还是除杜卷耳以外成绩最好的。

诸葛生知道杜卷耳填报了南方大学建筑系。

诸葛生也就盲目地填报了南方大学建筑系。

诸葛生是盲目地在绕着标杆飞。

诸葛生是茫然地奔向未来的。

诸葛生考上了大学，重振了父亲母亲生活的自尊和信心。

父亲母亲借来钱操办酒席，当天晚上还要给村里放一场电影。

酒席还没开始的时候，姐姐就在围着灶台不停地吃起来了。

原来纤瘦的姐姐已经壮硕。自从到医院用药以后，姐姐就容易饿，吃完一大碗饭，还要吃一大碗，没过一会儿，还要吃一大碗。而且嗜睡，吃了就睡，睡醒了又吃，吃吃睡睡，呆滞麻木。整个人不断地鼓囊起来，就像家里的水缸一样，沉重得连走路都困难，以至于双腿几乎已经不能支撑住身体，心脏也被变形的身体挤得有些偏移，常常叫喊着不舒服。父亲母亲就不敢让姐姐多吃，总把家里所有吃的都收在竹篮里，悬挂在屋梁上，让姐姐够不着。姐姐饿得不行，总在家里到处找吃的。

诸葛生从学校回家的时候，常常看到姐姐就像三岁的小孩一样委屈地坐在门槛上。

诸葛生说："怎么不高兴了？"

姐姐说："早上想喝三碗粥。只给我喝了一碗。饿。"

姐姐已经全然不再是原来漂亮而高傲的姐姐。

诸葛生压抑着凄凉，解下悬挂在屋梁上的竹篮，取出点吃的给姐姐。

常常如此。

这天喜庆，父亲母亲随姐姐尽量地吃。

开桌的时候，姐姐也要到酒席上去。

母亲说：“你就在灶台边吃。”

姐姐不听，挪着壮硕的身子要往酒席去。

母亲拉住姐姐，说：“你这个样子，丢人现眼，这里够你吃的。”

姐姐轻轻地说：“别人都在笑话我——他们都在看我——他们都在说我——”

母亲说：“没人说你。”

姐姐还是轻轻地说：“我都听到的——你听听——”

母亲给姐姐装了满满的一碗肉，说：“没人说你。好好在这儿吃。”

姐姐砰地把碗摔在地上，肉撒了一地。

母亲愣了愣，说：“不敢再说她了。”

姐姐没有到酒席上去。

姐姐一直说：“你听听——别人都在笑话我——他们都在看我——他们都在说我——你听听——”

晚上，村里人都集中在晒谷场看电影。姐姐也端了把竹椅子坐着看电影。

旁边的人跟姐姐说：“你要是考上大学，也有这么风光呢！”

姐姐呆呆地不说话。

旁边的人又说：“还想不想考大学呢？”

姐姐轻轻地说：“别人都在笑话我——他们都在看我——他们都在说我——我都听到的——你听听——”

旁边的人说：“没人说你。你是想考大学想疯了。”

原来沉重不堪的姐姐霍地站起来，抡起竹椅子就往旁边的人身上砸去。有人拉住姐姐，姐姐挥着手劈过去巴掌。有人要拦住姐姐，被姐姐一把推倒。姐姐还抽了旁边的一张条凳，举起来要打人。

大家大叫起来：“发疯了——疯婆子发疯了——”

姐姐又犯病了。

到了医院里，医生说，这次又要住院三个月。

母亲皱着干瘪的两腮，满面愁苦，问医生："能不能不住院，光回家吃药？"

医生说："你女儿还年轻，现在不给她治疗，严重起来，就会和那些在马路上捡垃圾吃垃圾的疯子一样。"

母亲恓惶无助。

父亲佝偻着背，一声一声闷闷地叹气。

家里欠着一屁股的债。父亲母亲还没有来得及筹措诸葛生上学的费用。父亲母亲变不出钱来让姐姐住院。

诸葛生说："你们借钱给姐姐治病。借条都写我的。以后都由我来还。"

母亲拭着眼泪，说："姐姐会拖累你的。"

父亲母亲最终把宅基地卖了。

诸葛生茫然地踏上了到南方大学的列车，茫然地随着列车驶向了遥远而未知的前方。

这些岁月，是诸葛生全部人生的源流，终将影响诸葛生全部人生的流向。

8

开始的时候，经过权衡，诸葛生拒绝了杜卷耳。

第一次期末设计作业评图成绩出来，诸葛生是最低分。

系里规定，期末设计作业成绩倒数的同学要缴纳两百块钱罚款。

诸葛生要缴纳两百块钱罚款。

这对于诸葛生是严峻的。

而现实比想象的还要严峻。

诸葛生回到家的时候，姐姐已经用铁链拴起来了。姐姐只在医院住了一个月，就回家了。亲戚们都说人疯了治不好的，是无底洞，不该再花冤枉钱，应该先还债。还了一屁股的债以后，父亲母亲卖宅基地的钱就分文不剩了。父亲母亲又开始借钱勉强维持姐姐吃药，为了节约配药的钱，有时就减少些剂量，有时还会断药。

姐姐加重了精神上的谵妄。

姐姐坐在门槛上，自言自语："这条路不能走——这条路不好——这条路有鬼——我看到有鬼飘过去了——"

经过的人听到了，嫌恶姐姐，说："疯婆子——你才是鬼——"

姐姐又会轻轻地说："别人都在笑话我——他们都在看我——他们都在说我——你听听——"

经过的人有时就会往姐姐身上扔泥巴，扔垃圾。

姐姐更加狂躁起来。

狂躁的时候，姐姐就嚯嚯地甩着壮硕的身子砸东西，看到什么就抓起什么，抓起什么就砸什么。姐姐还会把别人家的东西也砸了。姐姐砸东西的时候，几个人都摁不住。原来就破败的家砸得更加破败了，还要给砸坏东西的别人家赔钱，父亲母亲只能用铁链子把姐姐拴起来。

姐姐人不人鬼不鬼。

姐姐本来常常举起镜子左照，右照，仔仔细细地照，照很长时间。母亲说人不人鬼不鬼的还照什么镜子。母亲把家里仅有的镜子藏了起来。母亲还把家里能照出影子的玻璃也都用废纸糊了起来。

姐姐本来喜欢哗哗哗地开着自来水龙头，哗哗哗地给自己洗脸、洗手、洗脚。母亲说人不人鬼不鬼的还洗什么。母亲就把水龙头拆了。

姐姐一身衣服一整个冬天都没换过，披散的头发已经一绺一绺地结成块，姐姐常常一边自言自语一边抓着一绺一绺结成块的头发捉虱子。

家门不幸。

医生说过，一个精神分裂症患者，往往会给身边的亲人造成很大的耻辱感，给他们在精神上、经济上、社会地位上都带来终生的压力和痛苦。但是，精神分裂症患者，在坚持用药的情况下是可以得到临床治愈的，可以和正常人没什么区别，虽然没法完全走向社会，但是至少可以维持基本的正常生活。可是，尤其在农村的家庭，因为生活所迫，通常只能放弃对患者的治疗，使得患者最终废弃成了真正的疯子。这也加剧了生活的不幸。

姐姐是被放弃了，成了真正的疯子。

加剧了生活的不幸。

姐姐人不人鬼不鬼地活着。

父亲母亲何尝不是。

马上就要过年了，父亲还在山上给别人家开山。

父亲开三亩山，可以挣到两百块钱，够诸葛生一个学期的生活费。在诸葛生回家以前，父亲一个人已经开了多半。现在，父亲要和诸葛生一起在过年前开完余下的山。

山，一动不动地蛰伏。坡地上的树木已经被砍伐，满坡大大小小的树桩都要挖出来，清理到旁边，然后再把到处坑洞的山地饬平。

飕飕的寒风中，羸瘦的父亲弓着背，就像一只强弩衰弱的老虾，皲裂的双手握着条锄的长柄，一记一记地锄挖，脑门上的青筋突突地鼓起。树桩盘根错节，小一些的能够很快就挖出来，大一些的，根扎得深入而坚固，需要整个人蹲下去，用上很大的气力抱着树桩往后拽才能连根拔起，拔不起的，还要抡起斧头把根劈开。诸葛生有时挖树桩，有时把已经挖起的树桩堆成一垛，把树桩的杂碎以及一些散落的树枝堆成另一垛。按规矩，树桩是归山主的，树桩的杂碎和散落的树枝可以归父亲背回家。

母亲觍着脸又到亲戚家借了一点钱，到县城里置办些年货。母亲从县城回来经过山脚，到山上来。母亲上山来带了一包用牛皮纸包着的卤牛肉。

父亲在堆得高高的树桩垛旁坐下，抓了一把黄泥撮在手上几道开裂得很深的口子上，再卷起棉毛衫的破袖口，佝偻着背，抓起切成薄片的卤牛肉，一小口一小口地吃着。

父亲说："大半年没吃到过卤牛肉了。"

飕飕的寒风中，母亲干瘦得就像随时会被风吹落的枯枝败叶，灰白的枯发像残破的蜘蛛网在风中岌岌可危地飘荡。母亲捡起牛皮纸上零碎的卤牛肉渣，捧在手心里，一小口一小口地吃着。

母亲说："这日子过得像讨饭一样。"

父亲默默地嚼着卤牛肉，卤牛肉在飕飕的寒风中飘香。

母亲对诸葛生说："就指望你出人头地了。"

诸葛生没有吃卤牛肉。

家境已经这样贫贱，两百块钱的罚款，如鲠在喉。

过年以后，父亲到血站卖了血。

诸葛生带着父亲卖血的钱回到了学校。

回学校以前，诸葛生收到了杜卷耳的信。

杜卷耳在信上说：我爱你。

杜卷耳是诸葛生望尘莫及的标杆，杜卷耳的垂青对于诸葛生应该也是望尘莫及的。可是，尤其在活着的重荷之下，诸葛生是自卑的，躲闪的，克制的，回避的。权衡之间，诸葛生是清醒而断然地放弃了得到杜卷耳垂青的资格。

诸葛生没有给杜卷耳回信。

回到学校以后，杜卷耳来找诸葛生。

诸葛生沉默。

杜卷耳又给诸葛生写了一封信。

诸葛生还是沉默。

杜卷耳再来找诸葛生。

诸葛生说："一起到公园。"

春寒料峭。

风，尚且寒冷，尖利。

料峭的春寒中，杜卷耳穿着紫色的夹克衫。夹克衫太单薄了。螺口收束得太紧，越耸越紧。杜卷耳被束缚着。

诸葛生用身上仅有的一块钱买了两张公园的门票。

公园，在坦荡的湖边。亮着昏黄的路灯。昏黄的灯光下，鹅卵石的路面浮着一层薄薄的油亮。路的两侧，冬青黑绿整齐，书带草匍匐在冬青的阴暗下，高大的乔木投下一团一团黑魆魆的暗影。

诸葛生，在一团黑魆魆的暗影下，停下。

杜卷耳，跟着在一团黑魆魆的暗影下，停下。

风，寒冷，尖利。高高的树枝随风颤动。树叶飒飒作响。

黑魆魆的暗影下，诸葛生的肩膀一高一低，微微斜拉着一道俊美的弧线。

黑魆魆的暗影下，杜卷耳被紧紧地束缚着。

诸葛生说："我认真地想过了……"

诸葛生说："家里供我读书很不容易……"

诸葛生说："家里将来都要靠我……"

诸葛生说："我要改变命运……"

诸葛生说："我必须要先用心学习……"

诸葛生说："以后，不要再来找我……"

诸葛生说："不要影响我……"

诸葛生的声音，投在风中，寒冷，尖利。

公园。路灯。灯光。路面。冬青。书带草。黑魆魆的暗影。诸葛生。诸葛生一高一低微微斜拉着一道俊美的弧线的肩膀。一切。都在寒冷尖利的风中冻结了。

杜卷耳。

就像冻结了的冰雕一样。

沉默。

初心。

是美好的。

美好的初心。

还没有来得及绽放出花朵。

就深埋进了沉默的尘埃里。

不要轻易表达爱意，
爱情永远都是难以言喻；
就像微风轻轻飘过，
无声无息。
我说出了我的爱，

我说出了我的爱，
我对他说出了我所有的心意；
颤抖、寒冷、死一般恐惧……

康老师是杜卷耳最及时的指领。

康老师就像一株无染无着的植物。

康老师一直独身。康老师年轻的时候和钟爱的女同学一起出国留学，女同学却嫁给了别人，康老师就决定独自一个人度过一生。康老师已近迟暮，没有妻子，没有孩子，不曾受到生活琐屑的洗劫，没有太重的负担，不要做太多的事，一直保持着清雅的静谧、高贵。

康老师讲课保持着一种宗教般的清纯。康老师讲建筑史，讲课的时候，康老师从不坐着，总是笔挺地站在讲台上，整节课一个站姿一个人一讲到底，形容举止从不松懈。康老师讲课只带一本笔记，是一本沿用了几十年的笔记，已经老旧发黄，每一页都写满密密麻麻的蝇头小字，夹杂着画了很多图，许多页上贴着各种补遗的纸条，有不少段落又已经用笔删划。康老师讲课从来不照本宣科，也不按部就班，也从来不作重复强调，也从来不以各种方法活跃气氛取悦人心，也从来没有一句废话，而且声音很轻，很慢，却不停顿，就像流水，总在流淌，不滞于物。

康老师毫无功利地活着。康老师在学界富有声望，可是康老师不入团体，不出著述，不追轩冕荣华，除了讲课，很少出门，很少见人，与学生也几乎没有任何来往。康老师就像一个只在高塔外散步的局外人。

康老师的存在，如入无人之境。

就像一株无染无着的植物。

康老师青睐杜卷耳的模型。

比起画图纸，杜卷耳更喜欢做模型。

杜卷耳擅长随意地画画。但凡随意地画画，杜卷耳就像小时候随手画画一样，随手画的瓶子、罐子、房子、花草、树木、鸟、虫、鱼、人，都很逼真，总是画得最好的。杜卷耳对图纸却要少些兴趣，也少些耐心。杜卷耳不乐于只是一再重复地画图纸，图纸是图纸，建筑是建筑，图纸画得再漂亮，还是图纸，不是建筑本身，而且思维停留在纸上容易受到限制，杜卷耳就认为一再重复地画图纸是没有必要的。

杜卷耳喜欢的是做模型的自由。杜卷耳在做模型的时候，不只是按照规定的要求，也不讲究什么技巧手法，就是一边手作，一边感受，一边思考，比图纸更直观地看到了建筑的效果，又从效果中直观地发现了建筑出现的问题，然后再手作，感受，思考，直至准确、干净地完成模型。杜卷耳的图纸因此也总是准确、干净的，杜卷耳完成起模型来却要比图纸更轻灵。杜卷耳这样做模型的时候其实就像小时候学着父亲做泥水工一样自由。

杜卷耳喜欢做模型是出于天性。

大家都偏重画图纸。

杜卷耳却偏重做模型。

杜卷耳的评图成绩自然也是出众的。

杜卷耳的模型更是都选作了留校的作品。

康老师在学校的展出中看到杜卷耳的模型。

杜卷耳的模型有一种纯粹性。准确，干净，舒服。材料是最朴素的。也不在细枝末节上刻意修饰。又有独具匠心的地方，不落俗套。恰如其分，不多一分，不少一分，在应有的分寸中显得简朴、纯净。就像自然中的花草树木为上天所指定一样纯粹。

字如其人，设计亦然。

康老师青睐的是杜卷耳的天性。

康老师对杜卷耳说："不要辜负自己的天性。"

康老师开始给杜卷耳一个人讲课。

建筑史在早上的第一节课。

杜卷耳很早就到教室了。

康老师很早就在教室了。

康老师一直要比上课早很长时间就在教室。

教室空荡、寂静。

康老师笔挺地站在讲台前，握着一支石楠根烟斗，在烟雾中静默。烟斗是康老师回国的时候，已经嫁作人妻的女同学的赠别，几十年至今一直跟随着康老师。康老师不讲课的时候，常常握着这只烟斗，静默。烟雾，是容易消失的虚无之物，烟斗，却穿越了时光，不离不弃地存在。往昔如烟。握着烟斗静默的康老师，就像是一层又一层的虚无垒起来的，不知垒了多少层，似乎随时都会如往昔一样碎成齑粉，灰飞烟灭，只有手中一息尚存的烟斗，在提醒着就像一株无染无着的植物一样的康老师，是真实的存在。

杜卷耳拎起讲台边的暖水壶给康老师打好水，然后坐到第一排离康老师最近的位置。

离上课差不多还有一个小时。

康老师很轻很慢地对杜卷耳说："追溯历史，家是人类最伟大的作品，是人类真正的庇护之所。

"人类从旧石器时代进化到新石器时代，不再跟随季节迁徙，而是选一块好的地方居住下来，开伐森林，拓耕田地，建造房屋，房屋冬暖夏凉，炉火昼夜不息，人们再也不用忍受风吹，日晒，霜打，雨淋，也不再害怕被饥饿的虎豹袭击。人们终于有了像样的家。有了家以后，人们虽然继续四处追逐狩猎，但是打到猎物以后，会背着沉甸甸的猎物，翻山越岭，长途跋涉，返回家园。人们从此有了眷恋。无论离开多远，多久，都要回家，这种眷恋的感情只有人类才能体会。家的作用不仅仅用来休憩，更重要的还是人类在心灵和精神上的归属和安定。这是建筑诞生带给人类最原初的恩惠。

“十九世纪末二十世纪初的欧洲，有很多追求自由和富裕的人涌向城市，他们成为新兴富人的阶层，以模仿过去贵族的生活为人生目标，穿华丽的服饰，修建大量浮华虚荣的房子，极尽烦琐装饰的夸张形态成为建筑主流。时代本身的建筑表达时代本身，当时的欧洲社会弥漫着真善美评判标准模糊、混沌、颓废的空气。密斯·凡·德·罗就在那时接到了负责魏森霍夫居住区的设计任务，密斯认识到这一任务在时代转折之际的重要性，就从整个欧洲请来了包括柯布西耶、格罗皮乌斯在内的对新时代有觉悟的新锐的一批年轻建筑师进行设计工作，他们最终设计成了平屋顶白盒子的房子，在设计上取消了一切不必要的空间和装置，并彻底排除了装饰，使得房子作为生活的本身而存在，而不再是身份的象征。他们因此受到反对和谴责，人们谑称魏森霍夫居住区是‘阿拉伯村落’。然而，密斯说，他们在这里设计的并不是房子，而是设计了新时代的新生活。他们在这里完成的不是建筑，而是哲学，它使得人们逐渐由此找到了新的生活方式，甚至从此使当时的欧洲摆脱了社会文化的危机。这些人在后来大多成为不朽的建筑师，为人们生活的变化立下赫赫功勋。

“我们建造建筑，建筑塑造我们。浮华的建筑中生活会失去生活的真实而变得虚假，简朴的建筑容易滋生真诚而真实的心性。简朴是一切艺术的不二法则，也是天才的礼服。一个建筑师要有透彻的历史意识，有看得清自己位于历史之轴上的位置的自觉，才能真正地把握住建筑的本质，并真正为一些本质的东西而奋斗。”

康老师很轻很慢地对杜卷耳说：“我说的这些，很多你都不懂的，你自己去看书。”

然后，快到上课时间了，大家陆续地都进了教室，康老师笔挺地站着，很轻很慢地开始讲课。

……

下一次的建筑史课，杜卷耳还是很早就到教室了。

康老师还是很早就在教室了。

教室空荡、寂静。

康老师笔挺地站在讲台前，握着烟斗，在烟雾中静默。

杜卷耳拎起讲台边的暖水壶给康老师打好水，然后坐到第一排离康老师最近的位置。

离上课差不多还有一个小时。

康老师很轻很慢地对杜卷耳说：“音乐和建筑具有相似的视野，建筑师永远可以从中获取源泉与训诫。

“古希腊传说，建筑中的比例与均衡是由音乐中的旋律和节奏转化而成的。维特鲁威把音乐列为建筑师培训指定的学科，是要让建筑师通过音乐数理性的训练，更好地掌握建筑的和谐比例。建筑和音乐在美学境界上息息相通。很多建筑师在构思建筑的时候，时常会有他的音乐在脑海中回响。我相信，莫扎特、贝多芬、巴赫创作的某些时候，也会有建筑浮现在他们眼前。

“更深刻而言，建筑和音乐一样，具有超越人类自身的精神。人类的经历、情感、记忆，都不是固有之物，都是居留不定的，最后都会淹没在时光的洪流中，彻底消逝无踪，但是，一旦把它们谱写成音乐，就可以留存并且跨越时空，不断地流传，被不同国家、不同民族、不同时代的人理解并共有。建筑在那里并且将永远地原地不动，为过去立地为证，可以带给我们一种深刻的稳定，让我们感受到恒常价值和永久意义的召唤，不至于使人间流动变化的一切变得虚无。所以，音乐像上帝一样，予人救渡，建筑也是。

“在所有的艺术形式中，音乐是最重人心的。如果真正把建筑和音乐等量齐观，要始终保持本质上的美、纯净和伟大。终极而言，要永远保持赤子之心。”

康老师很轻很慢地对杜卷耳说：“我说的这些，很多你都不懂的，你自己去看书。”

然后，快到上课时间了，大家陆续地都进了教室，康老师笔挺地站着，很轻很慢地开始讲课。

……

下一次，康老师继续给杜卷耳一个人讲课。

讲课一直到两年的建筑史课程结束以后，还一直断续地继续。

……

康老师在给杜卷耳一个人讲课以外，从来没有其他任何交流，保持着宗教般的清纯，保持着植物一样的无染无着。康老师给杜卷耳所讲的，就像一座冰山，在阳光下闪亮出奇峻的一角，还有许多深意，深不可测。杜卷耳就一直按照康老师的吩咐去看书。尽管许多冰山的深意，在那时候的杜卷耳，并没有完全地探及、理解，杜卷耳还是因此有幸面向到了不止于建筑的浩瀚世界。

康老师就仿佛是宽厚慈爱的神父，给了杜卷耳最及时的指领。

这在当时，帮助杜卷耳最迅速地忘却了初涉爱情招致的痛苦的试炼，也庇佑着杜卷耳总是保持着凝注与忘我，就像单纯的稚子，心无旁骛，就像林中的清风，不受羁绊。

人生对过去遗忘的程度是难以置信的。

毕业以前。

杜卷耳请康老师毕业留言。

杜卷耳很早就到教室了。

康老师还是很早就在教室了。

教室空荡、寂静。

康老师笔挺地站在讲台前，握着烟斗，在烟雾中静默。

杜卷耳拎起讲台边的暖水壶给康老师打好水，然后坐到第一排离康老师最近的位置。

离上课差不多还有一个小时。

康老师静默。

良久。

很轻很慢地对着杜卷耳说："建筑，是建筑师的自传。一个好的建筑师，要有好的作品。作品，就是人品。千百年来不做模型也做了很多建筑，现在做了模型的也不一定就能做好的建筑。做建筑，先要做人。要做一个纯粹的人。

"人生在世，多少有些孤独。人要甘心孤独。孤独是个好伙伴。

"不要辜负自己的天性。"

康老师在毕业留言册上给杜卷耳留言：不要辜负自己的天性。

康老师还是很轻很慢地对杜卷耳说："我说的这些，很多你都不懂的，你自己去看书。"

然后，快到上课时间了，大家陆续地都进了教室，陆续进教室的已经是后来的同学，康老师笔挺地站着，很轻很慢地开始讲课。

这些。

连同康老师。

在杜卷耳后来的人生里都被遗忘了。

再想起来的时候，就像虚拟的一样。

过去。

遗忘了。

再想起来的时候。

就像虚拟的一样。

9

后来，诸葛生和杜卷耳相爱了。

桑中是一双眼睛。

一双凝视杜卷耳的眼睛。

桑中倨傲、峻拔，就像桀骜的鹰。

桑中看起来对什么都无所谓。

桑中的父亲是一县的县长。桑中小时候由奶奶领着长大。奶奶从来不约束桑中。桑中对上学没什么兴趣，成绩也不好，奶奶也不着急。奶奶总是对桑中说，成绩没关系，身体好就行。奶奶还对桑中说，在学校学习就够了，回到家就自由自在地玩。桑中就养成了无拘无束的性情。

桑中和父亲是疏离的。桑中到了上中学的时候才回到父亲母亲身边。父亲公务倥偬，几乎都在桑中醒来以前就离开了家，又几乎都要在桑中睡着以后才回到家，桑中几乎都要隔上很长一段时间才能够见到一次父亲，就和桑中没有回来以前没什么两样。父亲原来是大学的教授，当了县长以后也还保留有读书人的风骨，桑中在隔上很长一段时间才能够见到一次父亲的时候，父亲总会对桑中说，人要做到不为人惑，才能富贵不淫，贫贱不移，威武不屈。除此以外，父亲在家里也还像县长的作风，说一不二，桑中就很少和父亲说过话。桑中对父亲是陌生的，陌生得父亲对于桑中就像只是一个父亲的符号。

桑中和母亲也是疏离的。母亲原来也是大学的教授，现在在县政府机关安排了一份闲职，闲职以外就成了父亲的替身。父亲的一大家族都在农村，兄弟姐妹，还有各房亲戚都会来找父亲安顿各种事务，父亲从不出面，都交给母亲得体地处理妥帖。父亲有不便出面，或者不愿意出面，又不得不出面的交际应酬，也都交给母亲得体地处理妥帖。母亲就仿佛是父亲安全的屏障，是父亲还能保留风骨的防线。母亲为父亲的替身所累，也很少暇顾桑中，桑中也就很少和母亲说过话。桑中对母亲是陌生的，陌生得母亲对于桑中也就像只是一个母亲的符号。

桑中和父亲母亲都是疏离的。

桑中就无拘无束地消磨过了很多时光。

桑中喜欢乐器。桑中玩过吉他，会用手掌在吉他的琴弦上随意轻轻叩击，敲出梆梆的节奏，表现歌曲中细腻的情感。玩过贝斯，能凭着对复杂节奏和强弱拍的敏感度走贝斯的根音。玩过架子鼓，会在打鼓的时候用脚急速地踩低音鼓，轻松而标准地制造出一种凶猛力量的效果，就像一个熟练的赛车手驾轻就熟地把歌曲逼到悬崖上一样。

桑中也喜欢摇滚。桑中到处找来打口的卡带，没完没了地听摇滚。那些情感充沛的，生猛的，愤怒的，甚至肮脏的，充满威胁的，咆哮的，富有侵略性的，撕心裂肺的，令人心痛的，难以言喻的声音，都让桑中震撼而迷恋。桑中听多了，也就会唱了，一首歌曲只要听过两三遍，就能把它记下来，然后近乎完美地唱出来。

桑中喜欢什么就做什么，不喜欢的就从来也不做。

桑中就这样一直无拘无束地消磨着，看起来对什么都无所谓。

到了高三的时候，几乎整个世界都在围着高考这个轴心转动，只有桑中一个人好像失去了向心力一样，被远远地甩在了世界的边缘。考大学是社会的主流，父亲母亲忧虑桑中被边缘化了，不能入流，就不惜重金委托老师日日敦促桑中。桑中竟然就考上了南方大学建筑系。

上了大学以后。

桑中还是无拘无束。

依然看起来对什么都无所谓。

桑中没有什么禁忌，无拘无束地抽烟、喝酒、踢球，还到酒吧学调酒，呼朋唤友，喜欢什么就玩什么，玩可以想象得到的能玩的一切。桑中还在学校组建了乐队，是学校第一支也是唯一的一支乐队，白驹乐队。白驹过隙。乐队跟着桑中无拘无束地消磨，从来也没有完整地排练过一支乐曲。

桑中的评图成绩也总是不好不坏。桑中喜欢只用丁字尺和三角板做辅助定位，徒手画图。桑中的出手简洁，肯定，对所有不重要的因素都进行严格的清除。桑中所有表达出来的部分总是就像一朵花体现的完整感一样，简单，必然，水准明显在一般之上。桑中无疑有对建筑天生的敏感。可是，桑中总是要到不得不交图了才开始画图，才开始熬夜，桑中总是最后一个完成作业的，而且最后完成的作业总有欠缺没有完成的部分。

老师问桑中：“为什么？”

桑中说：“好的建筑要表露思想。什么是建筑？为什么做这个建筑？透明的墙一定要由透明的材料来做吗？建筑中可以看到的空间一定要可进入吗？……这些问题要花很多时间去想，留给画图的时间就少了。”

老师说："优秀的设计是要靠作品说话的。不管你有多少想法，实现了的才叫建筑。没有完成的，就不是作品。"

桑中还是几乎在整个大学期间都没有过真正意义上完成的作品。

桑中也无所谓。

在大家看起来，桑中就是一个纨绔子弟。

桑中其实是桀骜的鹰，很难有什么可以征服。

只是杜卷耳，会让桑中常常不由自主地凝视。

杜卷耳的操作台在桑中的前排。

桑中的操作台在杜卷耳的后排。

设计作业评图以前，大家都在设计教室持续熬夜。都熬糊涂了。有的女同学在图纸上画着画着，不小心画了一条细线，以为掉了根头发，就要把头发抓掉，结果怎么抓也抓不起。有的同学在点草地，打点打着打着，都潦草地带上了尾巴，醒悟过来的时候，已经懊丧地破坏了画面。有的男同学去上厕所，惺忪着眼睛抓起旁边女同学的大衣披在身上，另外的男同学也去上厕所，也惺忪着眼睛以为走错了，连声道歉，结果披着女同学大衣的男同学也向他连声道歉。大家都熬糊涂了还在继续熬夜。熬到夜深了，很多同学就睡在了教室里，有的趴在操作台上，有的躺在拼起来的椅子上，有的两个一起挤在画板上。

桑中不像大家天天都埋头画图。桑中要等到不得不交图了才开始画图。桑中也不像大家持续地熬夜。桑中要等到不得不交图了才开始熬夜。桑中熬夜只熬下半夜，桑中要在宿舍里睡够了上半夜，才起来到教室里开始画图。

桑中到教室里画图的时候。夜已经深了。教室里的同学都睡着了。有的趴在操作台上，有的躺在拼起来的椅子上，有的两个一起挤在画板上。教室静悄悄的。好像一个沉睡了的梦。

只有杜卷耳还在最后完成模型。

杜卷耳在桑中的前排。

桑中在杜卷耳的后排。

桑中在杜卷耳的后排，凝视杜卷耳清秀的背影。杜卷耳有些窄小的衣裳是清秀的。杜卷耳披在肩上的长发是清秀的。杜卷耳有些瘦削的肩是清秀的。杜卷耳的背影是清秀的。桑中凝视背影清秀的杜卷耳在最后完成模型，就像一个单纯的孩子，旁若无人。

教室静悄悄的。

好像一个沉睡了的梦。

桑中画一阵图。

停下来。

凝视一会儿杜卷耳清秀的背影。

直到杜卷耳最后完成了模型，又画完了图。桑中也画完了图。

桑中。

一次。

一次。

在好像一个又一个沉睡了的梦里。

凝视杜卷耳清秀的背影。

杜卷耳从来没有发现过。

就像一个单纯的孩子，旁若无人。

桑中无数次不由自主地凝视过杜卷耳。

杜卷耳听课。杜卷耳走路。杜卷耳在人群中。杜卷耳一个人。杜卷耳看书，侧脸平心静气。杜卷耳出神，就像沉浸在幻象之中。杜卷耳嘴角总是轻微地扬起，轻微地带笑。杜卷耳就像穿行在林中不会受到任何羁绊的一阵清风。

桑中。

一次。

一次。

无数次。

不由自主地。

凝视杜卷耳。

杜卷耳从来没有发现过。

就像一阵不受羁绊的清风。

桑中凝视到了杜卷耳的心意。

学校运动会。热闹的看台上。热闹的人群中。杜卷耳只凝视跨栏比赛。杜卷耳只凝视跨栏比赛的诸葛生。诸葛生颀长挺拔，飞快地冲过一排一排的栏架，就像燕子在平静的水面上猛烈地俯冲，凌厉，潇洒。杜卷耳在热闹的看台上热闹的人群中凝视诸葛生。杜卷耳不知道桑中却在热闹的看台上热闹的人群中凝视自己。

杜卷耳会不由自主地在桑中前排的操作台凝视诸葛生的操作台。诸葛生很长时间都沉默着。诸葛生沉默地走过窄而深的夹道走向教室右边的操作台。诸葛生离开教室右边的操作台走过窄而深的夹道。诸葛生沉默地在教室右边的操作台，沉默地看书，沉默地画图，沉默地做模型，沉默地在评图成绩上举步维艰。杜卷耳在桑中前排的操作台不由自主地凝视诸葛生的操作台，凝视沉默的诸葛生。杜卷耳不知道桑中却在后排的操作台不由自主地凝视自己。

诸葛生突然活跃过一段时间。

同学们陆续能够依靠给老师画图挣一些钱。挣了一些钱的同学明显地改善了生活。可以大方地买罐装的可乐。可以阔气地请同学下一次饭馆。可以毫不犹豫地买下中意了很久的随身听。可以不光不再要家里出生活费，还能给家里贴补一些了。

诸葛生的评图成绩举步维艰。诸葛生从来没有得到过给老师画图挣一些钱的机会。诸葛生偶然认识了一个小老板。诸葛生揽下了小老板的一个小项目。诸葛生自己画不了图。诸葛生就安排了几个同学一起画了图。诸葛生把小老板给的钱分配给几个同学以后，自己还挣了千把块钱。诸葛生后来还揽下了小老板的另外两个小项目，还是安排了几个同学一起画了图，把小老板给的钱分配给几个同学以后，自己又挣了两千来块钱。诸葛生把挣的钱大多寄给了家里，给家里还债，给姐姐买药。诸葛生的生活也多少得到了改善。

诸葛生似乎崭露了完全不同于画图的另一种才能。

诸葛生活跃了起来。

诸葛生甚至短暂地追求过袁有桃。

袁有桃就像一幅画。

袁有桃总是穿着各种红色的衣裙，就像一团火。穿着各种红色衣裙的袁有桃白得透明，就像一块冰。袁有桃如火似冰，就像画中的人，似真似幻。袁有桃被大家惊为天人。校园里经常可以看到，袁有桃走到哪里，都会随从着一群男同学，就像一尊女神，几乎成为校园一景。

袁有桃的父亲母亲原来是珠联璧合的佳话。袁有桃的父亲原来是孔武的军官，后来成了最早投身地产开发的轩昂的富商。袁有桃的母亲是名门之后，是部队文工团的团长，年轻时貌美倾城。

可是，佳话破灭了。袁有桃还小的时候，父亲母亲带着袁有桃到离城看元宵灯会。元宵灯会在离城的湖边举行。灯会祈祥，离城空巷。湖岸上浮动着连绵的人头，就像连绵的黑黑的湖鲫。灯彩流光，被湖鲫一样连绵的人头阻隔、遮蔽，仿若微弱的烛照，招引更多盲目的湖鲫奋不顾身地拥挤，仿若飞蛾扑火。危在旦夕。连绵的人头开始坍塌。

坍塌失控。湖岸几乎沉落。祈祥的灯会成了上百人踩踏伤亡的悲剧。袁有桃的母亲就在踩踏中跌入湖水溺死。袁有桃的母亲就像湖水中一个轻微的泡沫，轻易地，无声无息地，就破灭了。

有的爱情其实是没有的，说的人多了，就像有了一样。

袁有桃和桑中就是这样的。

袁有桃和桑中一直不即不离。

袁有桃是旁听生。袁有桃的父亲和桑中的父亲交谊深厚，桑中的父亲就是因为袁有桃父亲的襄助才从政当了县长。袁有桃的父亲以袁有桃为余生的寄托。袁有桃的父亲把袁有桃也送到了南方大学建筑系。袁有桃的父亲说是要袁有桃在南方大学建筑系找一个学建筑的男同学，将来可以继承家业，有可靠的人生。袁有桃的父亲托付桑中照顾袁有桃。袁有桃的父亲还说，两家门当户对，或者也能结成秦晋之好。

袁有桃到了学校以后，倾倒众生。

袁有桃从来不拒绝任何人的追随，也从来不对任何人有多一分的亲密，仿佛乐于享受万众瞩目万千宠爱的女王，不会轻易俯就。袁有桃有时真切得近在眼前，有时又虚幻得远在天边，所有追随的人仿佛从来只是在追随着一幅画，似有还无。所有追随袁有桃的人，或者就像被滴中了仲夏夜仙王爱汁的毒一样狂热，或者因为过分的爱不知所措，或者一想到袁有桃仿似幻景就不寒而栗。

看起来，只有桑中是袁有桃最亲近的人。桑中从不追随袁有桃，也对袁有桃从不忌惮，却常常能博得袁有桃咯咯地笑。袁有桃在咯咯地笑的时候才似乎附有凡俗生命应有的风情，只有桑中有这种能力。看起来，桑中对什么都无所谓，唯独愿意博笑袁有桃，袁有桃冰火两重，唯独愿意被桑中博笑。

几乎所有追随过袁有桃的人，到后来都会说，袁有桃就是钟情桑中，说的人多了，袁有桃和桑中就像真的有爱情一样。

其实，桑中对袁有桃一直不即不离，就像只是单纯博笑一幅画。

其实，袁有桃对桑中一直不即不离，就像只是单纯的一幅画。

袁有桃就像一幅无血无肉的画。

远看山有色。

近听水无声。

原来很长时间都沉默着的诸葛生，也活跃起来，开始追求袁有桃。诸葛生是殷勤的。袁有桃没有拒绝诸葛生的殷勤，也从来没有对诸葛生有多一分的亲密。没有人更多地在意过诸葛生对袁有桃的殷勤。诸葛生只是成了追随袁有桃的一群又一群的男同学中的又一个。诸葛生偶然认识的小老板后来也不再有小项目了，诸葛生完全不同于画图的另一种才能，也在短暂地崭露以后又埋没了。也没有人更多地在意过诸葛生是什么时候悄然不再追随袁有桃的。

以后，诸葛生在向杜卷耳提起袁有桃的时候，只是说过："不是一个世界的人。"除此以外，诸葛生再也没有说过当初追求袁有桃的事由。也再没有人提起过这些。杜卷耳也根本就忽略了。就像什么都没有发生过。

但在那时，诸葛生又沉默了。

桑中却凝视到，从诸葛生成了追随袁有桃的一群又一群的男同学中的又一个开始，杜卷耳就不再凝视跨栏比赛，不再凝视诸葛生的操作台，不再凝视诸葛生了。杜卷耳也再没有凝视过其他的任何人。

杜卷耳从此完全地凝注与忘我。

就像单纯的稚子。

就像林中的清风。

就像疾劲的草木。

成为这一届建筑系成绩最好的同学。

成为大家望尘莫及的标杆。

就像身怀绝技的高手。

一骑绝尘。

旁若无人。

杜卷耳从来也没有发现过。

桑中是一双眼睛。

一双凝视杜卷耳的眼睛。

以后，桑中对杜卷耳说过，人不轻狂枉少年，当初的自己耽溺在轻狂中，没有被什么征服过，只有对杜卷耳，会常常不由自主地凝视，就像桀骜的鹰凝视着在更高纬度的苍穹飞翔的鸟，就像凝视一座高山，高山仰止。

毕业晚会那天，桑中的乐队演砸了。

乐队只会演奏一支乐曲。

披头士的*All you need is love*。

毕业晚会是乐队的第一次公开演出。

可是演砸了。

披头士征服了桑中。

桑中第一次和乐队的同学一起听披头士的歌，就像呼吸氧气一样，听着听着，就觉得平静，又平静得想流泪。

桑中说："披头士总有别的摇滚没有的东西。"

同学说："是什么？"

桑中说："是纯洁。"

桑中和乐队的同学一起看盗版碟《约翰·列侬的理想世界》。

片尾，约翰被枪杀以后，响起的是*All you need is love*。

就像天堂的回响。

就像孩子的呼唤。

桑中说：“他们就像孩子一样纯洁。这种纯洁，有的人与生俱来，有的人就是没有，而且永远也学不来。”

乐队这才开始排练*All you need is love*。

*All you need is love*成了乐队唯一会演奏的一支乐曲。

演出的时候。

舞台上，追光就像骄阳。

舞台下，人群就像汪洋。

舞台，就像汪洋中的孤岛。

乐队像枪击一样锋锐地敲击着鼓面，激昂的前奏顿时猛烈地向着汪洋袭击，汪洋顿时平静了。

桑中是主唱。

桑中站在追光中，倨傲，峻拔，就像桀骜的鹰。

桑中举着话筒歌唱：

Love，love，love

爱，爱，爱

Love，love，love

爱，爱，爱

Love，love，love

爱，爱，爱

歌声平稳，温柔，清澈，缥缈，遥远，笼罩着唱诗班一样朦胧又神圣的气息，就像梦一样。

话筒突然没有声音了。

乐队停下来。

等到话筒恢复正常。

乐队再度像枪击一样锋锐地敲击着鼓面，激昂的前奏顿时猛烈地向着汪洋袭击，汪洋顿时再度平静了。

桑中再度站在追光中，倨傲，峻拔，就像桀骜的鹰。

桑中举着话筒歌唱：

Love，love，love
爱，爱，爱
Love，love，love
爱，爱，爱
Love，love，love
爱，爱，爱

歌声平稳，温柔，清澈，缥缈，遥远，笼罩着唱诗班一样朦胧又神圣的气息，就像梦一样。

话筒又没有声音了。

乐队停下来。

话筒没有恢复正常。

乐队继续演出。

没有了话筒。

没有了话筒的舞台，就像汪洋中的孤岛一样荒凉。鼓，贝斯，吉他，已经声嘶力竭，但是终究微弱。桑中的歌声也像失去了翅膀的鸟一样徒劳。乐队就像在荒凉的孤岛上滑稽地顾影自怜。

汪洋失去了平静。

“他们在唱什么？”

“我就听到了——Love，love，love！”

“是摇滚！”

“玩世不恭！”

“只会唱——Love，love，love！”

……

演出终于勉强结束的时候，工作人员才递过来恢复正常的话筒，桑中怒吼：“操蛋——”

话筒是开着的。

失去平静的汪洋清清楚楚地听到桑中的怒吼：“操蛋——”

如铙钹响亮。

如哀鸣绝望。

汪洋哗哗哗地大笑。

就像一场闹剧。

但是，杜卷耳忠实地听过乐队的演唱。

夜迟了。

大礼堂又在铜绿的穹隆顶下复于静止，就像一个世事洞明的匣子收藏起白昼所有过的热闹。

杜卷耳离开图书馆。

听到了乐队的演唱：

Love，love，love

爱，爱，爱

Love, love, love

爱，爱，爱

Love, love, love

爱，爱，爱

歌声平稳，温柔，清澈，缥缈，遥远，笼罩着唱诗班一样朦胧又神圣的气息，就像梦一样。

There's nothing you can do that can't be done

世上没有任何你能干而干不成的事

Nothing you can sing that can't be sung

没有任何你会唱而唱不出的歌

Nothing you can say but you can learn

how to play the game

你没什么可说的，但是你可以先学这游戏

It's easy

这很容易

Nothing you can make that can't be made

世上没有任何你能造而造不出的东西

No one you can save that can't be saved

没有任何你想救而救不了的人

Nothing you can do but you can learn

how to be you in time

你没什么可做的，但是你迟早可以学会做你自己

It's easy

这很容易

歌声空荡、隽永，让人安抚，自由，松弛，平静，就像经历过折磨、摧残，又得到了拯救、升华，就像穿越过荆棘，来到了坦途，就像梦一样。

All you need is love

你唯一需要的是爱

All you need is love.

你唯一需要的是爱

All you need is love, love

你唯一需要的是爱，爱

Love is all you need

爱是你唯一需要的

That is all you need

这就是你唯一需要的

歌声从大礼堂附近的音乐馆一楼尽头的一扇窗户传来。

窗户里就是乐队的杂物间。

杂物间里，桑中在歌唱。

桑中的歌唱，简单，直接，就像长长延伸的光柱一样清晰，又像包罗所有的暗影一样凝练，就像最有力的武器一样直击人心。

鼓，贝斯，吉他，无懈可击地伴奏。

他们就仿佛纯洁的孩子在清唱，在诉说，在呼唤。

就像梦一样。

Love，love，love
爱，爱，爱
Love，love，love
爱，爱，爱
Love，love，love
爱，爱，爱
……

杜卷耳听起来，就像从自己深海一样的心底浮现出来一样，亲切得始料未及。

就像梦一样。

事实上，乐队一直无拘无束地消磨，也一直没有什么人对乐队有什么所谓，杜卷耳也是。但是，那以后，杜卷耳无数次向着在大礼堂附近的音乐馆一楼尽头的这间杂物间的窗户驻足，就像向着一个不用诉说就能理解自己的世界。这个世界，似从未谋面，似久别重逢，似远隔重洋，似灵犀相通。没有人知道，这扇窗户里有这样一个世界抚慰过杜卷耳的青春。窗户里的人也从来不曾知道。

窗户里的人和杜卷耳迥然不在一个世界。

杜卷耳不会在迥然不在一个世界的事物上羁留。

杜卷耳只是惋惜乐队演砸了。

毕业晚会那天，袁有桃的父亲死了。

当天。梅雨缠绵。不时还夹带着一阵阵瓢泼的大雨。雨水横流。屋檐下，水沟里，湖里，所有的水都在暴涨、泛滥。山，湖，城市，房屋，道路，人们，一切都仿佛浸泡在水里，一切都仿佛浸泡得变形的纸片一样湿漉、绵软、烂糊，一切都几乎要漂浮起来。

中午以后，天突然放晴了。窒闷潮湿的空气猛然灼热起来。一切都仿佛从水里捞了起来，一切都迅速地沥干，恢复了原形。

到了傍晚的时候。坦荡的湖面已经完全平静下来。湖水还泛着浑黄。湖岸一个一个突兀的岬角，浮动着一堆一堆断了的粗枝大叶。远处磅礴的山峦经过涤荡青绿叠翠。天际雄浑瑰红的云霞渐渐扩散，又渐渐收缩，天地人间即将收尽最后一些自然的明亮。

一个突兀的岬角，浮动着一具尸体，就像一个充满腐败气体的臃肿的气囊，随着一堆一堆的断了的粗枝大叶一忽一忽节奏稳定地轻摆。

很多人似乎原来就隐匿在湖边的各个角落，现在突然都蹊跷地从各个方向冒了出来，都奔跑着围过去，就像群移的蚁群。

蚁群嚣叫。

“死人了！”

“杀人了！”

“出人命了！”

……

一个人死了。一切都会如故。天会黑去，又会亮起。湖面仍然坦荡。山峦仍然磅礴。天仍然会下雨，也仍然会放晴。人如爬蚁，闹哄哄的大惊小怪以后，立即就会回到各自的巢穴继续各自的生活。一具腐败臃肿的尸体，就像一个不再中用的气囊，很快就会彻底地被族类抛在脑后，彻底忘却。

尸体是袁有桃的父亲。

袁有桃是毕业晚会的报幕。

袁有桃站在骄阳一样的追光中。穿着猩红曳地的礼服，如火，会在骄阳下焚烧。穿着猩红曳地的礼服的袁有桃，白得透明，如冰，会在骄阳下消融。

晚会结束的时候。舞台上，猩红沉重的帷幕徐徐落幕，犹似骄阳的追光骤然熄灭。猩红的袁有桃，白得透明的袁有桃，退下舞台，就像一幅无血无肉的画从悬挂的墙上摘下，如火熄，如冰消。

袁有桃被两名警察带走了。

传说，袁有桃的父亲是被凶杀。袁有桃的父亲到离城来，一则是为了来接袁有桃的，一则也是为了桑中的父亲再度的擢拔再度打点襄助。袁有桃父亲尸体浮动的湖面，与以前袁有桃母亲溺死破灭的地方几乎一致。警方提供给袁有桃两张在逃凶犯的照片。不等警方追捕，袁有桃就带着凶犯的照片踏上了追凶的长路。警方一直没有侦破凶案。没有任何人知道袁有桃去了哪里。

总之，毕业晚会的第二天，袁有桃就消失了。

此后，世上，再也没有过袁有桃哪怕一丁点的消息。

远看山有色。

近听水无声。

春去花还在。

人来鸟不惊。

袁有桃就像回到画里去了。

毕业晚会的那天，诸葛生对杜卷耳说：“我还可以来找你吗？”

杜卷耳在晚会上演奏了手风琴。

杜卷耳只会演奏一首歌曲。

《弹起我心爱的土琵琶》。

毕业晚会是杜卷耳第一次公开的演奏。

父亲让杜卷耳把尘封很久的手风琴带到了学校。

父亲对杜卷耳说："拉琴就像喝酒一样，每天都喝酒，就像每天都泡在酒精里，酒量哪有不好的？经常练练琴，自然就能拉好琴。"

杜卷耳只练习过《弹起我心爱的土琵琶》。

每次练习的时候，杜卷耳都会被带回到以前听着父亲拉琴的时光，就像从来都没有离开过那时的时光一样。

到了杜卷耳演奏的时候。

杜卷耳站在追光中，白衣，蓝裙，超然物外。

琴声响起。

没有伴奏。没有任何烘托。一阵磅礴的火车鸣笛就像飓风一样呼啸而来，悠扬而又宏伟的乐章像激流一样流淌：西边的太阳快要落山了，微山湖上静悄悄。弹起我心爱的土琵琶，唱起那动人的歌谣……汪洋，孤岛，每一个方寸都被充满，都在喷薄，不可阻挡；每一个方寸都在随之起伏，激动，然后沉静，然后怅然若失，直到又一阵磅礴的火车鸣笛突然又像飓风一样呼啸而去……

琴声袅袅上升，消失在高高的穹隆间。

舞台继续其他轮番的演出。

一切都在平静地继续。

但是，诸葛生，不平静。

诸葛生沉默地看着杜卷耳站在追光中，站在飓风中，站在激流中，超然物外，好像和以前一模一样，又好像和以前已经不一样了，好像和自己来自一个世界，又好像已经和自己不在一个世界。诸葛生沉默地发觉，自己好像已经距离杜卷耳很久很久，又好像从来都没有距离过，杜卷耳还是自己最熟悉最亲切的标杆，就像杜卷耳一直都站在原地，就像什么都没有改变过，就像什么都没有失落过。

诸葛生，不平静。

杜卷耳从舞台上下来。

诸葛生拦住了杜卷耳。

诸葛生对杜卷耳说：“我还可以来找你吗？”

诸葛生穿着洁白的衬衫，两只肩膀略微地一高一低微微地斜拉着一道俊美的弧线，就像原来已经被掩埋的底片上的影像，终于出土，又被重新冲印出来一样。

杜卷耳粲然地笑起来。

诸葛生拦住杜卷耳，杜卷耳粲然地笑起来，就像两小无猜的恋人。

但是，没有人知道，桑中，也不平静。

桑中凝视杜卷耳站在追光中，站在飓风中，站在激流中，超然物外，就像单纯的稚子，就像林中的清风，就像疾劲的草木，有一种与生俱来的纯洁，有一种他人身上很少有的轻灵，有一种可以抵抗一切风暴的力量。原来，桑中和杜卷耳迥然不在一个世界，桑中凝视杜卷耳就像桀骜的鹰凝视着在更高纬度的苍穹飞翔的鸟，就像凝视一座高山，高山仰止。现在，桑中确信无疑，已经没有人比自己更熟悉，更理解，更爱慕，杜卷耳的纯洁、轻灵、力量。

就像被征服。

就像上天在手指着杜卷耳，对桑中说：你只能遇到她，她只能遇到你。

桑中遽然感到非同寻常的激荡，内心从此永远被刺穿了一样。

没有人有能力这样激荡过桑中。

没有人有能力这样刺穿过桑中。

袁有桃当然也没有。

没有人知道，桑中，不平静。

杜卷耳从舞台上下来。

桑中朝着杜卷耳走过去。

近在咫尺。

桑中看到诸葛生拦住了杜卷耳。桑中看到杜卷耳粲然地笑。桑中看到杜卷耳和诸葛生就像两小无猜的恋人。

桑中想要趋前告诉杜卷耳：你只能遇到我，遇到别人是你的不幸。

就像得到过上天的先谕。

杜卷耳却和诸葛生一起经过了桑中。

杜卷耳还在粲然地笑着。

杜卷耳抬头看到了一双眼睛。

一双凝视杜卷耳的眼睛。

杜卷耳在以后想起这双眼睛就像一个烙印。

杜卷耳在当时却浑然不觉地忽略过了桑中。

浑然不觉。

杜卷耳对桑中的凝视没有来得及感应。良禽当择木而栖。杜卷耳不加选择，不知深浅，轻易地就一叶障目，与她罕见的轻灵与力量与纯洁不能相称，因此在将来反要遭他人权衡的命运。世上多少本来骄傲的飞鸟都曾经误入庸碌的丛林，少有能够涅槃重生。

桑中被刺穿的内心锋利地疼痛，并且已经永远不能愈合如初。

没有人知道，杜卷耳果然就像是带着钩刺的苍耳降落，刺穿过桑中，并终将在桑中的心田长得根深蒂固，直至枝繁叶茂。

咫尺天涯。

桀骜的鹰和在更高纬度的苍穹飞翔的鸟。

你向着你的方向。

我向着我的方向。

要茫茫地各自迁徙，飞经岁月的千山万水，才会交集。

仿佛人生本来就是一场大梦。

记忆的长河，时时刻刻，滔滔流逝。

毕业晚会，晚会的演出，学校，学校里的青春，有过的传说，当初知道的、不知道的，一边发生，一边就已经被冲走，冲得无影无踪，以后，要再回忆、再打捞的时候，已经什么也捞不起了。

过去的人生跟着记忆冲得无影无踪。

打捞过去，是痴人说梦。

死亡的到来是完全意料不到的。

毕业晚会以后。

毕业了。

诸葛生还没有到家。

父亲死了。

清晨。田野里的稻穗泛开了绿豆般的色泽，已经到了稻子灌浆完熟青黄相接的时候。稻田里，起早的人家在背着喷雾器喷农药防治稻虱。早早就出笼的鸡、鸭、鹅，蹿在稻垄里，伸长着脖子，嚓嚓嚓地鸽谷，有的人家就在田边撒下用农药浸过的陈谷，警戒家家户户应该看紧自家的禽畜。已经放暑假的孩子们结伴赶着牛群，牛群在路边啃着青草，不慌不忙地将草卷进嘴里，又仰起头嚼上一阵，有的一边嚼一边扑哧扑哧地拉牛粪，牛粪在地上呼呼地冒着热气。有的人从菜地里回来，背着一簸箕的豇豆、丝瓜、茄子、西红柿、南瓜、辣椒，每一样都像朝露一样新鲜。

一年中最为繁重的“双抢”农忙即将到来。

丰收在即。

父亲佝着背骑着自行车。车轮骨碌骨碌地在公路上滚动。车龙头挂着有几斤重的条肉，路面颠簸，肉就随着晃荡。车后座用尼龙绳捆着一只篮子，篮子里有还在拍着尾巴的鲤鱼，有鲜红的猪心肺，有褐黑的卤牛肉，深棕的卤鸡爪，微黄的虾皮，还有白嫩的豆腐。

不断有人招呼父亲。

“这么早就从县城回来了？”

“哎——”

“买这么多好菜，来客人了？”

“诸葛生今天回来——”

“诸葛生是有出息了！”

“呵——买菜用的也是他自己寄回来的钱——”

“真有出息！还没工作就给家里挣钱了！”

“今年就工作了——”

“熬出头了！”

“呵——”

如今家里依靠诸葛生几次寄回来的钱，虽然远不足以扭转破败的光景，但已经引起了村里人的羡慕，村里从来还没有过谁家的孩子能给家里寄钱的。生活终于让人看到了些希望的光亮。

父亲母亲终于就能指望上诸葛生了。

父亲本来寡言，因为生活的多舛更加沉默，就像哑巴一样。村里的人鲜少和父亲说话，好像父亲就是哑巴一样。如今，村里的人都愿意和父亲攀谈几句，好像从来没有以为父亲就是哑巴一样。

父亲终于又在人前有了些体面。

往前十多米，横穿过公路，就到家了。

父亲身后有一辆拖拉机突突突地开过来。拖拉机装满了化肥。化肥装得太满了，就像一座山，摇摇欲坠。

父亲佝着背，加紧蹬了几脚踏板，想要抢在拖拉机靠近前横穿过公路。

拖拉机却在加速想要赶超过父亲。

拖拉机撞上了父亲。摇摇欲坠的化肥就像一座山一样倒下来。父亲佝着背，倒在公路上，就像一只一直苟延残喘直至生命最后一息的老虾。条肉，鲤鱼，猪心肺，卤牛肉，卤鸡爪，虾皮，豆腐，撒在路上，鲤鱼还在血污里拍着尾巴。

父亲死了。

撞人的家里，比诸葛生家还要破败，仅有的两间夯土房，不像样得只比露天多了个屋顶一样。撞人的母亲，老得像一粒瘪得没有用场的秕谷，只会撩着破烂的围裙抹着眼角的眼泪哭诉："——三十多了都没娶媳妇——这样的人家哪里娶得起媳妇——东拼西凑借钱买拖拉机——才跑第一天就撞死人了——哪里有钱赔命——我这老不死的怎么不撞死——"

撞人的赔不出钱。

最后由村干部出面商定了五千块钱的赔偿费。先把拖拉机卖了，赔付了五百块钱的安葬费。其余的赔偿，什么时候有点钱什么时候就再赔付一点，终生赔付。

父亲就这么死了。

命比纸薄。

母亲不停地哭，好像人生在世睁眼看过的全部生活，最终都哭成了泪河。母亲哭着哭着，眼睛就看不见了，两条腿也不会走路了。母亲天天躺在床上，就像一抔死灰，就像活着的死人。

姐姐还是用铁链拴着。姐姐断了很长时间的药。断药以后，姐姐就骇人地瘦下来，瘦成一根稻草一样，要不是用铁链拴着，似乎一阵风就会被卷走。姐姐是一根烂稻草，地上什么烂的臭的东西都抓起来吃，什么破烂的布条，肮脏的塑料纸，都披挂在身上，就像医生说过的，姐姐已经和那些在马路上捡垃圾吃垃圾的疯子一样了。等到诸葛生寄了几次钱回来以后，姐姐能断续地用药，又重新壮硕得像水缸一样了。父亲母亲不敢大意，还是用铁链拴着姐姐。姐姐还是人不人鬼不鬼的。

村里人跟姐姐说："父亲死了。"

姐姐自言自语："我看到有鬼飘过去了——"

村里人说："不是鬼，是父亲死了。"

姐姐自言自语："他们都在说我——你听听——"

村里人说："这个家是见鬼了。"

姐姐置之度外。姐姐一直就活在了疯了的那一刻。几乎从疯了的那一刻开始，姐姐就永久地停止在了那里，没有了过去，也没有了未来。万物变化，却只有姐姐从此永不变幻，从此丝毫不受时间流逝的影响，没有了生的欢乐，也没有了死的哀愁。

母亲一再地对诸葛生说："活不下去了——还活下去干什么——"

诸葛生对母亲说："要活下去——总会出人头地的——"

母亲说："这个家会拖累你的——"

诸葛生原来签了离城一家建筑设计院的工作。

诸葛生放弃了。

留在了县城的城建局。

南方大学建筑系的毕业生天地广阔，从来没有到县城去的。

诸葛生臣服于命运，放弃了广阔天地。

所幸，什么也没有再阻止诸葛生和杜卷耳开始相爱了。

以后，诸葛生问过杜卷耳："你爱我什么呢？"

杜卷耳想想。

回答不出。

爱什么呢?

不知道。

不知道爱什么。

就爱了。

来日追忆，就像说故事一样失真，连自己都不相信。

10

后来，经过权衡，诸葛生放弃了杜卷耳。

杜北山要买房子。

父亲母亲为此改变了生活的主张。

父亲母亲原来主张要给家里盖房子了。

家里已经存了两万块钱。一万块钱，是杜北山和杜卷耳工作以后，父亲母亲有了结余存起来的。一万块钱，是杜卷耳陆续寄给家里的。杜卷耳每个月有两千多块钱的工资，每个月都能留出一些钱寄给家里。杜北山毕业分配在市里的一所学校当老师，每个月四百多块钱的工资，杜北山花费起来从来都没有结余，也就从来没有可能给家里寄过钱。

父亲母亲主张用这两万块钱盖房子。

现在，黍村原来批了宅基地的人家，至少都已经盖起了一层楼，原来盖起了一层楼的，有的又往上盖了一楼。无论是盖了一层楼的，还是又往上盖了一楼的，都计划着挣了钱再继续盖，至少都要盖到三层、四层才会结顶。已经完全盖好的依然只有原来的两户，依然还是只有原来的一户把赭红的砖墙刷得雪白雪白，气派地矗立在村子里。盖了一层楼的，又往上盖了一楼的，依然都没有粉刷过墙壁，水泥的空心楼板上依然盖着油毡布防止漏水，窗户装上了木框的窗门，却很少装过玻璃，依然等于没遮没拦地豁开着。这些房子裸露着赭红的砖块，已经占据了黍村大半个村庄的面积，黍村大半个村庄的人也已经离开了原来的三合院、夯土房，住进了这些赭红的砖房里。还住在三合院和夯土房的人家，渐渐少了。

黍村的人都对父亲母亲说："儿女都领工资了，往后都是享福的日子了，盖房子是轻而易举的。"

黍村的人还指着气派地矗立在村里的把砖墙刷得雪白雪白的楼房，对父亲母亲说："盖这么气派的房子也是轻而易举的。"

结果，父亲母亲还是没有盖房子。

杜北山要买的是学校的集资房。

要六万块钱。

父亲说："公家不是会分房子的吗？"

杜北山说："那是房改房。现在没有了。"

父亲说："你一个月四百多块钱工资，六万块钱不吃不喝也要存十几年。"

杜北山说："学校说，这是最后一批集资房了，是学校的福利，只要六百块钱一平方米，每平方米要比商品房便宜两百多块钱，一套就要便宜两万多块钱。这次不买，以后就没有了，就要自己买商品房了。"

父亲说："六万块钱，普通老百姓想都不敢想。"

杜北山说："学校的同事说了，买了房以后，还要装修，现在要成个家，要十万块钱起步。"

父亲说："十万块钱，天文数字，说大话呢！"

母亲说："房子总要买的。"

父亲说："买不起的。"

杜北山说："要买的话，一个月内就要交钱。"

母亲把两万块钱给了杜北山。

父亲母亲原来从来不主张借钱，就是在同时供杜北山和杜卷耳读大学最困难的时候，家里也从来没有欠过债。

现在，母亲却从别人家借来了两万块钱。

母亲说："借钱是要面子的。别人肯借钱，而且不肯要一分钱的利息，是看到杜北山、杜卷耳都在城里工作的面子，不是什么人家都有这样的面子的。"

母亲把靠面子借来的两万块钱也给了杜北山。

还差两万块钱。

杜卷耳写信回来说，会多画些图纸，尽快给家里寄钱。

父亲着急着决定下井挖矿。

母亲也应允了。

以前，黍村的人常常对母亲说："运矿是苦力，一天才几块钱！下井挖矿吧！哪里有下井来钱快，一天几十上百块钱呢！"

母亲总说："哪里能下井的？那井是吃人的！"

现在，父亲却下井去了。

没过几天，父亲就差点被矿石砸死了。

父亲在矿井里挖矿，完全看不见井外的光明。

父亲和一起挖矿的人背着钢钎往外走，准备坐上吊笼回到光明的井外。

一起挖矿的人手里的电石灯照耀着黑暗的矿井，井壁上绿色、蓝色、紫色的矿石发出晶莹的磷光，就像一闪一闪的星星。

一起挖矿的人说：“这么多碎矿，都是钱！”

父亲抬头看着布满井壁的碎矿，就像黑色的天幕上布满的星星。

布满星星的黑色的天幕上，没有任何征兆地砸下了有几百斤重的矿石。

矿石砸在父亲的脚尖前。

父亲差点当场毙命。

母亲说：“还是不能下井。想想别的出路。”

母亲还没有想出别的出路，杜北山的钱没了。

父亲母亲原来主张用来盖房子的两万块钱，母亲借来的两万块钱，都没了。

杜北山的同事带着杜北山见了一个人。

这个人住气派的房子，开气派的车，还请杜北山和同事在气派的酒店吃饭。

这个人对杜北山说：“投入四万块钱，就可以收回一百万！只要你跟我们一起奋斗，你也能过这样的生活！”

同事对杜北山说：“这是改变命运的机会！到时候买套房子算什么！”

杜北山和同事都投入了四万块钱。

之后，住气派的房子，开气派的车，还请杜北山和同事在气派的酒店吃饭的人，找不到了。

杜北山和同事都掉进了传销的骗局。

命运没有改变，钱没了。

也买不成房子了。

父亲虽然脾气暴躁，喝醉酒的时候还会打母亲，但是父亲从来没有打过杜北山和杜卷耳。

这次，父亲扇了杜北山一巴掌。

父亲骂杜北山："石头扔到水里还会有声响——四万块钱哪——连个声响都没有——败家子——"

父亲为此又喝醉了酒。父亲现在已经很少喝醉酒了。父亲喝醉酒以后又摔东西，家里的东西又被摔得横七竖八，东倒西歪。父亲又举着扫帚要打母亲，母亲抵挡了以后，父亲又哇哇地吐。父亲吐完了又倒在床上呼呼大睡，嘴角淌着长长的口水，不省人事。父亲又灵魂出窍到只有父亲自己知道的世界里去了。

母亲什么也没有说。

母亲一个人，先从家里骑自行车到县城，再从县城坐中巴车到市里，再从市里坐火车到离城，来看杜卷耳。

杜卷耳留在离城工作以后，母亲还是第一次到离城。

杜卷耳白天画图，晚上画图，没日没夜地画图，没有时间陪母亲。

杜卷耳还住在集体宿舍里。母亲在宿舍里，打扫卫生，整理杜卷耳散乱在桌上的模型，一团一团揉皱的图纸，贴着透明胶带的硬纸板，给杜卷耳洗被子，洗衣服，用杜卷耳搁在走廊板凳上的电炒锅给杜卷耳做饭做菜。

杜卷耳熬夜。母亲睡下的时候，杜卷耳在画图。母亲又醒过来的时候，杜卷耳在画图。又睡下的时候，杜卷耳在画图。又醒过来的时候，杜卷耳在画图。睡睡醒醒，杜卷耳都在画图。

母亲对杜卷耳说："画图太辛苦了。"

母亲回家的时候，杜卷耳送母亲上火车。

在站台上，杜卷耳看到母亲的头发应该是有段时间忘了染了，白得厉害，因为头发白得厉害，就显得脸色也褐黑得厉害，因为脸色褐黑得厉害，就显得两颊铁锈一样的釉斑厚得厉害。

母亲叮咛杜卷耳："画图太辛苦了。少画一点。"

母亲转过身，上了火车，背影看起来已经不如以前矫捷，因为挤在汹涌的人流中，还显得孤立无援。

杜卷耳是在那一刻，第一次觉得母亲开始老了。

母亲没有开口提四万块钱没了。

过了不久，母亲得知有一座小矿洞别人要废弃了，小矿洞是横洞，不像直井那样危险，母亲就再借了几千块钱让父亲和几个邻居一起买了下来。那时候已经有风声说，县里的矿管局要对农民非法开采的矿井矿洞进行查封甚至炸毁了。父亲就和邻居们偷偷摸摸地开采。虽然偷偷摸摸，但是采了多少矿卖了多少钱都是归自己的，来钱就更快了。父亲母亲不仅要设法还借来的钱，还要设法再给杜北山挣钱买房子。

父亲母亲的日子比原来还要艰难。

等到将来。母亲永远地离开了以后。杜卷耳常常会想起，母亲那个时候孤立无援，原来肯定是想要开口得到自己的援助的，可是母亲忍着什么也没有说。

杜卷耳不知道，母亲活着的一生，究竟忍下了多少话，什么也没有说。

但是，杜卷耳能够这样想的时候，已经没有答案，已经追悔莫及。

诸葛生也要买房子。

诸葛生要买的是单位里的安居房。

要五万块钱。

是商品房的一半价格。

诸葛生不买。

诸葛生上班以后，先带着母亲看病。

医生说：“是癔症。是一种精神障碍。人受到惊吓、压力、刺激和痛苦的情况，会出现躯体的症状，导致功能性的改变。积极治疗，配合药物，大多数人都会恢复。也有严重的终生不能治愈。”

母亲吃药以后，身体就开始好转，眼睛看得见了，也能下地走路了。

母亲身体好了以后，诸葛生又送姐姐去住院。

诸葛生问医生：“这么多年了，住院还有用吗？”

医生说：“一般是有用的。只要系统有效地治疗，大多症状都能有效控制，可以恢复到简单的生活自理，基本的正常生活，但是治疗的难度大了，开销也更大，而且还是要终生用药。但是，也有因为治疗经常中断，病情频繁复发，已经导致患者大脑永久性损伤的，最终预后就很难恢复理想。”

医生还是让姐姐先住院三个月。

要一万块钱。

是等杜卷耳寄来钱凑足了付的。

诸葛生一个月的工资也才五百多块钱。

诸葛生买不了房子。

杜卷耳在信上说，会尽快地挣钱。

诸葛生还是没有勇气买。

诸葛生的局长看中了诸葛生。

局长找诸葛生谈话。

局长对诸葛生说：“错过这次机会，以后再也没有这么便宜的房子了。为什么不买？家里困难？”

诸葛生说：“是。”

局长说：“年轻人。一表人才。名牌大学毕业。科班出身。在我们区区小县城绝无仅有，前程不可限量。目光要长远，不要怕眼前的困难。”

诸葛生说：“是。”

局长又让工会主席找诸葛生谈话。

工会主席说：“局长的女儿在第一百货公司。你去看看。营业员里皮肤最白的那个就是。局长看中你了。你要是和局长的女儿谈成了，是根本不用你买房子的。你有福气。”

诸葛生拒绝。

工会主席说：“大树底下好乘凉。好好考虑。”

诸葛生没有考虑。

局长又和工会主席一起到诸葛生家慰问家属。

局长和工会主席坐着乌黑铿亮的桑塔纳轿车来到诸葛生家。

乌黑铮亮的桑塔纳轿车停在诸葛生家门口。

村里的人都围过来张望，一边张望一边打听。

“当官的来了？”

“当官的怎么到家里来了？”

“是不是诸葛生要当官了？”

“真要出人头地了？”

“……”

母亲从来也没有见过当官的人，皱巴巴的脸欢喜得轻微地抽搐。

局长和工会主席带来了水果、罐头、营养品，还给母亲递了一个大红包。

母亲从来也没有得到过这样的礼遇，欢喜得坐也不是，站也不是。

临走的时候，工会主席贴着母亲的耳根说：“局长看中诸葛生了。诸葛生要是和局长的女儿谈成了，根本不用买房子，还能把你们家的房子重新盖了。大树底下好乘凉。让诸葛生好好考虑。”

诸葛生没有考虑。

母亲逼着诸葛生考虑。

姐姐被村里的老光棍欺负了。

姐姐从医院回来了。

治疗的结果，姐姐的大脑已经永久性损伤。依靠药物的维持，姐姐更加壮硕了，能简单地照料自己的吃喝，还能帮母亲干些最简单机械的活了，不用再用铁链拴着了。可是，除此以外，姐姐已经没有了进一步治疗的希望，姐姐终生都只会活在没有欢乐，也没有哀愁的世界里了。

母亲到地里干活。

姐姐坐在院子里剥豆子。

村里的老光棍，拿着一个烧饼，问姐姐："想吃吗？"

姐姐呆滞地盯着烧饼。

老光棍坐在院子里的柴垛上，对姐姐说："坐到这里来吃。"

姐姐坐到了柴垛上。

老光棍把烧饼给姐姐。

姐姐吃烧饼。

老光棍对姐姐说："躺下来吃。"

姐姐躺在柴垛上吃烧饼。

老光棍解开了姐姐的裤腰带，往姐姐身上蹭。

姐姐还在吃烧饼。

母亲从地里回来，撞见了。

母亲举着手里的柴刀劈老光棍。

老光棍没有劈到，一边起身逃，一边还撂话："哪个稀罕哟——"

母亲羞愤难堪，用柴刀的柄打姐姐，一边打一边压着声音骂："不要脸孔了——脸孔都没了——”

姐姐还在吃剩下的烧饼。

母亲更加羞愤：“不要做人了——没脸皮做人了——不如一头撞死——”

母亲又把姐姐用铁链子拴起来了。

姐姐还是人不人鬼不鬼的。

母亲就此逼诸葛生，说：“家里没依没靠——别说猴年马月才买得起房子——就连个没用的老光棍都欺负我们——要是和局长结了亲——谁都不敢欺负——你自己也有个依靠——日子也就有出头的指望了——这个家指望你出人头地的——”

诸葛生沉默。

诸葛生沉默地坐在山上。

山，一动不动地蛰伏。原来父亲开过的坡地已经种满了青青的杉木。诸葛生沉默地看着风缓缓地吹过青青的杉木的树梢。沉默地看着麻雀一只，几只，一群，在青青的杉木的树梢飞过。沉默地看着山远处的山。沉默地看着山远处的山顶。沉默地看着山远处的山顶的天空。沉默地看着山远处的山顶的天空变幻的颜色。

山。青青的杉木。风。麻雀。山远处的山顶。山远处的山顶的天空。天空变幻的颜色。都黑暗了下来。

诸葛生。

被黑暗吞噬了。

有时候，爱情重如泰山。

有时候，爱情轻如鸿毛。

爱情遭受权衡的时候，已经，轻如鸿毛。

杜卷耳没日没夜地画图。

杜卷耳在毕业的时候，体谅父亲母亲的艰辛，选择留校，留在学校的建筑设计研究院及早地开始工作。老师们都惋惜杜卷耳没有再继续读研，或者出国留学，老师们都认为杜卷耳因为家庭条件所限没有进一步深造是遗憾的。杜卷耳不是没有思量过，也不是没有挣扎过，最终却清楚以当时的条件而言，这已经是最切合实际的，也是最好的选择了。

杜卷耳很快就成了设计院的一个传奇。

工作以后，不再停留于学生时候的概念设计，每天面对的都是实际项目。项目组讨论以后，大家就分头画图。大家都在画图的时候，杜卷耳还是在做模型。做实际项目以后，从来没有人做模型的。

杜卷耳做模型，就像雕塑一样。雕塑，是在石料上去掉不要的东西。模型，是积极地分析项目的规模、背景、条件、直面预算、体量、强度、外观、工期等等各种限制，然后冷静地一一去除没有意义的部分。杜卷耳就像雕塑一样，在模型中留下来对项目终极的追求和思考。

于是，大家交图的时候，杜卷耳不仅交图，也交模型。杜卷耳的模型，还是简朴、纯净，就像自然中的花草树木一样纯粹，不言自美。结果，项目常常不是因为图纸，而是因为杜卷耳的模型而中标。大家开玩笑说，图纸遇上杜卷耳的模型，是一种悲哀。杜卷耳因此很快就成为项目负责人。这在年轻的尤其是女性建筑设计师中，凤毛麟角。这在等级森严、论资排辈的设计院中，绝无仅有。

杜卷耳就像一个传奇。

杜卷耳有幸在起点的时候就登临了建筑设计应有的高度。

杜卷耳却不得不没日没夜地画图。

杜卷耳不得不设法接私活。杜卷耳自己还接不到私活。杜卷耳只能从别人那里转接。转接到的私活，甲方给出的设计费其实也很低廉，时间也很紧急，还要受制于一层一层的人，一轮一轮地改方案，消耗了很多时间，最后交出的图根本不可能做到让自己满意。私活的来源还很不稳定。同时，南方大学建筑设计研究院是全国一线的设计院，杜卷耳除了全力以赴地做好手中的项目以外，还要挤出时间不断地看些书继续学习和提升，才能立足。所以，私活的钱挣得完全没有想象中的那么轻松，甚至是痛苦的，尤其对杜卷耳几乎是巨大的浪费。即便这样，杜卷耳还是不得不设法接私活。完全就是为挣钱。

人生辽阔，金钱并不是最值得追求的。

可是，金钱似乎在扼着命运的咽喉。

杜北山买房子需要钱。

诸葛生买房子需要钱。

迫在眉睫地需要钱。

杜卷耳只有设法接私活，只有没日没夜地画图。

杜卷耳在过去、现在、将来，都不以为金钱是最值得追求的。

但是，现代社会已经撕开了归顺金钱的一个口子，金钱的欲望与罪恶，及其所致的荣与辱，富与穷，爱与恨，终将沿着这个口子决堤而下，奔腾成时代社会的巨流。杜卷耳从现在开始，直到以后相当的时期，都将在巨流里跌宕、破碎、狂奔，都没有躲过被金钱紧紧地扼住了自己命运的咽喉。

真希望我有成吨的钱。

那样我就自由了。

自由了干什么？

干所有事。

而自由，对于世间绝大多数的人，都是艰难的。

杜卷耳恍恍惚惚地去找诸葛生。

杜卷耳没日没夜地画图。

一晃两个多月。

诸葛生。

没有来信。

没有回信。

没有来电话。

没有接电话。

杜卷耳恍恍惚惚地到诸葛生的宿舍。

宿舍锁着门。

诸葛生不在。

杜卷耳恍恍惚惚地到诸葛生的单位。

传达室的大爷说，休息天，单位没有人上班。

杜卷耳恍恍惚惚地到诸葛生的家里。

诸葛生的姐姐坐在院子里剥豆子，没有欢乐，没有哀愁。

诸葛生的母亲绽放着皱巴巴的脸，进进出出地招呼人丈量房子的地基，忙忙碌碌地计划要重新盖房子。

诸葛生不在家。

杜卷耳问："诸葛生去哪里了？"

"不知道。"

杜卷耳问："诸葛生会回来吗？"

"不知道。"

杜卷耳恍恍惚惚地走在县城的街道上。街道不宽阔也不很长。布满大大小小的商店。布满花花绿绿的商品。布满形形色色的过客。粗糙的音箱播放着粗糙的歌曲，震耳欲聋，淹没不宽阔也不很长的街道，淹没大大小小的商店，淹没形形色色的过客，淹没恍恍惚惚的杜卷耳。

杜卷耳恍恍惚惚地看到诸葛生走在不宽阔也不很长的街道上。诸葛生穿着西装，不像诸葛生。诸葛生一只肩膀略高过一只肩膀，微微地斜拉着一道俊美的弧线，就是诸葛生。诸葛生一只手，还牵着一只手。手牵着手，经过大大小小的商店，经过花花绿绿的商品，经过形形色色的过客，淹没在震耳欲聋的粗糙的音箱播放着的粗糙的歌曲里。

恍惚不像诸葛生。

恍惚就是诸葛生。

杜卷耳就像梦魇的孩子一样。

喊不了。

哭不出。

跑不动。

恍恍惚惚。

杜卷耳就像梦魇的孩子一样地回到了家里。

父亲母亲都不在家。

都在小矿洞。

杜卷耳就像梦魇的孩子一样到小矿洞找父亲母亲。

小矿洞在矿区最冷僻的一个矿点上。因为冷僻，也就能安全地隐蔽起来。小矿洞打在矿层上，像一条巷道一样不断地深入。小矿洞往上只隔着三四米厚度的岩层，还有一个小矿洞。小矿洞往下只隔着三四米厚度的岩层，还有一个小矿洞。上上下下的小矿洞里，能够相互清楚地听到开采的声响，相互隔着的岩层没有经过任何加固防护的措施，依靠自然的承受力承受上上下下的开采。在农民自行开采的矿山上，这样层层叠叠，多的甚至有四五层的小矿洞，随处可见。

小矿洞是被人开采以后发现矿脉实在太薄才被废弃的，父亲和邻居们买下以后，矿脉却越挖越宽越厚。父亲和邻居们每天把十支雷管一支一支地塞进一包炸药包，然后把炸药包塞进用钢钎凿开的岩洞里，再铺开有两米多长的导火索点燃爆破，一次爆破就能爆破开两三立方左右的土石。土石上汩汩地流淌着黄泥浆和黄泥水，黄泥浆和黄泥水裹着大块大块绿色、蓝色、紫色的矿石。父亲和邻居们把这些矿石挖开，就等于挖开了钱。

母亲在小矿洞的洞口，和邻居的女人们一起选矿。先握着铲子，把沉重的碎矿铲到沉重的钢丝的筛子上，再端着沉重的筛子，筛选沉重的碎矿，筛选出的碎矿也是钱。

杜卷耳看到洞口排着队。有二三十个人。有的戴着安全帽。有的安全帽耷拉着。清一色已经几乎褪成了白色的蓝卡其劳动服，衣服上，裤子上，结着厚厚的黄泥。清一色磨损得变了形的解放鞋，也结着厚厚的黄泥。脸上是黄泥。脖子上是黄泥。手上是黄泥。就像用黄泥塑起来的群雕一样。队伍扛着钢钎、铁锤、簸箕，还有一摞一摞的雷管、炸药，由矿管局的人押到矿区派出所的保卫科。

队伍都是这一带层层叠叠的小矿洞里赶出来的农民。

父亲也在其中。

母亲和邻居的女人们躲在洞里。

母亲说："矿管局管得越来越严了。来查一次，就要罚款一次。罚款交了就好了。一时还不至于查封的。"

杜卷耳说："以后别干了。"

母亲说："不能不干。"

杜卷耳这才知道四万块钱没了，杜北山的房子也没有买。

杜卷耳忘记了梦魇。

杜卷耳回到离城以后，继续没日没夜地画图。

下雪了。

南方大学覆盖在皑皑的白雪中。

门楼。图书馆。体育馆。科学馆。音乐馆。教学楼。大礼堂。日日如处子般醒来日日向着世间苍穹说话的建筑。路边已经光秃秃的落光了大叶只剩粗枝的梧桐树。都是白的。

一切，都是白的。

一切，白得彻底。

杜卷耳。

诸葛生。

走向门楼。

走出门楼。

白的一切。静默。

杜卷耳。诸葛生。静默。

静默。

一直延伸到车站的站台。

站台上，白的长长的火车，卧在白的长长的铁轨上，已经轰鸣起呜呜的汽笛，一团一团白的蒸汽从车头钻出来，向着白的天空蒸腾。

杜卷耳把手里的纸箱交给了诸葛生。

纸箱里，静静地躺着杜卷耳主动和诸葛生交换来的照片。薄薄的一寸黑白照片上，诸葛生穿着洁白的衬衫，精神的头发略微扬起，眉毛轻轻地拧着，有些严肃地抿着嘴，涩涩的青春意气，仿佛五月清爽的晨晖。纸箱里，静静地躺着诸葛生寄给杜卷耳的信。一封一封倒贴着邮票的信，一沓一沓地码得整整齐齐。

诸葛生对杜卷耳说："是我不好。"

白的长长的火车，消失在白的长长的铁轨上，消失在皑皑的白雪中。

一切，都是白的。

一切，白得彻底。

杜卷耳。

大哭。

这以后。

杜卷耳。

诸葛生。

没有再见过。

从此，诸葛生，就像杜卷耳人生中有过的一个星球，一度受到看不到的力量的作用，一度依存，看不到的力量的作用一旦消失了，就飞散了，消遁在了浩瀚人生的黑洞里。

回忆，就像浩瀚宇宙依稀的光点。

看起来又小，又暗，又弱。

因为它在数十亿光年之外。

而它实际上是一个完整的星球。

11

十八年以后。

知是故人来。

怅然遥相望。

诸葛生已经不是诸葛生。

不是诸葛生的身体里应该还住着诸葛生。

诸葛生住在不是诸葛生的身体里，兀自不停地倾诉。

“以前，给自己太多目标，太多压力，不懂得什么才是最重要的。”

“成家以后，半夜醒来，看着妻子，觉得特别陌生。”

“我始终还想绕着标杆飞，可是再也绕不到了。”

“……”

兀自倾诉的诸葛生是幸福的。

人生还能记得。

都是幸福的。

杜卷耳笑。

粲然地笑。

人生，从过去来，到将来去。

在时光的湍流中。

流离颠沛。

被伤害过。

被滋养过。

甜过。

苦过。

脆弱过。

勇敢过。

在流离颠沛的时光里。

杜卷耳。

想过。

最好的人生。

是一辈子只爱一个人。

从年轻貌美的时光。

到白发苍苍的暮年。

可是。

没有人。

给过杜卷耳。

这样的人生。

杜卷耳笑。

粲然地笑。

在时光的湍流里。

过去，是迟早都要离开的地方。

将来，是迟早都将要去的地方。

别无选择。

时光。

是最费解之谜。

杜卷耳冉冉地离开了过去。

第二部

爱会碾磨你，
直至你洁白。

1

后来。

张氓。

成了。

杜卷耳生命中的一座丰碑。

2

杜卷耳希望到一个没有记忆的、温暖的地方。

清清白白地度过余生。

杜卷耳准备移民。

咨询机构说："美国。加拿大。澳大利亚。新西兰。都是老牌移民国家。国内移民的人很多，到了那里还好像是在国内，出国还像没出国一样，不会孤独，不会寂寞。"

杜卷耳说："我要到没有人认识的地方。"

咨询机构说："德国。不是传统意义上的移民国家。国内移民的人相对少。会很孤独，很寂寞。"

杜卷耳就去了一趟巴伐利亚州。

浮光掠影。

很中意。

中意那儿的馥郁。

所过之处。草地无垠。森林绵延。山脉横亘。晨露晶莹。奶牛慵懒。色彩浓郁的屋顶一处一处地疏散。每一个窗台上都盛开着鲜花。清晨的薄雾像纱幔一样从草地上升起。古堡伫立，仿佛望族的老者，神秘，高贵。湖水湛蓝，湛蓝的湖面上白帆浮动，天鹅寂静地游弋。飞鸟在空中灵动。远远地有人像鸟一样地在滑翔。只有蜿蜒的公路是裸露的。公路很长时间地静寂，偶尔有车经过，偶尔有人走过。全景，一切，所有，都像是活着的油画。

中意那儿的静谧。

在农庄的客房里，有时听到门上轻微地叩了一声，如果你没有站起来去开门，就不会再有第二声叩击。在疗养院的花园里，青草、鲜花会一直匍匐到你的脚上，叶片会直接落在你的头上、肩上，一群、一群的麻雀会静静地与人对视，仿佛是在向同类致意。在城郊的学校，就好像是很久很久以前遗落的一个童话世界，远离尘嚣，校长，老师，一心只安静地做好自己的事情，不会受到外界太多的打扰。那儿的人们，就像森林中的小动物一样，安静地生息，既不会轻易地去打搅他人，也不会轻易地被他人打搅，真正就像自然中的一类生灵。

中意那儿的安详。

城市里，有保存完整的巴洛克式和哥特式的中世纪建筑群，有古老的马车在古老的街头辚辚而过。城市的广场上，阳光和暖，徜徉的人们，眼神清澈，面容沉静得就像湖面一样沉淀，有的在长时间地出神，有的在露天演奏，有的在聆听露天的演奏，有的在默默地下国际象棋，半人高的一枚棋每下一步都要沉思很久以后才缓慢地搬动。广场不远的啤酒馆，到了夜晚，座无虚席，年轻的服务员抓举着大把的扎啤欢快地穿梭，老人，年轻人，男人，女人，都会在酒后载歌载舞，热烈，疯狂，从极致的宁静到极致的奔放，有张有弛，有强烈的反差的美好。

在泰戈尔湖小镇，有一对从国内来定居了十多年的夫妇。

夫妇都很朴素，衣着简便，言辞平静，看不出来自国内最高学府高才生的神采，也没有通常成功人士的光鲜，不过就像国内再普通不过的寻常百姓一样。

夫妇问杜卷耳："为什么打算移民过来？"

杜卷耳说："我想到没有人认识的地方。"

夫妇说："国内的确很少有人在这里。"

杜卷耳问夫妇："想过回国吗？"

夫人说："没有。在国内的同学现在都已经功成名就了，他们常常惋惜我们在这里浪费才华，没有实现人生价值。可是，我们在这里，可以有大量的时间陪伴孩子们，照顾他们的生活，每天读书给他们听，没有错过孩子的每一个成长的细节，孩子们都非常健康。我们认为这样的人生比功名的成就更好。"

先生说："每次回到国内的时候，都能感受到国内发展的活力，看到社会经济的蓬勃，看到国人在经济建设发展中的兴奋，看到诱人的希望和机会，看到很多旧友斗志昂扬。但是，我们不敢选择留在国内，我们已经习惯了这种朴素的生活。"

这对夫妇似乎旁证了杜卷耳中意的正确。

浮光掠影。

杜卷耳就准备移民了。

多少事。

不言中。

张氓。

和。

杜卷耳。

在一起七年。

分开也已经七年了。

七年。

又。

七年。

张氓走了以后。

杜卷耳一言不发。

却一直都还在心里默默地和张氓说话。

6.16

你不在了。

……

12.10

你为什么不在了？

……

1.14

你有过对我的缅怀吗？

……

6.16

你已经走了，我的心还在停摆的地方飘摇。

……

11.11

你来过吗？你走了吗？你还在吗？

……

6.16

你就像长了根一样长在了我的心里。

……

6.16

你已经灰飞烟灭。你已经死去。我却愿你长活在我的心里。

……

3.24

我再也没有见过你。

……

6.16

假如有一天，我再见到你，是致以沉默，还是眼泪？

……

6.16

我们是不是走丢了？

……

6.16

如果有遗憾，我只是遗憾，没有做到让你一直爱我。

……

年年。

月月。

日日。

这些在心里和张氓默默说过的话。

就像来自无穷宇宙中的一个光源。

在无穷的时空里从不停止光脉冲。

堆积成了一个光锥。

多少事。

不言中。

如果诸葛生没有来过。杜卷耳不会知道，或者谁都不会知道，在这个世界上，在一个方向，一个默默的一隅，总有一个人，原来一直都在没有停歇过地思念自己。就像张氓不会知道，或者谁都不会知道，在这个世界上，在一个方向，一个默默的一隅，总有一个人，原来一直都在没有停歇过地思念自己。

知道。

不知道。

都已经没有了意义。

电影院黑暗。黑暗的最深处，亮着别人的人生。别人的人生在黑暗的最深处，兴起，消亡，就像自己经历了一样。就像自己的未来、过去，由别人演在了面前。

杜卷耳。

在黑暗中。

看到黑暗的最深处。

亮起两排竖字。

黑底白字。

郎心自有一双脚，隔江隔海会归来。

电影院黑暗。黑暗的最深处，亮着别人的人生。别人的人生在黑暗的最深处，兴起，消亡，就像自己经历了一样。就像自己的未来、过去，由别人演在了面前。

杜卷耳。

又一次。

在黑暗中。

看到黑暗的最深处。

亮起两排竖字。

黑底白字。

郎心自有一双脚，隔江隔海会归来。

郎心自有一双脚。

隔江隔海会归来。

杜卷耳的郎心。

已经回不来了。

在无穷之中。

光锥。

实际上。

是光的过去。

是光的死灰。

杜卷耳。

不眷恋。

杜卷耳。

浮光掠影。

就准备移民了。

杜卷耳就希望到一个没有记忆的、温暖的地方。

清清白白地度过余生。

3

开始的时候，丘城，就是丘城。

丘城，还沉寂着。

老城区。狭小。地势高低起伏。一个短促的低丘，连着一个短促的低丘。一个短促的矮坡，连着一个短促的矮坡。低丘上，矮坡上，密集着夯土平房、砖瓦房，还有两层、三层，最高不过五层的楼房。房与房之间，杂陈着狭窄的路，有的铺着青石板，有的铺着碎石子，有的铺着沥青。房是光秃秃的就是房，路是光秃秃的就是路，零星有一些地方生长着一些零星的草木。城内，店铺低矮栉比，人群熙攘拥塞。一圈逼仄的环城路以外，就是凌乱的城乡接合的城外。

老城区以南，是丘江。丘江宽阔，深水静流。沿岸袒露出大片的沙石。岸上杂草疯长。江面上横贯着有几百米跨度的石拱桥。石拱桥古朴、敦实、沉稳，日日迎来缓缓的江水缓缓地从连绵十多个的桥孔下穿流东去。

过桥，是开发区。平坦。开阔。除了近江一带兀立着一片新建的楼房以外，全是荒芜的湿地。一条崭新宽绰的水泥大道空荡荡地划过湿地，空荡荡地伸向前方。一群一群的鸟雀，在空旷的上空，扑棱棱地飞旋。

到了严冬的时候，丘城就特别冷寂。

那时，丘江的水位下降了一大截，沿岸更多地袒露出大片的沙石。岸上疯长的杂草已经干黄枯败，一些败断的草茎被凛冽的寒风卷起，又落下，落下，又卷起。下降了一大截的江水沉淀清澈，就像静止了一样，只有连绵的桥孔下一圈一圈暗流的旋涡在表明着江水还在一圈一圈地川流东去。荒芜的湿地上鸟雀沉默地蛰居。深浅不一的水洼都结了薄薄的冰块，冰块略微地发白，有阳光的时候，就会发出轻微的吱啦啦冰裂的声音，有时候声音会零星地惊动鸟雀，空旷的上空就会划过鸟雀轻微的嘶叫。

那时，寒夜的丘城，沿街，流动的夜宵铺一家挨着一家。都用细细的竹竿支着一块红的绿的防雨布。竹竿上缠绕着红的绿的电线，电线上挂着暗黄的灯泡。暗黄的灯光下是一辆简陋的三轮车。三轮车上架着单薄的木板。木板上摆满大大小小的的碗盆。碗盆里装着年糕、面条、粉丝、水饺、馄饨、白菜、海带、猪血、筒骨……旁边生着煤饼炉，煤饼通红通红的，炉子上的砂锅扑哧扑哧地烧开了，热气腾腾。一边挤挨着白色的塑料桌，白色的塑料凳，桌子的白色已经被油垢渗得发黑，凳子的白色也已经被油垢渗得发黑，都一茬一茬地坐满人，都一人一个砂锅，热气腾腾。这些热气腾腾的砂锅几乎就是严冬冷寂的丘城冒着的仅有的暖意。

丘城，就这样还在沉寂中默默地生息。

杜卷耳从离城来到了丘城。

丘城区位保守，虽然是省内陆路交通的枢纽，却一直发展滞后，在新的规划中，丘城会发展成省内政治经济文化的副中心之一，会成为重要的城市经济圈，开发在即。南方大学建筑设计研究院就在丘城成立了分院。院里动员大家报名到分院。

杜卷耳报名了。

离城的夜，霓虹闪烁。

杜卷耳又和年轻的同事们一起踩着自行车，成群结队，穿过闪烁的霓虹，穿过离城夜中的粗枝大叶，去跳舞。夜风哗哗地吹动粗枝大叶，哗哗地吹起裙摆，杜卷耳和年轻的同事们一起哗哗地笑。

舞厅简陋。白天是大礼堂，晚上把一排一排的会议椅靠到墙边，围成一圈，圈中就是舞池。舞池灯光忽明忽暗。舞曲有时缠绵，有时热烈，有时幽怨，有时欢快。大家在摇摆，四步，三步，两步，探戈，恰恰，迪斯科，一曲，又一曲，不停地摇摆。

……昨夜的星辰已坠落……

……我却为何偏偏喜欢你……

……给我一杯忘情水……

…………

一曲。

又一曲。

不停地摇摆。

杜卷耳不停地摇摆。

在摇摆中想起诸葛生。

在摇摆中忘记诸葛生。

摇摆是短暂的麻醉。

曲终人散。闪烁的霓虹已经开始陆续熄灭。杜卷耳和年轻的同事们又一起踩着自行车，成群结队，穿过陆续熄灭的霓虹，穿过离城夜中的粗枝大叶。夜风哗哗地吹动粗枝大叶，哗哗地吹起裙摆，杜卷耳和年轻的同事们一起哗哗地笑。

摇摆只是短暂的麻醉。

第二天，杜卷耳报了名。

杜卷耳就此最迅速地结束了短暂的麻醉，投奔向了人生的下一个阶段。离别，开始的时候是轻微的罅隙，后来就迅速地成了强劲的潮汐，撕扯开了人生黑洞的势垒，在杜卷耳以后的人生里，诸葛生不可阻挡地吸积成了进入黑洞的遗骸，消亡的速度比想象的更快。

纵观起来，诸葛生似乎仅仅导致过杜卷耳短暂的麻醉，而事实上，诸葛生就像消散的星球，余留在杜卷耳人生中的物理影响，无从测量。

丘城，是炼炉。

唐华棣把丘城湿地公园服务中心的设计项目交给杜卷耳负责。

唐华棣说：“是小项目。只有五千多平方米。两个星期出方案。”

唐华棣说话的时候没有抬头。

说完的时候也没有抬头。

冷淡地把项目交给了杜卷耳。

唐华棣是分院的院长。唐华棣不过三十五岁。唐华棣长于徒手草图，任何设计项目，只要是唐华棣出手的草图，其潇洒、自如、精美，以及造型的独树一帜，总让人叹服不已，唐华棣因此早早得志，原来是南方大学建筑系最年轻的教授，现在几乎是国内同级建筑设计院最年轻的院长。唐华棣为人冷淡、傲慢，难以接近。分院人人都敬畏唐华棣。

唐华棣是分院的招牌。起初分院都仰仗唐华棣个人承接项目。承接的项目都是唐华棣先画草图，设计好总体的布局和轮廓，然后由其他人负责转化为建筑平面，并且保证建筑平面最大可能地忠实于草图的效果，至于建筑的最后的实现，唐华棣一贯很少再过问。分院形成了唯唐华棣马首是瞻的设计作风。

唐华棣不会在意丘城湿地公园服务中心这样的小项目。在唐华棣的眼界里，这样的小项目即便对于项目量有限的分院，也无足轻重。唐华棣没有先画草图就把项目交给了杜卷耳。这是分院至今唯一不经唐华棣画草图的项目。

丘城当地也不在意这个小项目。公园位于开发区的最北部，占地广阔，目之所及都是池塘、缓流、浅滩、灌丛、草坡、山坡，周边遍布农田、农居，是丘城辖地最平常可见的地貌。省里的一位领导偶然到丘城视察的时候，遥指着公园所在的方向说："可以建一个湿地公园。"公园就这样出于偶然。

出于偶然的公园，远离老城区，又因为省里的那位领导很快就调任不再有人问津，草草地用木栏圈出一个范围以外，不再有其他任何的开发，也没有建设任何设施，完全只有平常自然的原貌，在丘城的人看来，实在乏善可陈，也从来不以为这样的公园对丘城的发展有任何的裨益。

服务中心的项目只是按期完成既定的规划配套，无足轻重。

杜卷耳对待项目从来没有轻重之分。

杜卷耳夜以继日地做方案。

杜卷耳先是按柯布西耶的新建筑五点，做了一个西式现代建筑的模型。屋顶花园，横向水平长窗，最大限度地简化结构体系和构件，简单，光洁，就像一个抽象的现代雕塑。杜卷耳意图用西式现代建筑，表征丘城开发区现代发展的大势。但是，杜卷耳发现这个建筑并没有和城市的文脉发生关系，还没有体现出丘城的特质。

杜卷耳又参照古典园林的尺度，做了一个中式古典建筑的模型。白粉墙，墙上压着黑瓦，不同的功能空间处理成厅堂、廊、雅轩、亭台、楼阁，散布在园林内，相互为借，辉映成趣，素雅，明净，就像一幅写意的水墨画。但是，杜卷耳发现这个建筑，放在湿地里是孤立的，和周围的自然发生不了任何关系。

杜卷耳在学生的时候就一直在做恰如其分的建筑。

杜卷耳要做出恰如其分的方案。

杜卷耳一再地来到公园。

公园寂寥。

池塘，缓流，浅滩，灌丛，草坡，山坡，到处都露出些地带性的黄土、红土。青翠的马尾松，常绿的木荷，姹紫的檵木，嫣红的枫香，在阳光下平静地闪亮。白头鹎，椋鸟，雉鸡，鹧鸪，有的在飞，有的在踱步，有的在默默地站立。

公园里有两间夯土房。

房子里住着一位老人。

老人在房子周围开垦了一圈菜地。

老人在菜地里锄草。

老人对杜卷耳说："原来这里都是这样的夯土房，圈作公园的时候，房子都拆了，别人都拿着政府赔的钱到别处盖几层楼的砖房了。我不走。地方是这里好。房子也是这里好。夯土房会呼吸，下雨的时候土墙能吸潮气，干燥的时候再吐出来，热的时候能吸热，冷的时候又把吸的热吐出来，冬暖夏凉，砖房比不上夯土房。"

杜卷耳说："现在没有人肯住夯土房了。"

老人说："现在的人认为夯土房旧了，落后了，就嫌弃了。我一辈子住习惯了。我不走，政府就让我留在这里看护公园。"

老人继续除草。

和风吹过池塘、缓流、浅滩、灌丛、草坡、山坡。吹过到处露出的黄土、红土，吹过马尾松、木荷、檵木、枫香。吹过白头鹎、椋鸟、雉鸡、鹧鸪，吹过夯土房、老人、菜地。不分轩轾。

杜卷耳继续做模型。

杜卷耳决定做一个现代夯土建筑的方案。

杜卷耳夜以继日。

先做了一个很大的基地的模型。用两米见方的木板做底座。底座上，低陷的是池塘、缓流、浅滩，起伏的是草坡、山坡，遍布的用针管笔戳出来的点是茂草，还有刀刻的道路，点缀的树、鸟。湿地公园的环境完整地浮现在模型上。

然后用泥巴摆体块。估摸着每个空间的尺度，不停地变换着泥巴的形状，思考排布空间、相互的关系。最终确定下两层的、三层的、错落的建筑形体，并且结合功能、采光、通风的需要，挖出六个性格各异的庭院穿插在建筑形体中。

接下来用木片和有机玻璃完成了建筑主体模型。考虑到空间的虚实关系，确定重要的限定空间的墙体都采用夯土实墙，主入口的庭院，以及重要位置的庭院则采用隐框的玻璃幕墙，实现厚实的夯土与相对没有存在感的玻璃材料之间的协调。模型中，木片横向的纹理几乎完美地接近夯土的颜色，玻璃的拼缝严密平整，接近虚无，玻璃面上投映着实墙的影子，虚与实，互为表里，笙磬同音。

最终，建筑就像平地生出，平缓地起伏在湿地上，仿佛本来就是湿地的一部分。

杜卷耳夜以继日，在两个星期内交出了方案。

委托方反对方案。

“现在连农村都不建夯土房了——”

“看起来就像没有房子一样——”

“根本不能引人注意——”

唐华棣支持方案。

唐华棣说服委托方说：“不会让你们失望的。”

唐华棣在看到模型的时候，就知道再也没有比这更恰如其分的方案了。模型极简，功能明确，没有任何多余的元素，所有的比例尺度，都准确、干净、舒服。真正好的建筑是从当地的文化和地域中演化生长而来的，任何建筑都不应该强加给任何环境，建筑应当与所在土地的精神息息相关，成为与之共生的一部分，唐华棣看到的正是这样的一个建筑，这甚至是唐华棣也还不曾做到过的。唐华棣惜才。

唐华棣对杜卷耳说："就这样做下去。"

唐华棣还是冷淡的。说话的时候没有抬头。说完的时候也没有抬头。唐华棣其实从此给了杜卷耳很多扶持。

杜卷耳夜以继日。

完成初步设计。

做施工图深化设计。

困难重重。

找不到墙体的配合单位。夯土墙体需要全程现场施工，公共建筑从来没有过这样的墙体。辗转联系。找到了一家原来和国外相关项目有过合作的知名单位，但是经费大幅地超出了预算。再找到一家没有任何知名的单位，会做地面的夯土，但是从来没有做过墙体，经过唐华棣一起商榷，总算答应承接。

配合单位什么经验都没有。窗户、门，怎样才能成功地出现在墙面上，怎样为安装固定创造条件，怎样进行防水倒灌处理，怎样进行薄弱部位的保温处理，等等，本来应该由配合单位解决的一系列问题，都只能由杜卷耳自己来思考、解决。

还遇到了其他工种的不配合。因为项目太小，其他工种对项目都不重视。结构设计把柱子放得很粗，梁放得很高，管线排得很混乱。杜卷耳让对方调整，对方一再推托，反复交涉才调整了设计。

又遇到了材料的挑战。传统的夯土墙用于民居，都是小住宅，长度不是很长，高度也不是很高，不需要结构测算，也不存在技术的困难。但是，项目中的墙体长度达到了五十余米，高度达到了十余米，还没有先例，在现行的标准里几乎没有实现的可能。

唐华棣说："多做试样。"

杜卷耳就做了很多的试样。

首先，取材砂质含量比较多的黄土，不含传统的黏土，添加石粉、石灰、石头、水泥，添加部分的防水剂，进行简单的拌和。然后，放了钢筋，起到拉结的作用。然后，放在模板里夯实，做出一比一的墙体样本，样本保留不同的颜色。然后，一次，一次，进行力学、防水、抗压、抗拉、抗裂、抗震的各种测试。

委托方质疑测试结果。

唐华棣就请来专家进行论证。

论证结果，墙体不存在安全隐患，在技术上是可行的，允许施工。

一年以后。

建筑落成。

远远看过去，就像一个缓坡自然地起伏在湿地上，与池塘、缓流、浅滩、灌丛、草坡、山坡、黄土、红土、马尾松、木荷、檵木、枫香、白头鹎、椋鸟、雉鸡、鹧鸪，以及夯土房、老人、菜地，不分轩轾。

恰如其分。

打动了人。

"咦？这不是以前的夯土房吗？夯土房还能这么盖？"

"以前买不起砖瓦盖房子，只盖这种夯土房。"

"小时候，我们家就住在这种夯土房里。"

"以前我就会盖夯土房，用两块木板支起来夯土，夯完一面墙，再夯另一面墙，干得热火朝天。"

“虽然还是夯土房，可是一点也不土。”

“……”

丘城的人都愿意来看。

一些外地的人也慕名来看。

到公园来的人就渐渐多起来。

建筑意外地成了丘城的地标性建筑，改变了公园的命运。

还引起了建筑学会的关注。

建筑学会不吝溢美。

“——从材料上说，建筑就地取材，成本低廉，而且把传统材料进行了改良，克服了传统材料的缺点，把蓄热以及降低能耗等性能发挥到了极致，充分表现了夯土的优点——”

“——从美学上说，建筑保持泥土原来的颜色，只是局部用矿物质颜料调整，不需要有任何的装饰，墙体本身的肌理就已经不琢而美，诠释了美的本真。同时，玻璃的精致与夯土的朴拙，现代与传统，新与旧，形成鲜明的对比，交相辉映——”

“——从情感上说，建筑表达出了其他任何材料都不能比拟的情感价值，对人的感官和精神都产生了冲击。体现了柯布西耶所说的，建筑的目的是感动我们——”

杜卷耳因此意外地赢得了权威的青年设计师奖。

杜卷耳也成了这一奖项最年轻的获奖者。

杜卷耳总是大家望尘莫及的标杆。

就像身怀绝技的高手。

旁若无人。

一骑绝尘。

仅就这次的建筑作品而言，在当时名噪一时，很多年以后也依然流淌着永不过时的建筑精神，这使得杜卷耳在建筑领域里留下过一时的声名，这也几乎成了杜卷耳有限的建筑生涯中再也没有逾越过的巅峰。杜卷耳显然太早就达到了很多设计师终其一生也不能达到的建筑境界，而这对于一个人漫长的一生而言几乎是微不足道的。

唐华棣在当时成全过杜卷耳。

也忠告过杜卷耳。

唐华棣说："毛铁炼成钢，是要经过无数次敲打的，要爱惜自己的羽毛。"

唐华棣还是冷淡的。

说话的时候没有抬头。

说完的时候也没有抬头。

日后，时过境迁，世态炎凉，唐华棣评价过杜卷耳："心气高。"

在丘城，杜卷耳还是不得不没日没夜地画图。

杜卷耳到丘城的那年过年，父亲母亲有两道坎。

一道坎是父亲被派出所拘留了。

一道坎是该准备杜北山成家了。

过年前不久，父亲被派出所拘留了。

矿管局要查封甚至炸毁农民非法开采的矿井矿洞的风声，一直都没有平息过。矿管局过上一段时间就会来查一次，来查一次就罚款一次，罚款以后过一段时间再来查，再罚款，只是照旧还没有真的查封或者炸毁。农民们就照旧偷偷摸摸地采矿。父亲和邻居们也照旧偷偷摸摸地采矿。除了苟且着偷偷摸摸地采矿，农民们再没有更好的生活的出路。

农民们麻痹地说："矿管局就是吓人。不过是要收点钱。"

后来，县里出了一桩命案。一个女人和一个男人毁了婚约，男人就在一包炸药里塞进了十多支雷管，把女人炸死了。男人交代，炸药和雷管是从采矿的农民手里买的。县里风传这次要彻底整治民用爆炸物品了。

农民们都充满了不安。

“听说是要重点整治采矿用的炸药雷管的买卖！”

“听说有个村因矿井问题已经被县公安局传唤了，人都到派出所去了，炸药雷管都带走的，公安局的人冲到村里搜家的！”

“听说非法买卖爆炸物品，就算没有用来杀人放火，也是属于刑事犯罪的，非法买卖存放炸药一公斤以上，雷管三十支以上，就是要判刑的！”

“要是查到了，我们都够得上判刑的！”

“也许风声一过又好了！”

“无论如何，家里的炸药雷管要藏好，再去买的话要格外小心！”

“……”

不安归不安。农民们照旧偷偷摸摸地采矿。

农民们采矿用的炸药雷管都是托人想办法买出来的。有的买出来的数量很大，就转手卖给其他托不到人的采矿的农民。父亲和邻居们刚刚从转卖的人手里买到了两箱炸药和雷管。要到十多里外的一个村里去取。父亲和邻居们不敢像往常一样，在大白天骑着自行车去取，就雇了一辆三轮卡，趁着夜黑，运回了两箱炸药和雷管。

过了没几天，父亲和邻居们也收到了县公安局的传唤证，传唤的原因是非法买卖两车炸药和雷管。

父亲惊吓地说：“两箱炸药雷管怎么变成了两车？”

邻居们也惊吓地说：“两车！还不要我们的命？”

父亲和邻居们惊吓地互相吩咐："到了派出所，一定要坚持说是两箱，一定不能承认两车。"

派出所一个一个隔离审讯父亲和邻居们。

审讯的人说："你们一起的人都已经承认两车了。承认了，交一千块钱罚款就回家过年；不承认，就不要回家过年了。"

邻居们就都承认了。交了罚款。回家过年了。

父亲却想："说好一定不能承认的。承认了真就再也回不了家了。派出所是在骗人。"

父亲就始终不肯承认。审讯的人就不许父亲吃饭、睡觉。还罚父亲蹲马步。父亲蹲着马步，手臂上，腿上，都绑了一块砖头，一动也不许动。蹲了马步还要父亲下跪。父亲觉得自己不是在做人，是连做狗都不如了。父亲还是不承认。

派出所就决定拘留父亲。

黍村的人都在传说父亲恐怕是要判刑坐牢了。

母亲先找村干部到派出所求情。村干部推辞了。这一次黍村有大半个村子的人都被传唤了，连村支书也被传唤了，村支书因为在审讯的时候不肯交代是托什么人买的炸药雷管，都被打晕过去才让人抬回家的。没人能去求情的。

母亲又找到已经回来的邻居们想办法，邻居们无计可施。

母亲对于生活，从来都不坐守等待，也从来都不怯懦。母亲毫不迟疑地抓起家里精心养了一年本来要用来过年谢年用的一只公鸡，一只老鸭，还有一只大白鹅，把鸡鸭鹅的脚杆都嚓嚓嚓地用猩红的尼龙绳捆结实，装在尿素袋里。又把十几斤颗颗浑圆饱满的黄豆哗哗地倒在另外一只尿素袋里。又从酒缸里舀了十几斤米酒装在塑料壶里。母亲骑着自行车，载着鸡鸭鹅、黄豆、米酒，找到了派出所所长家。母亲对抗生活的果敢和识见，完全高出一般的农村妇女。

派出所的所长就去提醒父亲：“别人怎么说你就怎么说，否则你一个人吃亏。”

父亲说：“两箱怎么能说成两车呢？现在承认下来，以后再要查起来就真的说不清楚了。”

所长说：“县里让派出所查的数字和实际的对不起来。农民开采的矿井矿洞那么分散，哪里对得起来的。大家都承认下来，结案就好了。不会再来查的。”

父亲说：“两箱变成了两车，不是太冤枉了吗？”

所长说：“不会冤枉你一个人的。”

父亲终于也承认了。

派出所就通知母亲带上一千块钱的罚款去把父亲领回家。

杜卷耳回到黍村的时候，是正午的时候。

晴好的阳光暖烘烘地洒满整个黍村。

黍村的家家户户都在洗晒。家门口的竹竿上，晒谷场的柴垛上，河岸的矮灌木上，山坡的树丛上，都晾晒着衣服、被套、床单。大人孩子都在把家里的桌子、凳子、菜橱、坛子、各种农具，都搬到小河边哗哗地冲洗。每年过年前，黍村的人都要这样掸尘，把家里的里里外外都拆洗、洒扫，还要掸除角角落落的尘垢、蜘蛛网，疏浚房前屋后的暗沟，焕然一新地迎接新年。

晒谷场上，人们提来玉米、大米，聚集着爆爆米花。爆爆米花的老人，一手拉着呼哧呼哧的风箱，一手摇着黑乎乎的炉子，金色的火苗腾腾地舔着炉子，照耀着老人布满褶皱的脸。每年过年前，黍村的人都要用爆米花切糖，先用大锅熬糖，再请来师傅用熬的糖搅拌爆米花，然后师傅用一副木头的模具把搅拌好的爆米花轧实轧平，最后嚓嚓嚓地切成糖，这是过年时候招待客人的最主要的点心。

门前，走廊上，不少人家都在熏豆腐干。临时用砖头围了几圈炭火，炭火上一道一道地撒上锯末，上面架着铁丝做成的网格，网格上整齐地码着一块一块老豆腐，豆腐是用盐水加黄芪浸泡过的，要在炭火上留心地翻了一道又一道，直到熏成嫩黄嫩黄的豆腐干，这是过年时候每家每户都少不了的。

黍村到处都已经充满了快要过年的气息。

杜卷耳一到家，就换下鞋子、裤子。换下的鞋子、裤子上，都溅满了黄泥浆。前些天都是下雨的，回来的机耕路上都还积着水坑、水洼，泥泞的黄泥浆就像稀粥一样烂糊。黍村的人要经过机耕路，都要穿上高筒的雨鞋，有的地方水坑深，穿了高筒的雨鞋也还有灌进泥浆的危险，有的地方泥浆厚，雨鞋就会陷在泥浆里拔不出来，要是想要侥幸骑着自行车过机耕路，就会连人带车滑倒在泥浆里。杜卷耳绕开机耕路，从一道狭窄的田埂路，绕到一道狭窄的田埂路，绕来，绕去，离村口还有几十米的机耕路却怎么也绕不开了，鞋子，裤子，就溅满了泥浆。

杜卷耳刚换了鞋子、裤子，父亲母亲也回来了。

父亲母亲刚从派出所里回来，鞋子上，裤子上，也溅满了黄泥浆。

父亲说："这样的路，拜年都走不出去。"

母亲说："这样的路，拜年都没有人愿意来。"

父亲母亲换下鞋子、裤子，就开始忙着各种过年的准备。

就像什么也没有发生过一样。

直到晚上杜北山也回到了家，父亲母亲才说了拘留的事情。

杜卷耳和杜北山都问："为什么不早说？"

母亲说："你们都是有工作的人。不能影响你们工作。"

父亲说："可惜以后就不能采矿了。以后再要采矿都要有开采证，办开采证就要有正规的设备，要很大的投资，农民都是小打小闹的，投资不起。我们买的小矿洞就要封掉了。以后这些矿井矿洞都要封掉了，再要采矿是难了。采矿的钱到底来得快，哪怕罚点款。可惜了。"

杜卷耳和杜北山都说："以后再也不要采矿了。"

母亲说："能采还是要采的。"

父亲说："只是采不了了。"

对于刚刚过去的一道坎，父亲母亲都轻描淡写，都不以为经历了多大的痛苦，都对一切的痛苦逆来顺受。

生活的坎却一道接着一道。

杜北山现在是该准备成家了。

杜北山说："女朋友说了，不买房子，不装修，就不结婚。"

母亲迟疑了一会儿。

母亲说："都会给你办到的。"

父亲迟疑了一会儿。

父亲说："说说容易。"

杜卷耳没有迟疑。

杜卷耳说："我多画些图纸。"

如今买房子只有买商品房了，一套房子就要十来万块钱，算上装修，以及结婚的彩礼和婚礼的费用，恐怕足足要二十来万块钱了，比起原来杜北山说成个家要十万块钱起步，足足多了一倍，更像说大话的天文数字一样。这以前，父亲母亲靠着偷偷摸摸地采矿，挣到点钱，就要交罚款，交了罚款，再挣到点钱，再交罚款，最终并没有挣到多少钱，父亲母亲拼凑上杜卷耳寄回来的钱，才把靠面子借来的两万块钱还上了。现在干脆不能再采矿了，父亲母亲要准备杜北山成家，希望实在渺茫。

父亲母亲的日子比原来还要艰难。

艰难归艰难。父亲母亲照旧忙着杀猪、宰羊、切糖、磨豆腐、熏豆腐干、贴对联、谢年，热热闹闹地迎新年。

大年三十。

吃完年夜饭。

母亲还在围着灶台忙碌。

年年这个时候，母亲都要做鱼冻。母亲把活杀洗净的几条大青鱼切成块，把锅烧热，倒入菜籽油吱啦吱啦地烧到冒烟，把鱼块煎透，再加入水，撒了一大把姜块、蒜瓣，倒上一大碗米酒，剁进一大把红通通的辣椒，还兜进几大勺夏天就腌下的辣椒酱，最后再切了些新熏好的嫩黄的豆腐干添进锅里。等到大火把一锅的鱼和豆腐干烧得咕嘟咕嘟地飘出扑鼻的香辣的时候，母亲就起锅，用一个印着红双喜的搪瓷脸盆装下。等到第二天，这就会冻成一脸盆的鱼冻，可以吃上一个正月。

母亲还要做年饭。母亲把大半锅米用水煮开了，熟了，就用竹编的漏勺捞起来，沥干，装在一个竹编的筐子里，装成高高耸起的饭堆。母亲在饭堆高耸的尖上放上一张红纸，红纸上写着“年年有余”。这就是年饭，也可以吃上一个正月。

母亲还要检查灶台边坛子里腌着的咸鸭蛋。母亲启开坛子，坛子里有草木灰，有芝麻秆，有用烧酒、盐、黄豆酱裹过的鸭蛋。鸭蛋是母亲平日一个一个地积攒下来的。母亲捞出一个鸭蛋，敲破，尝尝鸭蛋还只有一些微咸，就把坛子再封存回去。再过些天，鸭蛋就完全腌透了，母亲就可以取出来，让杜北山和杜卷耳带上。

杜卷耳陪着母亲忙碌。

母亲对杜卷耳说："那么多钱都是你负担的。你也是要嫁人的。不能都让你负担。你负担的钱以后也是要还给你的。"

母亲又说："工作以后，你反而瘦了。画图太辛苦了。"

母亲又说："你也要早些嫁人。"

母亲终于忙碌完了，才终于也到房间里和父亲一起歇着。

陆续有人到家里来串门。

父亲母亲就和大家一起围着一台十二英寸的黑白电视机，一边看春节联欢晚会，一边守岁。大家谈论着马上就要过去的一年的各种得失，也絮叨着马上就要到来的新的一年的各种打算，也时时被晚会的节目引得爽快地大笑。父亲母亲沉浸在热闹的年禧中，忘记了过去生活的严酷，信守来年的吉祥。一年，一年，父亲母亲从来都这样不屈不挠，迈过一道又一道坎，从来不曾止息对未来生活的热爱与期盼。

以后，父亲母亲离开了黍村以后，就再也没有像这样过年了。

以后，母亲永远地离开了以后，过年就再也不像过年了。

来年，黍村的人还是偷偷地继续采矿。黍村的人除了种田，只会采矿，赖以谋生。矿井，矿洞，有的封了，有的炸毁了，几乎断了黍村的人的生路。黍村的人不甘心，有的偷偷地又把封住洞口的铁丝网剪断，有的偷偷地又把炸毁的洞口扒开，偷偷地又继续开采。有的被人偷偷地举报，就被派出所直接带走，拘留，罚款，好不容易回来以后偷偷地又继续开采，又会被人偷偷地举报，反反复复，狼狈为继。

父亲也想要偷偷地继续采矿。

母亲没敢让父亲去。

父亲说："要那么多钱，种田是种不出来的。"

母亲说："想想别的出路。"

黍村的人得到消息，乡政府所有的一座矿井要进行投标，中标的就具有合法的开采权，标的在五六十万块钱，矿井的矿储量、成色都是最上乘的。

有人暗暗筹谋。

来找父亲母亲，说："要是能中标，那是发财了。但是要有门路，还要有钱。你们的儿女都在外面工作，有门路。有钱出钱，有力出力，你们去找门路，我想办法筹钱，一起合作。"

父亲说："没那么容易的。"

母亲说："总要试试。"

母亲因此到丘城来找杜卷耳。

杜卷耳一边要做分院的项目，一边要赶设法转接来的私活。私活的来源还是不稳定，杜卷耳有一个就做一个，即便私活的钱挣得完全没有想象中的那么轻松，甚至是痛苦的，几乎是巨大的浪费，杜卷耳还是不得不设法接私活，完全就是为挣钱。杜卷耳因此还是白天画图，晚上画图，没日没夜地画图，没有时间陪母亲。

杜卷耳现在住在单人宿舍里。母亲在宿舍里，打扫卫生，整理杜卷耳散乱的模型，揉皱的图纸，成堆的硬纸板，给杜卷耳洗被子，洗衣服，在公用的厨房用杜卷耳新买来的煤气灶给杜卷耳做饭做菜。

杜卷耳还是熬夜。母亲睡下的时候，杜卷耳在画图。母亲又醒过来的时候，杜卷耳在画图。又睡下的时候，杜卷耳在画图。又醒过来的时候，杜卷耳在画图。睡睡醒醒，杜卷耳都在画图。

母亲要回家的时候，才对杜卷耳说："找找门路。"

杜卷耳说："哪里来的门路？"

母亲说："想想办法。"

杜卷耳说："不是让你们再也不要采矿了吗？"

母亲说："除了采矿，没有出路。"

杜卷耳说："我多画些图纸，总会画够钱的。"

母亲说："画图太辛苦。不能都靠你画图。也画不够的。"

杜卷耳说："投标要那么多钱，还要靠门路，做不到的。"

母亲说："只有这么一条出路。"

杜卷耳说："不实际的。"

母亲说："想想办法。"

杜卷耳说："没有办法。"

母亲很失望。

送走母亲的时候，杜卷耳看到母亲的头发又忘了染了，白得更厉害，因为头发白得更厉害，就显得脸色也褐黑得更厉害，因为脸色褐黑得更厉害，就显得两颊铁锈一样的釉斑厚得更厉害。母亲走了，背影孤立无援。

过了不久，暗暗筹谋的人逃跑了。很多人东拼西凑了很多钱交给暗暗筹谋的人，暗暗筹谋的人找不到门路，投不了标，却把钱花没了。东拼西凑了很多钱的很多人都要找暗暗筹谋的人打人。暗暗筹谋的人就逃跑了。

父亲说："我说过没那么容易的。"

母亲什么也没有说。

等到将来。母亲永远地离开了以后。杜卷耳常常会想起，母亲那时候孤立无援，原来是想要央求自己找一条出路，可是那时的自己无能为力，也没有理解到母亲的失望，轻易地就打发了母亲，没有能够在母亲最需要援助的时候援助到母亲。

等到杜卷耳能够想起也有能力援助母亲的时候，母亲已经永远地离开了，杜卷耳永生都不再有援助到母亲的机会了。

日后，时过境迁，世态炎凉，杜卷耳想过，自己从来不以为金钱是最值得追求的，可是金钱在相当的时期里，却是自己最脆弱的阿喀琉斯之踵。阿喀琉斯的母亲为了让他刀枪不入，曾经把他浸在冥河里，但是冥河水流湍急，母亲捏着他的脚踵不敢松手，所以，脚踵就成了阿喀琉斯最脆弱的地方，阿喀琉斯长大后英勇无比，但在特洛伊战争中，还是被太阳神射中了最脆弱的脚踵而死去。杜卷耳尽管有旁若无人、身怀绝技、一骑绝尘的能力，在以后却也没有避免曾经溃败于最脆弱的脚踵，经历了犹死后生的命运。

在丘城的岁月，父亲母亲终究是开始过上了好日子。

杜北山终于成家了。

婚房就是新装修的房子。

婚礼前，父亲连续几天都用独轮车运来沙石，铺黍村的机耕路。杜北山要用轿车来接家里的亲戚邻里到市里的大酒店参加婚礼。黍村还没有轿车到过村里。父亲要把机耕路的坑坑洼洼都用沙石铺填平整。

黍村的人说："怎么还要铺路？"

父亲说："轿车的底盘低，坑坑洼洼，会刮伤。要是下雨，稀粥一样，车子舍不得开进来的。"

婚礼的当天，杜北山叫来六辆轿车，经过用沙石铺填得平整的机耕路开进黍村，有大红的富康，铮亮的红旗，乌黑的桑塔纳，又经过用沙石铺填平整的机耕路开出黍村，把亲戚邻里接到了婚礼上。婚礼有洋气的乐队，有跟拍的摄像，有西式的婚纱，有丰盛的宴席。婚礼以后，亲戚邻里都参观了新装修的婚房。房子有一百多平方米，铺着木地板，贴着印花的墙布，客厅有阔气的沙发，卧室有席梦思的大床，书房有整面墙的书柜，餐厅有酒柜，厨房有全套的橱柜，卫生间有宽敞的淋浴房，电视，音响，冰箱，空调，洗衣机，应有尽有。亲戚邻里从来没有见过这样婚礼的排场，也从来没有见过这样排场的房子。

亲戚邻里开了眼界。

啧啧称赞。

传回到黍村。

黍村的人从此都说父亲母亲在黍村是最有本事的。

父亲母亲却总是说："是儿女有本事。"

杜北山成家的钱，父亲母亲竭尽全力也才拿出了微乎其微的一小部分。大半的钱是杜北山自己拿出的。杜北山自从连个声响都没有地败了四万块钱以后，继续领着每个月从来没有结余的工资，后来，就开始给学生做课外辅导，每个月就能多挣几倍工资的钱，成家大半的钱，除了杜北山自己多挣的钱以外，还有多半是杜北山自己向别人借来的钱。另外大半的钱，都是杜卷耳一张图纸一张图纸画出来的。父亲母亲从此也就认为自己的本事已经比不上儿女的了。

儿女有本事，父亲母亲当然也光彩。

但是，母亲却并不轻松。

母亲认为亏欠杜卷耳。

母亲总是对杜卷耳说："以后有钱要还给你的。"

不久，父亲母亲也离开了黍村。

现在，黍村村子里小半的砖房都已经完全地盖好了，没有盖好的也在盖二层、三层了。尽管村子里最气派地矗立着的，还是只有原来把赭红的砖墙刷得雪白雪白的一户人家，但是，还住在三合院和夯土房的人家，越来越少了。父亲母亲再不盖房子已经说不过去了。

黍村的人都对父亲母亲说："这么有本事，该给家里盖房子了。"

父亲母亲一时却是再也拿不出钱给家里盖房子了。

杜北山在以前败过家，在以后还会酿下不可补救的过错，可杜北山在那时的确有心意想让父亲母亲尽快过上好日子。杜北山就提出，安排父亲母亲随自己一起住到市里，既可以相互照顾，又可以在市里找份事情做，等以后有钱了在市里再给父亲母亲买个小套的房子，父亲母亲就可以在市里安下家，再也不用回黍村，再也不用种田，再也不用惦记着采矿了，家里也就不用再盖房子了。

杜北山的安排，让父亲母亲的好日子看起来近在眼前。

杜卷耳也就和杜北山一起促成。

父亲母亲也同意了。

黍村的人从来没有离开黍村生活过。黍村的人从来没有想象过离开黍村的生活。黍村的人想象离开黍村的生活是遥不可及的。

黍村别的人都说："离开好。以后的日子过得比矿区的工人还要神气。是不用盖房子了。农村不能和城市比的。真有本事。"

只有一个老人阻拦。

老人已经聋了耳朵，说话大着嗓门，声音梆梆地响。

老人说："不要离开。还是要盖房子。还是在黍村过日子最好。"

父亲母亲说："听儿女的安排。"

父亲母亲从来也没有想过有一天会离开黍村。父亲母亲也没有多加思索离开黍村的好和不好。父亲母亲相信儿女的本事。父亲母亲已经不再把儿女当孩子一样了。父亲母亲反过来像孩子一样听从了儿女的安排。

日后，父亲母亲的确过了一段好日子。

日后，时过境迁，世态炎凉，父亲母亲离开黍村的安排，成了杜卷耳终生的遗憾。

回顾起来，在丘城的岁月，杜卷耳有过荣光，有过父亲母亲好日子的开始，从来不以为夜以继日地做方案，以及没日没夜地画图挣钱是辛苦的，那是杜卷耳人生中最艰苦、朴素，而又最纯粹、甘甜的岁月。人生就是这样，当你以为自己还在忍受孤独与煎熬时，你的刻苦与努力，已经结出了最美丽的花朵。

那是杜卷耳最美好的年华。

4

后来，丘城改变了。

杜卷耳在最美好的年华遇到了张氓。

杜卷耳遇到张氓的时候，丘城已经打破了沉寂。

连绵的春雨以后。丘江的江水已经猛涨，完全地淹没了过去的季节里袒露着的大片大片的沙石。岸上干黄枯败的杂草又已经返绿。湿地上的野草、野菜，都已经蓬勃起来，塌地生长的荠菜，对叶皱缩的败酱草，圆鳞茎的小根蒜，茎节密生的紫花地丁，锯齿叶缘的刺儿菜，叶大根粗的白蒿，花细微赤的车前子，匍枝丛生的马兰头，细丝叶片的猪毛菜，伏地铺散的马齿苋，根小棵高的水芹菜，微微蹿出地面的菊花芽，都在蓬勃着广袤大地不可遏止的生气。鸟雀又开始伶俐地争飞。零星的一些地方一些零星的草木已经泛出新叶黄绿的清新。春色，已经在丘城，完全地铺开。

春色中，开发区已经成了一个巨大的工地。原来兀立着一片新建的楼房的近江一带，已经新建了又一片楼房，还有一片的楼房还在新建。原来荒芜的湿地上，越来越多吊车、搅拌车、翻斗车、推土机、电焊机、卷扬机、打夯机，越来越多隆隆的机声。原来空荡荡的水泥大道上，越来越多载重挂车，满满地载着钢筋、水泥、石材，轰轰地奔驰。这个巨大的工地，已经如火如荼，很快就会崛起丘城的繁荣，很快就会永远涤荡丘城的沉寂。

张氓是空了心的人。

张氓厌恶夏株林。张氓摆脱不了夏株林。张氓是夏株林的丈夫。

夏株林是张氓的妻子。张氓和夏株林貌合神离。

夏株林长袖善舞，强悍泼辣。夏株林在丘城身居显要。关于夏株林之所以身居显要的传闻，丘城坊间有各种各样的版本，各种各样的版本有各种各样的暧昧。夏株林从来都笼罩着说不清道不明的暧昧。

张氓圆融练达，风流倜傥。张氓原来也是建筑师，也从南方大学建筑系毕业，也曾经是建筑师中的才俊。张氓却很早就不是建筑师了。张氓经夏株林推手，很早就在丘城谋到了体面的一官半职，张氓其实当之无愧，可是张氓从此就落下了依靠夏株林荫庇的话柄。丘城坊间提起张氓，都会暧昧地说，是夏株林的丈夫，以至于张氓也一直笼罩着说不清道不明的暧昧。

夏株林每个星期都要例行举行家宴，宴请丘城一位位高权重的领导全家。夏株林对领导全家殷勤备至。夏株林和领导全家亲密无间。领导就是坊间各种暧昧传闻的主角。夏株林是在掩耳盗铃。

张氓似乎不介意。

张氓其实是介意的。

张氓就迷恋上了别的女人。夏株林捉住了张氓和女人。张氓厌恶夏株林，可是不能摆脱夏株林，张氓推卸说是被女人勾引了。夏株林轻而易举就把女人赶尽杀绝。

夏株林似乎轻而易举地就收复了张氓。

夏株林其实从来没有收复过张氓。

张氓从此就成了一个空心的人。张氓就像中了毒瘾一样又迷恋上其他的女人。一个。一个。又一个。张氓就像猎人一样不停地捕猎。张氓的身体从一个，一个，又一个的女人身上，流浪到一个，一个，又一个的女人身上。张氓都推卸说是被勾引了。夏株林赶不尽杀不绝。张氓已经戒不了毒。张氓已经空了心。

夏株林就和张氓达成协议："只要不离婚。"

事实上，张氓和夏株林旗鼓相当。张氓和夏株林都俨然成功跻身社会上流，对于今时今日的功名地位，都一样爱得比一切更甚，更重，不能容许遭到丝毫的破坏，不能发生丝毫的动摇。只要不离婚，传闻就只是传闻，暧昧就只是暧昧，流言就只是流言，功名地位就能固若金汤。张氓和夏株林需要在婚姻的外衣下，相互依存。事实上，张氓好比夏株林的牌坊，夏株林也好比张氓的牌坊。

两座牌坊貌合神离。

张氓和夏株林联袂开发房地产。

丘城国有经济建设投资公司进行改制。公司的房地产项目实行承包制。项目承包以后，承包人自行融资，前期还要缴纳二十万块钱的保证金，项目要是亏了，保证金就予以没收，要是赚了，扣除保证金以外，再上交百分之五十的利润，其余利润的支配权由承包人享有。

张氓承包了。张氓承包了以后，没有了体面的一官半职。张氓从来没有醉心于一官半职，张氓最希望的不是画房子，而是造房子，因为张氓很早就认为建筑师充其量大多都只是纸上谈兵，不如造房子实际，所以，张氓对建筑设计毫不留恋，宁愿谋了一官半职，蛰伏等待造房子的时机。张氓现在是攫住了时机。张氓有暴富的欲望。张氓也有摆脱夏株林的处心。

张氓问夏株林："官好？商好？"

夏株林说："自古官商是一家。"

夏株林积极地推手。

夏株林让位高权重的领导发话，由丘城市财政局担保项目融资。

张氓到银行办理贷款。

行长对张氓满脸堆笑。

贷款额度八千万。

行长对张氓说："拿一个亿去。"

夏株林让位高权重的领导批条，项目的前期报批畅通无阻。

项目拿到了最高的容积率。

夏株林让位高权重的领导钦点，选用了最亲信的施工方。

从此，夏株林是官，张氓是商，官商一家。

张氓摆脱了夏株林的一种荫庇，又陷入了夏株林的另一种荫庇。张氓厌恶夏株林，又摆脱不了夏株林，是张氓离不开夏株林的荫庇。

夏株林是在荫庇张氓。夏株林也是在操控张氓。夏株林也有暴富的欲望，夏株林也有摆脱张氓的处心。官场是一个场，商场是一个场，张氓从一个场到了另一个场，也是给夏株林腾挪，夏株林的个人求图从此再也没有忌讳，前提是能操控张氓，防范张氓背弃不离婚的协议。

张氓知道夏株林的处心。

夏株林也知道张氓的处心。

张氓和夏株林心照不宣。

张氓和夏株林是天生的一对。

张氓就这样成了汉广房地产开发公司的总经理。

夏株林就这样成了汉广房地产开发公司的实际操控人。

事实上，这一年，继亚洲金融危机之后，国家开始出台实施个人住房贷款政策，正式终止住房实物分配，推行住房分配货币化，此前紧缩性调控后一蹶不振的房地产行业，终于重新振作。

此后，国内房地产行业长达十余年，狂飙突进。

此后，人性发生了变化。

张氓将要在其中经历人性的试炼。

每个人都将要在其中经历人性的试炼。

汉广住宅小区项目是张氓和杜卷耳一起完成的。

张氓第一次见到杜卷耳，就开始捕捉杜卷耳。

张氓和唐华棣从小学到大学一直都是同学，是最亲密的发小。张氓和唐华棣原来在建筑设计上各领风骚，不分伯仲，也是最亲密的对手。张氓把汉广住宅小区项目交给了最亲密的唐华棣。

唐华棣是敏锐的。唐华棣已经准确地嗅觉到了房地产项目市场将要到来的激进。唐华棣研判，未来房地产项目市场应该会占到分院接近百分之五十以上，甚至达到百分之八十左右的产值。唐华棣抢先接下了汉广项目，这是分院接下的第一个房地产项目，也是唐华棣最在意的项目。

唐华棣把项目交给了杜卷耳负责。

唐华棣带着杜卷耳，以及项目团队，宴请张氓。

宴席热烈。

觥筹交错。

推杯换盏。

只有杜卷耳不喝酒，超然物外。

宴席以后，唐华棣又带着杜卷耳，以及项目团队，陪张氓到夜总会消遣。唐华棣冷淡、傲慢，难以接近，却可以为了最在意的项目，能屈能伸，不惜逢迎张氓。

夜总会魑魅。

光怪陆离。

声色妖娆。

夜总会的小姐环绕着张氓，陪张氓唱歌、跳舞。项目团队有的人在主动取悦张氓，有的人在应景。唐华棣在逢迎。歌舞升平。

只有杜卷耳，不环绕，不取悦，不应景，不逢迎，超然物外。

张氓间歇。张氓推开环绕，取悦，应景，逢迎。张氓抽烟。张氓用中指和拇指夹烟，食指略弯轻叩，烟灰应声落下，再伸出食指，与中指互应，又松开拇指，轻拢慢捻，烟灰就不偏不倚地弹进了烟灰缸。张氓捻灭烟蒂。张氓就像猎人，发现了猎物。

张氓起身。走向杜卷耳。请杜卷耳跳舞。

张氓鬓发干净。身形遒劲。玉树临风。

张氓有备而来。

张氓对杜卷耳说："《卷耳》，是怀人诗，是女子在采卷耳的时候忧愁地想起了远行的丈夫，思之情深，念之意切。"

杜卷耳孩子一样地笑。杜卷耳只知道卷耳有顽强的生命力。杜卷耳还不知道卷耳还有怀人的忧愁。杜卷耳不笑的时候，眉眼清秀大方，鼻梁英武挺直，内藏着不卑不亢的冷静。杜卷耳笑起来的时候，就像个手无寸铁的孩子，外露着毫不防范的无邪。杜卷耳只是孩子一样无邪地笑。

张氓是在试探风情。

杜卷耳还不解风情。

曲终的时候，张氓在手上用些力，用力地握了一下杜卷耳的手，再松开。

张氓是在试探风情。

杜卷耳还不解风情。

杜卷耳只是看到了张氓转身的背影。

张氓的背影。

一只肩膀略高过一只肩膀。

微微地斜拉着一道俊美的弧线。

仿佛过去的重复和镜现。

仿佛时光的错流。

日后，张氓问杜卷耳：“为什么爱上我呢？”

杜卷耳想了想，说：“像一个人。”

爱情，是有标识的，从起初到后来，从一个人到下一个人，它都在按一定内在的定律重复和镜现，从来不会任意地发生，从来不会在任意的人身上发生。爱情的标识，仿佛人生的虫洞，一旦重复和镜现的时候，就能把相隔遥远的过去和现在连接起来，仿佛人生前进过的征途和跋涉，只是被时光的引力场折弯回到端点的错流。

如果说，张氓在第一次见到杜卷耳的时候，仅仅是像中毒的空了心的人一样，习惯性地开始捕捉杜卷耳，杜卷耳在第一次见到张氓的时候，固然还不解风情，却在时光的错流中看到过爱情标识的重复和镜现。

杜卷耳还不解风情，张氓就耐心地捕捉杜卷耳，精心地布控。

张氓和杜卷耳一起作项目的前期讨论。

在张氓的办公室。

张氓抽烟。

张氓说：“——对建筑师来讲，住宅地产项目发挥限制很多，也很简单，不能带给建筑师多少专业成就，并不是建筑师真正热衷的，所以，有的建筑师并不愿意做住宅设计——”

杜卷耳说：“——住宅设计非常重要，也非常难。很多著名的设计师都是从住宅设计开始的。很多西方设计师的源泉就是单栋的住宅设计。我们国家的建筑现状，建筑师能够去设计私宅的机会是越来越少了。但是，地产住宅也并不是没有发挥的空间，只是我们建筑师在一些小尺度、细节化的处理上，没有去进行精细的研究。当然，它还取决于开发商对品质的要求——”

张氓说：“——怎样才是对品质的要求——”

杜卷耳说：“——总结起来，我自己做建筑的追求，是要让建筑为人服务。有的人把做一个漂亮的建筑作为追求，有的人把做一个逐利的建筑作为追求，我希望自己做的是一个能服务于人的建筑。住宅的本质，就是服务于人的居住，那么，它是为什么样的人设计的，他们需要的又是什么样的住宅，才是最值得思考的——”

张氓抽完一根烟，下一根烟直接就着抽完的烟蒂续上。

张氓说：“——地产住宅的使用者和建筑师并没有直接的联系，也就是说，建筑师是在为抽象的人，而不是具体的人做设计。这和让建筑服务于人是矛盾的——”

杜卷耳说：“——柯布西耶主张用机器的理性精神创造更有普遍适应性的住宅，强调更本质更专业的建筑美学，尽管赖特指责过柯布西耶只求方便，无比丑陋，其他也有人认为柯布西耶要为现代城市的衰退负一定的责任，但柯布西耶还是主导了现代住宅。机器，或者工具，是有标准的，标准是对体、面、空间、量度、材料、方法等等的最低程度的需求，建筑要服务于人，最基本的就是要符合标准。而这个标准，需要符合项目的基本预算、开发成本、规范、户型配比、利润目标等控制因素的逻辑，需要进行分析和深入的研究——”

张氓又续了一根烟。

张氓说："——这个标准落实起来应该是怎样的——"

杜卷耳说："——舒适。建筑师应该先于建筑的使用者考虑到使用者的需求。使用者对于将要使用的建筑的认识其实是很模糊的，比如，他需要一个厨房，但对于厨房能怎样服务于自己是缺乏思考的，没有标准的。建筑师不仅要想到使用者现在会怎么使用建筑，还要想到他们以后还会有怎样使用的可能性，激发他们的需求。归纳起来，在一个住宅里，要让人能够舒适地一直待下去才是关键——"

张氓指尖的烟灰一层一层地弹落，灰白的烟雾一圈一圈地不停地萦绕。

张氓把残余的烟蒂在烟灰缸里捻灭。

张氓说："——你按这样的理解先把方案做出来——"

杜卷耳准备离开的时候。

张氓把传呼号码留给了杜卷耳。

张氓说："——有事呼我。呼我的时候加代码 9——"

杜卷耳传呼别人的时候从来都没有加过代码，从来没有人让杜卷耳在传呼的时候加过代码。代码 9，就像一个暗语，在暗示张氓对待杜卷耳的特别的用心。杜卷耳在当时还是心无旁骛，没有理解张氓的暗示。

张氓又很用心地对杜卷耳交的方案进行引导。

杜卷耳交方案的时候，同时交了模型。

一个是项目整体的模型。

一个是单套住宅的模型。

整体的模型没有赘余，准确，干净，舒服，布局单纯，构思合理，结构统一，没有留下任何多余的设计元素，没有留下任何可以用来表现建筑师才华的设计痕迹。

单套住宅的模型也没有赘余，准确，干净，舒服，除了雪白的墙壁以外，可以纳入眼底的东西少之又少，但是，做了进深的突破。普通的住宅设计，进深要达到十二米以上，有的甚至达到十五米，从而，容积率得到提高，但是房子做得很厚，采光就很差，存在黑房间，完全见不到阳光。模型中的住宅，进深只有十米，容积率减少了将近百分之二十，但是，房子做得薄了，所有的房间都有充足的采光，避免了黑房间。

整体的模型，反映出了杜卷耳的理智。当时的丘城，大部分人的住宅都以单位的福利房为主，居住条件没有很明显的对比和差别，大家对于购买商品房的愿望还不是很强烈，对于改善住宅的愿望也还不是很强烈，总之，对住宅的要求不高。这样的背景决定了丘城当时的房地产市场需求中，价格因素才是最重要的。杜卷耳出于实际，首先放弃了设计在外在表现和形式美上的追求，避免了更高的开发成本，不失理智。

单套住宅的模型，反映出了杜卷耳的感性。当时，丘城的住宅基本上只满足于基本建造的完成，几乎还没有在设计上优化的意识。杜卷耳出于住宅使用者未来使用的需求，采用进深的突破，最大限度地实现了空间的舒适，为住宅最终服务于人的居住创造了最大的可能。杜卷耳为此不惜大胆地牺牲了容积率，体现出了建筑的责任，也体现出了建筑师应有的品格，不失感性。

两个模型，简朴，纯净，就像自然中的花草树木，用最恰当的分寸袒露了杜卷耳在建筑追求上的理智与感性，其实也袒露了杜卷耳的天性。

张氓阅人无数。张氓从第一次见到杜卷耳开始，就已经有了对杜卷耳的拿捏。但是，杜卷耳还是超出了张氓的估量。张氓估量过，通过外在表现和形式取胜的设计，能够在表面提升住宅小区的档次，丘城现在或者还很少有人愿意为档次花更多的钱，但在以后逐步地就会接受，那样的利润和市场也会是可观的，这在其他城市已经有端倪，但在丘城实现或者还有时间周期的风险。张氓估量，杜卷耳会在这样的倾向上交出不一般的设计。张氓能够估量到，杜卷耳是不一般的。

但是，张氓没有估量到，杜卷耳完全不浮于表面。杜卷耳直取本质，直接在功能上提升住宅的品质，体现出了设计的另一种美感，即功能美，完全跳脱了一切有意无意忽视居住者需求的表面泛泛的设计追求，在这背后，是杜卷耳能够从原点和原理上洞悉建筑本质的能力。这种能力，需要见识和胆识的磨砺，即使一些大型设计院的顶级设计师也不一定具备，有的建筑师永远都不会具备。杜卷耳却无师自通，与生俱来。这是一种非凡的天性。张氓没有估量到，杜卷耳是不一般的，而且是非凡的。

张氓对杜卷耳产生了由衷的欣赏。

而张氓并没有同意杜卷耳的方案。

张氓很用心地引导杜卷耳放弃了方案。

张氓对杜卷耳说："我带你去看一个地方。"

杜卷耳第一次坐上张氓又大又黑又长的车。

又大又黑又长的车开出丘城。

车轮在公路上摩挲出沙沙的声响。

张氓驾驭着又大又黑又长的车。

张氓说："——建筑不是建筑师的个人作品，它是社会的作品，是为社会、人民服务的——"

"——柯布西耶的机器美学在开创的时候，也是以社会性为内核的。‘二战’以后，城市损毁严重，又因为工业社会急速地带动城市化，人群大量集中到城市，受困在恶劣的居住环境之中，政府需要在严格的预算下，在有限的土地面积上大量建造住宅。柯布西耶针对当时的居住危机，坚信传统的古典主义的住宅观念已经无法解决问题，就提出把住宅当作一架居住的机器或工具，也应该形成工业化生产，就像机器大生产一样高效运转，服务于社会实际。柯布西耶的构想就是解决社会问题，为人们打造城市居住系统中的平价住宅。这在内核上是符合人本主义精神的，但是很多人都忽略了他精神性的追求——”

“——赖特和柯布西耶，其实都是导向人类共同精神的——”

车轮在公路上摩挲出沙沙的声响。

张氓说：“——建筑师容易崇尚建筑美术，关注甚至只关注建筑的外部形象，因为我们的建筑教育是以传统的绘画训练作为基本功的，建立起了绘画高于建筑的意识，有时画面的质量甚至凌驾于建筑的质量之上。而建筑的基本是建造，建筑美术重视表面化的造型，把建筑等同于大型雕塑，与建造无关甚至矛盾，是非建筑的——”

“——建筑的形而上是建立在对形的认识之上的——”

“——你做的是纯建筑——”

车轮在公路上摩挲出沙沙的声响。

又大又黑又长的车子到了一个村庄。

是张氓的老家。

张氓带杜卷耳去看老家的房子。房子是普通的夯土房。房子低矮、黑暗。房子里的陈设也很老旧，而且凌乱。已经没有人住了。是丘城方圆最平常的农居。

张氓说：“——再丑陋的房子只要有人住，就会有生生不息的东西——”

“——这个房子绝对称不上好看，有的地方还黑漆漆的，有的柱子都腐烂了，有的墙壁也破了，但我依然觉得它有一种生长力，它是有呼吸的，是独一无二的，是不能忘怀的——”

“——住宅空间不是用建筑建造出来的，而是和住在那里的人一起，像生物一样生长出来的。从这个意义上来讲，建筑并不重要，人的因素才是影响建筑的关键所在——”

又大又黑又长的车离开了村庄。

离开了张氓老家的房子。

张氓驾驭着又大又黑又长的车。

车轮在公路上摩挲出沙沙的声响。

张氓说：“——住宅设计最重要的是要让人买得起，住得进。人住进去了，房子才有意义——”

“——在一个地区的市场上，房价是同质化的。购房者可能会愿意为表面更有档次的住宅多花钱，因为那是看得见的，但是不一定愿意为功能更好的住宅多花钱，因为他们不一定懂。百分之二十的容积率的牺牲，最终会导致房价的增值，但是未必有人愿意为它多花百分之二十的钱。买不起，住不进，没有了人，设计失去的不仅仅是市场，还有它最重要的意义——”

“——放弃对进深的突破——”

张氓很早就不是建筑师了。张氓也很清楚地知道自己不再是建筑师。张氓现在是一个开发房地产的商人。张氓和所有的商人一样，最关心的，是实现利润的最大化。张氓真正关心的是，在土地容积率之内，尽可能多地设计房子，尽可能快地造房子，并且尽可能又快又高价地卖房子。这样的张氓已经不可能再有一个建筑师应有的本能，也终将彻底地失去一个建筑师的专业和本分。

而在当时，原来也是建筑师，而且曾经是建筑师中的才俊的张氓，已经让杜卷耳感觉到了一种亲近。杜卷耳以为张氓对建筑的熟谙是在意料之中，但是，随着张氓对于建筑的态度不断深入地解析，杜卷耳似乎逐渐地在张氓的身上，感受到了一种亲切的情感，这种情感似乎来源于杜卷耳和张氓在建筑态度上的某些共性，这种情感更似乎来源于杜卷耳和张氓在天性上的某种契合，这是杜卷耳没有意料到的。杜卷耳忘记了张氓很早就不是建筑师了，而且以后也再不可能回到建筑师的时候，张氓的天性已经不可能纯粹。

杜卷耳也对张氓产生了由衷的欣赏。

总之，杜卷耳服从了张氓，修改了方案。

杜卷耳对张氓的认识显然是肤浅的。杜卷耳现在对张氓的认识是肤浅的，杜卷耳以后对张氓的认识还是肤浅的。以后杜卷耳会发现自己原来就像从来没有认识过张氓一样。

张氓是一个深渊。

深不可测。

以后。张氓欣赏杜卷耳。杜卷耳欣赏张氓。人生纵横阡陌，不同的阡陌会带着你走向不同的世界，杜卷耳就要被张氓带领着，走向了张氓所走的阡陌，那是一个不同的世界。是的，张氓带给杜卷耳的，会是一个世界。

张氓几乎手把手地主导杜卷耳完成了最终的方案。

张氓也主导了施工过程中的设计修改。

施工方说 ："管道的管径太大，使用起来质量是更好，但是价格高，建议更换成小的，降低成本。"

张氓同意。

施工方说："隔声型的塑钢窗，使用起来隔音效果是更好，但是价格也高，建议换成普通型的，降低成本。”

张氓同意。

施工方说：“立面的粉刷设计，要求先用腻子，再用涂料，要用深浅不同的灰度抹灰，使用起来是更美观，但是工艺要求高，一般的涂料也达不到标准。”

张氓说：“腻子容易导致空鼓。涂料容易开裂，起皮。就用白水泥掺胶水替代。”

施工方说：“水泥对水泥，平整度的要求很高，施工难度加大，人工费就会提高。”

张氓说：“用白水泥掺胶水拌刮，既不会空鼓，也能起到立面美白的作用，确保质量，成本也低。”

施工方同意了。

杜卷耳都没有坚持，轻易地就开出了设计修改联系单。

杜卷耳在以后会认识到，汉广项目看起来是张氓和杜卷耳一起完成的，其实始终都在被张氓主导，杜卷耳只是在其中扮演了服从张氓主导的绘图员的角色，这其实是任何一个普通的设计师都能扮演的角色。杜卷耳在汉广项目上最终没有实现，做能服务于人居住的住宅的建筑追求。杜卷耳在以后也不再有机会实现这样的建筑追求。

事实上，几乎就是从汉广项目开始，杜卷耳的心志就涣散了。杜卷耳以后再也不能凝聚地完成过一次设计作品。杜卷耳从此失去了一骑绝尘的能力。杜卷耳就像盖世的武士从此被废了盖世的武功一样。

杜卷耳没有逃出张氓精心的布控。

张氓对杜卷耳长出了心。

张氓捕捉到了杜卷耳。

已经是冬天了。

丘城还是冷。

但不再是过去的冷寂。

开发区巨大的工地更加如火如荼。原来荒芜的湿地已经迅速地消失在了拔地而起的楼房中。楼房有的已经落成了，有的就要落成，有的噌噌噌地在拔高，有的刚刚新破土，楼房就像丛林一样迅速地生长起来，越长越高，越长越繁茂。繁茂的丛林中，吊车，搅拌车，翻斗车，推土机，电焊机，卷扬机，打夯机，更加越来越多；隆隆的机声，更加越来越多；轰轰地奔驰的载重挂车，更加越来越多。原来荒芜的湿地似乎是被吞噬了，以后就永远消失了，再也不会有蓬勃的野草野菜，再也不会有鸟雀沉默地蛰居，又在来年伶俐地争飞，就好像丘城从来就没有过荒芜的湿地一样。

老城区已经开始旧城改造工程。这里一片，那里一片，短促的低丘上，矮坡上，密集的夯土平房、砖瓦房，还有两层、三层，最高不过五层的楼房，已成了废墟，这里一片，那里一片，残垣，断瓦，已经蓄势吐故纳新。

江岸上，干黄枯败的杂草已经彻底铲除，规划要铺种上齐整的草坪，再也不会有杂草疯长横生，岁岁枯荣。

寒夜里，沿街的夜宵铺都按照城管的管理，集中到指定的地段上。铺子还是一家挨着一家，不过，都已经办下了占道经营许可证，划定了占道的面积，有了稳固的地盘，不用像以前一样常常四处流动了。有的铺子规模不知不觉就渐渐地大起来，几张桌子、凳子，已经远远不够了，就沿街租下店面，开张了正儿八经的砂锅煲庄。热气腾腾的砂锅，依然在不再冷寂的丘城，扑哧扑哧地冒着暖意。

冬天的冷峭，已经按捺不住丘城将要到来的巨大的嬗变。

汉广项目方案完成以后。

张氓帮杜卷耳接了一个私活。

张氓问杜卷耳："你还有时间做私活吗？"

杜卷耳说："没时间也得做。"

张氓就知道了杜卷耳常常没日没夜地画图。

张氓就有意再给杜卷耳接私活。张氓给杜卷耳接的私活，甲方给出的设计费要高昂一些，时间也不会很紧急。张氓是有意在照顾杜卷耳。杜卷耳在那时，只想着还要给父亲母亲尽快地再买一套房子，杜卷耳就没有想过拒绝张氓的照顾，杜卷耳自己从来不以为金钱是最值得追求的，可是金钱偏偏似乎早就注定了会是杜卷耳最脆弱的脚踵。杜卷耳从来好生好养，从来都不娇气，从来都不是娇嫩的花朵，从来都不会匍匐、缠绕和攀缘。张氓是在杜卷耳生命当中出现的，第一个主动照顾杜卷耳的男人，张氓也是在杜卷耳生命当中出现的，第一个杜卷耳也愿意被他照顾的男人，张氓是在杜卷耳的生命当中出现的，第一个，也是唯一一个，照顾过杜卷耳脆弱的脚踵的男人。以后回顾起来，杜卷耳仿佛一直都在生命的河流中，刚强地奔流，奔流，只有张氓，是唯一让杜卷耳在生命的河流中软弱过的男人。

后来。

就像做梦一样。

有一个夜晚。杜卷耳还是在没日没夜地画图。张氓来了。和杜卷耳说了很多很多话。说过的话以后杜卷耳都忘记了，就像什么都没说过一样，就像梦话一样。杜卷耳只清清楚楚地记得，说完很多很多话以后，张氓牵住了杜卷耳的手。

然后。张氓有备而来，清清楚楚地问杜卷耳："你准备好了吗？"

杜卷耳不明白张氓问自己准备好了什么。来不及明白。

杜卷耳像个手无寸铁的孩子，清清楚楚地答非所问："我愿意。"

就像做梦一样。

再后来。

下雪了。

张氓驾驭着又大又黑又长的车。

接上了杜卷耳。

车轮在雪地上摩挲出沙沙的声响。

室外。

大雪纷飞。

一大片。

一大片。

一大片。

就像天使扇动着晶莹的翅膀从天穹降临。

室内。

万籁俱寂。

黑暗。

黑暗。

黑暗。

杜卷耳。干净的长发，松散在张氓的胸膛上。干净的面颊，伏贴在张氓的胸膛上。就像一朵干净的花盛放在张氓遒劲的身体上。就像一朵干净的花只有向着张氓遒劲的身体才突然盛放。

杜卷耳。缱绻。

问张氓："为什么喜欢我？"

张氓。吐烟。烟丝一缕一缕地在黑暗中浮荡。

张氓说："才貌双全。人见人爱。"

杜卷耳。缱绻。

问张氓："你会一直喜欢我吗？"

张氓。吐烟。烟丝一缕一缕地在黑暗中浮荡。

张氓说："希望你是最后一个。"

室内。

万籁俱寂。

黑暗。

黑暗。

黑暗。

室外。

大雪纷飞。

一大片。

一大片。

一大片。

就像天使扇动着晶莹的翅膀从天穹降临。

杜卷耳。

走在雪地上。

就像一个微小的迷路的孩子。

张氓是空了心的人。张氓从来只是和一个，一个，又一个的女人两厢情愿地逢场作戏，只是逢场作戏，两厢情愿。一个，一个，又一个的女人，是张氓一剂，一剂，又一剂的毒。张氓是戒不了毒的空心的人。

张氓站在酒店高高的窗台前。

看到杜卷耳走在雪地上。

就像一个微小的迷路的孩子。

大雪纷飞。

一大片。

一大片。

一大片。

就像天使扇动着晶莹的翅膀从天穹降临。

张氓驾驭着又大又黑又长的车。

接上了杜卷耳。

车轮在雪地上摩挲出沙沙的声响。

张氓说："不知为什么，就想要送你。"

大雪纷飞。

一大片。

一大片。

一大片。

就像天使扇动着晶莹的翅膀从天穹降临。

张氓是对杜卷耳长出了心。

> 最要紧的是彼此切实相爱。
>
> 因为爱能遮掩许多罪。
>
> 你们要互相款待。
>
> 不发怨言。

张氓应该是长出心爱过杜卷耳的。

张氓和杜卷耳应该是切实相爱过的。

5

后来，丘城成了空城。

诸葛生来到了丘城。

诸葛生来到丘城的时候，杜卷耳已经离开了丘城。

诸葛生有过短暂的幸福。

诸葛生仓促地结婚了。结婚几乎是每个男女来到这个世界上必须顺从的命运，它就像是人生的必然规律，难以抗衡，甚至于很多男女几乎都是在完全不清楚结婚的面目与意味的时候，不由自主地就结婚了。诸葛生就是这样，几乎还没有来得及想过结婚，就已经和局长的女儿结婚了。可是，诸葛生结婚的房子是现成的，装修是现成的，家具是现成的，婚礼是现成的，而且，家里的房子也重新盖好了，也是现成的，一切都是现成的。现成的一切就像必然规律的驱使，让诸葛生除了结婚已经别无选择。诸葛生就仓促地结婚了。

村里的人都很艳羡。

“攀高枝了。”

“有靠山了。”

“这人家是时来运转了。”

“出人头地了。”

“……”

命运已经今非昔比。

母亲好比枯木逢春。原来干瘦得就像随时会被风吹落的枯枝败叶的身子抖擞了起来。原来像残破的蜘蛛网在风中岌岌可危地飘荡的灰白的枯发梳成了齐整的发髻。原来干瘪的皱巴巴的脸从来没有过地饱满了起来。母亲毕竟迎来了人生的春天，尽管是迟到的春天。

村里的人对母亲说：“知足了。”

母亲对村里的人说：“知足了。”

母亲也对诸葛生说：“知足了。”

母亲不再让姐姐人不人鬼不鬼的了。母亲给姐姐洗头。母亲烧了一大锅开水，舀在水桶里，再舀了冷水兑成温水倒在脸盆里，然后摁着姐姐的头，洗下了几脸盆乌糟糟的水，才把姐姐的头发洗干净。母亲给姐姐梳头。母亲让姐姐坐在院子里，晒着太阳，把头发晒到半干，再用篦子给姐姐篦头发，篦下了几层的虱子，然后把姐姐的头发梳成又长又粗的辫子。母亲还让裁缝给姐姐量了两身新衣裳。母亲打开拴着姐姐的链子的挂锁，给姐姐换上了新衣裳。母亲还给姐姐一面新的镜子，姐姐举起镜子左照，右照，仔仔细细地照，照很长时间。

母亲对姐姐说：“树要皮，人要脸，我们也是有脸皮的人家了。”

姐姐只是举着镜子左照，右照，仔仔细细地照，照很长时间。姐姐生活在自己永不变幻的世界里，对人间的今昔、贵贱，欢乐与哀愁，对树的皮，人的脸，一个家的脸皮，对知足与不知足，对命运，都已经置之度外。

母亲春风得意。

结婚以后，局长要退休了，局长退休以前突击破格提拔诸葛生为局党委委员兼党政办公室主任，诸葛生成了局领导班子最年轻的成员。

局长对诸葛生说：“学而优则仕。多少读书人到头来都是削尖脑袋算计着要步入仕途。不是每个读书人都能步入仕途的。要用心经营仕途，才能有锦绣前程。”

村里的人都知道诸葛生是有锦绣前程的。

村里的人都恭维母亲：“出了当官的，是上等人家了。”

村里的人都让母亲托诸葛生办大大小小的事。有的要到县城的医院看病，有的要到县城的工厂找工作，有的要到县城的交警大队处理纠纷，有的孩子要到县城的学校读书，有的孩子要通过县城的人武部去参军……母亲不厌其烦，把大大小小的事都托给诸葛生。大大小小的事诸葛生都照办。村里的人再有大大小小的事就都来找母亲。母亲乐此不疲。

诸葛生对母亲说："全村的人都来托过事了。"

母亲说："连原来最看不上我们的人家，都拎着两瓶酒来托你办事，都说要沾你的光。以前想都不敢想有这种体面的，村里没有谁家有过这种体面的，没脸皮回绝人家的。"

诸葛生就从来都没有回绝过人。诸葛生算是实现了当初要改变命运的自许。母亲也算是实现了要出人头地的夙愿。迟到的春天好比反季节一样不符合自然的消长，母亲的春风得意也就好比反季节一样不符合正常，母亲是终于捡起了丢了太多年的脸皮，母亲是在享受从来都没有过的虚荣。母亲此前的人生太过于苦难和卑微，诸葛生情愿顾全母亲的脸皮，诸葛生情愿满足母亲的虚荣，诸葛生情愿弥补母亲的人生。

村里的人口口声声对母亲说："知足了。"

母亲口口声声对村里的人说："知足了。"

母亲也口口声声对诸葛生说："知足了。"

诸葛生也以为这样的人生应该也就是幸福的人生了，应该知足了。

而这样的幸福是脆弱的。

局长的女儿一直没有怀孕。开始的时候，局长说不急，母亲也这么说。后来，局长说别人家的孩子都会走路了，母亲也这么说。再后来，局长说别人都在议论怎么还不生孩子，母亲也这么说。局长的女儿就开始看中医，每个星期固定一天挂固定的一个老中医的号。

老中医的诊室暗仄。挂了号的人，有的坐在诊室里有限的几张木凳子上，有的挨着暗黄的墙靠着，有的站着，暗仄的诊室几乎不再有多余的缝隙，就显得更加暗仄。还有的人等在暗仄的诊室外同样暗仄的走廊上，从走廊的这一头到走廊的那一头，也有的坐着，有的靠着，有的站着，暗仄的走廊也几乎不再有多余的缝隙，也就显得更加暗仄。暗仄的诊室里的人，暗仄的走廊上的人，有的垂着头，有的抬着头空洞地看着某个地方，都默不作声，也面无表情，排到号子的时候，就尽量压低着嗓子回答老中医的问诊，老中医也尽量压低着嗓子问诊，直到老中医号了脉，开了药方，就默不作声也面无表情地离开了暗仄的诊室、暗仄的走廊。

局长的女儿每次默不作声也面无表情地离开暗仄的诊室、暗仄的走廊以后，就回到家用药罐子咕噜咕噜地煎熬按着药方抓的中药。每天煎熬。每天喝药。每天还要按照老中医的嘱咐测量基础体温。每天测量出的体温都一笔一笔工工整整地记录在床头贴着的表格里。每天记录的体温在表格里相连成曲线。每天都不敢大意。

每天早晨，局长的女儿醒来，也不说话，也不起身，无声无息地取出枕头边的体温计，无声无息地含在嘴里，无声无息地量体温。表格里体温的曲线通常都是平静的。体温的曲线突然向上波动的那一天开始，局长的女儿就连续不断地要求诸葛生同房。诸葛生就连续不断地满足局长女儿的要求。体温的曲线平静的时候，局长的女儿对诸葛生就不会有任何的要求，诸葛生也不能对局长的女儿有任何的要求。诸葛生有要求的时候只能按捺到体温的曲线波动的时候。

诸葛生问局长的女儿：“就为了生孩子吗？”

局长的女儿说：“不为生孩子还为什么？”

诸葛生只有按捺到局长的女儿连续不断地要求的时候，连续不断地满足局长女儿的要求。可是，局长的女儿还是一直没有怀孕。局长的女儿再连续不断地要求诸葛生的时候，诸葛生渐渐地就不能再连续不断地满足局长女儿的要求。诸葛生不能满足要求的时候，局长的女儿就会歇斯底里。

局长的女儿歇斯底里："还要不要生孩子？"

诸葛生问局长的女儿："就为了生孩子吗？"

局长的女儿歇斯底里："不为生孩子还为什么？"

诸葛生就更加不能再满足局长女儿的要求。

生活庸碌。

令人沮丧。

诸葛生只有扑到仕途的经营中。诸葛生原来曾经短暂地崭露过的完全不同于画图的另一种才能，如今在仕途的经营中游刃有余，仿如天赋。如今局长已经退休了，诸葛生已经没有了乘凉的大树，诸葛生要让自己长成让他人乘凉的大树。诸葛生没完没了地应酬，应酬的时候不仅仅是应酬，应酬以外，应酬的人成了一个圈子，能相互提供各种仕途经营的信息，能相互关照利用各种机会巩固仕途，乃至进一步地经营，诸葛生就像机警的羚羊一样，在圈子里时时刻刻留意有关仕途的风吹草动。诸葛生还像狂热的信徒一样工作，就像会自转的工作的机器，随时都在工作着，或准备工作着，似乎只有在工作的自转中才能找到仕途经营的安全感，乃至人生的快感。诸葛生精于这样扑到仕途的经营中，游刃有余。

诸葛生却感到了空虚。

诸葛生发现局长的女儿是陌生的。

又到了体温的曲线波动的时候。局长的女儿照例要求诸葛生。局长的女儿白花花地等着诸葛生。诸葛生拒绝了。局长的女儿白花花地扑到诸葛生的身上撕扯诸葛生。诸葛生推开了。局长的女儿白花花地扑到诸葛生身上嗷嗷地哭闹。诸葛生就徒劳无功地满足局长的女儿。

夜阑人静。

局长的女儿白花花地睡在诸葛生的身旁。诸葛生看着睡在身旁的白花花的局长的女儿。诸葛生就像看着一个陌生人。诸葛生体尝到了人生的荒谬。

夜阑人静。

杜卷耳在浮现。杜卷耳横亘在诸葛生和陌生的白花花的局长的女儿之间。杜卷耳从诸葛生的生命里消失了。杜卷耳又从来都没有消失过。

夜阑人静。

往事浮现。

令人空虚。

此后。局长的女儿突然怀孕了。诸葛生却空虚地度日。应酬，工作，游刃有余的仕途经营，今非昔比的命运，都令人厌倦。有时候，爱情轻如鸿毛；有时候，爱情重如泰山。爱情，在消失以后，在有了除了爱情以外的所有以后，重如泰山，令人追悔。

诸葛生的灵魂在飘荡。

诸葛生一意孤行，要调动到丘城。

局长阻拦："下一次干部提拔肯定要给你提副局长了。前程锦绣。你在县城是凤头，到了丘城是鸡尾，一切都要从零开始。日子过得太舒服了！"

局长的女儿阻拦："很快就要生孩子了。日子过得好好的，图什么到人生地不熟的丘城去。不想过日子了！"

母亲阻拦："好不容易出了个当官的。光宗耀祖。到丘城以后谁还会稀罕你。才过了几天好日子！”

只有姐姐置之度外。时间会流逝，命运会改变，人心会变化，灵魂会沉睡又会苏醒，爱情会轻如鸿毛又会重如泰山，人生会沮丧，会空虚，会厌倦，会追悔，日子会好会坏，只有姐姐一直活在了疯了的那一刻，永久地停止在了那里，永不变幻。只有姐姐的世界永恒静止，没有了过去，没有了未来，没有了欢乐，没有了哀愁。只有姐姐对人间所有的得失都已经置之度外。那时候，诸葛生领悟到，姐姐原来才是世界上最幸福的人。

诸葛生还是一意孤行，来到了丘城。诸葛生其实是经过权衡的。诸葛生的勇气是有限的。诸葛生没有要放弃现有的日子。诸葛生只是想要到杜卷耳在的地方。诸葛生只是想要得到灵魂的安放。诸葛生想要的是两全。诸葛生的勇气仅止于此。

可是，诸葛生来到丘城的时候，杜卷耳已经离开了丘城。

诸葛生来到的是一座已经没有了杜卷耳的空城。

诸葛生在这座空城生活了下来。

诸葛生成了双面的人。

诸葛生的一面在过着日子。

局长的女儿早前买断工龄下岗了。局长的女儿用买断工龄下岗的几万块钱，在县城的城郊买了一小块地。局长的女儿用几万块钱买来的一小块地，转手卖了十几万块钱。局长的女儿用十几万块钱又在丘城新买了房子。局长的女儿带着孩子和诸葛生在丘城安居了下来。一切又是现成的。

局长的女儿过去对诸葛生说：“你的一切都是靠我的。”

局长的女儿现在继续对诸葛生说：“你的一切都是靠我的。”

诸葛生继续扑到了仕途的经营中，继续没完没了地应酬，继续像狂热的信徒一样工作，继续游刃有余。一切都仿佛与从前完全一样，一切都重复再重复，一切都一过再过。

不久以后，诸葛生就提拔为丘城一个乡镇的副镇长。

局长对女儿说："前程锦绣。没有看错人。"

诸葛生游刃仕途的天赋过人。诸葛生已经完全不再是原来在评图成绩上举步维艰的诸葛生。诸葛生在长成让他人乘凉的大树。

日子过得似乎还好过了原来在县城的日子。

诸葛生的另一面没有停止过灵魂的飘荡。

诸葛生偏执地，没有停止过向丘城每一个可能有杜卷耳信息的人，收集一切有关于杜卷耳的信息。诸葛生偏执地，反复在丘城每一处杜卷耳可能驻足过的地方驻足。诸葛生偏执地，以为丘城的空气里还有杜卷耳千丝万缕的气息。诸葛生偏执地，借用所偏执的安放灵魂。

这是空虚生活残存的慰藉。

这是俗世人生残存的温暖。

只是，杜卷耳就像一个星球，在她掠过诸葛生而去的时候，她和诸葛生就已经不在一个星系，就已经永不回返，诸葛生从此再也追赶不上杜卷耳的速率，落在了杜卷耳的视域之外。一切都已经是坠落的星尘，一切的偏执都仿佛熵流，只是徒劳地耗散，就像杜卷耳不会再有机缘知道，原来诸葛生还有过一直的偏执，就像诸葛生也不会再有机缘知道，原来杜卷耳后来的爱情里还有起始于诸葛生的爱情的标识，杜卷耳和诸葛生已经不再有机缘相互回响，已经销声在不同的星系。一切都已经没有了意义。

诸葛生双面的人生已经无法停止灵魂的飘荡。

灵魂的飘荡是个人的灾难。

令人茫然。

诸葛生结束了一段茫然的生活，又开始了另一段茫然的生活。

桑中来到了丘城。

桑中来到丘城的时候，杜卷耳已经离开了丘城。

桑中毕业以后就出国了。

桑中回国是因为韩褰的影响。

韩褰散淡、清逸，就像不凡的苍鹭，对什么都从容不迫。

韩褰有自知之明。韩褰说过，人如果不能正确地评估自己，就不能正确发展，一个人自卑和自负都是不正确的，尤其自负是高风险的，因为自负会调动人极端的能力，让人处于超常发挥的状态，很微小的犹豫和不自信都会导致严重的失误，而一个人要做到自知之明其实非常难，首先就要能够做到平和。韩褰是平和的，因为韩褰很早就已经有自知之明。

因为自知之明，最初的时候，韩褰放弃了学校的保研推荐。

韩褰比桑中早几届从南方大学建筑系毕业。韩褰在学校的时候，不拘一格，读历史的时间比画图纸的时间还要多，但是设计作业没有人可以匹敌。韩褰被学校推荐保研，保研要加试快题设计，题目是公园里的厕所，韩褰就设计了一个具有最基本功能的厕所，空间简洁原始，不容纳任何附加的要素，周围还用植物遮蔽起来，就像路边的一朵野花，静悄悄的，不受任何扰攘，也毫不起眼。

韩褰说：“学校要像学校，住宅要像住宅，厕所要像厕所，越可能是好的建筑，就越应该正确地表现出它预期的目的和功能，而不能被其他形式所伪装和阻碍。一个厕所如果过度表达形体表象，建成以后会成为议论的话题，引来很多观光的客人，但丢失了建筑的中心，是不值得追求的。”

老师说："这根本不是建筑。太简单了。只是构筑物。"

韩蹇干脆地放弃了保研。韩蹇没有再多余一句话的争取。韩蹇知道自己要的建筑和老师要的建筑存在根本的分歧，没有争取的意义。韩蹇认为争取这样的保研，不如放弃。

老师说："你太自负。"

韩蹇说："我是自知之明。"

因为自知之明，后来，韩蹇又离开了沙老师。

韩蹇放弃保研以后，经过沙老师的挽留，留校成了沙老师的助手。沙老师是国内举足轻重的建筑学家，韩蹇成了沙老师的助手，也就相当于比肩巨擘，有了个人建筑生涯制高的起点。韩蹇由此在最短的时间里，见惯了国内建筑界最高端的评标、会议以及项目，还有圈内的各个权威，最迅速地熟知了领域内最核心圈层的态势，因其历练，仅就国内范围而言，韩蹇很早地就有了最高的眼界。这些，是沙老师以外的人不可能替代给予韩蹇的裨益。可是，韩蹇并不眷恋。

韩蹇在亲历了大田博物馆项目事件以后，甚至厌倦了。

大田是举世闻名的历史文化名城，大田博物馆项目规划建成以后将是世界上单体面积最大的博物馆，被列为国内具有重大影响的重要文化设施。此时，国内已经是世界上拥有最多建筑现场的市场，已经是世界上最频繁发生建筑行为的地方，国外的设计公司开始逐步进入发展铺点，国内很多大型的项目，特别是重大项目，都被国外的公司包揽。大田博物馆项目的设计方案招标也不例外地采取了国际竞赛的方式进行，成为国内规模最大也最受瞩目的建筑设计方案招标的标的之一。经过冗长的竞赛、修改、专家意见征求、社会公众调查、工程可行性研究报告和初步设计的专家评估，以及国内外建筑规划名师和著名建筑设计师组成的评委会的评选，最终国外建筑师那的方案被采纳了。

那的方案采用钢结构壳体的圆球形，四周由水环绕。在形象上，它用最简洁的外表形体覆盖内部结构的复杂。在思想上，它用大圆球和大水面，体现圆融大气的民族文化风格和现代开放的时代精神。在概念上，它既和原来的城市风貌有一定的区分，又没有任何棱角，不与任何建筑物冲突而相容，在对比中求得平和的存在。

方案一经公布，骤然引发了国内权威们的争议。

开始。

有人质疑方案产生的程序，说："方案是在一种完全不透明的情况下选出的，谈不上什么投标。"

后来。

有人质疑外形，说："只有陵墓才用这种圆穹。"

有人质疑功能，说："周围都是水的建筑物，与城市和群众隔离而孤立。"

有人质疑造价，说："形式主义的作品，浪费大量的空间、建材、能源。"

再后来。

有人联名发表文章说："这是崇洋媚外，切断历史，本末倒置，丧失民族尊严。"

有人进一步上书中央，说："这不仅会成为国际公众舆论的笑柄，还将损害政府的威信。撤销方案，暂缓建设。"

争议在开始的时候是建筑问题，到后来，无限制扩大、蔓延，演变成了社会问题，就像一场运动，最终果然致使已经破土开挖的博物馆工程无限期搁浅。

沙老师是权威们的核心。沙老师久经世事浮沉和人生沧桑，对既往人人自危，惶惶如飘叶不能主宰的种种运动，记忆如昨。沙老师在事件中保持了沉默。沙老师是不偏不倚，也是明哲保身。尽管如此，作为沙老师助手的韩褰，还是不可避免地亲历了事件的整个过程。

对于那的方案，韩褰有自己的看法。首先，“给每个时代以它的艺术，给每种艺术以它的自由”，比如，包豪斯的意义就在于，把建筑从古典主义繁重的文化负担中解脱出来，让人们不再通过这些建筑去了解欧洲的历史，而是用建筑作为文化的本体，开创了新的文化，而不是去回忆文化。其次，人们容易简单地理解民族的就是世界的，当新旧冲突的时候，旧的传统和历史就会理所当然地占据上风，理所当然地认为古老的才是正确的，所以，国内就建造了很多所谓的仿古建筑，模仿抄袭祖先建造的建筑外形和样式，以为复制红墙绿瓦就是民族的建筑，而其实这是一种文化寄生，也是一种狭隘的国粹主义短见，这是“……退化，就好像是过时的衣服；这是对旧时代卑躬屈膝，是一种令人不安的谦卑”。从这两重维度而言，那的方案其实是突破了窠臼，在这个时代是会有它的意义的。

对于权威们，韩褰也有自己的看法。首先，在此之前，韩褰其实已经不止一次地目睹过权威们类似的争议。权威们在某些时候，在某种程度，其实是代表了某些利益和派系，彼此之间矛盾四伏：有一部分会说，他们才是真才实学，其他人都是不对的；另一部分人又会说，他们才是真正的权威，其他人都是歪门邪道。他们重视资历，顽固保守，会不停地相互争论，各执己见。有的最终彼此迁就和夸奖，为的是获得其他人的迁就和夸奖；有的则弄虚作假，彼此欺骗；有的则不关心谁是谁非，总在鹬蚌相争时，渔一己之私利。为此常常有失公允，使得真正好的设计却受到了压制。其次，就这次的方案而言，权威们显然情绪化、主观化，有的出于嫉妒之心，有的出于学术之争，有的把争议上升到了个人攻击，上纲上线，有的还在争夺话语权，利用事件扬名，无休无止，斗争几乎到了极致，最后，建筑成了牺牲品……从这两重维度而言，一个国家的建筑思想被这样的权威们所禁锢，是不足取的。

权威们有权威们自己的时代，他们是属于他们自己时代的斗士，他们之于时代与个人，都有过盛极一时的战利，但是，平心而论，韩褰从来都没有羡慕过权威们这样的人生，在亲历了这次事件以后，韩褰甚至认为这样的人生是无聊的。

韩褰就提出要离开沙老师。

沙老师挽留。

沙老师个子不高，仪态雍容，神色慈善，藏在镜框后的双眼却像猫头鹰一样警觉犀利，仿佛一眼就能够洞悉一个人所有的想法，甚至最隐秘的内心。

沙老师说："留下来。以后你也会有我们这样的人生。"

多少人梦寐以求的人生似乎近在眼前，触手可及。

韩褰说："这不是我想要的人生。"

沙老师说："你太自负。"

韩褰说："我是自知之明。"

韩褰没有权宜。

离开了沙老师。

出国到了瑞士。

因为自知之明，再后来，韩褰又要回国了。

韩褰到了瑞士以后，先在瑞士联邦苏黎世高等工业大学留学，学成后就受聘于学校的景观与空间规划研究所，在瑞士生活了下来。桑中也到了瑞士，也先在瑞士联邦苏黎世高等工业大学留学，学成后也受聘于学校的景观与空间规划研究所，也在瑞士生活了下来。桑中因此和韩褰有过一段共事的时光。

关于回国，韩褰和桑中有过一番长谈。

韩褰说："出国以前，我想过为什么要出国。第一，是为了独立。在沙老师的身边，有很多优越，会很好，但那是温室的花朵，一旦温室不再存在的时候，生存的空间和能力都会有很大的问题，这样的生长方式对个人而言是有极大的缺憾的。至少，这种已经能够看到老的生活方式，不应该是我那个年纪就有的。第二，是为了经历。经历，是一个人的基础，也是一个人的源泉。就建筑界而言，在国内，我已经比很多人都更早地见过了制高点的世面，只有出国，才能对它有更深刻的认识。你要设计好的建筑，你首先要知道什么是好的，扩大自己的经历，深刻地去了解，是一个建筑师的基本素质，柯布西耶自学出身，安藤忠雄从未考进大学修读任何设计，赖特认为在大学里一无所获，这些建筑大师都不是建筑系的毕业生，但都有过游历世界的经历。就这样，我出国了。

"出国以后，我也想过在国外生活下来的价值。

"第一，促使自己反思了自己国家文化的特点。出了国，住下来，而且走了十多个国家，主要看了建筑，看建筑的同时也在看社会，看到了不同的国家，不同的地方，不同的地理环境，看到了新鲜的人和人的关系，还有社会状态，这种文化上的反差，反过来让自己更深入地思考了自己国家的文化。

"第二，促使自己更全面地看待问题。在国外，接触到的，面对到的，和出国以前既有的习惯很多都不一致，这能够让人更多地去认识差别，同时也能让人更清楚地认识到差别中各有所长，各有所短。就拿建筑来说，欧洲的建筑有积累的传统，它以石构为主，可以保持很长时间，有的石构建筑要盖几百年，就像科隆大教堂竟然耗时六百年建成，而且至今修缮工程仍旧不断，他们追求的是建筑的永恒性，他们的建筑是要传承下去的，从一定意义上讲，欧洲的建筑是体现神性的。但是他们的传承不代表没有发展，‘二战’以后，因为传统的建造方式不能满足建筑的大量兴起，现代主义建筑运动就发展起来，未来主义、表现主义、风格派、构成派、分离派等等，百花齐放，但它们都是基于当地的文化传统发展起来的，所以，欧洲的建筑是一脉相承的。相比较而言，我国的建筑很少积累，以木构为主，木材本身就不是永恒的，这和我们自己的哲学有关系。《易经》早就告诉了我们，没有永恒的事物，世界上唯一不变的就是变化本身。这样的思想意识在几千年以前就扎根在了我们的民族里，我们认为‘天若有情天亦老’，任何有生命的东西都不可能永恒下去，老天爷如果有生命也会老，所以我们的建筑也就以自然生灭为定律，安于新陈代谢之理，没有要它永不残破的追求。但是，我们虽然认为建筑不是永恒的，却不妨碍建筑一直使用下去，比如，我们以前的窗户用白绵纸，一年一换，梁柱坏什么修什么，常换常新，常修常新，总有办法来解决房子的长久使用问题，以变化来体现永恒，这是一种自然的交替。所以，建筑不是简单的优劣之分，建筑的结果，不管你愿意不愿意，其实是不同的社会意志不同的整体效果，这样清楚地认识以后，就会客观地看待建筑问题，而不会片面。这也就能够让人从更多的角度认识问题，会更容易接纳不同的意见，对问题能够有全面统一看待把握的能力。

“第三，促使自己对生活有正确的追求。在国外生活，最大的触动是人生而平等，不会因为职业差别有贵贱之分。清洁工在国内会被认为是下人，应该是被使唤的，但在这里他得到平等和尊重。这里的工人在工地上铺地，铺地的石头都有二十多厘米厚，可以耐用几百年，他们仿佛精确的钟摆，早上准时开始工作，工作的间歇准时到一旁的咖啡馆休憩，轻松地喝咖啡、聊天，到了傍晚就准点收工，他们享有和其他阶层同等的收入，以及完全平等的社会权利。这里的人们工作是工作，休息是休息，不会为了挣钱拼命地工作。这些，都会让人去思考，人活着是为了什么，挣钱的目的是什么，生活应该怎么样。无论如何，把生活都消耗在工作中，丢失人对生活的享受，根本没有来得及享受过自己的劳动成果，是可悲的。所以，我在这里看到了一种更值得追求的生活状态。

“总之，我喜欢在国外的生活，我在这里过得很舒服。

“但是，我也想过为什么要回国。

“第一，不安定。这里的一切都很舒服，可是这里的一切和你这个人自己的文化没有任何联系。一国，一族，都有自己的特点，一个人和自己的国家民族是有潜在的联系的，当这个联系被割断的时候，在一个人的心理层面上是不完整的，会不安定，就像一个孩子被别人抱走会哭，回到母亲的怀抱就不会哭。这是一种缺失，是没有根本。人生最重要的是根本。

“第二，要安定下来。有个外国人问过我，你信仰什么？我说，我没有信仰。他很吃惊。其实，有没有信仰不是最关键的。信仰，是个人太弱小，没有心理上可庇护的地方，才去寻求的。事实上，一个人如果能够有自己的人生观、世界观、宇宙观，知道人为什么活着，活着是为了解决什么问题，那他自己就能强大，不是那么需要外在的依靠。因为已经走过很多地方，很多国家，到了现在，我连旅行的欲望都不再有，已经不需要再通过外界去得到什么来满足自己。所以，我现在只想回到根本去，让自己安定下来。”

韩蹇最后说：“我决定回国，是自知之明。”

韩褰说这些话的时候，就像优美、轻盈的苍鹭，平心静气，不疾不徐，深邃又单纯，有一种孩子般的纯粹。

桑中和韩褰是君子之交。桑中能够理解并且肯定韩褰的不凡，韩褰也能够理解并且肯定桑中的桀骜，因为相互的理解和肯定，桑中和韩褰相互的交往反而清浅，保持着一定的距离，仿佛鹰和苍鹭之间相互默契的尊重。

桑中因此是第一次听韩褰这样的长谈。

在那时，桑中就想起了杜卷耳。

桑中就对韩褰说："有一个人，像你一样纯粹。"

桑中出国以后，还是无拘无束，依然看起来对什么都无所谓。国外的建筑量并不多，哪怕是韩褰，也从来还没有得到过项目负责的机会，桑中尽管有对建筑天生的敏感，在那里也就不过是负责完成项目中基本的画图等局部的工作而已，也因为如此，桑中至今还是没有过自己真正意义上完成的作品。桑中还是无所谓。桑中大量的时间，也像韩褰一样，用来走过很多的国家。桑中到过法国，效仿安藤忠雄，以柯布西耶为目标，膜拜了所有找得到的柯布西耶的作品，也到过希腊、意大利、奥地利、瑞士、西班牙、埃及、墨西哥、日本……遍览了雅典卫城之丘的帕提侬神庙，万神殿，米歇尔广场的路斯住宅，卡贝尔桥，盖尔公园，金字塔，巴拉干的自宅，住吉的长屋……桑中这样几乎丈量过了大半个地球，几乎走完了别人需要一生才走得完的路途。桑中就这样无拘无束地生活着，没有想过过去，也没有想过未来，也没有想过要回国。

出国以前。

桑中的父亲对桑中只有一桩事吩咐："要等袁有桃。"

父亲告诉桑中，袁有桃的父亲对自己甚而全家都恩重如山，袁有桃的父亲原来就属意把袁有桃托付给桑中，袁有桃的父亲遭遇不测，袁有桃又下落不明，要有等袁有桃的情义，否则，心中有愧。

开始几年，父亲偶有和桑中联系，都会吩咐：“要等袁有桃。”

一年又一年，还是没有袁有桃的下落，父亲才不再吩咐了。

桑中却一直都没有放弃过查询袁有桃的消息。袁有桃消失以后，很多人，哪怕是原来狂热地追随过袁有桃的人，都只是一番唏嘘以后，很快地也就把袁有桃抛进了时光的湍流，冲得无影无踪，以至于桑中在查询袁有桃的时候，有的人竟然已经模糊，想不起了对袁有桃的记忆，仿佛袁有桃不是消失了，而是根本就没有存在过。袁有桃就像一个意象，存在的时候就像一幅没有血肉的画，消失的时候就像是回到画里去了，似乎在暗喻人生本来就是虚无缥缈的。桑中却一直都没有放弃，一直都在查询袁有桃，只是一直也没有查询到袁有桃哪怕一丁点的消息。桑中是在抗拒人生的虚无缥缈。桑中是不能理解，也不肯相信，一个人就像一缕青烟似的消失了，一个人存在过就和没有存在过没什么两样，一个人在世上似乎本来毫无根基可言，就像虚空的浮面，从虚无中来，回到虚无中去。

桑中一直都还是单身。

有人问过桑中：“你是在等袁有桃吗？”

桑中说：“不是。”

没有人知道桑中在等谁。

桑中自己也不知道。

现在，桑中想起了杜卷耳。

桑中就对韩褰说：“有一个人，像你一样纯粹。”

桑中的内心再度感受到了熟悉的，被刺穿的，锋利的，疼痛。

原来，桑中的内心在被杜卷耳永远地刺穿以后，有没有被刺穿内心的疼痛，就已经成为桑中衡量爱情的标准。

在杜卷耳以前，没有人有过这样的能力。

在杜卷耳以后，也还没有人有过这样的能力。

袁有桃从来没有过这样的能力。

一年又一年。除了查询袁有桃的消息，桑中对国内几乎就不再有过其他的牵挂，桑中就像桀骜的鹰，远在异国他乡，自由自在，无牵无挂。桑中早就努力把杜卷耳埋在了心田，没有再去想过杜卷耳，也认为自己不能再有资格去想杜卷耳。现在，桑中才知道，原来，杜卷耳是顽固地长在了自己的心田里，而且已经长得根深蒂固。

桑中就和韩褰一起回国了。

试问岭南应不好？
此心安处是吾乡。

桑中回国，是因为韩褰的影响，也是牵挂杜卷耳了。

回国以后。

韩褰去了沙泽。沙泽在这一年被列入了世界纪念性建筑基金会的一百个濒危遗址名录，获得了瑞士发展合作署等机构的赞助，由瑞士联邦理工大学负责溱水复兴工程，韩褰就成了沙泽复兴工程的瑞士方代表。此后，沙泽，就成了韩褰心安的地方。

桑中去了丘城。

桑中去丘城，是因为桑中的父亲提任到了丘城。

如今，国内社会已经开始进入了一个急遽开阖的时代。房地产行业渐就成为国民经济的支柱产业，其热潮已经遍及每一个城市，因为这个产业而上演的财富传奇，而演绎的金钱的放纵与罪恶，而激活的人性的贪婪与虚荣，而摧毁的生活的幸福与平静，统统已经拉开了大幕，无数人的人格都将要在其中遭受损耗。丘城，也像国内的任何一个城市一样，已经躬逢史上最大规模的建设时代，这是一个房地产开发的大时代，也是一个建筑的大时代。这是一个泥沙俱下的大时代。

桑中的父亲提任的是丘城的副市长，分管丘城的城市规划建设。在此以前，没有了袁有桃父亲的襄助，父亲遭受过冷遇。父亲在原来县长的位置上原地不动，多年，才终于发配到最偏远落后的其他县里提任了县委书记，又多年，才终于又异地提任了丘城的副市长，却没有列入丘城的市委常委，明里暗里还是受到孤立。尽管如此，父亲掌管着现在最炙手可热的城市规划建设，毕竟还是身居要职，不知有多少人都趋之若鹜。

去了丘城以后，桑中和父亲母亲更加疏离了。

父亲现在就像皇帝。

父亲走向办公室。

一个人拿着工作笔记本，追到父亲身边，小心翼翼地问：“今天可以向您汇报工作吗？”

父亲没有停下来，说：“不知道。”

一个人小心翼翼地紧跟着父亲，说：“那什么时候向您汇报？”

父亲没有停下来，说：“你说呢？”

一个人小心翼翼地没有再敢跟着父亲。

又一个人抱着一沓文件，追到父亲身边，小心翼翼地问：“今天可以签批吗？”

父亲没有停下来，说：“不知道。”

“那什么时候找您签批？”

“你说呢？”

又一个人也小心翼翼地没有再敢跟着父亲。

父亲喜欢被一个又一个人像对皇帝一样小心翼翼地揣摩。一个又一个人都习惯了像对皇帝一样小心翼翼地揣摩父亲。一个，又一个人，都小心翼翼地回去揣摩了。

父亲到了办公室。

一个人进来，小心翼翼地给父亲端茶。

又一个人进来，小心翼翼地蹲下，给父亲系上散了的鞋带。

父亲喜欢被一个又一个人像对皇帝一样小心翼翼地伺候。一个又一个人都习惯了像对皇帝一样小心翼翼地伺候父亲。一个，又一个人，都争相小心翼翼地伺候父亲。

父亲对一个又一个人都缺乏尊重。

父亲对桑中也不例外。

父亲对桑中不满意。

桑中回来以后，甚至比以前还要少地能够见到父亲。父亲虽然受到孤立，但是恃才不惧，并不肯趋炎附势，对于趋炎附势的同僚们也不屑一顾，被传为是还保留有读书人风骨的儒官。父亲虽然受到孤立，但是并不孤独，除了有一个又一个像对皇帝一样小心翼翼地揣摩、伺候父亲的人以外，还有大大小小的房地产老板们都在排着队争相得到父亲的垂青，他们也都像对皇帝一样迎合父亲。父亲虽然受到孤立，但是，有失，有得，也缔造了一个自己的王国。父亲在自己的王国里倥偬，桑中甚至比以前还要少地能够见到父亲。

现在，桑中在比以前还要少地能够见到父亲的时候，父亲对桑中说得最多的话是："你懂什么？"

父亲认为桑中无拘无束，对什么都无所谓，还是边缘的，还是不入流的。父亲要铺路让桑中做官。父亲认为就像当初考大学一样，做官终究是社会的最主流。

桑中好像是天生有非主流的属性，天生习惯边缘着。

桑中不答应。

桑中要向父亲解释。

父亲不听桑中解释。

父亲只说：“你懂什么？”

桑中就没有向父亲解释。

不管桑中想向父亲解释什么，

父亲都不听桑中解释。

父亲都只说：“你懂什么？”

桑中就什么都不再向父亲解释。

总之，父亲对桑中总是不满意。

父亲就像皇帝一样唯我独尊，桑中甚至比以前还要少地和父亲说过话。桑中对父亲更加陌生了，陌生得父亲对于桑中就像只是一个父亲的符号。

母亲对桑中也不满意。

母亲现在就像皇后。

母亲活在父亲缔造的王国里。母亲现在在市府机关里安排了一份闲职，闲职以外还是父亲的替身。母亲现在除了得体地处理妥帖父亲在农村的一大家族需要安顿的各种事务，以及父亲不便出面，或者不愿意出面，又不得不出面的交际应酬以外，还要得体地处理妥帖就像对皇帝一样迎合父亲的大大小小的房地产老板们，母亲就像一人之下万人之上的皇后。母亲还仿佛是父亲安全的屏障，是父亲还能保留风骨的防线。可是，母亲更加为父亲的替身所累，甚至比以前还要少地暇顾桑中。

母亲不希望桑中忤逆父亲。

母亲说："父亲都是别人听他的。你也要听父亲的。"

桑中不同意。

母亲也以为桑中还在等袁有桃。母亲不希望桑中再单身下去了。

母亲说："丘城最大的房地产公司老板的千金，就等你回来见面。"

桑中不同意。

总之，母亲对桑中也总是不满意。

母亲就像皇后一样妻凭夫贵，桑中甚至比以前还要少地和母亲说过话。桑中对母亲更加陌生了，陌生得母亲对于桑中就像只是一个母亲的符号。

桑中和父亲母亲更加疏离了。

父亲母亲都最满意的是诸葛生。

诸葛生现在是父亲的秘书。

诸葛生最早让父亲满意的是诸葛生为父亲写的材料。父亲让诸葛生写材料，父亲只是简单地口述了材料的要求，诸葛生不仅完全达到了父亲的要求，还在父亲要求的基础上加入了父亲还欠缺要求的部分，不仅把父亲想到的都写了，还把父亲想到了却以为写不出的，或者还没有想到却也应该写的，都写了。诸葛生几乎做到了比父亲自己还要了解父亲，以后，父亲只要说一个标题，甚至什么都不用说，诸葛生就能把材料写得比父亲自己写都还要让父亲满意。

父亲说诸葛生，就像父亲的一个脑袋。

诸葛生确实就像父亲的一个脑袋。一个又一个人揣摩不准父亲的时候，只要去问诸葛生，诸葛生给出的建议，从来都能契合父亲的意志，就像父亲事无巨细都对诸葛生事先亲授过一样。诸葛生知道，父亲喜的时候不一定是喜，怒的时候不一定是怒，哀的时候不一定是哀，乐的时候不一定是乐，一个又一个人没有人能比诸葛生更准确地揣摩父亲的喜怒哀乐。一个又一个人也说，诸葛生就像父亲的一个脑袋。

诸葛生最早让母亲满意的是为母亲办的事情。母亲感冒了，母亲没有时间去买感冒药，母亲就让诸葛生买感冒药，诸葛生给母亲买了各种各样的感冒药，诸葛生给母亲讲了各种各样的感冒药的适应症状和禁忌，诸葛生让母亲对症下药，诸葛生把给母亲买感冒药这样一件算不上事情的事情办成了一件细致入微的事情。以后，母亲除了让诸葛生办算不上事情的事情以外，还让诸葛生办父亲在农村的一大家族需要安顿的各种事务，甚至父亲不便出面，或者不愿意出面，又不得不出面的交际应酬，更甚至大大小小的老板们的事宜，诸葛生都能办得细致入微。诸葛生总能对母亲心领神会，诸葛生能把事情办得比母亲自己办还要妥帖。

母亲说诸葛生，就像母亲的一个儿子。

诸葛生确实就像母亲的一个儿子。母亲是父亲的替身，母亲是父亲安全的屏障，母亲是父亲保留风骨的防线，母亲为父亲的替身所累，只有诸葛生给母亲分担了，就像一个儿子为母亲分担一样。

桑中不在意父亲母亲都最满意诸葛生。

桑中在意的是杜卷耳的命运。

上天先谕过。

你只能遇到她。

她只能遇到你。

遇到别人是她的不幸。

桑中知道了杜卷耳离开了诸葛生，又离开了张氓。

桑中知道了杜卷耳来到了丘城，又在一年前就离开了丘城。

只身一人。

杳无音信。

丘城，已经是没有了杜卷耳的空城。

桑中离开了丘城。

桑中要找到杜卷耳在的地方。

才会。

心安。

杜卷耳回到过丘城。

时光湍流。

又过了八年以后。

杜卷耳经过丘城。

杜卷耳不认识丘城。

丘城很大。丘城就像用过膨化剂一样，膨胀得有原来几个丘城那么大。有原来几个丘城那么大的丘城是簇新的。到处是簇新的高楼，一座比一座高，一座比一座簇新，仿佛丘城是一片很大的，簇新的，丛林。

在这片丛林里。

没有老城区。没有短促的低丘。没有短促的矮坡。没有短促的低丘上，矮坡上，密集的夯土平房、砖瓦房，还有两层、三层，最高不过五层的楼房。没有有的铺着青石板，有的铺着碎石子，有的铺着沥青的，狭窄的路。没有低矮栉比的店铺。没有逼仄的环城路。没有凌乱的城乡接合的城外。没有江岸杂草疯长的丘江。江岸全是齐整的人工景观，江面拦截了人工的大坝，沿岸的沙石再也不会大片地袒露，江里有簇新的人造公园，江面上横贯的石拱桥拓宽了一倍又一倍，簇新得没有以前古朴、敦实和沉稳的痕迹。没有平坦、开阔的开发区。

没有荒芜的湿地。没有空荡荡地划过湿地的空荡荡地伸向前方的水泥大道，没有空旷的上空，没有在空旷的上空扑棱棱飞旋的一群一群的鸟雀。没有沿街的一家挨着一家的夜宵铺，没有炉子上热气腾腾的砂锅扑哧扑哧地冒着暖意。

在这片丛林里。

杜卷耳没有找到湿地公园。湿地公园已经被连绵连绵的住宅小区替代。连绵连绵的住宅小区里，没有杜卷耳设计的现代夯土的湿地公园服务中心，就好像那令杜卷耳留下过一时声名的夯土房从来都没有存在过一样。杜卷耳也找不到汉广住宅小区。汉广住宅小区已经被其他连绵连绵的住宅小区包围了，消失在了丛林里。

在这片丛林里。

杜卷耳找不到自己和丛林有过关联的任何线索和依据。

丘城不是丘城。

丘城已经消失了。

消失在了丛林里。

消失在了湍流的时光里。

杜卷耳以后再也没有回过丘城。

时光湍流。

一座城市，就算那里有过你最美好的年华，在你离开的时候，就已经完成了它对你的使命，就已经永远留在了一个叫作过去的地方。

那是一个回不去了的地方。

从前我曾经到过这里，

但说不准我是怎样到来在何时，

我熟知门外的青草，

气味清爽而浓烈，
还有喟叹之声和岸边的灯火，
从前你曾经就是我……

丘城。
就像海市蜃楼。
成了。
空城。

6

开始的时候，宛城，是浮城。

宛城得天独厚。

宛城，在很远很远的，海的那边。很多人在小时候就都会听说过宛城，却不是因为宛城在遥远的海的那边，而是因为宛城有莒湖。

莒湖表面上是清雅的，就像一幅镜头很长的全景的水墨画。最近的，是潋滟的水光，水光里，有洲，有亭，有墩，有精美的画舫，有摇橹的小船，有一直连接向天际的荷叶，有在这里栖息的天鹅、鸳鸯、银鸥、鸬鹚、夜鹭、翠鸟、绿头鸭。往远一些，莒湖的岸上都是桃树、柳树，柳树婀娜，桃树绰约，春来的时候，桃红柳绿，草长莺飞，春光烂漫。岸边的公路遮蔽着浓密的茂林，水杉，香樟，木荷，枫香，紫楠，红豆杉，梧桐树，树冠交叠，枝叶纷披，蓊郁优美。再远一些，莒湖的三面都依偎着山，山都不高，山峦都很精致、灵秀，山色葱茏、空蒙。更远一些，莒湖三面的山中，有隐逸的佛门，佛门里晨钟暮鼓，和声梵唱，清净向佛。莒湖，这幅镜头很长的全景的水墨画，就此一气呵成，就像自然的绝笔，天下无双。

莒湖在骨子里是妩媚的，就像一个绝世的佳人。莒湖有很多传说，每一段传说里都有一个绝世的佳人，每一个绝世的佳人都惹出过绝世的爱情，一直传说到现在还让人千回百转，还被人演成戏，咿咿呀呀地传唱，唱戏的人唱得千回百转，听戏的人也听得千回百转。莒湖因此被赋予了千回百转的气韵，就像一位绝世的佳人，有着骨子里的妩媚。

很多人在小时候就听说过莒湖的传说，在长大以后就会假想用莒湖比拟自己千回百转的爱情，很多人就会为莒湖千回百转，连带着也就在为宛城千回百转。

宛城就成了一座让人千回百转的城市。

这座城市的底子是华贵的。自古以来，达官贵人，文人墨客，都会因为流连莒湖，而在宛城流连，还在宛城留下了很多华美的亭台楼阁，也在宛城写下了很多华彩的诗词曲赋，更有王室干脆曾经在宛城偏安过，宛城因此也还遗存了都城皇族的贵气。

这座城市的底子也是市井的。早年，宛城的人都依着莒湖的山水生息，城市并不大，多是有天井的宅院，宅院内密布着小楼，小楼又密布成深巷，深巷里又密布着各种买卖的杂货铺，还有酒楼、茶坊，以及出演杂剧、影戏的瓦肆。直到现在，在残留的深巷的深处，还会有人在老院子的门口打着被子晒太阳，在古井边上踩着大脚盆洗被单。

而今，宛城已经布满了富丽的楼房。莒湖三面的山上，一片一片地盘踞着富丽的别墅。大多原来的宅院、小楼、深巷，都已经拆迁新建成了一片一片的富丽的住宅。山以外，生长出了一片一片的富丽的酒店、写字楼、商厦。以外，还有不断地在向着四面更远处生长的富丽的别墅，富丽的住宅，富丽的酒店、写字楼、商厦。宛城每天都在向着四面，生长得更远、更大。这些富丽的楼房就在为每天都在生长得更远更大的宛城，缝制上富丽的外衣，诱惑着各地的富人们趋之若骛，趋之若骛的富人们又驱使着每天都在生长得更远更大的宛城缝制上更加富丽的外衣。

得天独厚的宛城，最终被缝制成了富人的天堂。

杜卷耳第一次到宛城，是和张氓一起去的。

春天以来。

张氓一直都在咳嗽。

越咳越深。

张氓在和夏株林商量汉广地产项目的销售。

在丘城，和汉广地产项目同期开发的商品房住宅小区有五六个，在销售上势必形成价格的竞争。竞争最激烈的是顶层的销售，大家都是多层住宅，层高都在六层到七层之间，丘城的人说住在顶层每天都要像爬山一样，上上下下，太累了，还说顶层容易渗漏，都不肯买顶层，每个小区顶层的销售就都滞后，有的小区就采取大幅度的降价。汉广地产项目的地理相对还要偏远一些，如果不跟进降价，就一定会滞销，影响资金的回笼，如果跟进降价，就会损失超过四分之一的利润。

张氓问夏株林："降价吗？"

张氓咳嗽。

咳得很深。

夏株林反问张氓："咳到心里去了。是有女人藏在心里？"

张氓咳嗽。

咳得很深。

张氓说："你见过我什么时候会把女人藏在心里？"

夏株林说：“藏在心里就不一样了。”

张氓说：“你知道我从来不会把女人藏在心里。”

夏株林说：“只要不藏到心里去。你的就是我的，我的就是你的。”

张氓咳嗽。

咳得很深。

张氓说：“降价吗？”

夏株林说：“不用。”

丘城市府机关需要一批安居房。夏株林准备通过位高权重的领导，推介汉广项目成为这批安居房。这样，从融资，到报批，到施工，一直到销售，夏株林几乎彻底地操控了汉广地产项目，夏株林彻底操控了项目，也就彻底操控了公司，也就彻底操控了张氓。这样，没有竞争，也没有任何损失，张氓等于从始至终都在坐享其成。

张氓咳嗽。

咳得很深。

张氓和夏株林是利益共同体，谁也不能摆脱谁。

已经是春末。

张氓还在咳嗽。

咳得很深。

张氓终于给杜卷耳回电话了。

张氓的呼机上已经有杜卷耳的几十条留言了。留言都加了代码9。张氓在和夏株林商量好汉广项目的销售以前，已经有一段时间没有给杜卷耳回过电话。哪怕呼机上已经有杜卷耳的几十条留言了。哪怕留言都加了代码9。

张氓在电话里说：“我来接你。”

张氓驾驭着又大又黑又长的车。

接上了杜卷耳。

又大又黑又长的车开出丘城。

车轮在公路上摩挲出沙沙的声响。

张氓说："我订了附近县里的酒店。"

张氓是在刻意地避人耳目。从来都只是和一个一个又一个的女人两厢情愿的逢场作戏的张氓，从来都没有因为一个一个又一个的两厢情愿的逢场作戏的女人，刻意地避人耳目过。张氓是因为杜卷耳才刻意地避人耳目。张氓和杜卷耳只能刻意地避人耳目。

室内。

黑暗。

黑暗。

黑暗。

杜卷耳伏在张氓的胸膛上。

就像张氓遒劲的身体上盛放的花朵。

张氓咳嗽。

咳得很深。

张氓说："夏株林说我咳到心里去了，是有女人藏在心里。"

张氓说："不方便的时候不要呼我。"

杜卷耳说："我想你的时候怎么办？"

杜卷耳说："我该怎么办？"

张氓咳嗽。

咳得很深。

黑暗。

黑暗。

黑暗。

张氓没有回答杜卷耳该怎么办。

张氓或者也回答不出杜卷耳该怎么办。

张氓只是说："卷耳怀人。思之情深。念之意切。"

张氓咳嗽。

咳得很深。

张氓是咳到心里去了。张氓是把杜卷耳藏在了心里。张氓不敢让夏株林有分毫的察觉。除此以外，关于夏株林的，关于夏株林和张氓之间的，张氓从来都没有告诉过杜卷耳什么，什么都没有告诉过杜卷耳。张氓是深不可测的深渊。杜卷耳在以后会发现自己原来根本就没有了解过张氓。

杜卷耳在以后对谁都不提及汉广项目的经历，就好像杜卷耳在以后的回忆的存储中，早就把它干干净净地省略了，就好像忘记了这段经历，就好像没有经历过一样。杜卷耳是不敢回忆。杜卷耳是不敢回忆这段经历中经历过的至乐、哀伤、卑微、软弱、沉湎。杜卷耳是不敢回忆自己在这段经历中是怎么跋涉过所有的跋涉的。

杜卷耳对谁都不提及。

不是没有经历过。

不是忘记了。

是不敢回忆。

杜卷耳只记得，那年春天以来，张氓一直都在咳嗽，越咳越深，直到春末，还在咳嗽，咳得很深，张氓说过，夏株林说张氓咳到心里去了，是有女人藏在了心里。

张氓还说过。

卷耳怀人。

思之情深。

念之意切。

到了灼人的夏天。

张氓对杜卷耳说："我们去很远很远的，没有人认识我们的地方。"

张氓和杜卷耳先坐飞机。再坐火车。然后摆渡。来到了很远很远的，在海的那边的，宛城。张氓和杜卷耳以为在很远很远的在海那边的宛城，没有人认识，避开了耳目。

在避开了耳目的宛城。

张氓有过片刻的柔软。

杜卷耳也有过片刻的柔软。

宛城的海气势磅礴。海水浩瀚，海面从浅蓝直到深黑，海浪一个浪头一个浪头地拍击雄险的海礁，海岸苍劲，远航的船只看起来就像轻微的海鸟。这样的海能够睥睨一切。一切和宛城的海比起来都过分地卑微渺小，莒湖也是如此。可是，宛城的人，以及来到宛城的人，都明明过分地偏爱莒湖，几乎都对气势磅礴的海视而不见。宛城的海，因为没有得到过宛城的人，以及来到宛城的人的偏爱，尤其是过分的偏爱，反而没有受到任何人为的影响，反而完好无缺地保留下了最原始的、最原生的、磅礴的气势。

黄昏。磅礴的海滩。几乎没有人。张氓手牵着杜卷耳的手。海风哗啦哗啦地吹得有些猛烈。黄昏的光线，在从浅蓝到深黑的海面上，一刻一刻地变化，每一时刻，从不相同，永不重复。

张氓说："宛城的一套房子，在丘城可以买一个单元楼。"

杜卷耳像个孩子一样倾听。

张氓说："宛城是富人的天堂。"

杜卷耳像个孩子一样倾听。

张氓说："我这个人——"

那个片刻。

张氓开了个头。

似在要向杜卷耳打开从来都没有打开过的深渊深处。

那个片刻，张氓似乎是要放下盔甲的骁将，那是张氓从来没有过的柔软的片刻，也是张氓以后也再没有过的柔软的片刻。那个片刻，感化着杜卷耳也似乎不再像疾劲的草木，而仿佛完全顺从张氓的藤蔓，想要为了张氓不计得失地匍匐，那也是杜卷耳从来没有过的柔软的片刻，也是杜卷耳以后再也没有过的柔软的片刻。那个片刻，张氓和杜卷耳达到过以后再也没有时机逾越过的柔软的契合。

那个片刻。

张氓的手机响了。

张氓走开接电话。

是夏株林的电话。

张氓回来以后。柔软的片刻已经稍纵即逝。杜卷耳失去了唯一一次有可能抵达张氓从来没有打开过的深渊深处的时机。张氓失去了唯一一次有可能让杜卷耳不计得失地像藤蔓一样完全顺从自己的时机。张氓是深渊，深不可测，张氓没有告诉过杜卷耳夏株林在电话里说了什么，现在没有告诉过，以后也再没有告诉过。杜卷耳就像个孩子，毫不防范，没有问过张氓夏株林在电话里说了什么，现在没有问过，以后也再没有问过。柔软，只有过片刻，开了个头，就稍纵即逝。以后回顾起来，张氓和杜卷耳其实就是在那个时候，就已经永远失落了，最宝贵的，柔软的，契合。

黄昏开始昏暗。磅礴的海滩。几乎没有人。张氓手牵着杜卷耳的手。海风哗啦哗啦地吹得有些猛烈。黄昏开始昏暗的光线，在从浅蓝到深黑的海面上，一刻一刻地变化，每一时刻，从不相同，永不重复。

张氓在那时应该还说过什么，在杜卷耳以后的追忆中却完全回忆不起来。情节就像电影中的镜头被迫中断，然后，突然就被快进了一样，完全不知道中间还发生过什么。总之，是支离破碎了。

支离破碎以后。

杜卷耳问张氓："你爱我吗？"

张氓在磅礴的海滩上，用脚一笔一画地写：

想——说——爱——你——不——容——易——

黄昏消遁在夜的黑暗中。磅礴的海滩。几乎没有人。张氓手牵着杜卷耳的手。海风哗啦哗啦地吹得有些猛烈。夜的黑暗的光线，在从浅蓝到深黑的海面上，一刻一刻地变化，每一时刻，从不相同，永不重复。

张氓和杜卷耳入住在离磅礴的海滩最近的别墅。

张氓和杜卷耳第一次一起度过一个完整的夜晚。

别墅纯白。纯白的挑高空间。纯白的墙。纯白的窗帘。纯白的卫浴。纯白的床。纯白的桌椅。纯白的橱柜。纯白的灯。纯白的烛台。纯白的地毯。

一切都是白的。

一切白得彻底。

仿似新婚一样纯洁。

张氓的手机响了。

张氓走开接电话。

是夏株林的电话。

在杜卷耳以后的追忆中，张氓回来以后还说过什么，也完全回忆不起来。情节就像电影中的镜头被迫中断，然后，突然就被快进了一样，完全不知道中间还发生过什么。又支离破碎了。

支离破碎以后。

纯白的别墅黑暗了。纯白的挑高空间。纯白的墙。纯白的窗帘。纯白的卫浴。纯白的床。纯白的桌椅。纯白的橱柜。纯白的灯。纯白的烛台。纯白的地毯。都黑暗了。

黑暗。

黑暗。

黑暗。

杜卷耳伏在张氓的胸膛上。

就像张氓遒劲的身体上盛放的花朵。

一切都是黑暗的。

一切黑暗得彻底。

杜卷耳问张氓："我们是不是有罪？"

张氓说："要说有罪，人人有罪。"

在很远很远的，没有人认识的地方，在以为避开了耳目的宛城，夏株林如影随形。张氓是深渊，深不可测，张氓还是没有告诉过杜卷耳夏株林在电话里说了什么，现在没有告诉过，以后也再没有告诉过。杜卷耳就像个孩子，毫不防范，杜卷耳还是没有问过张氓夏株林在电话里说了什么，现在没有问过，以后也再没有问过。只是，杜卷耳和张氓根本还是没有避开耳目。

张氓和杜卷耳仓促地离开了宛城。

离开的时候。

还是清晨。

船只就像轻微的海鸟。

磅礴的海在睥睨一切。

宛城就像浮在磅礴的海上的一座浮城。

消失在了海面上。

仿佛这座城市根本就没有在现实世界中存在过。

仿佛这座城市纯属虚构。

张氓以前是空心的。

张氓对杜卷耳是长出过心的。

张氓或许本来是有可能给杜卷耳的人生柔软的机会的。

杜卷耳或许本来也是有可能给张氓的人生柔软的机会的。

可是。

想——说——爱——你——不——容——易——

人生的柔软是不容易的。

张氓和杜卷耳是不是有罪？

要说有罪。

人人有罪。

至于宛城。开始的时候，杜卷耳也就只记得那是一座浮在磅礴的海上的浮城，它消失在了海面上，仿佛在现实世界根本没有存在过一样，纯属虚构。在以后的追忆中，关于宛城最初的来龙去脉，杜卷耳能回忆起来的也就只有这样一些支离破碎的大概。

7

后来，宛城，还是浮城。

传道者说，虚无的虚无，凡事都是虚无。

人世间，有一种东西叫作岁月。一个人以前走过的路，经过的地方，遇到过的人，说过的话，做过的事，经过时光的湍流，再去深究，再去追溯，都会显得虚无，都被虚无地压缩在了一种叫作岁月的东西里，就像什么都没有发生过，什么都没有存在过。如果什么都没有发生过，如果什么都没有存在过，那么，那些过去的岁月，你为什么会把自己交付给一个人，又为什么会让自己离开一个人。

那些你把自己交付给一个人，又让自己离开一个人的岁月。

如果都是虚无的。

岁月如何成岁月。

岁月又从何谈起。

从何谈起。

从塞内加预想。

经过常年维护、辛勤劳动、庇护神佑而筑成之任何建筑，旦夕之间化为瓦砾。否，旦夕太长，灾祸来临如迅雷。

塞内加预想。

杜卷耳的灾祸来临如迅雷。

张氓说，会和杜卷耳一起远走高飞。

张氓这么说，是因为夏株林已经断定张氓有女人藏在了心里。夏株林逼问了张氓。没有人知道夏株林是怎么逼问的，总之，张氓向夏株林承认了。张氓承认，是杜卷耳。张氓还承认，是他主动的。这是张氓第一次没有推卸说是被勾引了。

深夜。

肃静。

杜卷耳的手机尖锐地响起来。

是张氓的电话。

张氓说："我会和你一起远走高飞。"

张氓还说："明天等我电话。"

不容杜卷耳说一句话。

电话挂了。

深夜。

肃静。

似乎什么也没有发生。

似乎什么都将要发生。

张氓是不会和杜卷耳一起远走高飞的。

夏株林能出牌，让张氓不会和杜卷耳一起远走高飞。

第一张牌。夏株林告诉张氓。她可以让市府机关停止把汉广住宅小区列为安居房的决策。可以让施工方拖延工程。可以让银行在贷款到期以后不准再申请延期贷款。可以让楼盘通不过竣工验收。夏株林告诉张氓，她可以让张氓一无所有。

第二张牌。

第二天。杜卷耳去上班。

唐华棣说："夏株林已经给我打过电话。汉广是我们要长期维护的合作公司。你把工作移交了。移交以后，回总院。"

唐华棣还是冷淡的。说话的时候没有抬头。说完的时候也没有抬头。唐华棣作出了冷淡的取舍。唐华棣成全过杜卷耳，也忠告过杜卷耳。唐华棣此时报以的冷淡，是对杜卷耳最严厉的鞭笞。

第三张牌。

深夜。

肃静。

杜卷耳的手机尖锐地响起来。

不是张氓的电话。

是夏株林的电话。

夏株林说："我是夏株林。我和张氓固若金汤。离开张氓。好自为之。"

不容杜卷耳说一句话。

电话挂了。

深夜。

肃静。

夏株林出了牌以后，杜卷耳已经等不到张氓的电话。

杜卷耳已经危在旦夕。

杜卷耳却忽略了遭受的煎熬、恐惧、屈辱、哀伤、绝望。一定要见到张氓。张氓答应见最后一面。

在酒店。

室内。

从来没有过的光明。

张氓站在光明中。

杜卷耳站在光明中。

有那么一刻，光明之中，四目之间，好像一切都安然无恙，好像所有有过的昔日穿透过深不可测的深渊，闪亮着光明。然而，光明是短暂的，转瞬即逝。

杜卷耳说："不是说好等你的电话的吗？"

杜卷耳说："不是说好会和我一起远走高飞的吗？"

杜卷耳说："不是说好的吗？"

杜卷耳形销骨立。杜卷耳过去没有想过要和张氓一起远走高飞。杜卷耳是被来临的迅雷推到了要和张氓一起远走高飞的势头。杜卷耳不假思索地顺从势头，仿佛一直都在心惊肉跳中，又仿佛一直都在临危不乱中。杜卷耳就像不谙世事的孩子，还以为还和张氓安好如初，又以为还有和张氓一起远走高飞的希望，就好像发生的一切都不是真的发生了，就好像来临的迅雷是假的一样。

在从来没有过的光明中。

杜卷耳。无限温柔。无限深情。无限眷恋。

杜卷耳说："我愿为你受千夫指。"

在从来没有过的光明中。

张氓。就像空心的人。

张氓没有说为什么要说会和杜卷耳一起远走高飞。张氓也没有说为什么不和杜卷耳一起远走高飞了。张氓肯定是说过一些什么的。张氓又好像什么也没有说过。张氓好像说什么都是多余的。张氓好像对什么都无动于衷，没有挣扎，没有矛盾，没有犹疑，就像早就决心了要诀别。就像诀别一个根本不必挣扎、不必矛盾、不必犹疑的人。就像诀别一个根本无动于衷过的人。

张氓就像空心的人。

给杜卷耳留下了一个箱子。

箱子里是钱。

光明之中。

张氓。

走了。

杜卷耳。

泣不成声。

杜卷耳离开了丘城。

灾祸没有结束。

杜卷耳回到了总院。

杜卷耳第一天上班。

总院院长找杜卷耳谈话。

院长说："你回来的前两天，院里上下都收到了关于你的匿名信，造成了一定的影响。院里是惜才的。你自己要注意影响。"

杜卷耳落入了飞短流长的俗套。

各种飞短流长都在流传。

有人把杜卷耳悄悄拉到一边，咬着杜卷耳的耳朵说："年纪也不小了，赶紧找个人嫁了。嫁人了，别人的嘴巴也就堵上了。这种事情，女人总是吃亏的。"

灾祸的震荡，以及对人的伤害，比能想象到的更加锋锐。

杜卷耳是单纯的稚子，是林中的清风，是可以抵抗一切风暴的疾劲的草木。杜卷耳没有在灾祸中羁绊，也没有在灾祸中报以睚眦，也没有在灾祸中沉沦。

杜卷耳。

辞职了。

斩断了灾祸的缆绳，抛下了过去。

一个人。

远走高飞。

到了很远很远的，没有人认识的，宛城。

杜卷耳和宛城是隔绝的。

杜卷耳不喜欢宛城的楼房。

宛城早年的宅院、小楼、深巷，有的青灰，有的白灰，乌漆漆的黑瓦，也像水墨画一样清雅，有自己的别致。可是现在，宛城的版图日夜之间都在扩张。富丽的楼房，先是这里一栋，那里一栋，然后一栋一栋连成了这里一片，那里一片，然后一片一片，连成了这里一片片，那里一片片。一栋一栋，一片一片，一片片一片片的富丽的楼房，挤压了已经越来越稀少的早年的宅院、小楼、深巷，还拥塞着火柴盒一样的，低低矮矮的一些旧楼房。新的，旧的，楼房和楼房之间的行道，一道比一道狭窄，就像微弱的缝隙，就像纤瘦的血管。宛城已经失去了自己的别致。

宛城富丽的楼房和楼房都很相像。这一栋，这一片，这一片片，和那一栋，那一片，那一片片，就像同一栋，同一片，同一片片。杜卷耳走在新的，旧的，楼房和楼房之间微弱的缝隙里，纤瘦的血管里，走到这一栋，这一片，这一片片，就像走到那一栋，那一片，那一片片，走到这里，觉得和那里相像，走到那里，又觉得和哪里也很相像，到处都相像。杜卷耳走着，走着，就常常仿佛迷失了。杜卷耳在宛城一直都不能摆脱这种迷失。

杜卷耳不喜欢宛城的人。

宛城的人多得不计其数。不计其数的人都向往得天独厚的宛城，就像川流不可阻挡地流向宛城，就像被宛城虹吸了一样。不计其数的人川流在宛城的楼房里，川流在宛城楼房和楼房之间微弱的缝隙里，纤瘦的血管里，什么都要抢，要抢着排队吃饭，要抢着挤上公交车，要抢着打上出租车，要抢着购物……什么都要抢着才能生存下来。在宛城抢着生存下来的不计其数的人，就像菌斑，在不断增殖、繁衍，他们每个人都行色匆匆，走路就像跑步一样，不知道从哪里来，不知道在追赶什么。

宛城一年要开两次房交会，开一次房交会，就涨一次房价。房价从两千一平方米，到三千、四千，到七千、八千，扶摇直上，有的已经突破了一万。听说的人都说，宛城的房价是涨疯了，买宛城的房子的是疯子。可是，宛城的楼房上，马路旁，小巷边，公交车的车身上，五花八门的卖房子的广告无处不在；宛城的电视里，报纸上，电台中，形形色色的卖房子的新闻无处不在；宛城楼盘的售楼中心无处不在，二手交易的房产中介无处不在……宛城的每一寸肌肤，每一个细胞，每一个毛孔，都在偾张着房地产的亢奋。于是，宛城不计其数的人，无论房价从两千一平方米，到三千、四千，到七千、八千，到有的已经突破了一万，都在抢着买房子，在银行里抢着排队贷款，抢着买，仿佛每个人活着的意义都是为了把自己抵押给房子。

宛城人人都看重身份。

宛城的房子是宛城的人衡量身份的首要标准。

杜卷耳到宛城以后，没有想过待价而沽，就在宛城微弱的缝隙里，纤瘦的血管里，见到的第一家建筑设计事务所上班了。事务所主要承接房地产开发项目。杜卷耳负责第一个项目，开发商甩给杜卷耳一套图片，图片上是繁复的欧式住宅，在宛城已经新兴了很多这样的住宅了。

开发商说：“就按图片抄。”

杜卷耳说：“不去模仿某座豪宅，窄巷里的一座小房子也自会有它的魅力。就像农村的姑娘本来有她的风韵，涂脂抹粉地去模仿城市的姑娘，就会显得滑稽。这在宛城不合适。”

开发商说：“这是我见过的最尊贵的房子。宛城的人都想买最尊贵的房子。只许按图片抄。”

杜卷耳说：“房子是为人设计的，人却不应该为房子而生。这样的房子造价会很高，房价也会很高，会把人变成房子的奴隶。”

开发商说：“房价越高，越有身份。宛城的人买的不是房子，是身份。必须按图片抄。”

杜卷耳不愿意。

事务所的合伙人说：“钱在谁手里，谁就掌握话语权，就听谁的。现在的房子是商品，我们要让自己商业化。建筑师难免会把自己看得很重，以为自己担负着很多的社会意义和价值，常常鄙夷商业设计。其实任何其他建筑设计以外的因素发生变化，建筑就有可能不存在，建筑师根本的只能做技术的服务，要把自己看得轻一些。”

事务所的同事说：“在宛城，买到房子就等于赚到了钱，开发商半年一年就能把房子卖完，建筑师通过设计增加的那点价值在这样快速周转创造的经济效益面前简直忽略不计。如果你拿出一个方案是开发商没有见过的，他就会把你给毙了，他们基本没有任何建筑学的素养，如果你去参加他们的会议，你甚至都会区别不出他们是在谈卖房子还是在谈卖衣服，只是换个宾语就可以了，要不是规定得有图纸，估计他们只需要结构工程师就能把房子盖出来。现在有些城市的楼盘，不光设计一模一样，连名字都一样，所以，抄图复制是最好的方式，我们也乐得躺着挣钱，管它欧式、美式、西班牙式，只要给钱，你要哪样就给哪样。”

事务所的同事还说：“开发商就是一个生意人，只是他做的是房子买卖，做住宅项目明摆着不需要太多的创意，也不可能把住宅做成吸人眼球的东西，主要就是为了挣钱。每个人都有自己的活法，有的建筑师清高，不愿为五斗米折腰，认为做商业设计是委屈了。其实，和钱比起来，这点委屈不算什么，也算不上什么委屈。有了钱，你在宛城才能成为一个有身份的人。”

杜卷耳最终抄着图片完成了项目。杜卷耳以后的项目也几乎都按照开发商的要求抄图，抄的都是要能显示身份的图。宛城富丽的楼房大多都是这样抄出来的。杜卷耳在此前想要做能服务于人居住的住宅，没有实现，以后也再没有实现过。

宛城的人看人都要看身份。

“住得起这样的小区，是身份的象征。”

“买得起这样的房子，是身份的象征。”

“开得起这样的汽车，是身份的象征。”

“有身份的人，才用得起这种品牌的包。”

“有身份的人，才戴得起这种品牌的表。”

“有身份的人，才穿得起这种品牌的衣服。”

“……”

宛城不计其数的人，都在为着身份而活着，而奋斗。没有人会掩饰对金钱物质的膜拜和追求。在这里，没有人关心建筑的价值，没有人谈论建筑的理想，这里的建筑只是商品，建筑师们都在被商业所征服，屈从成为开发商的仆从，全力以赴地把建筑送上了商业的祭台。

杜卷耳也不喜欢宛城的菖湖。

杜卷耳也在小时候就因为宛城的菖湖听说过宛城。杜卷耳和张氓一起到宛城的时候，还没有来得及看到过菖湖。杜卷耳看到菖湖以后是失望的。菖湖的水光，水光里的洲、亭、墩、画舫、小船、荷叶、天鹅、鸳鸯、银鸥、鸬鹚、夜鹭、翠鸟、绿头鸭，还有岸上的桃红柳绿，还有遮蔽着公路的浓密的茂林，还有精致的山，甚至隐逸的空门，甚至千回百转的传说，在杜卷耳看来，美得一览无余，就像年历上印刷着画，不能耐人寻味，而且也美得太婉约，就像没有丘壑的文章，不能予人力量。这样的莒湖，轻易地就会消磨人的意志，不如宛城的海，有气势磅礴的气概，能雷霆万钧，也能吞吐一切。可惜的是，宛城的人总是满足于消磨人的莒湖，并以其为荣，而对宛城的海视而不见，宛城的海是过于被冷落的。

莒湖就像是宛城的眉眼，从中透露的宛城，总之是太婉约了。

宛城的楼房。宛城的人。宛城的莒湖。让宛城看起来，就像是急功近利的浅滩。就像是赤裸欲望的深壑。就像是诱人沉醉的水土。总之，浮华而已。

杜卷耳不喜欢。

杜卷耳却不能退却。杜卷耳也在宛城买了一套房子。一套房子一百万，在丘城至少可以买下半个单元楼。杜卷耳买房子的时候已经是这个小区的最后一套房子。杜卷耳也是抢着排队贷款，抢着买下房子的。杜卷耳为此付了三十万的首付，按揭了七十万的贷款，贷了二十年。杜卷耳是用张氓的钱付的首付。张氓留给杜卷耳的箱子里放了三十万块钱。

爱可以为你加冕。

也可以把你钉在十字架上。

……

爱会碾磨你。

直至你洁白。

归根结底，杜卷耳是因为来临如迅雷的灾祸，就远走高飞到了宛城。杜卷耳远走高飞到了宛城，归根结底，是因为张氓。因为张氓，杜卷耳远走高飞到的宛城，从一开始就注定了是一座伤城。

直到很久以后，回顾在宛城的岁月，杜卷耳发现自己和宛城根本是隔绝的。那些岁月，杜卷耳身在宛城，却一直漂泊在这座城市以外，对这座城市一直不能有真实的感觉。那些岁月，把宛城虚无地压缩了，就像杜卷耳从来没有到过宛城。

而杜卷耳是到了宛城。

在宛城彻底经历了把自己交付给一个人，又离开一个人的岁月。

如果凡事都是虚无。

那些岁月从何谈起。

只是杜卷耳自己总是固执地认为，在那些岁月，自己从来都没有喜欢过宛城的楼房，宛城的人，宛城的苢湖，也就是从来都没有喜欢过浮华的宛城。

是杜卷耳自己固执地认为。

宛城。

就是浮在磅礴的海上的。

一座。

虚构的。

浮城。

8

母亲死了。

母亲过过好日子。

父亲母亲随杜北山到了市里以后，很满足。

杜北山通过学生家长的关系，给父亲母亲在一家单位安顿了一份临时工，父亲看传达室，母亲做保洁。父亲母亲就住在单位的传达室里。传达室只有十多平方米，而且狭长，母亲就用一个薄薄的柜子做了一个简单的隔断，薄薄的柜子用来存放衣物、杂物，薄薄的柜子以外靠着窗的是父亲看传达室用的桌椅，薄薄的柜子以内、摆下一张简易的木板床，床只有一米多宽，床头摆着一个还不及腰高的矮柜，既用作放置碗碟的橱柜，也用作饭桌，离矮柜只有几步远，就是烧饭做菜的煤气灶、煤气瓶，一旁紧挨着一个水槽，水槽上方装了一个排风扇。这里从此就成了父亲母亲在市里的容身之地。这样的容身之地当然是简陋的，而且是局促的，相比起来，远远没有在黍村虽然显得破敝的家里舒坦，父亲母亲却很满足。

父亲母亲都说："这是在市里。能有这样一个地方容身，不容易。"

父亲母亲虽然是临时工，可是不用再像在黍村时候那样面朝黄土背朝天，风吹，雨淋，太阳晒，也不用再做牛做马一样，父亲母亲很满足。

父亲母亲都说："想想都不相信，还能到市里来过这样的日子。"

而父亲母亲最满足的，是从此每个月都能按时领到工资了。单位给父亲母亲都开了一本存折，每个月有五六百块钱的工资，都会按时分别打在父亲母亲的存折上。每个月发工资的日子，父亲母亲就会拿着暗红色的存折到银行，有时候是取钱，有时候就是看看工资有没有到存折上。父亲母亲把暗红色的存折像宝贝一样揣着，经常还会拿出来看一看。

母亲总会说："到时间就会把钱打在存折上，不用愁这个月有，下个月没有。稳稳当当的。也算旱涝保收了。"

父亲也会说："就像矿区上的工人一样了。"

而让母亲满足的还有杜北山。

母亲对杜北山从来都不曾丧失过期望。

这种期望近乎盲目。

甚至孤注一掷。

杜北山的身上有一种让人提心吊胆的毁灭性。小时候，母亲让杜北山去了一趟外婆家，外婆交给杜北山十块钱带给母亲，那时候的十块钱足够贴补一段时间的生活，也算不小的数目，外婆叮嘱杜北山别掉了钱，结果杜北山就把钱掉了。父亲和杜北山一起到地里移栽西瓜秧，西瓜秧育秧要很精心，土壤，气温，都很讲究，移栽的苗龄过早过迟都不易成活，移栽时还要带足土，才能尽快地活棵，发棵，父亲撬起一块一块育着西瓜秧的土小心翼翼地码在簸箕上，让杜北山在前头挑着，父亲在后头挑着其他的农具，父亲叮嘱杜北山不能翻倒了簸箕，否则一块一块的土就会把西瓜秧压坏了，这一年就不可能再重新育秧，也就种不成西瓜了，结果杜北山就把簸箕翻倒了。父亲母亲给杜北山买了一辆自行车，让杜北山可以骑车上学，一辆自行车不便宜，父亲母亲叮嘱杜北山要管好自行车别丢了，杜北山今天把自行车借给这个骑，明天把自行车借给那个骑，结果自行车怎么丢的都不知道。杜北山平时的学习成绩一直不错，高考按理应该是十拿九稳的，结果到高考的时候，杜北山就是会发挥失常，或者出现意外，一次一次一次地通不过。诸如这样，杜北山就像没有缰绳的马，完全不会顾虑事情的方向、责任、后果，常常轻率地酿下过错，能匪夷所思地毁灭事情，你越是担心什么，他就越会让什么发生了，让人提心吊胆。

直到杜北山败了买房子的四万块钱以后。

父亲认命一样地说过：“以前去买猪肉，卖猪肉的总会给你一块好肉，再搭给你一块不好的肉。一个家总会搭块不好的肉的。”

父亲是无奈地把杜北山认为是这个家搭到的一块不好的肉了。

母亲不理会父亲这样认为杜北山。

母亲说："没有人一辈子都能顺当。杜北山肯定会顺当起来的。"

没有什么曾让母亲丧失过对杜北山的期望。

尽管这种期望近乎盲目。

甚至孤注一掷。

现在杜北山看起来真的是顺当起来了。

杜北山工作以外，踏踏实实地做课外辅导。每天放学，杜北山要带两个学生回家做作业，两个学生还要在家里吃饭，而且住在家里。星期六，杜北山要到市里的青少年宫上半天课。星期天，杜北山还要到一个学生家里上半天课。杜北山依靠着踏踏实实地做课外辅导挣的钱，还上成家时向别人借来的钱是不在话下的，在市里再给父亲母亲买个小套的房子也着实有盼头。

杜北山有空就会来看父亲母亲。杜北山来的时候，会带些菜，有鸡、鸭、鱼、肉，还有父亲母亲从来没有吃到过的叫不上名的其他菜。还会带些水果，有苹果、梨、香蕉、西瓜，还有父亲母亲从来没有吃到过的叫不上名的其他水果。还会带些零食，有糖、饼干、花生、瓜子，还有父亲母亲从来没有吃到过的叫不上名的其他零食。

母亲说，杜北山这样对父亲母亲，就像哄小孩一样。

这是杜北山最顺当的一段时光。

母亲很满足。

母亲还满足父亲的变化。

父亲到了市里以后，性情有了变化。父亲和黍村所有的农民一样，最羡慕矿区工人的生活，父亲认为现在的生活已经像矿区的工人一样了，父亲就有了像矿区工人一样的自觉。父亲的脾气不再像以前那么暴躁，看传达室的每一桩事务都做得一丝不苟，进进出出的人都说父亲有耐心。父亲还是要喝酒，但是控制得很有分寸，再也没有喝醉过，当然也就再也没有因为喝醉酒打过母亲。父亲说，在这样的地方，不比在农村大老粗的农民，是不能喝醉酒的。父亲得空的时候，就坐在传达室里看单位里订的报纸、杂志，关心起天文地理、社会新闻、国家大事，像个读书人一样。父亲甚至学会了做饭做菜，母亲保洁的事务要比父亲繁杂，父亲不等母亲忙碌完，就会先把饭菜做起来，开始只能简单地炒点蔬菜，渐渐地就能烧鱼、烧肉，后来竟然还能做更复杂的卤味了，这在以前是从来也没有过的，父亲以前是从来都不问家务的，以前父亲的生活从来都是样样都要母亲伺候好的。

母亲说，父亲就像变了一个人。

母亲很满足。

逢年过节，父亲母亲就会向单位请上一天假，一起回黍村。

父亲母亲回黍村的时候，黍村的人都会围着父亲母亲。父亲原来黝黑的皮肤竟然褪得开始发白。母亲原来褐黑得厉害的脸色泛着红润，两颊铁锈一样的釉斑似乎也要淡了一些，新染过的头发看不出一根白的。黍村的人都羡慕父亲母亲。

“人都年轻了。”

“看起来像矿区上的工人一样。”

“儿女有本事，惬意了。”

黍村的人还都稀奇地打听父亲母亲在市里的生活。

母亲说：“要说到了城里最好的，就是有工资发，每个月只要时间一到钱就打在存折上了，不用为钱发愁的，稳稳当当的。”

父亲说：“到了城里人要轻松多了，日子到底比在农村好过多了。”

黍村的人从来没有离开黍村生活过。黍村的人从来没有想象过离开黍村的生活。黍村的人不禁也向往起离开黍村的生活。

有的说："现在采矿是越来越难了。不如到外面去找找出路。"

有的说："到外面找出路哪里有那么容易的。"

有的说："从来都没离开过黍村，到外面找出路害怕的。"

有的说："只有到外面才有出路。"

算起来，父亲母亲其实就是黍村最早进城务工的农民。以后，似乎就是最早从父亲母亲开始，似乎也是大势所趋，黍村的人也渐渐地陆续离开黍村，设法到四处的城市里找了各种出路，他们和这个国家许许多多的农民一样，成了无数进城务工的农民。农民进城务工，离开了祖祖辈辈赖以生存的家园，其实也就开始了生活的漂泊。可是，对于农民来讲，进城务工可以从付之艰辛但是回报微薄的土地上得到解脱，也能获得比在农村要多出数倍的收入，为之漂泊，是值得的，也是必需的，还是刻不容缓的。

父亲母亲顶多只有一天的假，当天就又要离开黍村回到市里了。

黍村的人又问父亲母亲："以后真的就不回黍村了？"

父亲母亲说："不了。总是要和儿女住在一起的。"

黍村的人都说："真惬意。"

还是只有原来阻拦过的老人阻拦。

老人已经聋了耳朵，说话大着嗓门，声音梆梆地响。

老人说："城里再惬意，还是不如在黍村过日子最好，还是要回到黍村把房子盖起来。"

父亲母亲还是说："听儿女的安排。"

父亲母亲现在就像孩子相信父母一样，相信儿女，很满足。

父亲母亲常常都习惯了说："听杜北山的。"

父亲母亲也常常都习惯了说："听杜卷耳的。"

就像孩子相信父母一样相信儿女的父亲母亲，就这样很满足。

也确实过过好日子。

而好日子是短暂的。

杜北山倾家荡产了。

市里有一条街，叫駉街。駉街是市里最繁华的老街。駉街有三百多年的历史，至今仍保持着原来的格局，街上店铺林立，还有民国期间的民宅，明清时期的厅、祠堂、书院等古建筑，还有一些老字号的店铺。市里的老人都说，市里过去的回忆，都藏在了駉街。

杜北山的同事告诉杜北山，有可靠的内部消息说，駉街很快就要拆迁了。杜北山的同事还告诉杜北山，现在市里到处都在拆迁，有的人就靠拆迁补偿发财了，如果这个时候能够买下駉街的一套两套老房子，预计少则几个月多则半年以后，政策一旦推出，就能拿到拆迁补偿，就发财了。杜北山的同事又告诉杜北山，这就好比赌拆迁，赌到了也就发财了，不能错过这样千载难逢的发财机会。杜北山的同事甚至告诉杜北山，光靠给学生做课外辅导，做多少年也挣不到这么多钱。

杜北山被说动了。

轻率地就要去赌。

可是杜北山没有钱去买駉街的老房子。

杜北山准备用自己的房子做银行抵押贷款。银行抵押贷款按自有房产市场价格的六七折评估，大概能贷到八九万块钱。可是，因为杜北山的同事所说的可靠的内部消息，已经悄然蔓延，駉街老房子的房价已经和同地段的新房子持平，甚至更高了，八九万块钱还不够买駉街的一套老房子。

杜北山就按同事的主意，决定用自己的房子做民间抵押借贷。民间抵押借贷按自有房产市场价格多少就能借贷多少，甚至更多，年息两分利。杜北山借贷了半年三十万块钱，借贷方直接扣除了三万多块钱的利息，杜北山实际拿到了二十六万多块钱。杜北山用这些钱买下了驯街的两套老房子。杜北山就等着驯街拆迁发财了。

过了几个月。

驯街没有拆迁。

过了半年。

驯街没有拆迁。

据可靠的内部消息，市里的领导刚刚换届，来的新市长认为驯街是集中体现了市里的历史风貌，应该保护起来，就推翻了前市长的意见，驯街一时不会拆迁了。驯街一时不会拆迁了的可靠的内部消息也悄然蔓延，驯街老房子的房价迅速地就跌回了同地段老房子的市场价格。杜北山买进一套驯街老房子的钱，如今差不多能买驯街两套老房子了，杜北山买进的驯街的老房子迅速地跌价了。

借贷方开始催促杜北山还贷。杜北山成家借的钱还没有还清，杜北山没有钱还贷。杜北山要是不还贷，利息就会不停地滚动。杜北山甩卖了驯街的两套老房子，卖了差不多只有买进时一半的钱。杜北山还了一半的钱，再也没钱还另一半钱了。另一半钱的利息在不停地滚动。杜北山更加没有钱还了。

借贷方就收走了杜北山抵押借贷的房子。

房子收走了，杜北山也离婚了。

杜北山赌输了。

输得倾家荡产。

父亲又扇了杜北山一巴掌。

父亲骂杜北山：“你是在要爹娘的命哪——败家子——”

父亲又喝醉酒了。父亲把传达室里的东西都摔了。薄薄的柜子倒在地上，薄薄的柜子里存放的衣物、杂物，撒在地上，简易的木板床被掀起来，看传达室用的桌椅也倒在地上，床头还不及腰高的矮柜摔得散了架，放置着的碗碟都碎了，煤气灶扔到了水槽里，简陋的、局促的容身之地，狼藉得根本不像容身之地。父亲又举着扫帚打母亲。母亲被父亲打了，还是没有像别的女人一样哭哭啼啼。父亲又哇哇地吐，吐完了就倒在地上呼呼大睡，嘴角又淌着长长的口水，父亲又不省人事。父亲又好像活到了另外一个世界，变成了另外一个人。

日子似乎又回到了从前。

母亲还是什么也没有说。

母亲又到丘城来找杜卷耳。

杜卷耳还是一边要做分院的项目，一边要赶私活。杜卷耳现在的私活都是张氓有意照顾的，杜卷耳原来只想着还要给父亲母亲尽快地再买一套房子，就没想过拒绝张氓的照顾，现在杜北山倾家荡产了，杜卷耳更加不会去想拒绝张氓的照顾。虽然张氓照顾的私活，设计费要高昂一些，时间也不会很紧急，但即便这样，私活的钱挣得还是完全没有想象的那么轻松，还是甚至是痛苦的，还是几乎是巨大的浪费，可是杜卷耳还是不得不接私活，完全就是为了挣钱。金钱，是杜卷耳最脆弱的脚踵，杜卷耳避免不开这样的命运。杜卷耳因此还是白天画图，晚上画图，没日没夜地画图，没有时间陪母亲。

杜卷耳还是住在单人宿舍里。母亲在宿舍里，打扫卫生，整理杜卷耳已经搁置了很久的模型，还有没有来得及画完的图纸，给杜卷耳洗被子，洗衣服，在公用厨房给杜卷耳做饭，做菜。

杜卷耳还是熬夜。母亲睡下的时候，杜卷耳在画图。母亲又醒过来的时候，杜卷耳在画图。又睡下的时候，杜卷耳在画图。又醒过来的时候，杜卷耳在画图。睡睡醒醒，杜卷耳都在画图。

母亲要回家的时候，才对杜卷耳说："现在买房子可以贷款了，能不能再拿些钱，给杜北山付首付，贷款再买一套房子。"

杜卷耳说："还给他买房子？"

母亲说："杜北山总还要成家的，不能没有家。"

杜卷耳说："该让他自己承担责任。"

母亲说："总要再帮帮他。"

杜卷耳说："还敢帮他？"

母亲说："不帮他，他怎么过去？"

杜卷耳说："不能再帮他了。"

母亲说："再帮帮他。"

杜卷耳说："就让他过不去。让他知道后果。"

母亲一直都是杜北山的羽翼。无论杜北山轻率地酿下过多少过错，母亲都在护佑杜北山。杜北山倾家荡产了，母亲还要护佑杜北山。没有什么能够让母亲丧失对杜北山的期望，尽管这种期望近乎盲目，甚至孤注一掷。

母亲突然激动起来，就像护佑着小鸡突然受到了侵犯的老母鸡。

母亲厉声对杜卷耳说："杜北山过不去——你也不光荣——"

母亲不再说什么。

颓唐地走了。

送走母亲的时候。杜卷耳看到母亲的头发完全忘了染了，半个头都白了，白得厉害，因为白得厉害，就显得又完全失去了红润的脸色又褐黑得厉害，因为褐黑得厉害，就显得两颊铁锈一样的釉斑又厚得厉害。

母亲在迅速地老去。

孤立无援。

等到将来。母亲永远地离开以后。杜卷耳常常会想起，在母亲活着的有限的一生中，自己和杜北山原来是母亲活着的软肋，也是母亲活着的勇气和光荣，母亲的一生，为着活着的软肋、勇气和光荣，奋不顾身，也忍辱负重，自己却没有能够在母亲最需要援助的时候更多地援助母亲。

可是，杜卷耳能够这样想的时候，母亲已经永远地离开了。

母亲强烈地想要回到黍村盖房子。

杜北山倾家荡产以后。

母亲在市里的生活越来越不安。

母亲会和父亲说："不该离开黍村的。"

母亲还会和父亲说："一点钱都没有了。我们不可能在市里买房子的。黍村的房子也没有盖。以后连家都没有了。"

母亲是想回黍村了。

母亲没有来得及回到黍村。

就生病了。

母亲突然瘦了。瘦得不成样子。原来合身的衣服空空荡荡地挂在身上，好像身子就只是一个悬挂在脖子上的晾衣架，只要风一吹，就会飘荡一样。染黑的头发又变白了，白得触目惊心。褐黑的脸色完全地暗沉。两颊的颧骨高高地突起，铁锈一样厚得厉害的釉斑好像就要一层一层剥落下来一样。

医生诊断说："是肝癌。肿块很大。白蛋白很低。血小板很低。做肝叶切除风险很大。建议先做肝动脉栓塞，等到肿块缩小，身体条件改善了，再考虑做肝叶切除。"

栓塞手术后。母亲反应很大。持续高烧。几乎不能进食。凝血功能很差，过了很久术口还有几个巴掌大的深黑的瘀青。

病情对母亲是隐瞒的。

母亲却会猜测病情。

母亲问：“是不是生了不好的病？要是生了不好的病，就不治了。”

父亲，杜卷耳，杜北山，都骗母亲说：“是肝炎。以后不要再辛苦，就会好。”

母亲似乎是相信了。

出院以后。

母亲需要休养。

母亲却不肯住到杜北山的房子里。

杜卷耳后来还是没日没夜地画图，拿出钱给杜北山付了首付，贷款再买了房子。父亲母亲从每个月的工资里拼死地结余下钱，凑给杜北山还每个月的贷款。杜北山又再向别人借来钱，再装修了房子。

母亲说：“病人住到新房子里不吉利。”

母亲就坚持还是住在传达室这样简陋的局促的容身之地。

母亲总会对父亲说：“想回黍村了。”

父亲总会对母亲说：“先休养好了。”

母亲生病以后，父亲再也没有喝过酒。父亲除了看传达室以外，完全耐下心来服侍母亲。母亲能吃什么，父亲就做什么。母亲想吃什么，父亲就买什么。有太阳的时候，父亲就搬来一把躺椅放在传达室门口，让母亲躺在传达室的躺椅上晒太阳。父亲想过辞了传达室的工作，专门服侍母亲，可是母亲不同意，母亲说，不能不做事情，别说母亲现在只是病了，哪怕母亲不在了，也得做事情，父亲就依母亲的。父亲现在什么都尽量依着母亲。父亲像是在经历了人生的重重变故以后，终于幡然醒悟了一样，开始心疼母亲了。父亲是真的变了一个人了。

这是母亲活着的一生中休养得最好的一段日子了。这段日子，母亲什么都不必劳作，也什么都不能劳作了，母亲的一生中从来都没有这样休养过。这段日子，母亲的身体仿似得到了前所未有的补给，身体恢复得出乎意料的好，仿似肝癌并没有在母亲的身体内发生过一样。这段日子，医生也说母亲恢复得不错，再养上一段时间，身体条件完全改善了，就可以考虑做肝叶切除。

人对于不曾经历过的生老病死，即便它已经近在眼前，也是无从具体地去想象，去预感，也是麻痹的，侥幸的，甚至会自欺欺人。往后一段时间，母亲就像没有生过病一样，生活也就像什么都没改变过一样地继续着。

母亲终于回到了黍村。

现在。

黍村变了。

黍村要比原来大了很多。村头，村尾，以及靠近小河边上的一些田地，都已经填埋成了宅基地，就连晒谷场的中下两大片也改建成了宅基地，又已经有人家在这些宅基地上新砌了墙脚，有的也已经新盖起了一层、二层的楼，这样，黍村看上去就已经向着村头，村尾，还有小河边，延伸，扩张了很多。除了这些扩张的部分以外，村子里原来的砖房都已经完全地盖好，尽管村子里最气派地矗立着的，依然还是仅有的把赭红的砖墙刷得雪白雪白的一户人家，但是，村子里住在三合院和夯土房的人家，就只有一些很老的老人了，大多都开始空置了。

黍村要比原来大了很多，村里的人却少了。黍村的人渐渐地都在说，采了这么多年的矿，山都已经掏空了，矿管局查封得又越来越紧，不能再指望采矿了。黍村的人这么说的时候，也并没有流露对于以前依靠采矿谋生的生活有什么依恋。黍村的人对于生活命运的种种改变其实从来没有什么大惊小怪。黍村的人就开始像父亲母亲一样，纷纷地离开黍村，开始设法到四处的城市里找各种出路了。最终，黍村的人到了四处的城市里，有的也像父亲母亲一样看传达室，做保洁，有的做钟点工，有的做保姆，有的踩三轮车，有的送煤气罐，有的在工地里做小工，有的做起小买卖。黍村的人终究都有了新的出路，留在黍村的人就越来越少了，越来越少的人里边大多也就是老人和孩子，还有原来采矿的时候砸断腰，砸断腿，砸断手，落下残疾的一些人了。

总之，黍村开始变得有些不像黍村了。

矿区也变了。

矿区空了。矿区矿石的储量已经越来越少，直到微乎其微，矿区就改制拆分了。矿区的工人，一批，一批地，离开了矿区，有的分流到其他省地的其他矿区去了，有的自谋出路去了。矿区失去了以前的兴盛繁荣。医院关闭了。电影院关闭了。浴室关闭了。车队解散了。学校废弃了。除了邮局还营业以外，其他的商店、菜场、食堂、棒冰厂、理发店，也不知什么时候都已经被周边农村的农民承包，改成各种各样的小商铺了。家属大院的房子都已经腾空，并且开始向农民售卖，因为都是老旧的不成套的房子，农民们只要花几千块钱就可以买下几间房，农民们了不得地说，工人的房子如今竟轮到我们住了。黍村也有几户人家在家属大院买了几间房，了不得地住下来，活像原来矿区的工人一样。空了的矿区，渐渐地都被农民们占领了。长期为农民们羡慕的矿区生活的光环，已经消匿了。

总之，矿区已经开始变得有些不像矿区了。

时代社会已经流变。

杜卷耳的家也变了。

因为长久没有人住，也没有经常修护，家里两间厢房的墙体已经明显地倾斜，墙体的木板已经有大块大块的腐朽，好像轻易地就会倒塌下来。房子里的床、桌子、柜子、橱子，都寂寞地搁置着，蒙上了厚厚的尘土，分辨不出什么是刷过漆的，什么是没有上过漆的。厨房的菜橱、八仙桌、条凳、灶台，也都寂寞地蒙蔽在厚厚的尘土之下。院子的一截矮墙不知是被哪一阵台风挟着暴雨再次冲倒以后，就没有再重新垒上。柴房里的猪圈、羊圈、鸡笼，都空空地闲置着。水池已经干涸了很久。小花坛已经没有了原来轮番栽种的各种花的痕迹。水池里，小花坛里，院子的地面上，都长出了厚厚的青苔，还有高高的杂草。只有几簇苍耳还像以前一样葳蕤，还有水杉树也还在高高地耸立。家是彻底地破敝了。

总之， 家已经开始变得有些不像家了。

母亲说："回来都住不进去了。"

父亲说："只是回来看看，又不住进去。"

母亲说："不知道什么时候就要回来的。"

黍村的人只知道母亲生病了。黍村的人都不知道杜北山倾家荡产过。母亲不允许黍村的人知道。母亲在意活着的光荣。

还在村子里的黍村的人都对母亲说："以后什么都不要再辛苦了，就跟着儿女在城里享享清福吧。"

原来总是阻拦的老人还是阻拦。

老人耳朵已经更聋了，说话的嗓门更大了，声音更加梆梆地响。

老人说："回到黍村把房子盖起来吧。还是要回到黍村来享清福。迟早总是要回到黍村的。"

那一次，母亲就像孩子一样依恋着，迟迟也不肯再离开黍村。

那时候，杜卷耳就要到宛城了。

母亲知道了。

怎么也不肯。

母亲对杜卷耳说了很多话。

母亲说："太远了。不要去。"

母亲说："你要多陪陪我。不要去。"

母亲说："不是不让你拉琴。你父亲拉琴招引过别人。和你父亲生活下来，都是为了你们。你到那么远去，我想见你都见不到。不要去。"

母亲说："三岁看大，七岁看老。你是从小就不用人操心，到哪里都靠自己，都有出息。可是这些年家里亏欠你。你到现在也不嫁人。没有看到你嫁人，我怎么放得下心。不要去。"

母亲其实是知道自己的病情的。母亲舍不得再因为自己的病多花钱，母亲才说，要是生了不好的病，就不治了。可是，母亲对这个世界也有无限的眷恋，母亲也有强烈的生的渴望，母亲在这个世界上还有太多未尽的心愿，所以母亲就装着不知道病情一样配合着手术和治疗。母亲是知道自己的病情的，母亲才对杜卷耳说了那么多话。母亲是第一次，也是唯一一次，对杜卷耳说了那么多话。

可是，母亲不知道，杜卷耳那时是处在了人生艰难的时候。杜卷耳从小好生好养，从来也不娇气，从来不以为一切有什么辛苦，从来没有跟父亲母亲说过什么辛苦。杜卷耳也没有跟父亲母亲说过人生的艰难。母亲直到离开这个世界，都对杜卷耳在这个世界上承受过的磨砺，一无所知。

杜卷耳还是到宛城去了。

等到将来。母亲永远地离开以后。杜卷耳常常会想起，在母亲活着的时候，还有很多话没有对自己说，还有很多话不能对自己说，母亲活着的一生是孤独的，自己对于母亲的一生了解得其实是那么的有限，自己在母亲最需要陪伴的时候也不能更多地陪伴过母亲。

可是，杜卷耳能够这样想的时候，母亲已经永远地离开了。

杜卷耳已经永远地失去了陪伴母亲、了解母亲的机会。

杜卷耳到宛城不久。

母亲的肝癌扩散了。

医生说："已经多部位转移。手术已经没有意义。剩下的时间不多了。尽量提高病人的生活质量，减轻痛苦。"

母亲说："要回黍村。"

杜卷耳拿出张氓留给杜卷耳的箱子里的钱。

准备回到黍村盖房子。

盖房子的人说："来不及了。只来得及简单地翻修下老房子。"

杜卷耳就拿着张氓留给杜卷耳的箱子里的钱，抢着在宛城买下了一套房子。杜卷耳是想尽快地让父亲母亲一起住到宛城。杜卷耳是要让母亲有体面的容身之地。杜卷耳才会拿着张氓留给她的箱子里的钱在宛城买房子。杜卷耳虽然没有拒绝过张氓有意的照顾，但是从来没有想过要图张氓的钱。杜卷耳第一次打开箱子，看到张氓留给她的箱子里的钱以后，就再也没有打开过箱子。杜卷耳却还是打开了箱子，用了张氓的钱。金钱，总是杜卷耳最脆弱的脚踵。

母亲不肯到宛城。

母亲终于还是回到了黍村。

母亲只是回到了只来得及简单翻修的房子。

母亲终尽一生也没有能够再盖起过房子。

母亲就像竭尽全力熬尽最后一滴油的油灯。

母亲死了。

父亲长哭。

父亲说："以前不知道心疼她。知道心疼她的时候，她却不在了。"

生命原来是一场幻灭。

生者对死者最大的爱只有好好活下去。

9

后来，杜卷耳在宛城蹉跎人生。

张岷也来到了宛城。

张岷来到宛城是夏株林的安排。

在夏株林的推介下，汉广住宅小区轻而易举地就售罄了，在同期开发的住宅小区中独占鳌头。张岷就此坐享其成，身家已过千万。你的就是我的，我的就是你的，张岷身家过千万，也就等于夏株林身家过千万，张岷和夏株林都已经暴富。

张岷和夏株林暴富的欲望不会就此满足。

张岷和夏株林都还有野心。

张岷看中了一块地。这块地在丘城南部的泽山脚下。泽山形同芙蓉，很有花团锦簇的丰美姿态，在丘城人的心里仿似一种祥瑞，也仿似一种精神的象征，所以有丘城人一日不见泽山就要落泪的说法，可见泽山在丘城不可替代的地位。根据产业规划，丘城政府在前两年仅仅以每平方米几十块钱的价格征用了泽山脚下的这块地。张岷想要拿到这块地中的一块，用来开发丘城最大的住宅项目。房地产市场几乎日新月异，不过短短的时间，丘城的人，尤其丘城的上流们，也已经开始羡慕其他城市渐渐风靡的诸如香榭丽舍花园、凡尔赛宫、蔚蓝海岸、欧洲街、欧洲小镇等等华丽富贵的住宅小区，张岷如果拿到地，可以利用这个地块的自然坡地打造欧式园林楼盘，这是丘城祥瑞的绝佳地块，也会是丘城祥瑞的绝佳楼盘，尤其会吸引到丘城上流们的追捧。

张氓和夏株林说话越来越少。在外面，张氓是夏株林的丈夫，夏株林是张氓的妻子，是两座貌合神离的牌坊。在家里，张氓很少说话，夏株林也很少说话，就像一座坟墓里的两具棺材。两具棺材大部分的时候都沉默以对。只有在涉及共同利益的时候才会开诚布公。

一具棺材说："有办法拿到泽山脚下的地吗？"

一具棺材说："新来分管的副市长，要看他是不是知道深浅。"

一具棺材说："会不知道深浅吗？"

一具棺材说："谅他不会。"

夏株林因此有了和桑中父亲的交锋。

夏株林先让位高权重的领导的秘书，联系桑副市长的秘书，也就是诸葛生，让诸葛生安排桑副市长见夏株林的时间。诸葛生是桑副市长身边的人，也是桑副市长最满意的人，通常见桑副市长都要经过诸葛生，通常桑副市长在与不在都由诸葛生安排了算，通常诸葛生是见桑副市长的关隘。秘书和秘书，是关隘和关隘，彼此都能默契地气味相通。

诸葛生就按位高权重的领导的秘书的要求安排好了时间。夏株林就按安排好了的时间来见桑副市长。桑副市长开会迟了。夏株林就等得迟了。桑副市长开完迟了的会，又先听取了一项工作的汇报，更迟了。夏株林就等得更迟了。夏株林等得迟了，又更迟以后，见到了桑副市长。

夏株林在丘城，从来没有因为见谁等得迟了又更迟的。

夏株林不客气。

夏株林说："举贤不避亲。今天来，是举荐汉广房地产开发公司能拿到泽山脚下地块的住宅开发项目。"

桑副市长在丘城，是有读书人风骨的儒官，是有自己王国的皇帝。

桑副市长不客气。

桑副市长说："泽山脚下地块是产业用地，没有住宅开发项目。何况现在土地出让都要招拍挂。"

夏株林说："没有余地吗？"

桑副市长说："没有。"

夏株林离开以后，让位高权重的领导的秘书告诉诸葛生，提醒桑副市长不要不知深浅。诸葛生听说过坊间关于夏株林之所以身居显耀的各种各样版本的传闻，各种各样版本的暧昧，诸葛生游刃仕途的天赋过人，诸葛生知道丘城的深浅，知道夏株林的深浅，知道在丘城得罪谁也不能得罪夏株林。

诸葛生是桑副市长的一个脑袋。

只有诸葛生能够提醒桑副市长。

诸葛生说："在丘城，夏株林的事，能办也得办，不能办也得办。"

桑副市长说："不能和这种人在一条船上。"

诸葛生说："以前有个副市长，没有办夏株林的事，不明不白地就调走了，明升暗降。"

桑副市长说："不能抱这种人的大腿。"

即便是诸葛生提醒了，桑副市长也不为所动。事实上，桑副市长虽然在宦海沉浮，但是一直自视甚高，清高孤傲，轻易不会摧眉折腰，这为桑副市长赢得了不同流合污的清誉，水至清则无鱼，这也更加导致了桑副市长的孤立。

事隔没有多久。

位高权重的领导设席宴请桑副市长。

位高权重的领导设席宴请，没有人能不赴宴。

桑副市长也是如此。

桑副市长赴宴。

席中，有位高权重的领导，有夏株林，有张氓。位高权重的领导和夏株林，和张氓，都亲密无间。位高权重的领导不动声色，只轻描淡写地谈些不关痛痒的闲话，只字没有提到泽山脚下的地块。夏株林和张氓也不动声色，只附和着位高权重的领导轻描淡写的不关痛痒的闲话，也只字没有提到泽山脚下的地块。位高权重的领导，和夏株林，和张氓，只是亲密无间地宴请了桑副市长。

不言自明。

事隔没有多久。

丘城市国土管理规划局上报了泽山脚下地块中的一块两百亩土地出让项目。出让的底价和基准地价相比低得不可思议。同时，位高权重的领导亲自给桑副市长打了一个电话，位高权重的领导在电话里只是关照桑副市长要多关心汉广房地产开发公司，还是不动声色，还是只字没有提到泽山脚下的地块。

不言自明。

位高权重的领导的关照，没有人能说不。

桑副市长也是如此。

桑副市长当天就签批了项目。

桑副市长让诸葛生经办项目。诸葛生前脚接到经办任务，后脚就让位高权重的领导的秘书给夏株林通风报信。在诸葛生的经办下，项目暗箱操作，应该拍卖的摇身挂牌交易，交易条件根据汉广房地产开发公司量身定制，汉广房地产开发公司成了项目唯一的竞投人，夏株林和张氓如愿以偿。桑副市长不想和夏株林这种人在一条船上，更不想抱夏株林这种人的大腿，可是，就像诸葛生说的，在丘城，夏株林的事能办也得办，不能办也得办，桑副市长到头来还是身不由己地办了夏株林的事。

经过这次交锋。桑副市长虽然身不由己地办了事，可是很是不齿夏株林，以及张氓，以后对夏株林总是敬而远之，始终没有和夏株林这种人在一条船上，也没有抱夏株林这种人的大腿。夏株林和张氓虽然如愿以偿，可是夏株林很是耿耿于怀桑副市长，以后对桑副市长也总是敬而远之，始终认为桑副市长不知深浅。桑副市长和夏株林从此相看两相厌。

不过，这次交锋以后，位高权重的领导的秘书却带话给诸葛生，说夏株林特别提到诸葛生能办事。诸葛生受宠若惊。诸葛生当然知道夏株林是比桑副市长更有能耐的船，更粗壮的大腿。诸葛生以后虽看着对桑副市长忠心耿耿，私下其实面面玲珑，巴结着想攀附夏株林，只是聪明反被聪明误，诸葛生等到再有机会攀附夏株林的时候，却会遭受到命运的报应。

祥瑞的泽山脚下的地块，偶然致使这次交锋中的每一个人都有过了命运的际会，可是有过命运际会的每一个人谁都不曾有能力未卜先知，偶然其实都出自必然，这祥瑞的地块，这偶然的际会，其实是在早早地就必然地给各自都埋下了将来不祥命运的伏笔。

而事实上，祥瑞的泽山脚下的地块在当时就有过节外生枝。

泽山脚下地块所在村的村民得知，征用的土地拿出一块给汉广房地产开发公司开发房地产了，村民反抗了。

村民沸沸扬扬。

“征用的时候说是产业用地——”

“产业用地变成了商业用地——”

“政府骗我们的地赚钱——”

“土地出让的程序有问题——”

“政府在征地的时候也没有留出村级留用地——”

“我们要保卫集体资产不流失——”

村民就组织起来，针对汉广房地产开发公司项目地块的土地出让存在的问题，向各级纪委公开举报。村民还组织起来，成立了指挥部，占领汉广房地产开发公司项目地块，坚决阻止地块开发。

丘城市政府多次和村民协商，无果。汉广房地产开发公司多次和村民协商，也无果。为了防止事态扩大，丘城市政府向村民承诺，汉广房地产开发公司暂不开发项目地块。项目地块就此暂时闲置了。

位高权重的领导告诉夏株林：“现在的地价每天都在涨。先把面粉囤着，等地价涨上去了再慢慢做面包来卖。未尝不是好事。”

夏株林就告诉张氓：“未尝不是好事。”

张氓也说：“未尝不是好事。”

既然未尝不是好事，面粉就将错就错地囤了起来。

有过的节外生枝也就暂时地不了了之。

张氓和夏株林说话还是越来越少。在外面，是两座貌合神离的牌坊。在家里，是一座坟墓里的两具棺材。事隔没多久，夏株林凭借位高权重的领导的关系，又可以下手宛城的一块地，两具棺材又涉及了共同利益，又开诚布公。

一具棺材说：“你先去开发宛城的地。以后我们就到宛城去。”

一具棺材说：“宛城是最好的地方。”

一具棺材说：“到最好的地方，做最高等的人。”

一具棺材说：“水往低处流，人往高处走。没有人不想到宛城。”

夏株林这样安排，不仅仅是因为有野心。夏株林是不甘于一辈子掩耳盗铃，不甘于一辈子都笼罩着说不清道不明的暧昧。夏株林是要借张氓，到最好的地方去，做最高等的人，既不失功名地位，又洗白自己的人生。

张氓接受夏株林的安排，也不仅仅是因为有野心。张氓也是不甘于一辈子在夏株林的掩耳盗铃下，一辈子笼罩在说不清道不明的暧昧中。张氓也要借夏株林，到最好的地方去，做最高等的人，既不失功名地位，又洗白自己的人生。

张氓就来到了宛城。

张氓对杜卷耳总是长出过心的。

张氓问过唐华棣：“杜卷耳去哪里了？”

唐华棣说：“不知道。”

没有人知道杜卷耳去哪里了。

杜卷耳。

一个人。

远走高飞。

杳无音信。

唐华棣是冷淡的。

冷淡的唐华棣其实和张氓和夏株林近似同类，对于功名地位同样爱得比一切更甚，更重，不能容许遭到丝毫的破坏，不能发生丝毫的动摇。

自从杜卷耳离开丘城，又辞职以后，唐华棣再也没有向任何人提到过杜卷耳，任何人向唐华棣提到杜卷耳，唐华棣都避而不谈。唐华棣或者出于对杜卷耳的失望，或者出于对利益的取舍，总之，唐华棣对关于杜卷耳的一切，避之唯恐不及，就像杜卷耳是唐华棣触的霉头，就像杜卷耳是唐华棣身上来不及要掸落的尘埃，唐华棣再也不愿意提到杜卷耳，更没有对杜卷耳有过任何的维护。有人说，唐华棣这是看不起杜卷耳，唐华棣对这样的说法，从来没说过是，也没说过不是。

唐华棣现在已经不画图了。唐华棣现在只负责经营。唐华棣凭着敏锐的嗅觉，已经成功地在最短的时间内就把分院经营成了国内同级最高产值的设计院。唐华棣已经名利双收，已经更加令人敬畏。论功名地位，唐华棣现在还是和张氓不分伯仲，各领风骚，还是最亲密的对手。没有人可以妨碍唐华棣的这一切，包括几乎是唐华棣唯一惜才过的杜卷耳。

唐华棣是识时务。

唐华棣是俊杰。

不过。

张氓又一次问唐华棣："杜卷耳去哪里了？"

唐华棣说："不知道。"

唐华棣还说过："杜卷耳——心气高。"

唐华棣这么说的时候没有抬头，说完的时候也没有抬头。唐华棣是冷淡的。这是冷淡的唐华棣对杜卷耳给出过的唯一的公允的评价。

杜卷耳。

一个人。

远走高飞。

杳无音信。

张氓。

不安。

也不快乐。

张氓已经暴富了。可是，暴富，解决不了灵魂不安的问题。也产生不了特别大的快乐。张氓，才一次，一次地，问冷淡的唐华棣，杜卷耳去哪里了。

莫道男儿心如铁，
更不见满川红叶，
尽是离人眼中血。

张氓对杜卷耳总是长出过心的。

人生阡陌纵横。

杜卷耳。一个人。远走高飞。到了很远很远的，没有人认识的宛城。原来，还是走在张氓所走的阡陌上。原来，还是走在张氓带给杜卷耳的一个世界里。

在宛城。

张氓和杜卷耳。

还是在一起的。

张氓是在来到宛城以前就知道杜卷耳在宛城，还是在来到宛城以后才知道杜卷耳在宛城，张氓是怎么找到杜卷耳的，张氓又是怎么又和杜卷耳在一起的，杜卷耳在以后都回忆不起来，似乎张氓在当时就什么都没有跟杜卷耳说过，杜卷耳在当时也什么都没有问过张氓。事实上，杜卷耳和张氓在一起的太多太多细节，无论是重要的，还是不重要的，杜卷耳在以后都回忆不起来。杜卷耳能够回忆得起来的，只有一些破碎的碎片。

张氓带给杜卷耳的世界。

张氓的阡陌。

能回忆起来的。

都像碎片一样破碎。

有一些破碎的碎片，和金钱相关。

杜卷耳买了宛城的房子以后，在很长的时间里，都是恍惚的。

杜卷耳每天早上醒来睁开眼睛，都恍惚不敢确信自己身处的房子真的是已经属于自己的房子。杜卷耳每个月都要为身处的房子还五千多块钱的贷款，杜卷耳恍惚不敢确信自己真的有能力一直供着房子。杜卷耳恍惚不敢确信自己竟然会买下，竟然能买下，竟然敢买下，一百万一套的房子。杜卷耳恍惚自己身处的房子不知什么时候就会不再是自己的。杜卷耳恍惚自己身处的房子是虚幻的，就像空中楼阁，只有在不断地依靠着最终愿意抄着图片完成项目挣的钱，每个月都按时还贷的时候，才恍惚有真实的存在感。

恍惚地。

杜卷耳就像不计其数的宛城人一样。

把自己抵押给了房子。

恩格斯说过——

“一个古老的文明国家像这样从工场手工业和小生产向大工业过渡，并且这个过渡还由于情况极其顺利而加速的时期，多半也就是住房短缺的时期。一方面，大批农村工人突然被吸引到发展为工业中心的大城市来；另一方面，这些老城市的布局已经不适合新的大工业的条件和与此相应的交通。街道在加宽，新的街道在开辟……现在大城市的扩展，使城内某些地区特别是市中心的地皮价值人为地、往往是大幅度地提高起来。原先建筑在这些地皮上的房屋，不但没有这些价值，反而降低了价值，因为这种房屋同改变了的环境已经不相称；它们被拆毁，改建成别的房屋……这些住房被拆毁，在原地兴建商店、货栈或公共建筑物……在这种情形下，建造昂贵住房为建筑业提供了更有利得多的投机场所……”

恩格斯还说过——

“在劳动者住宅私有化后，地位就降到农奴以下，处于一个极其低下和悲惨的状态……那些劳动者通过房贷而有了私有住宅……他们全然没有意识到自己已经处于农奴以下的状态……”

历史是相似的。

一百多年过去了，住宅问题在恩格斯所在过的社会已经不再那么重要，但它却在我们的国家再度发生。渐渐地，每个居住在这个国家城市里的普通人都在身不由己地被住房绑住了整个人生，渐渐地，对于这个国家的绝大多数人而言，住房成为整个人生的奋斗目标。也许在以后，住房问题在这个国家也会不再那么重要，但是，就现在而言，渐渐地，身在这个国家这个时代的人已经开始不得不承受住房带来的痛苦，他们必须担负起沉重的贷款才能得到住房，他们被自己的房子绑住了，不得不愿意接受任何劳动条件。

杜卷耳在那时也没有例外。

恍惚地。

张氓说：“把房子的余款都付清。”

杜卷耳说：“首付已经用了你那么多的钱。不应该用你的钱的。不能再用你的钱。”

张氓说：“我可以不给你钱的。原来给你钱，是对你好。现在给你钱，还是对你好。”

杜卷耳说：“太多钱了。不图你的钱。”

张氓说：“是我要宠你。”

张氓就把房子的余款都付清了。

张氓付清房子的余款的时候，房子的总价已经翻了一倍，过不了多久，还会再翻一倍，到后来，一直翻了四五倍，张氓几乎就是给了杜卷耳一套一百万块钱翻了四五倍的房子。

恍惚地。

张氓会给杜卷耳买LV。买卡地亚。买香奈儿。买迪奥。买衣服。买鞋。买包。买表。买珠宝。买化妆品。

杜卷耳说："太多东西了。不图你的东西。"

张氓说："是我要宠你。"

恍惚地。

杜卷耳坐在出租车上。

司机说："一看你就是有身份的人。你这一身穿戴的，用的，至少不下十万块钱。我们开一年的车，还不及你这一身穿戴的，用的。"

杜卷耳要下出租车了。

司机说："住在这样的小区是身份的象征。我们开一年的车也不够买一个卫生间。我们开车拼死拼活挣再多的钱都没有用，都永远赶不上房子涨价的速度，想要买宛城的房子是做梦。在宛城，一般老百姓要想买套房子，该花上三代人的钱，否则都是做梦，不像你们这样有身份的人。"

杜卷耳受宠。

转眼就成了宛城人人看重的有身份的人。

宠为下。

杜卷耳就像沉睡了过去。

杜卷耳养尊处优。杜卷耳从来没有想过图张氓的钱，图张氓的东西。杜卷耳在开始的时候，接受张氓的钱，张氓的东西，感觉不劳而获，不应该。杜卷耳在后来，接受张氓的钱，张氓的东西，就成了习惯，不再感觉不劳而获，不再觉得不应该。杜卷耳小时候，到了春节，父亲母亲年年都会在厨房的门上贴上写着“勤劳致富”的红纸斗方，杜卷耳从小就好生好养，从来也不娇气，从来都不是娇嫩的花朵，杜卷耳从来都有勤劳刻苦的秉性，杜卷耳受宠以后，却养尊处优，再也没有不得不设法接私活，再也没有不得不愿意抄着图完成项目，再也没有没日没夜地画过图，再也没有依靠自己的勤劳刻苦挣过钱。

以后。杜卷耳再看到有的建筑师不得不设法接私活，不得不愿意抄着图完成项目，不得不没日没夜地画图的时候，甚至不理解为什么要这样挣钱，甚至都想过，要靠这样挣钱，哪里挣得够钱，什么时候才挣得够钱，甚至也想过，这样挣钱实在太辛苦。杜卷耳已经习惯了不劳而获，杜卷耳都想不起来，自己有过多少岁月，都曾经在不得不设法接私活，不得不愿意抄着图完成项目，不得不没日没夜地画图。杜卷耳想不起来这些岁月，就像自己从来没有经历过这样辛苦挣钱的岁月，就像自己从来没有经历过人间的疾苦。杜卷耳其实就像被禁锢了一样，脱离了现实生活，丧失了独立、自强的宝贵品质，处在了人类尊严和健康精神生活所必备的条件以外。

杜卷耳是沉睡了。

其实。对于漫长的一生。房子也好。LV 也好。卡地亚也好。香奈儿也好。迪奥也好。衣服也好。鞋也好。包也好。表也好。珠宝也好。化妆品也好。都是微不足道的。以杜卷耳与生俱来的一骑绝尘的能力，以杜卷耳勤劳刻苦的秉性，如果一定想要拥有这些，也都不过是迟早的问题。这一切都是不值得以任何的理由，任何的方式，去不劳而获的。而所谓的不劳而获，其付出的代价，牺牲的人生，其实是远远要比勤劳的所得更加巨大而惨重的。并且，一切事物，包括人，使用的金钱物质越多，看上去其中包含的诗意就会越少，体现的意义也就会越不健康，房子，LV，卡地亚，香奈儿，迪奥，衣服，鞋，包，表，珠宝，化妆品，使用得越多，越会让人失去诗意，失去健康。

可是。

在那时。

杜卷耳。

就像在战争中被太阳神射中了最脆弱的脚踵而死去的阿喀琉斯。

是沉睡过去了。

恍惚地。

杜卷耳也因为金钱和张氓有过争执。

杜北山缺钱。杜北山每个月要还贷款，还要还向别人借来的钱，杜北山又像以前一样踏踏实实地做起课外辅导，即便这样，杜北山的钱总是很吃紧，父亲每个月都还要给杜北山两百块钱。

母亲不在了，父亲一个人还继续看传达室。传达室还是简陋，而且局促，还放着做简单的隔断的薄薄的柜子，薄薄的柜子里还存放着衣物、杂物，薄薄的柜子以外还是靠着窗的父亲看传达室用的桌椅，薄薄的柜子以内，还是摆着简易的木板床，床头还是摆着还不及腰高的矮柜，离矮柜只有几步远，还是烧饭做菜的煤气灶、煤气瓶，一旁还是挨着水槽，水槽上方还是一个排风扇，一切都和母亲在的时候一模一样，不一样的就是母亲再也不在了。母亲还在的时候，叮咛过父亲，不能不做事情，不要辞了传达室的工作，父亲就按照母亲的叮咛还是继续看传达室，只是父亲只能一个人了，母亲是再也不在了。母亲还在的时候，也叮咛过父亲，不能不管杜北山，杜北山总会顺当起来，父亲就按照母亲的叮咛管杜北山，父亲每个月都要从五六百块钱的工资里取出两百块钱给杜北山，父亲总想要杜北山按母亲希望的那样顺当起来。

可是，过了一段时间，杜北山的学校说课外辅导影响教师的形象，影响学校的声誉，禁止教师擅自做课外辅导了，杜北山就雪上加霜，更缺钱了，父亲每个月都给杜北山的两百块钱根本就是杯水车薪。

张氓知道了。张氓就联系了宛城一家关系亲密的房地产开发公司。张氓拿到了这家公司就要开盘的楼盘内部预定的房号。

张氓对杜卷耳说："把房号给杜北山——"

杜卷耳问张氓："给杜北山干什么——"

张氓说："就是给杜北山钱——"

杜卷耳说："怎么就是给杜北山钱了——"

张氓说："谁不知道房号转手就能赚钱——"

杜卷耳说："我不知道——"

张氓说："不要故作天真——"

杜卷耳说："我是天真——"

张氓说："天真你还会用我那么多钱——"

杜卷耳说："我还不天真——"

张氓说："不为了钱你会和我在一起吗——"

杜卷耳说："我太天真了——"

杜卷耳和张氓接下去是怎么争执的，杜卷耳已经想不起来。总之就是争执了。那时候，宛城有开盘的楼盘都会排号，或者摇号，想要买房的人都要抢着漏夜排队，有的要排上几天几夜，而其实，有关系的人往往在楼盘还没有开盘的时候就能拿到内部预定的房号，拿到的房号放上一个月两个月，楼盘开盘一转手，就能赚进十几二十万块钱，有的销售人员也会怂恿想买房的人多交诚意金多拿号，暗示可以把摇中的号高价倒卖给其他要买房的人，这就是炒房号。在张氓看来，这是众所皆知的，杜卷耳也不可能不知道。可是杜卷耳是真的不知道，杜卷耳是真的天真，杜卷耳即便沉睡着，也还带着超然物外的气息，也还是像个单纯的孩子，脱离在很多世故以外，可是张氓不是这么认为的。杜卷耳在那时就像做梦一样模糊地意识到过，杜卷耳和张氓是有鸿沟的，杜卷耳有天然的纯粹，和张氓在一起也是纯粹的，纯粹地就是和张氓在一起，纯粹地受宠于张氓，可是张氓并不纯粹，这让杜卷耳在那时也有过模糊的失落、痛心、无辜，但都是做梦一样模糊的。

虽然争执了。

房号还是给了杜北山。

杜北山果然转手房号赚进了十几万块钱。

张氓确实就是给杜北山钱了。

宠为下。

那时候的杜卷耳。

就像被捏住了最脆弱的脚踵。

是恍惚的。

是沉睡的。

还有一些破碎的碎片，和建筑相关。

为着张氓在宛城的项目，杜卷耳和张氓又有过两次争执。

第一次争执，是为了项目的设计。

项目还没有启动，张氓就说过，项目还是杜卷耳来负责。杜卷耳那时是沉睡的，虽然还在事务所上班，但是已经不用只能抄着图完成项目挣钱了，已经可以愿意做什么就做什么，不愿意做的就不做，至于有没有再负责过项目，具体都做了些什么，杜卷耳在以后也都想不起来了。杜卷耳走在张氓走的阡陌上，活在张氓给的世界里，所有都被张氓，以及张氓和杜卷耳之间的一切，占据了，工作已经聊胜于无，其他都已经聊胜于无。可是，杜卷耳也想要负责张氓的项目，杜卷耳在此前想要做服务于人居住的住宅，没有实现，张氓的项目是杜卷耳实现的希望。杜卷耳即便沉睡着，也还有建筑的本能和热忱。结果，杜卷耳还是没有实现，以后也再没有实现过。

张氓提出项目可以就照抄蒹葭房地产集团有限公司的一个楼盘。

杜卷耳不同意。

蒹葭房地产集团有限公司，是宛城房地产行业的大佬。蒹葭的项目以中高端物业为主，宛城最早最富丽的楼房都是蒹葭开发的，宛城的人都以能有能力买蒹葭的房子为至尊的荣耀，宛城的人都信奉蒹葭的房子是豪宅，是最好的房子。宛城，乃至全国，不知有多少房地产开发商都在膜拜蒹葭，都在不知不觉地模仿蒹葭。

蒹葭的掌门谷风，是不知多少房地产开发商心中的英雄。谷风把每个项目都当作品做，对项目的品质是苛刻的，偏执的。他要求蒹葭所有房屋的外墙必须干挂石材。他会亲自给项目挑选材料，为了一堵墙的颜色或者一个窗户的弧度，他会不惜推倒重盖。他会从几千公里以外采购一块景观石，再运到几千公里以外打造，光运费就超过购买石材本身。他对景观的每一棵树，小到树种的选择，开杈的高度，种植的土壤，都要研究过。房屋坡屋面的防漏，国家标准是两层多，他要求蒹葭是四五层。国家规范的栏杆是一米一，他要求蒹葭是一米三。别的公司一张两张工程图纸就够了，他要求蒹葭至少要四五张。他最自豪的是，蒹葭的房子，即使放在纽约、伦敦，也是一流的好房子，也因此，蒹葭是高成本的，它在同类公司中的利润率一直是偏低的。以蒹葭的大佬地位，谷风却没有任何政治身份，也很少参加各种社会活动，所以谷风也不是一个很入世的人，蒹葭因此也和政府保持着很远的距离。谷风的这些故事，都在行业内纷纷流传。

行业内都认同，谷风是一个理想主义者，是一个有情怀的人，是一个值得尊敬的人。行业内也都认同，时势造英雄，个人的成功和大时代息息相关，是这个大时代给了谷风机会，同时谷风又把握住了机会，谷风就成了英雄，蒹葭也就成了大佬。

张氓也这样认同。

张氓说："——蒹葭拉高了宛城城市的品质，对居住水平的提升是有贡献的——"

杜卷耳却有自己的思考。

杜卷耳说："——蒹葭是很坏的导向，拉高的是宛城的房价——"

张氓和杜卷耳因此就有了分歧。

张氓说："——没有蒹葭，宛城的房价照样高。

"第一，房价高是和地价高有关。越是房价高的城市，地价在房价中占的比重就越高，宛城就是如此，宛城的地价已经涨得让人看不懂。高房价下的高利润，开发商能拿到的也就不过在百分之三十左右，至于其他的利润，其中地价就要占到百分之五十左右，税收也是很大的占比，还有很大一部分是银行占有的，这些利润归根结底和开发商没有任何关系，开发商根本就不是最大的老板。如果说房子是面包，那么土地就是面粉，面粉贵，面包才会涨价。换言之，开发商要想获得更高额的利润，是要有能力拿到便宜的地，或者要有能力拿到地以后囤地捂盘，更深刻地说，阴暗才是获利的最根本。

"第二，房价高还和人性有关。人性是虚荣的。谷风说过，他总是想尽量多盖些好房子，不想让城市看上去破破烂烂的，他才一直痴迷做最高级的房子。蒹葭的房子在初衷上是为了让人有更好的居住的条件，结果它却满足了人性对虚荣的要求，成了身份的象征。人性也是逐利的，以前的住宅只是为了满足居住的功能，可是现在的住宅除了居住功能以外，还有了投资的功能，通俗地说，也就是赌博的功能，炒房团所到之处，当地的房价就一路狂飙，宛城几乎一马当先，炒房其实就是在赌，人性都是好赌的。

“所以，拉高宛城的房价的，不是蒹葭——”

杜卷耳说：“——蒹葭对人是一种裹挟。”

“第一，蒹葭没有真正认识住宅的意义。我去看过蒹葭的房子，它们有最大的户型，有最高档的材料，有最漂亮的公园，你最开始置身其中的时候，确实被它那贵族化的，像宫殿一样的表象所震慑，所吸引了，感觉到自己置身其中是何等的尊贵、何等的有身份、何等的有体面，可是，后来，你就会发现，它的户型，它的材料，以及它最漂亮公园里面的草地、树木，有一种模式化，那种模式化让你感触不到生活的真实，感触不到自然应该有的空灵，它是僵化的，就像僵尸一样。之所以这样，是因为蒹葭的房子关注的是表象，它过度追求形体的表达，过度地追求外观，它就像人的一件西装，只是人的一张外壳，一张脸面，它代表的是钱，是在向别人展示我多有钱，而真正好的住宅应该是人的内衣，是体己的，冷暖自知的。

“第二，蒹葭没有敬畏之心。首先，追求大房子自古就有，但在古代有很严格的礼制，比如，平民是不能超过三开间的，而且平民的住宅大门不能在中轴线上，门是偏的，这在风水学上，解释为个人能量不够的时候，大的空间是镇不住的，一旦空间超出个人能量场的需求，它就会损耗到人。可是，现在的人以反封建，去除糟粕之名，早就不谈什么礼制了，不管是什么人，只要有了钱，就敢去买大房子，住大房子，他不知道大房子好在什么地方，不知道究竟什么样的房子对自己是合适的，它是一种很从众、很盲目的状态。另外，石材是给神住的，人承受不起。蒹葭的房子大量地使用石材，在实用性，造价，以及维护成本上都造成很多的不必需和浪费，其实，材料没有贵贱之分，只有价格的贵贱之分，建筑的工艺比材料更重要，比如，把最简单的粉刷做好，要比用大理石更好。而且，大量地使用石材，也是对环境的破坏，没有任何一个国家像我们这样，哪怕是路边一个很小的花坛都在用大理石，所以在一些地方有越来越多光秃秃的山头，这可以说是伤天害理的。蒹葭的房子在某种程度上就是让人有了一种心态上的浮华、炫富、攀比，它助长了今天我们国家有钱人的自我膨胀，他们不懂得谦卑、谦逊。

“蒹葭是用钱堆出来的，人们被蒹葭裹挟着，只会向钱看齐。事实上，住在蒹葭豪宅里的家庭，又有多少是真正幸福的，他们在根本还没有形成稳定的生活方式，还没有来得及去思考过家庭的价值，也没有能力去思考的时候，就已经完全被钱绑架了。这样的房子是没有文化的素养，也没有民族的素养的。如果说这样的房子是最好的住宅，真是无稽之谈——”

蒹葭以及谷风的故事，还会在以后相当长的时期里续写、演绎，叱咤风云，而关于蒹葭以及谷风的是与非，功与过，自然会有后人的评说，自然会有时间和历史给出的定论。但是，杜卷耳在那时就不人云亦云，就鞭辟入里，是非同凡响的。杜卷耳就是这样，只要在涉及建筑问题的时候，就会袒露出非凡的天性，哪怕杜卷耳是沉睡的。似乎就在不久以前，张氓和杜卷耳之间有过对住宅意义的共同探讨，那时，张氓没有估量到杜卷耳是不一般的，而且是非凡的，那时，不一般而且是非凡的杜卷耳服从了张氓。不久以后，张氓和杜卷耳再一次共同面对了住宅的意义，这一次，张氓依然没有足够估量到杜卷耳的非凡，而这一次，张氓没有再用心地引导杜卷耳，杜卷耳也没有再服从张氓。

张氓沉默了一会儿。

张氓说："——在以前，建筑师的工作都来自贵族之间，建筑自身在社会中总是也处于这样一个位置。其实，建筑本来就有一种犯罪性，它是靠金钱建造起来的，它占有了场所，它只能依靠消费资源和能源，所有的建筑都是有罪的，其中最具犯罪性的就是个人住宅，它是为了个人欲望和功利把物质转化为现实的——"

杜卷耳说："——开发商是商人，但是开发商还是有不同于商人的属性，他也是城市文化建设的组织者，开发商要意识到自己肩负的责任——"

张氓说："——在今天，一个开发商能够提供有品质保障的，有安全保证的房子，已经功德无量了。城市文化建设是政府的事，政府都不考虑，为什么要开发商考虑——"

杜卷耳说："——这样是做不出好的建筑的——"

张氓说："——我已经不再是建筑师——"

杜卷耳说："——你就是一个商人——"

张氓说："——作为商人，开发商清楚建筑师在房地产开发中占的比重其实不大，作用也不大。开发商很少会让建筑师参与项目的定位。关于项目，开发商比建筑师思考得深入——"

杜卷耳说："——你和其他开发商没有什么两样——"

张氓说："——所有的商人都是一样的——"

杜卷耳说："——你说过，住宅设计最重要的是要让人买得起，住得进，人住进去了，房子才有意义——"

张氓说："——蒹葭的房子，没有让人买不起，住不进。事实上，不知道有多少人都在抢着买蒹葭的房子——"

杜卷耳说："——你否定了你自己——"

似乎就在不久以前，张氓就是用他的建筑态度，让杜卷耳感受到了和张氓的某些共性，某种契合，感受到了亲切的情感，也对张氓产生了欣赏。现在，张氓的确就像杜卷耳说的，是在自我否定和推翻。张氓就像刀锋一样锐利地划痛了杜卷耳。杜卷耳也像刀锋一样锐利地划痛了张氓。

张氓沉默了一会儿。

张氓说："——路易·康的女儿经常问他，爸爸，为什么不为我们自己设计一间房子呢？有一次，路易·康就对女儿解释说，他想的是一间有很多很多竖框的房子，你可以从那些窗子往里看，你能看到一个做饭的女人，那是关于家的很浪漫的点子，但他永远也不会建造那样的房子。路易·康的女儿说，我想他的想法实际上与他的个人生活是大相径庭的，他根本就没有办法把这两者结合起来……路易·康没有办法为自己设计一个家。建筑师可以做什么？你永远没有办法替人设计一个家，你只能替人设计一个房子——"

路易·康的一生只有过一次婚姻，一直持续到他辞世，但是他有三个家庭，他最后孤独地死在了火车站，并涂掉了自己护照上的地址，他的建筑遍布全世界，他却是一个无家可归的男人，他也许从未在人间感受到过家园。张氓在那时候讲到了路易·康，应该是有过内心上的波澜，那或者是矛盾的，无奈的，喟叹的，张氓也或者在那时候就清楚而深知对于自己人生的无能为力，对于自己人生的不得已。以后，张氓不在了以后，杜卷耳的意识里常常回荡着张氓关于路易·康的这段话。

以后。

张氓不在了以后。

杜卷耳想过。

张氓应该就像路易·康一样，也许从未在人间感受到过家园。

张氓是放弃了替人设计一个家，也放弃了替自己设计一个家。

争执是不是就此结束的，杜卷耳已经想不起来。

总之，争执结束了。

第二次争执，还是为了项目的设计。

上次争执以后。很长时间。张氓都没有再和杜卷耳提起过项目设计的事情。杜卷耳应该有很多时间都可以追问张氓项目设计的事情，杜卷耳也应该有很多时间都可以催促张氓项目设计的事情，但是，杜卷耳就是没有追问过，也没有催促过，杜卷耳为什么没有追问，没有催促，杜卷耳在以后都想不起来。杜卷耳那时候的一日日，一月月，一年年，都在想些什么，都在干些什么，都是怎么度过的，杜卷耳在以后都想不起来。杜卷耳就像沉睡着，一日日，一月月，一年年，过得都像做梦一样。

然后。

有一天。

杜卷耳突然就知道张氓的项目已经开始施工了。

杜卷耳问张氓："已经设计好了——"

张氓说："是的——"

杜卷耳问张氓："不是说好我来负责的吗——"

张氓说："是的——"

杜卷耳问张氓："设计好了都没有告诉我——"

张氓说："是的——"

张氓不等杜卷耳再问什么，就病态地气急败坏起来。

张氓说："谁说过一定就是要你负责的——你负责合适吗——你的身份合适吗——你有没有摆正自己的位置——凭什么什么都要告诉你——"

杜卷耳不等张氓再说什么，也病态地气急败坏起来。

杜卷耳说：“你太虚伪——你太可耻——你太自私——你从来只会保全你自己——你从来不会为我考虑——你害了我——我算什么——我会离开你——”

走在张氓的阡陌上，活在张氓给的世界里，杜卷耳其实不知道多少次这样病态过，杜卷耳其实不知道多少次这样充满过怨恨、压抑、刻薄、混乱、撕扯、扭曲、损耗，杜卷耳其实不知道多少次在和张氓争执的时候说过会离开张氓，可是，杜卷耳都没有离开。

这一次。

杜卷耳也还是没有离开。

杜卷耳也不知道多少次问过张氓：“为什么不离开——”

张氓都说：“离不开了——已经长到肉里——”

不可否认，张氓和杜卷耳在那时无论怎么争执，都离不开，张氓甚至是和杜卷耳谈过婚娶的，张氓和杜卷耳都已经长到彼此的肉里，所以，那时无论怎么争执，杜卷耳其实都是没有真的想过要离开张氓的。张氓应该是顾忌夏株林，张氓应该是顾忌项目的获利，无论如何，张氓的项目最终就照抄了蒹葭的一个楼盘，张氓的项目最终和杜卷耳没有一丁点的关系，杜卷耳也还是没有真的想过要离开张氓。

张氓是深渊。

深不可测。

杜卷耳在沉睡着。

直到几乎忘却了自己对建筑的本能。

直到几乎枯竭和熄灭了自己对建筑的全部热忱。

直到就像盖世的武士已经被废了盖世的武功一样。

直到失去了一骑绝尘的能力。

而事实上。这些一次，一次，又一次的争执，就像不可逾越的鸿沟，早就一次，一次，又一次地把杜卷耳和张氓向着不同的方向各自推开，并且终将越推越远，直至不可逾越。

在那些破碎的碎片里。

杜卷耳记得最清楚的。

是张氓对杜卷耳说过。

不会再有比我对你更好的男人。

张氓和杜卷耳走在莒湖边。杜卷耳不喜欢莒湖，但是喜欢和张氓一起走在莒湖边。杜卷耳和张氓走在莒湖边，只是喜欢和张氓一起走在莒湖边，就像喜欢和张氓一起走在任何地方一样。杜卷耳只是和张氓一起走在莒湖边，对莒湖，莒湖的水光，水光里的洲、亭、墩、画舫、小船、荷叶、天鹅、鸳鸯、银鸥、鸬鹚、夜鹭、翠鸟、绿头鸭，还有岸上的桃红柳绿，还有遮蔽着公路的浓密的茂林，还有精致的山，甚至隐逸的空门，甚至千回百转的传说，都视而不见。杜卷耳和张氓在一起的一日日，一月月，一年年，杜卷耳就只是纯粹地和张氓在一起，对于其他什么都视而不见。杜卷耳只是纯粹地走在张氓走的阡陌上，活在张氓给的世界里，对其他什么都视而不见。

张氓和杜卷耳离开莒湖边。

莒湖岸边的公路茂林浓密。

张氓在茂林下。鬓发干净。身形遒劲。玉树临风。一只肩膀略高过一只肩膀，微微地斜拉着一道俊美的弧线。

张氓对茂林下的杜卷耳说。

不会再有比我对你更好的男人。

使人愚蔽者，爱与欲也。

以后。张氓不在了以后。杜卷耳回忆起这些破碎的碎片，分辨不清楚张氓过去对自己，是好，还是不好，分辨不清楚张氓说不会再有比我对你更好的男人，是对，还是不对。

那是愚蔽的岁月。

那是杜卷耳蹉跎人生的岁月。

10

后来，宛城，还是浮城。

张氓遇到了难关。

张氓没有钱再给施工方支付工程款了。

张氓在宛城的项目是和丘城二轻集团合作的。张氓虽然已经暴富，但是张氓的身家是远远不够开发宛城的房地产的。宛城的项目不能再让丘城市财政局担保，没有了担保，银行对资金的注入就非常谨慎，融资就不像原来的项目那么简单了。夏株林就通过位高权重的领导，推介国有企业丘城二轻集团和汉广公司达成了项目合作。项目前期，就是由丘城二轻集团投资一部分，再担保贷款一部分，才付清了几千万的地价。虽然如此，宛城，不比丘城，即便有夏株林通过位高权重的领导推介，项目后续方方面面的施展，还是没有在丘城那么简单的。

后来，张氓又贷款了几千万付清了建安成本。

施工方的工程款张氓是计划用预售款支付的。

那时，国内房地产市场的秩序是吊诡的。房价停不下来地涨，就像失控一样，让人心惊肉跳，就像逢雨拔节的竹笋，让人无法遏制。

老百姓有的说，赶紧买吧，不买又涨了；老百姓有的说，不能买，不可能再涨了。说买的老百姓，说不买的老百姓，其实都不敢去买比手头那点钱要高出几十倍的房子。房子，已经让老百姓左右不是，寝食难安了。国家就以控制房价上涨过快为目标，持续收紧宏观调控政策，但是，这时候用于房地产开发的土地出让金已经是地方财政最主要的来源，在一些地方政府的预算外收入中有一半以上都是土地出让金，房价是涨，是跌，最息息相关的不是老百姓，而是地方利益，因而，地方政府对于调控都是微妙地虚与委蛇，表面上不能不响应，暗地里从来不愿意房价真的跌下来。结果，国家调控一次，房价却会吊诡地在短时间被抑制后报复性反弹地涨一次，越调控越吊诡地涨，调控的结果吊诡地都适得其反。开发商们深谙其中的微妙，对于房价从来没有不乐观过，从来都踌躇满志。一切都是吊诡的。

而后。

“国八条”，来了。

“国六条”，来了。

陆续有房地产公司资金链断裂。陆续有楼盘烂尾。陆续有老百姓买涨不买跌，有的楼盘基本没有销售。市场陆续下行。成交量环比陆续下滑。尽管不久的将来，房地产行业就将要真正开篇不仅对于国内住宅行业，甚至对于世界住宅产业史，都是划时代的恢宏历史，但是，在那时，还是面临了暂时的黑暗。

张氓也面临了暂时的黑暗。

张氓拿到预售证以后，销售没有例外地滞压了。张氓想要用预售款支付施工方工程款的计划落空了。张氓也再没有办法从银行贷款了。张氓就没有钱再给施工方支付工程款了。

施工方把施工到一半的工程停工了。包工头唆使工人到张氓的办公室堵截张氓讨工资。张氓到办公室上班，工人也到办公室上班；张氓吃饭，工人跟着吃；张氓睡觉，工人跟着睡觉；张氓上厕所，工人也跟着上厕所。张氓只要有一点怠慢，工人就乒乒乓乓地拍桌子，摔东西。张氓被堵截得焦头烂额，狼狈不堪。

张氓求援110。

110不受理，说："工人没有打人。"

110还帮工人维权，说："你也应该付给工人工资。"

这样持续了一段时间，对公司造成了糟糕的影响，张氓连办公室都不敢去了。而更糟糕的是，工程如果继续停工，也要烂尾了。张氓想让丘城二轻集团追加投资。张氓也想卖假房子，去收集一些身份证，假做按揭筹钱，等到渡过难关再还给银行。张氓想来想去，都难行通。张氓还是只有找夏株林。

张氓定然有摆脱夏株林的处心的。

张氓甚至是和杜卷耳谈过婚娶的。

张氓说过："等孩子满十八岁就离婚——"

张氓说过："孩子不管给谁，都改变不了是我的孩子的事实——"

张氓说过："孩子会长大，会有他自己的人生——"

张氓说过："她总在来来去去，怎么不出车祸——"

张氓定然厌恶夏株林，才会在和杜卷耳谈婚娶的时候，说过这些。

张氓遇到难关的时候，却还是只有找夏株林。

宛城，不比丘城，池子太深。

夏株林还是通过位高权重的领导，辗转牵线搭桥，找到了宛城位高权重的领导。宛城位高权重的领导拒人千里，会见夏株林的时间前后不超过五分钟。夏株林拿着辗转牵线搭桥的人的便笺，谦恭地呈给宛城位高权重的领导，宛城位高权重的领导眼皮也没有抬地看了一眼，既没说好，也没说不好，只是在便笺上签署了“酌情处理”四个字的意见。夏株林给宛城位高权重的领导留下了一个信封。信封里是一张收据。购房收据。宛城位高权重的领导拿着这张收据就可以名正言顺地拿到汉广公司的一套房子。宛城位高权重的领导眼皮也没抬地看了一眼，既没有说好，也没有说不好，就结束了对夏株林的会见。

夏株林找到相关部门的负责人。相关部门的负责人按照宛城位高权重的领导签署的意见，酌情处理，既没有说好，也没说不好。事情没有进展。

夏株林又让辗转牵线搭桥的人安排宴请宛城位高权重的领导，相关部门的负责人作陪。宴席上，夏株林喝酒就像喝水，一杯，一杯，又一杯，比男人还有气魄。宛城位高权重的领导没有见过别的女人能像夏株林这样喝酒就像喝水，一杯，一杯，又一杯，比男人还有气魄。宛城位高权重的领导喝得开心，和夏株林喝起交杯酒，一杯，一杯，又一杯。夏株林就醉在了宛城位高权重的领导身上。

夏株林是宛城位高权重的领导的司机背回来的。

夏株林。醉了。又哭。又笑。

夏株林拖着张氓。

夏株林说：“你说你不行——你骗我——多少年了——你不要我的身体——不是你不行——是你不要我——”

夏株林说：“你也不可怜可怜我——”

夏株林说：“你的就是我的——我的就是你的——我也是为了这个家——”

夏株林说：“不能离婚的——不能让人看笑话——”

夏株林。

醉了。

又哭。

又笑。

张氓被夏株林拖着。木然。然后。要了夏株林。

张氓摆脱不了夏株林。张氓不能摆脱夏株林。

不久。相关部门就给施工方施加了压力。施工方就同意先垫资继续施工。但是，施工方也提出了条件，要求汉广公司方以低于市场价的价格把整个楼盘都抵押给施工方，并且承诺施工方，楼盘一旦销售，首先就要先支付施工方的工程款，同时还要提高工程费率的抵充。

工程这才得以继续。

但是销售还是滞压。

夏株林再找到相关部门的负责人。夏株林也给相关部门的负责人留下一个信封。信封里是一张收据。购房收据。相关部门的负责人拿着这张收据就可以拿到汉广公司的一套房子。这回，相关部门的负责人主动牵线搭桥，介绍夏株林认识了汉广地产项目辖区的拆迁办。拆迁办就指定汉广项目的楼盘为回迁户用房。拆迁办提出了两个条件。一是汉广公司的房价要调整到和回迁户补偿的价格基本持平，这样，回迁户只要出具回迁证明，就都能以低于市场价的价格买到房子。二是汉广公司要低价提供给拆迁办的相关人员一套房子，相关人员签下这套房子的购买合同以后，房子还是挂在公司销售，这样，相关人员就可以低买高卖，赚取差价了。

销售这才终于拉动了。

张氓终于过了难关了。

杜北山炒房炒亏了。

杜北山渴望一夜暴富。从最早一次败家的时候，杜北山其实就已经被点燃了一夜暴富的雄心。杜北山败了一次家，又败了一次家，一夜暴富的雄心受挫一次，又受挫一次，但是从来都没有熄灭过。

杜北山的人生总是天无绝人之路。杜北山败了一次家，又败了一次家，总有人庇护，现在，杜北山用张氓给的房号，转手就真真正正地赚进了十几万块钱，这是杜北山第一次真真正正地赚到了大把的钱，杜北山还了向别人借来的钱，还有余下来还每个月的贷款，缺钱的日子又很快地扭转了。因为天无绝人之路，杜北山也就从来不知道，天有多高，地有多厚。不知天高地厚的杜北山再次燃烧起一夜暴富的雄心，又想要发财了。

杜北山告诉同事："现在炒房，傻瓜都能赚钱。"

杜北山的同事，和杜北山一起败了一次家，又败了一次家，不过没有像杜北山总有天无绝人之路的命运，一直都负债累累。杜北山的同事和杜北山是半斤八两，是阿狗阿猫，和杜北山一样也从来都没有熄灭过一夜暴富的雄心。杜北山的同事就和杜北山一拍即合，挖空心思，决定向学生家长借钱炒房。

当初一时不拆了的駉街，现在已经成了市里的房产中介一条街。街面上，二十多家中介相对排开，每天到街面上来的专业炒房客熙熙攘攘，有一群家庭妇女几乎天天都到街上来，就像股民每天看股票一样看中介的行情，从上家中介看到下家中介，从下家中介看到再下家中介，乐此不疲。

杜北山和同事来到駉街上。

中介的工作人员就像打了鸡血一样，拿出一份刚刚签的房屋买卖合同，让杜北山和同事看。合同上清清楚楚地写着，房屋面积一百一十平方米，原价两千八百每平方米，成交价按原总价加八万。

打了鸡血的中介的工作人员说："这个楼盘刚刚开盘，要到明年才全部交付使用，楼盘的许多房子都在各个中介挂牌，一般每套都已经上涨了至少八万。”

杜北山和同事问：“有没有现房？”

打了鸡血的中介的工作人员说：“现在都是期房，没有现房的。你看，另外一个楼盘昨天刚开盘，今天就有人来挂牌了，每套加五万。除了已经开盘的期房以外，也有正式预售的房号。市里的市面上，开发商手中的一级市场几乎都没有存量房的，有的三年以后才可能到手的房子在二级市场都已经转了几手了。”

杜北山和同事问：“怎样好？”

打了鸡血的中介的工作人员说：“都好。选一套买下来，然后加两三万放在我这里，也许明天就出手了。在这条街上，房子都是一天一个价的。”

杜北山和同事就按打了鸡血的工作人员说的，买下了一套房子。

第二天房子果然就出手了。

杜北山和同事用了一天的工夫就赚进了几万块钱。

杜北山和同事都说：“傻瓜都能赚钱。”

杜北山和同事又拿着赚进的几万块钱和原来借来的钱，又买下了一套房子，没有过一星期，又赚进了几万块钱。杜北山和同事用同样的方法，没过一个月，又赚进几万块钱以后，更加不知天高地厚了，干脆又向学生家长借了更多的钱，准备一下子多买下几套房子，一下子就把以前败家的钱全都赚回来。

杜北山和同事就一下子多买下了几套房子。

之后，房子突然诡谲地就卖不动了。

駉街一条街上的房产中介成交量诡谲地急剧萎缩。二十多家中介诡谲地陆陆续续关门，就剩下为数不多的几家了。每天到街上来的熙熙攘攘的专业炒房客诡谲地销声匿迹了。天天到街上来的一群家庭妇女也诡谲地不来了。中介的行情就像股票一样诡谲地跌到了谷底。

房产中介的工作人员垂头丧气，说："国家政策断了炒房的路了。"

杜北山和同事支持了一段时间，多买下的几套房子一套也出不了手。杜北山和同事又支持了一段时间，多买下的几套房子别说加价，就是减价几万块钱，还是出不了手。杜北山和同事支持不住了，学生家长开始催促杜北山和同事还钱了，杜北山和同事还不出钱。学生家长催促的次数多了，杜北山和同事还是还不出钱，就向学校反映了。学校勒令杜北山和同事马上还学生家长的钱，不然就要开除处理。杜北山和同事把多买下的几套房子按市场价评估分别抵给学生家长，还和借来的钱差一大截。杜北山和同事都要被学校开除了。

杜北山的同事，败了一次家，又败了一次家，本来一直负债累累。

杜北山的同事走上了绝路。

跳楼了。

杜北山再又败了一次家。

杜北山再又把房子卖了。

杜北山还上了学生家长的钱。

杜北山主动离职了。

在这个世界上，不知道有多少人，不知道是为了什么，总有一夜暴富的狂想。他们不懂得脚踏实地。他们不懂得天道酬勤。他们不懂得君子爱财，取之有道。他们没有耐心勤劳致富。他们抛下责任，没有底线，不惜一切，不计后果，在虚妄的金钱世界里狂奔。他们有让人提心吊胆的毁灭性，稍有不慎，就会毁灭了自己，还会毁灭了他人。他们的毁灭，之于旁人，不过是茶余饭后的一桩闲话，甚至笑话；之于亲人，却是在活生生地用刀一刀一刀剐一样的伤痛。

父亲还是每个月都还要给杜北山两百块钱。父亲已经连续几个月没有见到杜北山了。父亲就揣着攒着的钱到学校找杜北山。父亲才知道杜北山已经离职了。

父亲找到杜北山的时候。

杜北山住在租来的一间地下室里。

父亲又想扇杜北山一巴掌。

父亲又想骂杜北山败家子。

父亲没有扇。

也没有骂。

父亲对杜北山说："你母亲说过不能不管你——你母亲说你总会顺当起来的——家没有了——工作也没有了——你怎么至于过到这样的地步——你怎么对得住你母亲——"

母亲不在了以后，父亲失去了最伟大、最坚贞、最勇敢、最智慧的伴侣，就像征途上的旅人失去了原来可以朝夕依靠的拐杖，是飘摇的，是孤独的，也是无助的。父亲在按照母亲的叮咛活着。生活没有因为母亲不在了，就没有了痛苦，没有了不幸，没有了活着的折磨。母亲幸而不在了，不会再看到人间的痛苦，不会再看到人间的不幸，不会再饱受活着的折磨。父亲已经被生活教训得温驯、服从，已经不再有原来暴躁的血性。而父亲还要继续活下去。

父亲问杜卷耳："怎么办？"

杜卷耳就像一个挑夫。一肩挑着父亲母亲，一肩挑着杜北山，一边挑，一边向前走，走到哪里，挑到哪里，肩上的负荷从来都没有轻松过，从来都没有敢放下喘气过。杜卷耳是单纯的孩子，是林中的清风，是疾劲的草木，从来没有想过肩上的负荷的沉重，如果生命是一条河流，杜卷耳就是这样一直都在刚强地奔流，奔流。只有张氓，是唯一让杜卷耳在生命的河流中软弱过的男人。只有张氓，是杜卷耳可以倚靠的一座山，是杜卷耳可以依赖的一副肩膀。

杜卷耳只能去问问张氓怎么办。

杜卷耳却找不到张氓了。

张氓又遇到了难关。

丘城二轻集团的总经理被“双规”了。总经理被公示丘城市领导提拔人选。公示的第二天，丘城大街上都贴满了大字报，市政府大院里一把一把地撒满举报信，总经理被举报了。总经理被举报贪污、受贿、作风败坏，什么罪名都有，举报人几乎恨不得把总经理的祖坟都挖了出来。结果，公示期没满，总经理就被纪委“双规”了。

汉广公司被牵涉了。

丘城二轻集团和汉广地产项目合作以后，总经理按月都在汉广公司领取工资，并且按年领取年终奖，先后领取了几百万的所得。按规定，国有投资方是不得领取这些所得的，这是违规的，总经理是受贿，汉广公司是行贿。除此以外，汉广公司还有伙同国有公司非法侵占国有资产的嫌疑。纪委要求汉广公司配合调查。

事态不明朗。

位高权重的领导警告夏株林：“不能拔了萝卜带出泥。”

夏株林就不敢轻举妄动。

张氓问夏株林：“怎么办？”

夏株林说：“你先躲起来。”

张氓就躲起来了。张氓今天躲在这里。明天躲在那里。白天不敢出门。只有晚上才敢出门。只有晚上才敢出门的时候，也不敢走大路。只有晚上才敢出门的时候，也只敢走小路。只有晚上才敢出门，只敢走小路的时候，也不敢在路灯下走路。张氓惶惶不安。谁都不知道，张氓在那时经历过怎样的自我挣扎。

两个月以后。

夏株林联系张氓说：“据口风，事情就到总经理为止。但是要控制你一段时间。只是取证。不是要抓你。你要做好配合工作。”

张氓就被纪委控制了。张氓被隔离了。隔离在不知在哪里的一个房间里。房间没有窗户。没有光线。不知道白天。不知道黑夜。不知道外面的世界。张氓惶惶不安。谁都不知道，张氓在那时经历过怎样的自我拷问。

又两个月以后。

张氓被移送看守所了。看守所里，和张氓关押在一起的，有偷盗的，有诈骗的，有抢劫的，有吸毒的，有强奸的，充斥着社会底层的肮脏、暴力、粗鄙、低贱。张氓都忍受着。张氓惶惶不安。谁都不知道，张氓在那时经历过怎样的自我救赎。

夏株林带话给张氓说：“据口风，只是办案需要。尽快就会取保候审。”

又两个月以后。

丘城二轻集团总经理被批准逮捕，后获刑十二年。

张氓取保候审。纪委向张氓提出了两种结案的选择。第一种，是模糊处理，丘城二轻集团方的投资按百分之四十的股份计，项目毛利润的百分之四十作为国有资产投资所得予以追缴，其他所有的成本及税收由汉广公司承担，汉广公司的其他账目不再继续审计，如果继续审计，随便拿出一个问题都能将张氓直接批捕。第二种，是按原则处理，等到原丘城二轻集团总经理刑满释放以后，再重新审计，另行结案。这是纪委给出的条件，是纪委给出的退路，也是夏株林使出浑身解数斡旋的结果，别无选择。

张氓最终被无罪释放。

张氓终于又过了难关了。

这以后，这次的项目也告结了。尽管过了一关，又一关，项目还是给张氓带来了数倍于之前的身家。张氓更加暴富了。你的就是我的，我的就是你的，张氓更加暴富了，也就等于夏株林更加暴富了，张氓和夏株林都已经更加暴富。

张氓和夏株林同床共枕。

就像所有的夫妻一样。

夏株林对张氓说："总经理不是因为要提拔，就不会有牢狱之灾。"

张氓对夏株林说："做官也不容易。"

夏株林说："都不容易。"

张氓说："都不容易。"

张氓和夏株林都不容易。没有人比夏株林更清楚，更能体恤，暴富背后，张氓的疲惫。没有人比张氓更清楚，更能体恤，暴富背后，夏株林的疲惫。张氓不只是夏株林的牌坊，夏株林也不只是张氓的牌坊。张氓和夏株林也不只是一座坟墓里的两具棺材。张氓和夏株林是你的就是我的，我的就是你的，一家人。张氓和夏株林是患难夫妻。张氓和夏株林是天生的一对。张氓和夏株林在那时体味到了不知多久都没有过了的相濡以沫，休戚与共，仿佛不知多久以前的昔日死而复生，仿佛相互饶恕了相互的不可饶恕。

宛城是富人的天堂。张氓在宛城众多的房地产大鳄中，也许不过是微小的虫豸，但是，张氓已经成功地成为宛城无数富人中的一个。到最好的地方，做最高等的人，既不失功名地位，又洗白自己的人生，只要夏株林再来到宛城，张氓和夏株林几乎就已经实现了这样的心愿。

这些。

张氓从来都没有告诉过杜卷耳。

关于夏株林的，关于夏株林和张氓之间的，张氓从来都不会告诉杜卷耳什么，什么都不会告诉杜卷耳。张氓是深不可测的深渊。杜卷耳对张氓的认识是肤浅的。以后杜卷耳会发现自己原来就像从来没有认识过张氓一样。

杜卷耳是樊笼中的鸟。

是透明的空气。

不能告人。

不能见天日。

杜卷耳找不到张氓的时候。没有人可以告诉杜卷耳张氓发生了什么，没有人会告诉杜卷耳张氓发生了什么。杜卷耳一直就只是纯粹地和张氓在一起，杜卷耳纯粹地没有认识过除张氓以外和张氓有关系的任何一个人，杜卷耳纯粹地没有了解过除张氓以外和张氓有关系的一切。只有张氓自己，是杜卷耳走在张氓的阡陌上，活在张氓给的世界里的全部。张氓自己没有告诉杜卷耳发生了什么，张氓自己没有给杜卷耳留下什么，杜卷耳就找不到了张氓，失去了全部。

杜卷耳再见到张氓的时候。

张氓已经又过了难关了。

张氓已经更加暴富了。

张氓没有跟杜卷耳说过，张氓躲起来的时候，经历过怎样的自我挣扎。张氓没有跟杜卷耳说过，张氓被纪委控制的时候，经历过怎样的自我拷问。张氓没有跟杜卷耳说过，张氓被移送到看守所的时候，经历过怎样的自我救赎。张氓什么都没有跟杜卷耳说过。就像杜卷耳只是张氓的身外之物。

杜卷耳伏在张氓的胸膛上。

就像张氓遒劲的身体上盛放的花朵。

杜卷耳就像一朵干净的花。

只有向着张氓遒劲的身体才会盛放。

张氓只是对杜卷耳说："我很累——"

很累的张氓让杜卷耳拿十万块钱给杜北山。

杜卷耳对张氓说："如果是为我自己，不会再向你要一分钱——"

张氓想说什么。

张氓没说什么。

张氓是很累了。

杜卷耳也累了。

从来没有的累。

人心是不待风吹自落的花。

张氓对杜卷耳长出过的心凋落了。

宛城的冬天。来得晚。却猛烈。一场雪，连着一场雪。开始的时候，雪，轻微，就像纤细的绒毛。后来，雪，肆虐，就像飞扬的羽片。雪很快就积起来，仿佛在遥远地方的塞北。积雪素裹了莒湖，素裹了莒湖的水光，素裹了洲、亭、墩，精美的画舫，摇橹的小船，残败的荷枝。素裹了桃树、柳树、香樟、木荷、枫香、紫楠、红豆杉、梧桐树。素裹了莒湖三面的山，素裹了山中隐逸的佛门。素裹了富丽的楼房。素裹了早年的宅院、小楼、深巷。素裹了的宛城，看不出清雅，看不出妩媚，看不出千回百转，看不出婉约，看不出市井，看不出华贵，看不出身份，看不出地位。

一切素裹。

万象归一。

无法名状的纯洁。

不可名状的纯洁。

在素裹中。

在纯洁中。

杜卷耳。

拦下了张氓更加又黑又大又长的车。

张氓驾驭着更加又黑又大又长的车。

更加又黑又大又长的车开向海边。

车轮在积雪上摩挲出沙沙的声响。

海。原始。原生。睥睨一切。气势磅礴。海水浩瀚。海礁雄险。海岸苍劲。海面从浅蓝到深黑。海浪一个浪头一个浪头地拍击。远航的船只就像轻微的海鸟。

爱如天堑。

爱难竞功。

张氓。

仿似杜卷耳渗入体内的血亲。

仿似杜卷耳玄迷的镜花水月。

“真的不要我了吗——”

“不要执着——”

“你说过再也不会离开我——”

“什么都已经经历过——”

“我只是你的经历吗——”

“我已经不是以前的我，你也已经不是以前的你——”

“我该怎么办——”

“你是死是活已经和我没有关系——”

“不要扔下我——”

“我只想要过平静的生活——”

“让我再和你说十句话——”

——第一句。我爱你——

……

——第二句。我在最美好的年华遇见了你——

……

——第三句。我曾经为你险死还生——

……

——第四句。我因为你来宛城——

……

——第五句。我从来没有想过我们真的还会离开——

……

——第六句。你说过不会再有比你对我更好的男人——

……

——第八句。你已经是我的亲人——

……

——第九句。你还会爱我的对不对——

……

——第十句。我爱你——

……

“不要执着——”

“你爱过我吗——”

“曾经爱过——”

“你会想起我吗——”

“不留恋——不回忆——不后悔——”

爱如天堑。

爱难竞功。

张氓。

仿似杜卷耳渗入体内的血亲。

仿似杜卷耳玄迷的镜花水月。

张氓上了更加又黑又大又长的车。

杜卷耳上了更加又黑又大又长的车。

张氓说：“下车——”

杜卷耳不敢下车。

下车。

张氓。

就会。

灰飞。

张氓说：“下车——”

杜卷耳不敢下车。

下车。

张氓。

就会。

烟灭。

张氓暴跳如雷。

疯狂地砸方向盘。

更加又黑又大又长的车剧烈地震荡。

张氓说：“下车——”

杜卷耳。

下车。

杜卷耳。

泪如滚珠。

张氓。

灰飞。

烟灭。

一切素裹。

万象归一。

无法名状的纯洁。

不可名状的纯洁。

在素裹中。在纯洁中。只有海。还是原始。原生。睥睨一切。气势磅礴。海水浩瀚。海礁雄险。海岸苍劲。海面从浅蓝到深黑。海浪一个浪头一个浪头地拍击。远航的船只就像轻微的海鸟。就像宛城根本就没有下过雪。就像宛城根本就没有在世界上存在过。就像世界上根本就没有宛城。

人心是不待风吹自落的花。

张氓对杜卷耳长出过的心。

凋落了。

宛城素裹。就像开始的时候一样。就只是一座浮在磅礴的海上的浮城。它消失在海面上。它在现实世界中仿佛根本就没有存在过。它仿佛纯属虚构。

11

从此萧郎是路人。

12

七年以后。

“你知道我会上哪儿吗，雷德？”

“不知道。”

“齐华坦尼荷，”他说，轻轻吐出这几个字，像是唱歌似的，“在墨西哥，距墨西哥三十七号公路和仆拉雅阿苏约二十英里，距太平洋边的阿卡波哥约一百英里的小镇，你知道墨西哥人怎么形容太平洋吗？”

我说我不知道。

“他们说太平洋是没有记忆的，所以我要到那儿去度我的余生。雷德，在一个没有记忆的、温暖的地方。”

安迪·杜佛尼和雷德的对话。

杜卷耳不知读了多少遍。

杜卷耳希望到一个没有记忆的、温暖的地方。

清清白白地度过余生。

张氓是杜卷耳生命中的一座丰碑。

多少事，不言中。杜卷耳和张氓，在一起七年，分开也已经七年了。七年，又，七年。年年。月月。日日。杜卷耳一直都还在心里默默地和张氓说话。年年。月月。日日。杜卷耳在心里和张氓默默地说过的话，堆积成了光锥。可那是光的过去。可那是光的死灰。可那是回不来的郎心。多少事，不言中。

回不来的郎心。

就像宇宙无穷中红移的星系。

越是飞离得越远。

越是飞离得越快。

越远越快。

越快越远。

在通过时光的临界以后。

就像落入了黑洞的奇点。

淡了。

没了。

失效了。

就是。

成了。

一座。

丰碑。

时光不会逆流。

杜卷耳不眷恋。

“记住，‘希望’是个好东西，也许是世间最好的东西，好东西永远不会消逝的。”

已经到了没有记忆的温暖的地方的安迪·杜佛尼给雷德写的信。

杜卷耳不知读了多少遍。

杜卷耳什么都不眷恋。

杜卷耳就希望到一个没有记忆的、温暖的地方。

清清白白地度过余生。

第三部

人生就像是大梦骤醒。
过去的一切都是馈赠。

1

杜卷耳对桑中说。

希望我们会成为佳话。

2

默里的妻子问爱因斯坦。

为什么世界如此堕落，你还能保持愉快的心情？

爱因斯坦回答说。

我们必须记住，这是一颗非常小的星球，也许某些更大的、更重要的星球可能是很善良、很幸福的。

杜卷耳去马陂了。

马陂海拔将近三千米，周围群峰雄险，层叠，环绕，原始森林苍莽，绵延，浓密，村庄几乎已经踞在了缥缈的云层之上。

马陂最鲜明的，是到了初夏的时候，坡地上的土豆花开了，芸豆花开了。土豆的叶子是碧绿的，花是洁白的，芸豆的叶子是碧绿的，花是嫣红的。坡地上一片片的碧绿，一片片的洁白，一片片的嫣红，洋溢着一片片，一片片，一片片的，清新，活泼，灿烂的生气。崎岖的山路上，老人在缓慢地赶着足有上百头一群的黑山羊，有三两人则结伴背着小篓子从森林里采了松茸回来。村庄周围的繁茂的草丛里，不时地就会蹿出几只扒食的公鸡、母鸡。村庄里头，愣头愣脑的猪在慵懒地踱步，倦怠了的狗在旁若无人地打盹。这一切，使得马陂就仿似世外桃源。

马陂很小，却很有些历史。马陂是茶马古道上唯一遗存的关卡。马陂距离沙泽有二十多公里，在历史上，是沙泽周遭众多盐井互通往来的核心，也是茶马古道东达中原，南出越南，西通缅甸，北往川藏的要隘，所以，是沙泽东西南北四卡中最早设立的西关卡，如今马陂的村民，大多就是当时守关官兵的后裔。马陂最初只有两户人家，到了现在也就只有四十来户人家，两百左右人口，大多是白族，有少数的汉族，而且只有段姓和刘姓两个姓氏。

马陂很长时期都与外界阻隔。马陂前些年才通了电，前一年才修了一条通往山下的土路，土路还没有硬化，遇到下雨就会塌方。尤其雨季的时候，要到马陂，常常就只能徒步，或者骑马，骑骡子，无论怎样，上山要走四五个小时，下山也要走四五个小时。马陂的村民上山下山，也还常常要仰赖马或者骡子驮运物资。所以，马陂虽然经历过茶马古道时期的繁荣，也经历过家庭联产承包责任制后大举伐木时期的热闹，其后至今却一直都是寂寥的。

马陂还保留了传统乡村的状态。村庄里保留有本主庙、魁星阁、风雨桥、智慧庵等一些老建筑，虽然都已经残破不堪，但还能依稀可辨往昔有过的神采。村民们传承了本主节、火把节、九月九、六月六等民俗，每年的本主会，村里的男女老少都会穿上还是明代时候传承下来的戏服，在本主庙的戏台上热热闹闹地唱戏，就像这里的人从来就没有离开过古远的过去一样。村民们还保留着原始的互助关系，盖房子，农忙，都会彼此帮忙，每家的红白喜事整个村子的人都会参加。村里还有自发的合作社运营的传统，松茸是马陂天然的珍稀资源，也是村民全年最重要的收入之一，合作社就一直沿用松茸采摘承包制，把村里将近一半的山头分成若干份在全村进行拍卖，出钱多的享有当年的独家采摘权，其他人不得到这片山头采摘松茸，合作社收入的钱会给每家都分上一些，这样既保护了适宜松茸生长的环境，防止了肆意采摘，又实现了利益的均分。马陂的村民对马陂都怀有深厚的感情，不少年轻人都愿意留在村里，即便出去打工的也不会走很远，常常都会回到村里来。如此种种，以使得马陂虽然偏远、落后，但比起国内很多凋敝了的乡村来说，依然还有乡村的生气和活力。

如果不是亲觐，很少有人会想到，在这样的深山密林，还深藏着马陂这样一个村庄。

韩寨评估马陂说："它是中国乡村的一个典型案例，可以为中国乡村应该如何发展做出探索。"

韩寨就选择了马陂发起了乡村建设项目。

杜卷耳是第一个到马陂去的在地建筑师。

杜卷耳离开了宛城。

就像离开了故乡一样。

杜卷耳对桑中说过——

是桑中，让杜卷耳在漂泊了很多年以后，终于长出了根。

杜卷耳原来就像是漂泊在宛城的一株不长根的水草，对宛城的一切的知觉都又轻，又浅，觉知到的宛城的一切都很不真实，就仿佛杜卷耳和宛城之间不过就是一场幻觉。宛城一栋一栋，一片一片，一片片一片片的富丽的楼房。宛城不计其数的，都在为身份而活着，而奋斗的人。宛城表面上清雅，骨子里妩媚的苢湖。苢湖的水光。苢湖水光里的洲、亭、墩、画舫、小船、荷叶、天鹅、鸳鸯、银鸥、鸬鹚、夜鹭、翠鸟、绿头鸭，还有岸上的桃红柳绿，遮蔽着公路的浓密的茂林。还有精致的山。隐逸的空门。千回百转的传说。气势磅礴的海。这一切都是轻的，浅的，都是笼统的，空洞的，就像无机的玻璃、塑料，没有生命，没有呼吸，没有让杜卷耳对它们产生过任何的感情。

自从桑中找到杜卷耳以后，这轻的，浅的，笼统的，空洞的，无机的，没有生命，没有呼吸的一切，就像被掀开了隔膜的面纱，就像被解除了隔阂的符咒，都奇幻地被赋予鲜活、具体、丰盈，那样厚重，那样深刻，那样真切，那样饱含深情，渐渐地，就像植入了杜卷耳的体内，流淌在了杜卷耳的血流里。

梦里不知身是客。

且把他乡作故乡。

杜卷耳对桑中说过——

是桑中，让杜卷耳在漂泊了很多年以后，已经把宛城当作了故乡。

杜卷耳离开了宛城。

就像离开了故乡一样。

人世间的爱情。有的还没有开始，就结束了。有的无疾而终，不了了之了。有的相濡以沫过，后来相忘江湖了。有的终成眷属了。有的相敬如宾了。有的琴瑟和谐了。有的胜却人间无数了。有的两情久长了。有的长别离了。有的厌倦了。有的背弃了。有的随波逐流，陷入俗世的陷阱，看起来安全、妥帖、幸福，犹似爱情，但终究不是爱情了。有的在一起了，却比一个人的时候还要孤独了。有的被成全了。有的被葬送了。有的被出卖了。有的被收买了。有的成了罪孽了。有的成了救赎了。有的轻而易举地消逝了。有的成了念念不忘的怀念了。有的让人肝肠寸断了。有的让人想起来就潸然落泪了。

那么。

杜卷耳和桑中的爱情。

会怎么样？

该怎么办？

杜卷耳对桑中说。

希望我们会成为佳话。

马陂。

从此是杜卷耳生命中。

更大的。

更重要的。

很善良。

很幸福的。

星球。

3

开始的时候，杜卷耳在逃避。

杜卷耳不断地做梦。

杜卷耳梦见母亲。

在梦里。

通常总有某一个人，记不清是谁，也记不清模样，也记不清是男是女，会用各种各样的方式，告诉杜卷耳，母亲还活着。有的人说，在某一个城市里，记不清是哪个城市，看到母亲在和别人一起做工，也记不清是做什么工，起早摸黑，很辛苦。有的人说，在某一个镇子里，记不清是哪个镇子里，看到母亲挑着担子，也记不清挑着什么担子，头发乌黑乌黑的，又年轻，又精神。有的人说，在某一个村子里，记不清是哪个村子，看到母亲在养病，也记不清在养什么病，身子很瘦，很虚弱。不管是谁，不管是什么模样，不管是男是女，不管用什么样的方式，总之，都是在告诉杜卷耳，母亲还活着。

杜卷耳就心急如焚地去找母亲。

一个，一个城市地找，记不清找了几个城市。

一个，一个镇子地找，记不清找了几个镇子。

一个，一个村子地找，记不清找了几个村子。

有时候。杜卷耳费了很多周折，也记不清费了哪些周折，找到了母亲的电话。杜卷耳就给母亲拨电话。拨一次，忘了号码的这个数字。再拨一次，忘了号码的那个数字。再拨一次，忘了号码的更多数字。越拨越着急，记不清拨了多少次，都拨不对号码，都拨不通母亲的电话。

有时候。杜卷耳费了很多周折，也记不清费了哪些周折，已经离母亲很近很近了，已经可以看到母亲模糊的音容笑貌。但是，总会有什么就像坚壁一样阻隔着杜卷耳和母亲。似乎是很高很高的一座山。似乎是很宽很宽的一条河。似乎是很大很大的一片海。任凭杜卷耳怎么奋力，也靠不近母亲。

有时候。杜卷耳费了很多周折，也记不清费了哪些周折，找到了母亲。可是，母亲的神志是失常的，而且说，母亲不是死去的，就是因为神志失常才从家里走失的。母亲近在眼前，母亲却根本就不认识杜卷耳。杜卷耳让母亲回家，母亲就像失去了语言功能一样，不说同意，也不说不同意。母亲看着杜卷耳，就像看着一个陌生人，好像母亲不是母亲一样。母亲没有回家。

总之，无论杜卷耳如何心急如焚，也找不回母亲了。

在梦里。

每次的细节都不同。

但主题都是一样的。

都是母亲还活着，可是杜卷耳再也找不回母亲了。

杜卷耳梦见张氓。

在梦里。

有时候。隐约是在一片氤氲的浓雾里，应该是寂静的早晨，又像是寂静的夜晚。夏株林走在浓雾里，走在前面，被浓雾包围着。张氓走在浓雾里，走在后面，被浓雾包围着。张氓好像失去了人之所以为人的部分，就像没有魂魄一样，百依百顺地跟着夏株林一前一后地走在浓雾里，被浓雾包围着，头也不回，走向浓雾的深处，就像要消失在浓雾里一样。走着，走着，夏株林隐约被浓雾吞没了，消失在了浓雾里。浓雾里出现一块黑黢黢的大石头。张氓就停下来，好像恢复了人之所以为人的部分，就像又有了魂魄一样，坐在黑黢黢的大石头上，回过头来，叹着气，对杜卷耳说，你不要跟别人走。张氓隐约还有回到杜卷耳的身边的心意，可是张氓也隐约被浓雾吞没了，消失在了浓雾里。

在梦里。

有时候。杜卷耳接了私活，杜卷耳却迟迟没有开始画图。杜卷耳似乎忙忙碌碌，不知道在忙忙碌碌什么，似乎是在忙忙碌碌着照顾生病的母亲，似乎是在忙忙碌碌着补救杜北山酿下的不知什么的过错。杜卷耳似乎又在无所事事地蹉跎，任凭光阴一天一天地逝去，丝毫不记得画图的事情。直到第二天就要交图了，杜卷耳才心慌意乱地开始画图，但是，一会儿图纸不见了，一会儿笔不见了，怎么也画不了图，一切都是乱糟糟的。

在乱糟糟中。张氓来了，张氓告诉杜卷耳，张氓在酒店等杜卷耳，张氓也没有说在哪个酒店等杜卷耳。杜卷耳就放下乱糟糟的一切，去找张氓，找到这家酒店，没有张氓，找到那家酒店，没有张氓，一家，一家，一家的酒店，都找了，都没有张氓，好像张氓根本就没有告诉过杜卷耳张氓在酒店等杜卷耳一样。最终，杜卷耳找不到张氓，也交不出图，狼狈不堪。

在狼狈不堪中，杜卷耳看到张氓就近在咫尺，张氓衣冠楚楚，被人前呼后拥，就像所有有钱有势的人一样。杜卷耳想要向张氓挥手，却怎么也挥不动手。杜卷耳想要向张氓呼喊，却怎么也开不了口。杜卷耳想要向张氓走去，却怎么也迈不动腿。张氓似乎是看到了杜卷耳，可是，张氓看到杜卷耳就像看到空气一样，扬长而去。

在梦里。

每次的细节都不同。

但主题都是一样的。

都是张氓隐约还有回到杜卷耳身边的心意，可张氓又扬长而去。

杜卷耳梦见诸葛生。

在梦里。

通常都是在操场上。

操场似乎是迷离的，变幻的，什么都不确切。似乎是在运动会以前，又似乎就是在运动会的时候，诸葛生在准备跨栏。诸葛生颀长，挺拔。诸葛生应该是穿着运动服的，诸葛生又像薄薄的一寸黑白照片上一样，穿着洁白的衬衫，精神的头发略微扬起，眉毛轻轻地拧着，有些严肃地抿着嘴，涩涩的青春意气，仿佛五月清爽的晨晖，出现在梦里的诸葛生永远都是这样和薄薄的一寸黑白照片上一模一样，就像诸葛生从来都没有丝毫更改过一样。操场上的跑道是空空的，没有一排一排的栏架，诸葛生却在俯冲，就像燕子一样，凌厉，潇洒。

诸葛生停下来休息，似乎提着钉鞋，又似乎空着手，似乎有很多人簇拥着诸葛生，似乎又只有诸葛生一个人。杜卷耳走到诸葛生的身边，手里似乎拿着什么，似乎什么也没有拿，杜卷耳伸出手想要给诸葛生什么，诸葛生却目不斜视，把杜卷耳的手推开了，似乎在决绝地拒绝杜卷耳。

在梦里。

有时候。诸葛生在找杜卷耳。

天色有些可疑的暗沉。在一段又斜又陡的长坡上，有一大片一个挨着一个的院子。院子的门也有些可疑的暗沉。诸葛生推开一个院子的门，走进院子，院子的四周也有些可疑的暗沉，诸葛生茫然四顾，然后茫然地离开院子。诸葛生又推开一个院子的门，又走进院子，院子的四周又有些可疑的暗沉，诸葛生又茫然四顾，然后又茫然地离开院子。诸葛生就这样推开一个，又一个院子的门，然后又茫然地离开一个，又一个的院子。诸葛生从长坡的上面一头，走到了长坡的下面一头，走过了所有的院子，都没有杜卷耳的任何踪影。

诸葛生最后颓唐地走了。诸葛生走的时候，肩膀略微地一高一低，就像微微斜拉着一道俊美的弧线。诸葛生犹似对杜卷耳朝思暮想，又追悔莫及。

在梦里。

每次的细节都不同。

但主题都是一样的。

都是诸葛生决绝地拒绝了杜卷耳，可诸葛生又追悔莫及。

……

杜卷耳。

无论醒着。

还是睡着。

都像在做梦。

就像被荼毒。

东方柏舟救渡了杜卷耳。

空军疗养院在宛城的边缘，近海，僻静。院内有缓缓的山坡，有精致的亭台，有旖旎的公园，树木蓊郁，花草轻曳，和风温柔，安详得仿似与世隔绝。东方柏舟是空军疗养院医学心理科的主任，也是国内最有造诣的心理医生。东方柏舟清癯、慈祥，从来都保持着朴素的人格和自然真挚的性情，几乎浑然自成一个心理医生所能予人的最巨大的安全感。东方柏舟自从三十多年以前来到疗养院以来，就再也没有离开过疗养院。东方柏舟在疗养院就像躲开了疗养院以外的整个世界，外面的世界是疯狂，是复杂，是精彩，对东方柏舟都不重要，也不会被诱惑。东方柏舟在疗养院安详得仿似与世隔绝。

杜卷耳来到疗养院的时候。天色蔚蓝。宛城，疗养院，海，山坡，亭台，公园，树木，花草，和风，一切都沐浴在清澈的阳光之中，一切都如同飘浮的白云。杜卷耳就像是从梦里走出来的，就像在梦里已经度过了漫长的一生，就像如今只是在一个天色蔚蓝，一切都沐浴在清澈的阳光中的，一切都如同飘浮的白云的日子里悬浮着的一具躯壳。杜卷耳是迷糊的，是麻木的，是悲伤的，是凄凉的，是踽踽独行的，是筋疲力尽的。

杜卷耳。欲言又止。很长时间以后。失声痛哭。泪流满面。

每个人都只是长大了的孩子。

杜卷耳是受到了重创的孩子。

东方柏舟见了杜卷耳，听了杜卷耳的追述，就已经感受到了杜卷耳的天性，就已经感受到了杜卷耳即使受到了重创，也纯粹得就只像个孩子。

杜卷耳问东方柏舟。

“我会好吗？”

东方柏舟说。

“会的。

“很多的病人在治疗的过程中，很容易会把原来的痛苦转移到对心理医生的依赖上，但是你没有。人在一生中遇到打击、挫折、伤害的概率是一样，只不过是发生的时间和具体的事件有所差异而已，比如，有的人在很小的时候就失去了父母，有的人年轻的时候心爱的人跟别人跑了，有的人过了而立之年父母离异了，有的人在四十岁的时候得了一场大病，有的人在五十岁的时候白发人送黑发人……所以，任何人都没有资格说自己是最不幸的。但是，相同的概率下，因人而异，最后结果的差异很大。心理问题的消解，最终还要依靠自己在认知上的改变和突破。

“不过，个人意志是非常有限的，在很多时候意志力解决不了问题，尤其当痛苦的严重程度超过中度的时候，你无法去靠意志力摆脱，必须要借助外力，比如，结合心理治疗和抗抑郁药物治疗，越早治疗越好，越系统治疗越好。否则，持续时间长了，会造成躯体的伤害。所以，你还需要药物帮助缓解痛苦。”

杜卷耳问东方柏舟。

“我是好人吗？”

东方柏舟说。

“当然。

“事实上，家庭重要人员死亡，夫妻离异或者感情变故，以及夫妻长期分居，是三项最重大的生活事件，其中，又以夫妻离异或者感情变故为最严重，造成的伤害会伴随终身，甚至会改变一个人的人格结构。而你的纯粹性很好地保护了你自己。

“而且，心理医生只为患者本人负责，有隐蔽性和保密性，不太会站在法律和道德的标准上判断对与错。从人性的角度，感情没有好坏对错之分。”

杜卷耳问东方柏舟。

“他会想起我吗？”

东方柏舟说。

“会的。

“发生这么重大的生活事件，一般都是不会遗忘的。但是，事已至此，随着时间的推移，你要采取淡忘的方式，把自己摆脱出来。不要去打电话，打电话是强化的过程，要避免强化，尤其是前三个月，很容易勾起既往不愉快的回忆。情感不容易遗忘，也不可能遗忘，但是也不能一直纠结。把它打包，压缩，放到内心一个角落里，把它封存起来。”

杜卷耳像个孩子一样。

感受到了安全、爱和关怀。

每个生命的诞生，都是纯粹的，伟大的。每个人来到这个世界上，本应活在爱与被爱之中。可是，在这个世界上，谁都不知道自己会遭遇到什么，会遭遇到什么样的人，因为种种际遇，会遭受到巨大的人生的变故，会遭受到巨大的伤害，在内心世界里经历种种疼痛、磨难，而无所适从，默默忍受。于是，很多生命都在无所适从的疼痛和磨难中黯淡了，沉沦了，枯萎了，就像被荼毒了一样。

在杜卷耳。

无论醒着。

还是睡着。

都像在做梦。

就像被荼毒的时候。

东方柏舟是及时地救渡了杜卷耳。

杜卷耳留在疗养院成了心理咨询师，也及时地救渡了很多人。

时光的湍流从来不会因为个人的苦痛，有过暂时的停歇，或者逆流。杜卷耳要在时光的湍流里逃离和过去相关的一切人，一切事，包括建筑，杜卷耳要让自己从过去中消失，要把过去全盘放弃，不留下任何痕迹。杜卷耳是在逃避。东方柏舟接纳杜卷耳留在了疗养院。东方柏舟还是在救渡杜卷耳。

从此。

杜卷耳。

与世隔绝。

就像是没有了过去。

也没有了回忆的人。

杜卷耳完全地投入到了和过去没有任何关系的生活。在做完一天的心理咨询以后，几乎每个夜晚，杜卷耳都在办公室里整理病历资料，对病人的一般资料，主诉与个人陈述，婚姻家庭，工作情况，社会交往，娱乐活动，自我描述，生活状况，既往病史，家庭病史，个人成长资料等等，进行分析和研究。每天，杜卷耳也会跟着东方柏舟查房，了解一些住院病人的病理。而只要有时间，杜卷耳还会给病房打扫卫生，给病人打饭，陪病人散步，陪病人锻炼。总之，杜卷耳对这一切不厌其烦，这一切充满了杜卷耳全部的时间。杜卷耳就像置身时间之外，并且远离尘嚣。就像过去的种种，无论是荣，是辱，是美，是丑，是好，是坏，是善，是恶，是真，是假，与杜卷耳都已经没有了什么关系，甚至不会比轻风吹过发梢的感觉更有意义。杜卷耳也就像得到了新生一样，又重新像单纯的稚子，像林中的清风，像疾劲的草木，光明地，轻快地，几乎没有声息地，凝注与忘我。杜卷耳就像一直都停留在了青春少年的时候，超然物外地存在。

杜卷耳经历过了淬炼。

熠熠生辉。

一个女人对杜卷耳说。

我的人生是从一段黑暗再进入了另一段黑暗。

女人说。

我的一段黑暗是因为父亲。

我的父亲抛弃了我们，和别的女人走了。母亲从此就像藤蔓一样缠绕着我。母亲每天都坐在门槛上哇哇地哭，哇哇地哭完以后，就逼着我和妹妹去找父亲要钱，母亲说，她养不活我们的。我和妹妹就骑着自行车，骑很远很远的路去找父亲。找到了父亲，父亲就像不认识我和妹妹一样，不理睬我们。很少的时候，父亲会扔给我们几块钱。更多的时候，我和妹妹都是两手空空地，骑着自行车，骑很远很远的路回家的。我们常常这样去找父亲，然后回家，就像被遗弃的小狗一样，被人扔来扔去，没有尊严。在那时候，生活的麻木和凄凉就像刷油漆一样，一道一道地刷在了我的心里。

母亲要寻死。有时候抱起农药瓶就要喝，我和妹妹就拼死地夺下来。有时候爬到凳子上就要上吊，我和妹妹又拼死地把她抱下来。母亲隔几天就要摆出寻死的架势，我和妹妹拼死地制止的时候，母亲的眼泪就会像天涝时不会停的雨一样哗哗哗地流，母亲就像是一遍一遍地在排演死去，似乎只有这样，才可以一遍一遍地发泄心里已经和死去一样的痛苦。我和妹妹就像是父亲抵押给母亲的罪犯，每天都要经受母亲这样永不休止的惩罚和折磨。生活就像一个密封的罐子，只有黑暗，没有希望。

我要上大学了，母亲说她没有钱，又逼着我找父亲要钱。我去找父亲了。我已经几年没有见过父亲了。父亲兴致勃勃地养着别的女人，养着别的女人的孩子，看到我就像看到空气一样，就好像是一个和我从来没有任何关系的陌生人。父亲没有给钱。我一分钱也没带就到了学校。

女人说。

就是从那个时候开始，我知道了，钱，只有钱，才是人活着最重要也最值得奋斗的东西。

女人说。

我的另一段黑暗是因为丈夫。

母亲对什么都是冷漠、凉薄的。母亲根本就不会考虑我的幸福的，母亲人生的字典中是没有“幸福”这两个字的，母亲也不可怜我，母亲是不会可怜任何人的。母亲逼我找上门女婿，母亲说这样的家，只有靠找个上门女婿才能再撑起来的。我就找来了我后来的丈夫。

那时候我刚刚毕业工作。他是男同事里最瘦小的，是一个平凡得存在和不存在都不会引人注意的人。他一年到头就穿一套运动服，每天都穿，天热的时候运动裤加衬衫，天冷的时候就在衬衫外穿上外套，穿的时间长了，裤子屁股上的一块地方都已经烂得就要破了。他说，他家里有四兄弟，他最小，一件衣服大的穿了小的穿，小的穿了更小的穿，轮到他的时候都破得不成样子了，这已经是他最好的一套衣服了。

我就找到了他。

我说：“你给我做上门女婿——”

他说：“好——”

我是想，好人家是看不上我们这种人家的，没有人肯上门的。他是想，他太穷，又瘦小，好人家也是看不上他的。我和他就这样轻率地决定了终身大事。

女人说。

从此，我就开始从一段黑暗到了另一段黑暗。

我们俩开始的时候就是穷，就像一根藤上的两个苦瓜。后来我们去做工程，赚到了钱。可是我舍不得用钱。我穿的衣服没有超过一百块钱的，人家老板娘开豪车，我都是坐公交车的，我就像个男人一样跑工地，人晒得没有一块地方是白的，我家里已经有几千万的资产了，可是过年让我拿出一千块钱给婆家，我都是舍不得的。他常常背着我一笔钱一笔钱地给婆家的人，我就和他吵，和他闹，和他打架。他说我是蛇蝎女人。他也在外面有别的女人了，给她买房子，买车子，她还怀孕了。我以前认为钱是人生中最重要的东西，我现在更加知道这是真的，钱是唯一不会抛弃我的东西，可是，钱也是罪孽。

女人说。

我的人生就是这样从一段黑暗到了另一段黑暗。

……

又一个女人对杜卷耳说。

我所有的幻想、梦想，都破灭了。

……

一个男人对杜卷耳说。

我是不幸的。

……

又一个男人对杜卷耳说。

我苦不堪言。

……

杜卷耳经历过淬炼，熠熠生辉，就像一种美好的光照，让一个又一个女人，一个又一个男人，报以信赖，得到净化，感受到一种可以得到拯救的希望和力量。杜卷耳及时地救渡了很多人。杜卷耳也在一个又一个女人的，一个又一个男人的，催人泪下的人生里，觉悟了，不必为部分的人生哭泣。

变美是痛苦的最高境界。

杜卷耳是在逃避。

也是在变美。

4

后来，杜卷耳还是在逃避。

逃避其实没有那么容易。

康老师碎成了齑粉。

杜卷耳偶然翻到了毕业留言册。留言册上有康老师的留言——不要辜负自己的天性。杜卷耳看到了十分遥远的回忆，回忆已经遗忘了很久，就像虚拟的一样。时光快得无法估量。从遥远的回忆到现在，时光已经过去了很多年，而命运走的路和很多年以前以为的完全不一样。在遥远的回忆中——不要辜负自己的天性——就像杜卷耳被给予过的生命中的最重要的劝诫和教义，就像杜卷耳如今的命运和很多年以为的完全不一样，都是因为没有对它理解和遵从。

——不要辜负自己的天性。

就像呼唤。

恍如隔世。

杜卷耳就回去看康老师了。杜卷耳早以为人生没有回头路。杜卷耳也从来没有走过回头路。似乎只有康老师还有让杜卷耳回头的决心。似乎只有康老师才有能力指领杜卷耳回头。似乎只有康老师是杜卷耳回头的唯一的一条路途。

康老师很轻很慢地对杜卷耳说："安藤忠雄在封闭保守的日本社会，一个人毫无后盾，独自追逐成为建筑家的目标，经历过很多不尽如人意的事情，常常处在逆境中，但他总是一心前进，有坚强的活下去的韧性。安藤忠雄所以说过——建筑的故事必然伴随光和影两种侧面。人生亦然。有光明的日子，背后就必然有艰苦、阴霾的日子……要在人生中追求光，首先要有彻底凝视眼前叫作影的艰苦现实，而为了要超越它，就必须鼓起勇气向前迈进……什么是人生的幸福？每个人都可以有不同的想法。我认为，一个人真正的幸福并不是待在光明之中。从远处凝望光明，朝它奋力奔去，就在那个拼命忘我的时间里，才有人生真正的充实——从来没有人能够总是生活在一个什么都是对自己有利的年代，没有人能够总是轻松为人，日子顺当。你要把所有的不顺当，当作是奋力奔向光明的经历。

"有的人，就像你，几乎就是在出生以前，建筑就已经流在了他的血液里，这是没有人能后天学会的东西。毋庸置疑，这样的人，要定义他感受这个世界的方式，除了建筑，不会再有任何可以与之相提并论的事物。所以，我对你说——不要辜负自己的天性——是鼓励你，要求你，要一辈子下功夫，一辈子去追求，而不只是轻描淡写地度过一生。这对你是大得不得了的期望，你要承受得起。

"甚至高士如苏东坡，他真正的人生也差不多是到了四十岁才开始的。你的人生，才要开始。”

康老师很轻很慢地对杜卷耳说：“我说的这些，很多你都不懂的，你自己去看书。”

……

一切都和过去一模一样。康老师依然笔挺地站着。康老师依然在给杜卷耳一个人讲课。康老师依然保持着宗教般的清纯。康老师依然保持着植物一样的无染无着。杜卷耳就像从来没有离开过过去，从来没有碰到过什么真正的危险，从来没有什么真正的失去过。一切好得就像过去一样。

就像幻觉。

幻觉被打破了。

康老师已经退休了。康老师的家很新很大。很新很大的客厅。很新很大的书房。很新很大的阳台。很新很大的卧室、厨房、餐厅……很新很大得就像现在很多很新很大的很多人的家。很新很大得就像现在很多很新很大的很多人的家里，有一个已经不年轻的女人。已经不年轻的女人是康老师的妻子。康老师后来不再独身了，有了妻子。有了妻子以后，康老师就不再握着石楠根烟斗，在烟雾中静默了。康老师也就不能再避免生活琐屑的洗劫了。康老师也就不能再保持着清雅的静谧、高贵了。康老师的存在也不能再如入无人之境了。康老师也比过去老了。

已经不年轻的女人。

端着水杯走过来。

对康老师说：“该喝水了。”

已经不年轻的女人没有看杜卷耳。

好像眼前没有杜卷耳。

已经不年轻的女人。

拿着药走过来。

对康老师说："该吃药了。"

已经不年轻的女人没有看杜卷耳。

好像眼前没有杜卷耳。

已经不年轻的女人。

走过来。

走过去。

都没有看杜卷耳。

好像眼前没有杜卷耳。

已经不年轻的女人，就像是阻隔在杜卷耳和康老师之间的屏障，终将阻隔杜卷耳能够回头的唯一的一条路途。在已经不年轻的女人的阻隔下，杜卷耳要走了，对于已经不年轻的女人的阻隔，杜卷耳在当时其实并没有多加思虑，就像个不谙世事的孩子。康老师要送杜卷耳，已经不年轻的女人阻隔着康老师，好像眼前没有杜卷耳。康老师迟疑了一下。出门送杜卷耳下楼。

下楼以后。

分别。

康老师很轻很慢地对杜卷耳说："不要辜负自己的天性。"

不久。

杜卷耳接到康老师的电话。

康老师很轻很慢地对杜卷耳说："——她听说过你的事情——你来以前她就不高兴——你走了以后，她闹得不依不饶，我请人来旁证，才平息了——她以为我和你也是不清白的——她的本质是善良的，你要原谅她——对不起——你是我唯一的给你一个人讲过课的学生，你能来看我，我很高兴——你以后如果再来看我，先要给她打电话，她就不会介意——”

杜卷耳无言以对。

杜卷耳从来都没有比现在更清楚，康老师对自己的青睐，器重，期许，善意，宽厚，慈爱。杜卷耳从来都没有比现在更清楚，关于建筑，关于建筑和自己，关于人生，康老师在很多年以前就已经给了自己最重要的教诲，在现在依然没有人再能给出比康老师更好的教诲。杜卷耳从来没有比现在更清楚，康老师在给自己一个人讲课以外，从来没有其他任何交流，这几乎是康老师对自己的唯一的一次其他的交流。可是，在过去，康老师就像是一层又一层的虚无垒起来的，不知垒了多少层，似乎随时都会如往昔一样碎成齑粉，在现在，康老师真的一层一层地碎了，碎成了齑粉。

——不要辜负自己的天性。

杜卷耳想过要理解和遵从，杜卷耳想过要回头。

可是，唯一的一条路途，原来是穷途末路。

杜卷耳以为自己与世隔绝，没有过去，没有回忆了很多年，就已经逃避了人生的厄运，也以为自己已经过上了无忧无虑的安详的生活，也以为自己已经不会为部分的人生哭泣，也以为自己已经经过了淬炼，也以为自己已经变美。

而关于清白不清白，仿似杜卷耳粉饰的隐秘。康老师，以及康老师很新很大得就像现在很多很新很大的很多人的家里的已经不年轻的女人，有意，或者无意地，就像利斧凿击了杜卷耳，凿碎了杜卷耳的粉饰。康老师也就随之碎成了齑粉。

在人间，关于清白不清白，你或许已经放过了自己，你或许也想放过自己，可是无论有意还是无意，总还会有人不肯放过你，他们就像利斧凿击你。

那是枷锁。

不能挣脱。

诸葛生风化了。

从前，是一个只能活在回忆里的地方，只能用来回忆，一旦回去，从此它就会死去，就连回忆里也没有它的容身之地。从前的人，最好的结果是不要再见到，如果不再见到，他也许还能活在回忆里，回忆或者已经是对从前的人最好的安放，如果处之不慎，执念再见，他也许就会再也无处安放。因为，没有人可以阻止，能够逆转，时间的湍流，没有人再能回到从前。

诸葛生已经不是诸葛生。

已经不是诸葛生的诸葛生再见杜卷耳，是经过权衡的。诸葛生现在是丘城市桑副市长的秘书，是桑副市长的一个脑袋，是桑副市长夫人的一个儿子，前程锦绣。诸葛生现在已经有 iPhone，有 iPad，有汽车，有房子。诸葛生现在已经有区区的地位和功名，已经有区区的身家和筹码。诸葛生已经改变了命运，已经出人头地，已经今非昔比。诸葛生权衡，现在是再见杜卷耳最好的时候。

诸葛生就给杜卷耳打电话。

诸葛生就在电话里说。

“是我。”

“知道我是谁吗？”

“我是诸葛生。”

诸葛生以为。就像杜卷耳从诸葛生的生命里消失了，又从来都没有消失过一样，诸葛生从杜卷耳生命里消失了，也一定就像从来都没有消失过一样。就像杜卷耳是诸葛生空虚生活残存的慰藉，俗世人生残存的温暖一样，诸葛生也一定是杜卷耳空虚生活残存的慰藉，俗世人生残存的温暖。就像诸葛生没有停止过飘荡的灵魂只能在杜卷耳这里安放一样，杜卷耳也一定没有停止过灵魂的飘荡，也一定只能在诸葛生这里安放。

可是，杜卷耳只是听到了一个在生活的磨蚀下开始老化的声音，一个没有任何辨识记忆的声音。杜卷耳的回忆就像失聪了一样。生活就像呼啸的飓风，早就已经把从前，还有从前的人，吹到了不知何处。杜卷耳再也没有假想过，要找寻诸葛生，杜卷耳再也没有假想过，要再见诸葛生，就好像杜卷耳的人生里从来都没有诸葛生，就好像诸葛生和杜卷耳的人生从来没有半点关联。

是早春的时候。宛城的天是浅青色的。菖湖的水面是寂静的，偶有三两只绿头鸭，在寂静的水面上划开笔直的水线。岸上的柳树刚刚吐露鹅黄的初叶，桃树还没有到开花的时候，还显得有些萧瑟。草色还只有隐约的绿意，不仔细看，还是冬天时候的干黄。树木有的常绿，有的落了叶子还没有新长出来，但是因为树冠交叠，并不会有疏朗的感觉，还是显得浓密。这样的时节还是清寥的，而宛城从来不会因为时节的清寥而清寥，在任何时节都是浮华的。

杜卷耳才经历了康老师碎成了齑粉。

杜卷耳才经历了被利斧凿击。

杜卷耳。

平静。

又不平静。

杜卷耳想要披上最尊贵最奢华的外衣。

要让诸葛生看到自己的人生无懈可击。

杜卷耳就预订了密林中的酒店。酒店是最尊贵最奢华的。原来诸葛生说过每个月挣到五千块钱就来娶杜卷耳，而如今在富人的天堂的最尊贵尊奢华的酒店，五千块不过就是两个人的一顿饭钱，诸葛生即便已经有区区的地位和功名，已经有区区的身家和筹码，还是露出了局促的破绽。最尊贵尊奢华的酒店仿似功成圆满，却毕竟不合时宜。只能再来到就像天差地别，就像弄巧成拙，就像百密一疏的漏洞的咖啡馆。

隔着。

十八年的。

时光的湍流。

诸葛生对杜卷耳说："生活了这么多年，经历了这么多事，心已经渐渐麻木，想起我们的那份感情，还是很感人，是俗世里残存的温暖。"

诸葛生对杜卷耳说："始终都在心里为你留着位置。人的精力是有限的，人的感情也是有限的，最初的总是最美的。等我们老了以后，等到如果各自都可以，我们还在一起，好不好？"

杜卷耳问诸葛生："我有那么爱过你吗？"

杜卷耳问诸葛生："你有那么爱过我吗？"

隔着，十八年的，时光的湍流。

经历，十八年的，时光的劫掠。

杜卷耳已经怎么也想不起自己怎样爱过诸葛生，想不起自己爱过诸葛生的细节。杜卷耳已经怎么也想不起诸葛生怎样爱过自己，想不起诸葛生爱过自己的细节。这是悲哀的，但事实就是如此。

杜卷耳。

已经忘了诸葛生了。

杜卷耳对诸葛生说——

每个人都有自己生命中的一座丰碑。我有我的丰碑。你有你的丰碑。每个人都经过一段无望的爱情，爱在心里，死在心里。人生最痛的，不是不爱了，而是不再想起，不再想得起。人生还能记得都是幸福的。

忘了。

才是真的。

失散了。

杜卷耳。

诸葛生。

已经。

失散了。

是功成圆满？是功亏一篑？是不是无懈可击？都已经不重要了。而且毫无意义，枉费心机。

杜卷耳就冉冉地离开了诸葛生。

冉冉地离开了过去。

在那时，杜卷耳想要对诸葛生说——

最好的人生。

是一辈子只爱一个人。

从年轻貌美的时光。

到白发苍苍的暮年。

可是。

没有人给杜卷耳这样的人生。

——杜卷耳没有说。既然诸葛生已经不是诸葛生，说与不说又有什么所谓。

杜卷耳，笑，粲然地笑。

听到自己心里一串一串眼泪落下的声音。

诸葛生是不懂得。或者有朝一日终会懂得。杜卷耳爱过的是从前的诸葛生，是从前一无所有的诸葛生。现在已经有区区的地位和功名，已经有区区的身家和筹码，已经改变了命运，已经出人头地，已经今非昔比的诸葛生，已经不是杜卷耳爱过的诸葛生，已经不是杜卷耳会爱的诸葛生。

从前，薄薄的一寸黑白照片上，穿着洁白的衬衫，精神的头发略微扬起，眉毛轻轻地拧着，有些严肃地抿着嘴，涩涩的青春意气，仿佛五月清爽的晨晖的诸葛生。本来，可以好好地安放在，活在杜卷耳的回忆里。现在，却彻底地死去，风化了。

杜卷耳从此对诸葛生没有了任何的眷恋。

这是诸葛生一生的错误。

父亲回黍村盖了房子。

现在，矿区已经沧海桑田。

矿区成了镇政府所在地。关闭了的医院，重新开放，成了镇卫生院。废弃了的学校，重新建设，成了镇中心学校。原来的电影院、浴室、商店、菜场、食堂、棒冰厂、理发店，全都拆除夷平，变成了一家一家的工厂，大多是逃避监管的，或者环境违法，或者违法占地，有的到处飞扬着粉尘，有的响彻着闹哄哄的噪声，有的横流着污水。农民们只要花几千块钱就买下来的家属大院的房子，都自行做了重新的粉刷、装修，五花八门，毫无章法，不伦不类。公路边的田地全部被填埋，拍卖给了周边农村的农民，周边农村的农民就在这里盖起了三层、四层的楼房，楼房的墙壁有的粉刷过，有的也没有粉刷，楼房清一色用作店面，有的开超市，有的开饭店，有的卖建材，有的卖水果，有的卖菜，店面的门头做了粗制滥造的加工，花花绿绿，不伦不类。只有邮局还在营业，就像是在一场浩劫中得到了幸免。这样的矿区，虽然也热闹，但远远比不得原来的兴盛繁荣，它表面热闹的背后散发着破败的气息，是艳俗的，杂沓的，堕落的。

矿区的矿洞、矿井，都消失了。母亲让父亲和几个邻居一起买下来的，在矿区最冷僻的一个矿点上的小矿洞，已经长满了荆棘、灌木、杂草，长得比人还高，完全已经找不到原来的路。穿过比人还高的荆棘、灌木、杂草，可以看到小矿洞的洞口已经用水泥浇筑，结结实实地封死了，谁也不会再知道小矿洞里边曾经有过的峥嵘岁月。整个矿区的矿山上，树林已经越长越茂密，似乎已经很久罕见人迹。山上所有的矿洞、矿井，也都已经用水泥浇筑，结结实实地封死了。矿洞、矿井，都消失了，消失在了时光的湍流中。要不是有人说，这里原来是有矿井、矿洞，谁都不会想到这里原来是矿区，就像矿区根本就没有存在过。就像矿区存在过根本就是一个谎言。

矿区沧海桑田，已经完全不像矿区了。

就像成了废墟。

黍村也已经沧海桑田。

黍村多了不少新盖的房子。有的完全占据了村头，而且占据了村头的田地。有的完全占据了村尾，而且也占据了村尾的田地。有的占据了晒谷场。仅余下的一片晒谷场在新农村建设中改作了操场，也用作停车场，一侧还模仿城市的公园，建了两个花坛，又装置了城里的公园才有的单杠、秋千、跷跷板等一排健身器械，晒谷场就不再用来晒谷了。村里的田地被新盖的房子蚕食了，已经越来越少，而且大多都荒芜着，没有人种田地了，晒谷场也已经没有谷可晒了。不少的新盖的房子都有三层、四层，大多依然还是没有粉刷过墙壁，但是都已经结顶了，也有几户人家的墙壁贴了白的或者红的瓷砖，还盖着琉璃瓦，要比原来仅有的把赭红的砖墙刷得雪白雪白的一户人家，还不知气派多少地矗立着，看起来却显得很是滑稽，就像几笔涂错了地方而且劣质的颜料。

村里能看到的人很少。大多是老人。有的，几个老人坐在一起，有时候相互说上几句话，有时候长时间地沉默，他们坐在一起却又像孑然自处。有的，一个人伶仃地坐在三层或者四层的新盖的房子门口，不知道坐了多长时间。有的，一起打牌，不痛不痒地打发时间。先前总是阻拦父亲母亲离开黍村的老人已经死了。原来采矿的时候砸断腰，砸断腿，砸断手，落下残疾的一些人，有的也已经死了，有的也已经老了，但还活着，也只是还活着，既不幸福，也不悲戚。青壮年们都到四处的城市里去了。有少数的人凭借着勤恳，还有些运气，在城市里积攒了一些钱，到县城买了房子，把孩子也送到县城去读书了，还买了小轿车，偶尔回到黍村来，很有衣锦还乡的架势。大多数的人不过也就是在城市里谋了一份生活，艰辛地节约下来的钱，都拿回黍村盖房子用了，盖房子的时候免不得还要先借上一些钱，再回到城市里艰辛地节约下钱用来还债，钱是比以前多挣了一些，日子过得却也不轻松。也有的人在城市里过着比在黍村还要糟的生活，日子过得看起来比以前还要恓惶。撤村并校以后，孩子们从幼儿园开始，就送到镇上，或者县城上学去了，平常的日子也就很少有孩子在村里跑动、嬉闹。到了晚上，整个黍村只亮着很少的几盏灯，就是这很少的几盏灯很早也就熄灭了。

小河消失了，先是河水不知什么缘故干涸了，后来就变成越来越窄的水沟。仓库消失了，变成了操场的一部分，村里已经不需要用来囤积粮食、作物，以及堆放农具的地方，至于办丧事已经在离村子远一些的山脚下另外盖了太平房。机耕路消失了，村里现在从各个方向都有路可以通向外界，都是宽阔平坦的水泥路，有的路劈开了一座山头，有的路填埋了一片田地，没有了常常要蹚着稀粥似的黄泥浆通行的机耕路的任何痕迹。三合院、夯土房也快要消失了，它们已经完全地被新盖的房子遮蔽，因为已经完全空置了，有的就拆了，有的就倒了，有的就快要拆了，有的就快要倒了，残垣断壁上，长着高高低低的杂草，偶尔有几只鸡在上面扒食，一会儿咕咕咕地叫着，一会儿愣愣地驻足。

黍村沧海桑田，已经完全不像黍村了。

也就像成了废墟。

家也已经沧海桑田。

父亲要回黍村盖房子了。

父亲还继续看传达室。传达室还是简陋，而且局促，还放着做简单的隔断的薄薄的柜子，薄薄的柜子里还存放着衣物、杂物，薄薄的柜子以外还是靠着窗的父亲看传达室用的桌椅，薄薄的柜子以内，还是摆着简易的木板床，床头还是摆着还不及腰高的矮柜，离矮柜只有几步远，还是烧饭做菜的煤气灶、煤气瓶，一旁还是挨着水槽，水槽上方还是一个排风扇。一切都和母亲在的时候一模一样。一切又都和母亲在的时候不一样了。父亲找了个伴儿。已经有伴儿陪着父亲继续看传达室了。

村里通知父亲说，按新农村建设的要求，以后再要盖房子都要统一规划，统一审批，现在盖房子还可以原拆原建，老房子眼看着就要坍了，不如拆了盖房子。

父亲就想回黍村盖房子了。

父亲对杜北山说："总是原拆原建好。哪怕不像样一点。"

杜北山说："要像像样样。"

说起来，父亲回黍村盖房子，也算是杜北山的心意。

杜北山也算顺当起来了。

杜卷耳把张氓最后给的十万块钱交给了杜北山。杜卷耳对杜北山说，每个人都要对自己的人生负责。以后，杜卷耳的肩膀就放下了杜北山，杜卷耳的肩膀已经挑不动杜北山了。

杜北山找了一份房地产销售的工作。杜北山用十万块钱把自己包装起来，买名牌的衣服，戴名牌的手表，穿名牌的鞋子，还买了一辆车。杜北山的女同事痴迷杜北山的包装，非要嫁给杜北山不可。结果，当年国内的房地产市场销售惨淡，杜北山没有销售掉一套房子，倒是又成了家。女同事是城中村人家的独生女，家里在城中的村里有独栋的楼房，每年仅仅村里的分红，楼房的出租，就有一百多万的收入，家底殷实，家里还早就给女同事准备了结婚用的几百万的排屋。女同事在后来知道了杜北山实际的境地，却也没有嫌弃杜北山，死心塌地地和杜北山过起了日子。杜北山的人生似走了捷径，又似得到了眷顾，看起来也算顺当起来了。

杜北山也算顺当起来以后，就想到要给父亲回黍村盖房子。

杜北山向女同事要钱。

杜北山说："母亲在的时候没有尽过孝。趁父亲在，要尽孝。"

女同事就给了杜北山钱。

杜北山拿到钱又重蹈覆辙。

又去炒房。

又亏了。

女同事再给了杜北山钱。

杜北山拿到钱再重蹈覆辙。

再去炒房。

再亏了。

杜北山身上让人提心吊胆的毁灭性，没有因为生活一再的严厉的教训，而有所改变。一件事情，别人去做也许都挣到钱了，但只要杜北山一旦去做了，就会败家，这就像匪夷所思的定律，杜北山从来不曾逃脱。同事是不知道，她从非要嫁给杜北山不可开始，就已经用肩膀挑起了，杜卷耳的肩膀已经放下的，已经挑不动了的杜北山。

如今父亲真的要回黍村盖房子了，杜北山还向女同事要钱。

女同事不肯了。

杜北山就央求。

女同事又给了。

再加上还有杜卷耳给的钱。

杜北山就像像样样地给父亲回黍村盖房子了。

新盖的房子。是一栋欧式的别墅。是黍村的第一栋别墅。米黄色喷砂外墙。墙体的一部分拼贴着板岩文化石。围墙是铁艺的。露天的阳台搭着防水的花架。家具是全套定制的。楼上楼下都悬挂着罗马风的全铜吊灯。是黍村绝无仅有的一栋别墅。

可是。房子里。没有了父亲母亲结婚时置办的，刷着暗红色的色漆，床沿上嵌着方匾，匾上描绘着喜鹊迎梅和花开富贵的图案的，床。没有了母亲的当年陪嫁的也是暗红色的写字桌，也是暗红色的衣柜、五斗橱。没有了用泥砖墙隔成的，里边的归杜卷耳，外边的归杜北山的，两个窄小的，小间。没有了泥地的，墙上的石灰已经有几处明显的剥落的，门上写着“勤劳致富”的红纸斗方已经褪色的，厨房。没有了油漆都已经斑驳的菜橱、八仙桌、条凳。没有了很小的，院子。没有了院子里的矮墙、柴房、猪圈、羊圈、鸡笼、水池、水杉树、小花坛。没有了一切母亲在的时候家的痕迹。和母亲在的时候的家没有任何相似之处，没有任何关联之处。

母亲不在了。

家就不在了。

已经没有办法再盖一个家了。

怎样都只能再盖一个房子了。

房子终于盖好了以后，父亲却也没有回到黍村。

盖房子的时候，父亲就抱怨过：

——现在的人都只认识钱了。原来那么好的邻居，家家都提出来，先拆先让，我们先拆房子的，宅基地一定要给家家都退让一米到两米，不让的话就要给钱。他们都已经另外批了地基盖过房子了，这些房子以后拆了也不会再盖了，他们就是为难我们。我们让就让吧。

——现在的人都像日本鬼子一样狠心了。我们的屋檐宽出去了一些，边上的人家就不肯了，说要么敲掉，要么给钱。边上的人家房子都已经坍了大半了，又不住人，就是为难我们。给钱就给钱吧。

父亲困惑，如今黍村的人一切都只围着钱转了，为了钱几乎什么都可以不要了。父亲说，盖房子都盖怕了，回到黍村都觉得没有意思，何况，平日的黍村总共也没有几个人，也都不种田地，回到黍村干什么呢？父亲就说，还是等以后看不了传达室了再回黍村。

终于盖好了的房子就一直空着。

孤独地矗立在一片残垣断壁中。

它就是一个房子。

它不是一个家。

家沧海桑田，已经完全不像家了。

也就像成了废墟。

杜卷耳对这些都不眷恋了。

杜卷耳对什么都不眷恋了。

杜卷耳就准备移民了。

杜卷耳就希望到一个没有记忆的、温暖的地方。

清清白白地度过余生。

杜卷耳还是在逃避。

事实上，在这个世界上，没有足够遥远的地方，可以让一个人一再地无止境地逃避，没有足够安全的地方，可以让一个人一劳永逸地自欺欺人地躲藏。

杜卷耳总要，心远，自偏。

5

后来，桑中和杜卷耳就像是初开的少年。

诸葛生畏惧桑中。

诸葛生把世界上的人分成两种，一种是上等人，一种是下等人。在诸葛生看来，上等人出身优渥、显贵，要什么有什么，活得光鲜照人，高人一等；下等人出身寒微、贫贱，要什么没什么，活得抬不起头，低人一等。从前，诸葛生就认为自己是下等人，也因此长久地都生活在自卑之中，可以说，在很长的时期里，诸葛生都曾经穿过一件叫自卑的外衣。不过，诸葛生认为人的命运，包括身份，是可以改变的，而能够使之改变的，是金钱、权势。当初，诸葛生曾经短暂地追求过袁有桃，就是诸葛生偶然认识一个小老板揽下几个小项目挣的一点钱给诸葛生壮的胆，当然，诸葛生很快就意识到自己和袁有桃不是一个世界的人，诸葛生认为自己和袁有桃之间，说到底，就是一个是下等人，一个是上等人。也许，就是从那时开始，或者更早一些时候就开始，在诸葛生的内心里早早地就种植下了一种种子，那就是金钱、权势，是可以壮胆，是可以让一个下等人变成一个上等人的。

诸葛生认为自己现在也是上等人了。自从和局长的女儿结婚以来，诸葛生的命运就发生了改变，直到现在诸葛生已经贵为桑副市长的一个脑袋，桑副市长夫人的一个儿子，诸葛生的身份也已经不可同日而语。不知多少人都艳羡诸葛生，诸葛生也享受到过不知多少人的逢迎、吹捧，有的逢迎、吹捧固然并非出自真心，诸葛生也依然甘之如饴。诸葛生尤其喜欢有人托他办事，诸葛生常常会想，从前的自己从来不敢托人办事，哪怕想托人办事都不知道上哪里去托人，现如今自己常常受人之托办事，常常能够体味到高人一等的优越，也就觉得很有人生的成就感。说到底，诸葛生是认为现在的自己是小有金钱，也小有权势的上等人了。如果说，从前的诸葛生曾经穿过一件叫自卑的外衣，现如今的诸葛生已经换上了一件志得意满的外衣了。

可是，诸葛生不愿意见到桑中。

诸葛生是桑中父亲的一个脑袋，是桑中母亲的一个儿子，难免会碰上桑中。诸葛生不能理解桑中既不听从桑中的父亲去做官，也不听从桑中的母亲和丘城最大的房地产公司老板的千金见面，直至成婚，诸葛生不能理解桑中既不能让桑中的父亲满意，也不能让桑中的母亲满意，诸葛生是理解不了桑中的。诸葛生难免碰上桑中的时候，桑中还是看起来对什么都无所谓，还是倨傲、峻拔，就像桀骜的鹰。不知道为什么，诸葛生只要碰上桑中，就会如芒在背，仿佛桑中的无所谓，桑中的倨傲、峻拔、桀骜，都会无言地剥掉诸葛生好不容易换上的志得意满的外衣，无情地暴露出诸葛生原来穿过的一件叫自卑的外衣，就好像这件自卑的外衣其实一直就长在诸葛生的身上一样。事实就是如此，诸葛生只要碰上桑中，就会遁回到从前的自卑之中，就会发现有的人生来就是上等人，就像桑中，而有的人生来就是下等人，就像诸葛生自己，这使得诸葛生的各种苦心经营，以及游刃有余，都像笑话一样。这对诸葛生而言，不仅仅自卑，而且是一种折磨。

事实上，桑中上学的时候和诸葛生几乎没有说过话，桑中现在和诸葛生也鲜少说话，桑中毫不在意父亲母亲最满意诸葛生，也毫不在意诸葛生。

只有一次。

桑中问过诸葛生："杜卷耳在哪里？"

诸葛生说："不知道。"

那时候，诸葛生的确不知道杜卷耳在哪里，诸葛生是在很多年以后才终于找到杜卷耳的，而在诸葛生找到杜卷耳不久，桑中也找到了杜卷耳，只不过在那时候，诸葛生并不知道桑中为什么要问自己杜卷耳在哪里，诸葛生也不会知道。

除此以外，桑中其实几乎就没有和诸葛生说过话了。

然而，但凡碰上桑中，诸葛生都会感到莫名的震慑。

诸葛生就不愿意见到桑中。

诸葛生就是畏惧桑中。

桑中对自己有了约束。

桑中留在了宛城。

桑中自从知道了杜卷耳的不幸，就不断地在时光的湍流里溯流而上，不断地回忆。回忆中——很难有什么可以征服桑中，只有杜卷耳会让桑中常常不由自主地凝视，就像桀骜的鹰凝视着在更高纬度的苍穹飞翔的鸟，就像凝视一座高山，高山仰止——上天先谕过，桑中只能遇到杜卷耳，杜卷耳只能遇到桑中，遇到别人是杜卷耳的不幸——桑中的内心从此永远被刺穿了一样，并且已经永远不能愈合如初——只有杜卷耳有这样的能力——杜卷耳是顽固地长在了桑中的心田里，而且已经长得根深蒂固……所有的这些，清晰如昨，历历在目，更像活在时光湍流里的一种生物，从来都没有停止过生长。回忆就像一波又一波的潮水，甚至比往日还要强烈地冲击桑中的内心，让桑中难以自已，而一波又一波的潮水退下去以后，又仿佛水落石出，让桑中一次比一次更清楚地看到自己对于杜卷耳深藏的爱慕。

——这种深爱可以超越一切俗世的标准。它不受时光的流逝，距离的远近的影响。它不会被任何事物摧残。它就像山河、大地，像风，像雨，像每天太阳会从西边落下，又会从东边升起，它与万物齐生，它会长存。它是责任，是信仰。它会在一切之中存在、增长，直至枝繁叶茂。

桑中懊悔，自己原来总是耽溺，错失了杜卷耳，铸成了大错。

桑中认为杜卷耳全部的不幸，唯有自己责无旁贷。

桑中决定非找到杜卷耳不可。

桑中向别人问起杜卷耳的时候，只问："杜卷耳在哪里？"

除此以外，桑中不给任何人谈论杜卷耳的权利。桑中不愿意杜卷耳在任何人嘴里流传。桑中不允许给任何人有可能玷污杜卷耳的机会。

桑中知道了杜卷耳在宛城。桑中就来到了宛城。可是，桑中来到宛城的时候，杜卷耳已经受宠于张氓，宠为下，杜卷耳已经沉睡过去了，杜卷耳就像被关进笼子的鸟，又像被囚禁了的囚徒，外界没有了杜卷耳的任何讯息。杜卷耳仿佛销声匿迹了。桑中找不到杜卷耳。

桑中就留在了宛城。

桑中在宛城大学建筑系当老师，认认真真地教书。

桑中教建筑设计课。在宛城大学建筑系，大多的老师其实都不把教学当作很重要的事情，他们说，建筑是不可教的，实践才是教学的根本。于是，建筑设计课没有教材，用的教案都是几十年前就已经在用的现成的老教案，大多的老师就按老教案讲课，或者随心所欲，这节课讲一个片段，下节课又讲另一个片段，相互之间没有任何的关联，脱离了学生练习的实际，也失去了学生练习的目的。于是，建筑设计课弹性很大，一节课可以只讲一小时，也可以讲上半天、一天，可长，可短，大多老师的课就讲得都很短。于是，大多老师的大部分的时间就都用来在外面接项目、做工程，让学生做帮手，他们堂而皇之地不用认真教学，把接项目、做工程当主业，把教学当副业，不仅能挣到很多钱，还有名声，做到了名利双收。

桑中不然。

桑中在给学生讲第一课的时候，都会讲到两位天才诗人。

一位是保尔·魏尔伦。

一位是阿尔蒂尔·兰波。

兰波在和魏尔伦舌战时说："你是知道怎样写诗，但我知道为何写诗。"

桑中告诉学生："什么是建筑？为什么做建筑？是一个建筑师在不同的阶段都要不停地问自己的问题。一个建筑师要总能在根本上质问自己：你知道为什么做建筑吗？"

桑中上课的教案都是自己设计的。桑中在设计教案的时候，都要自己先回答：这节课要上什么？怎么上？为什么上？要达到的建筑认知是什么？对学生理解建筑，做建筑有什么用？它和以前以及以后的课有什么关联性？

桑中让学生进行练习的时候，都会对学生强调：你们不是要跟我学建筑，而是要学习如何做建筑思考，不是人云亦云，而是去思考，要花很多时间去想——什么是建筑？为什么做这个建筑？

桑中也不会直接给学生改图，或者告诉学生应该怎么去画图，桑中把重点都放在了怎么启发学生自己去进行自己的设计上。比如，桑中会对学生说，我希望你们能够有很多种手段，不是你这样做是因为你只会这样做，而是你是从好几种手段中挑出了最合适的一种。桑中也会对学生说，我只是告诉你们有平面规划和体积规划，但是我并没有说它们哪个更好，明白吗？桑中也会对学生说，你要能够懂得，每天都能够让我们发现自己善良、真实和美丽的建筑，才是好的建筑。桑中总能催使学生把设计做得更加完善、感人、可行。

桑中上完课以后，还会有很多的教学记录，而且反复思考，把课上没有讲明白的，不是很确定的地方，都进行修正。

这样坚持下来，桑中就一个人完成了一套新的教案设计。桑中的课都要讲得比别的老师的时间长很多。桑中让学生学习到了准确的建筑知识和正确的建筑态度。桑中教的学生在设计能力上就都会超过别的老师的学生。桑中学生的作业也获得了很多奖。可是，桑中自己从来没有在外面接项目、做工程。

桑中证明了建筑是可教的。

桑中因此没有像大多的老师那样名利双收。

桑中因此也始终还是没有过自己一件真正意义上完成的作品。

桑中无所谓。

可是，较之以前的人生，桑中对自己已经有了约束，因为桑中的内心已经有了对杜卷耳的所谓，它就像桑中人生在世的准绳。因为有了准绳，桑中虽然还是非主流的，还是边缘的，但是桑中泰然自若，有所为，有所不为，再也没有消磨过，耽溺过，虚掷过，就像杜卷耳总在身边，须臾不离。

桑中找到了杜卷耳。

桑中为了找杜卷耳，常常在宛城到处看看。

桑中看看。看到了很多人，很多脸，脸比人还多，因为每个人似乎都有好几张脸。在十字路口的红灯前，一张女人的脸挤在不计其数的脸当中，女人的脸是胖的，看得出已经开始老了的胖，脸上的眉毛、眼袋、两颊、下巴，都已经开始下垂，化的妆浮在脸上，好像随时都会掉下来，这张脸是憔悴的；等到绿灯亮起来的时候，女人已经开始老了的胖的憔悴的脸，抢着要从不计其数的脸中冲到前面，有的脸阻拦了她，她就不客气地推搡，脸就变成了一张狞厉的脸，仿佛她过去的全部的生活就是这样狞厉地对待她的。在公交车的窗门内，一张男人的脸挤在不计其数的脸当中，男人的脸是瘦的，颧骨高高地突起，虽然还年轻，可是未老先衰，脸色有些褐黑，眼神是茫然的，脸上什么表情都没有，这张脸好像对什么都没有什么渴望，男人接起一个电话，好像对什么都没有什么渴望的脸上，就像突然被什么希望点亮了一样，突然就有了光彩，脸就变成了一张欣喜的脸，仿佛生活的前方总有什么希望在令他欣喜地期待。很多脸挤在不计其数的脸当中，有的脸本来如霜一样沉默，突然又会变成一张雀跃的脸，有的脸好像从噩梦里走出来，突然又会变成一张甜蜜的脸，有的脸是骄傲的，转眼就变成了卑微的脸，有的脸是卑微的，转眼就变成骄傲的脸。

桑中看看。看到了街头艺人、流浪汉、乞丐，就像异类，又像支流，流淌在宛城不计其数的人的川流里。街头艺人是年轻人，都还像学生的穿着，一副落魄的模样，有的抱着一把吉他，有的架着一把电子琴，有的就只有一个麦克风，有的还带着简陋的音箱，有的几个人，有的一个人，自顾自地弹唱，歌声并不一定动听，有的还很嘈杂，不计其数的人川流而过，有的会停下来听一会儿，有的会翘首望几眼，有的若无其事地经过了，地上的铁钵里，五块、十块的钱渐渐地就多起来。流浪汉有的年轻，有的老了，都衣衫褴褛，头发都已经很久没有剃了，有的干脆已经杂乱地披在了肩上，他们带着一卷又脏又臭的铺盖，睡在车站，天桥，地下走道，富丽的楼房转角的一角，不计其数的人川流而过，大多的人都忽略了他们。乞丐是五花八门的，有的四肢健全，跪在地上，垂着头，有的缺胳膊断腿，全身匍匐在地上，不断地发出痛苦的呻吟，有的年迈，佝偻着身子，举着要钱的铁钵，有的还是壮年，念念有词地述说自己多舛的命运，不计其数的人川流而过，大多的人都嫌恶他们。

桑中看看。看到宛城的温柔。莒湖上，船过无痕，鸟过无影，仿佛诗中的画，画中的诗。莒湖边的建筑，有白色石柱，青砖，黑屋顶，通透的水池，小巷的高墙，宋时的窗格，仿佛还在旧的年代。莒湖边遮蔽的树上，松鼠会从这棵树跳到那棵树，还会跳到树底下的草地上，公路上，麻雀也会活泼地飞落在树的枝头，又从枝头活泼地飞到草地上，公路上，仿佛在悠然自得的森林中。莒湖三面的山上，往深处走一些，就会有大的、小的寺庙，临近寺庙的步道上，常常会走过一个，两个，三个的僧人，他们在袅袅梵音的山中，寂静，无为，超脱，明智，安乐，仿佛有“试问往来人，谁知山中好”的况味。

桑中看看。也看到了宛城的粗暴。宛城的每一寸土地都充满了金钱的气味。除了莒湖以外，宛城几乎把每一寸土地都用来盖成了富丽的楼房，富丽的楼房一栋一栋，一片一片，一片片一片片，几乎密不透风到要让人窒息，几乎没有留下一块可供人呼吸的城市的绿地。宛城是把每一寸土地都明码标价，出卖成了成捆成捆的金钱，甚至把原来过于被冷落的海的海岸线，也开始开发成了一栋一栋，一片一片，一片片一片片富丽的楼房，宛城的海于是也开始被金钱赤裸裸地占领。金钱彻底地在宛城无孔不入，大摇大摆。

桑中为了找杜卷耳。看过了许多人，看过了许多脸。看过了宛城不计其数的人的川流里的支流。看过了宛城的温柔。看过了宛城的粗暴。桑中都已经熟知了鸟儿会怎样在这座城市飞翔，小小的花朵会以怎样的姿态在这座城市的清晨开放，轻微的风会怎样缓缓地飘拂过这座城市，叶子会在什么时候飘落到这座城市的地上，春天在这座城市又为什么只会短暂地降临……桑中都已经熟知了这座城市的美与丑，光明与阴暗……桑中都已经熟知了这座城市的这一切，甚至已经不知不觉地依恋上了它。可是，桑中还是没有找到杜卷耳。

有人又问过桑中：“你是在等袁有桃吗？”

桑中说：“不是。”

没有人知道桑中在等谁。

但是桑中自己知道。

也有人问过桑中：“你知道我爱你吗？”

桑中说：“我知道。可是我不爱你。”

没有人知道桑中爱的是谁。

但是桑中自己知道。

也有人问过桑中：“多找几个，不就能找到满意的吗？”

桑中说：“一个就好。”

没有人知道桑中的一个是哪一个。

但是桑中自己知道。

是暮春的时候。宛城的天是淡蓝色的。莒湖的水面是喧闹的，湖面上占满了锦绣的画舫，乌黑的手划船，彩色的电动船，夜鹭长时间地守在木桩上，鸬鹚在潜水捕鱼，翠鸟藏在新长的荷叶间，绿头鸭在船只的远处浮动。岸上叠嶂着各种的绿，柳树是碧绿的，桃花已经开谢了，桃叶是浓绿的，完全长开的草是茵绿的，浓密的茂林更加浓密了，有的墨绿，有的葱绿，有的茶绿，有的浅豆绿，绿得鲜艳、纷繁。这样的时节是招摇的，宛城因为时节的招摇就更加浮华了。

桑中还是在宛城到处看看。看到书店落地的大橱窗里陈列着红的、绿的、黄的、蓝的、紫的，各种颜色封面的书。橱窗的玻璃上映着杜卷耳。杜卷耳前一天从德国回来，接下来就要做移民的准备。杜卷耳这一天到书店买书。杜卷耳手上拿着《只是孩子》。

杜卷耳。

还像单纯的稚子。

还像林中的轻风。

还像疾劲的草木。

仿佛时光忘记了杜卷耳。

仿佛杜卷耳忘记了时光。

桑中就此找到了杜卷耳。

杜卷耳有壁垒。

杜卷耳说——

我是一个没有回忆，也没有过去的人。

桑中说——

过去是一种信念。

它让我找到了你。

而我找到你。

就像倦鸟归巢。

就像瓜熟蒂落。

就像叶落归根。

是势所必然的。

杜卷耳有盔甲。

杜卷耳说——

在很长的时间里，我已经习惯了自己一个人，自己和自己在一起，自己成为自己的亲人、挚友、爱人。

桑中说——

你太坚硬。

杜卷耳说——

我一直都在锤炼自己刚强的心。

桑中说——

你太辛苦。

杜卷耳说——

我懂得了如果不曾深爱过，生命不过是浮光掠影，懂得感情之于人的珍贵，我却也懂得了人生可以超越男女之情，懂得了人生没有感情也可以矗立。

桑中说——

你太孤独。

杜卷耳说——

很长时间以来，直到不久以前，我一直都活在一个没有人可以触摸的世界里，默默地咀嚼过往的感情，我以为，这个世界残存的幽暗的甜蜜，可以绵绵地给养自己的余生。

桑中说——

你太痛苦。

杜卷耳说——

不会蜕皮的蛇会死，我已经层层蜕皮。

桑中说——

你太坚忍。

杜卷耳说——

我的心里，深埋着他，穿过你，一层一层地挖掘起，依然有很多细节，那么具体，让我伤悲。我一直不敢老，不敢动，不敢变，一直在以为或者有一天重逢，我没老，我没动，我没变，和他离开时一模一样，就好像他从来没有离开，就好像我们一直都在，一直在一起，从来未分离。他在哪里？他已经遥不可及。他还活着，他已经死去。

桑中说——

在一起才是最好的感情。我会和你在一起。

杜卷耳说——

开始总是好的，可是再好的开始都会幻灭。

桑中说——

我会用时间告诉你，爱是会长存的。

杜卷耳有彷徨。

杜卷耳说——

如果人生可以重来。

我宁可自己。

从来。

一直。

永远。

只爱一个人。

从年轻貌美的时光。

到白发苍苍的暮年。

桑中说——

我会和你在一起。

直到白发苍苍的暮年。

宛城的黄昏。寻常的坡地，仿佛笼罩着一层奇异的光辉，还能听到风在耳边吹过的声音。山野苍翠。树木茁长。泥土芬芳。花草一直匍匐到脚边。空气是轻巧、流动的。鸟在啁啾。虫在吟唱。偶尔有一个，两个，三个的人来。

桑中和杜卷耳长吻。

就像是初开的少年。

那时刻。山野。树木。泥土。花草。空气。鸟。虫。人来。都静谧。那时刻。既往的纠缠。凌乱。不堪。哀伤。美好。统统散在风中，随风而去，落土为安。

以后。杜卷耳对桑中说过，在杜卷耳的人生中，没有任何一个镜头可以和那个时刻媲美，那个时刻脱离其他时刻，纯洁，隽永，永远定格，永不磨灭，让人心怀虔诚与敬畏，在杜卷耳的生命中，这才似乎是第一次真正地迎来了爱情。

Love, love, love

爱，爱，爱

Love, love, love

爱，爱，爱

Love, love, love

爱，爱，爱

There's nothing you can do that can't be done

世上没有任何你能干而干不成的事

Nothing you can sing that can't be sung

没有任何你会唱而唱不出的歌

Nothing you can say but you can learn

how to play the game

你没什么可说的，但是你可以先学这游戏

It's easy

这很容易

Nothing you can make that can't be made

世上没有任何你能造而造不出的东西

No one you can save that can't be saved

没有任何你想救而救不了的人

Nothing you can do but you can learn

how to be you in time

你没什么可做的，但是你迟早可以学会做你自己

It's easy

这很容易

All you need is love

你唯一需要的是爱

All you need is love.

你唯一需要的是爱

All you need is love, love

你唯一需要的是爱，爱

Love is all you need

爱是你唯一需要的

That is all you need

这就是你唯一需要的

Love，love，love

爱，爱，爱

Love，love，love

爱，爱，爱

Love，love，love

爱，爱，爱

……

时隔多年。

桑中给杜卷耳唱过*All you need is love*。

杜卷耳给桑中弹奏过《弹起我心爱的土琵琶》。

杜卷耳对桑中说："我想起了以前，有一双凝视我的眼睛，它就像一个烙印。"

桑中对杜卷耳说："那时候我就想对你说，你只能遇到我，遇到别人是你的不幸。"

杜卷耳没有再移民，杜卷耳就像一只风筝，在要茫然地飞向茫然的一个方向的时候，被桑中及时地收住了线。

……

人生就像是大梦骤醒。

过去的一切都是馈赠。

桑中和杜卷耳就像是初开的少年。

6

开始的时候，袁有桃回来了。

袁有桃回来的时候，桑中和母亲正在僵持着。

母亲阻止桑中和杜卷耳在一起。

母亲知道了杜卷耳的不清白。

母亲对桑中说：“——我们是有一定地位的家庭——这种地位是得来不易的——能够拥有这种地位的人都是人中龙凤——这是我们整个家族的荣耀——这个家中的每一个人都要承担这种地位所要求我们的责任——要竭尽全力维护这样的地位——把它一代一代地传下去——”

桑中对母亲说：“——人都是平等的——”

母亲说：“——一个男人娶一个女人，也就娶了她的背景——一个女人嫁给一个男人，也就嫁给了他的整个家族——婚姻是两个家庭关系的缔结，也是两个家庭资源的整合——它不只是两个人的事情——它要门当户对，知根知底——”

桑中说：“——婚姻不是庸俗的交易——”

母亲说：“——你都已经拖到了现在，更不能将就了——”

桑中说：“——我就是为了她，才不将就——”

母亲说：“——一个女人一辈子是不能走错一步的——这样不清白的人是踏不进我们的家门的——”

桑中说：“——她就像孩子一样纯洁——这种纯洁，有的人与生俱来，有的人就是没有，而且永远也学不来——”

母亲说："——这由不得你——除非我死——"

母亲很少暇顾桑中。在其他问题上，母亲对于桑中很少干涉，也很少坚持，桑中几乎都是无拘无束，为所欲为的。但是在杜卷耳的问题上，母亲表现出了少有的果决强硬，寸步不让，可见母亲虽然可以纵容桑中单身至今，但是对于桑中的婚姻大事是早有深思熟虑的考量，从来都不准备轻忽的。尤其母亲还知道了杜卷耳是和张氓不清白，母亲因为父亲的缘故，对夏株林和张氓是有忌讳的，这更加剧了母亲对杜卷耳的忌讳。母亲是把对桑中和杜卷耳的阻止视作对家庭地位和荣耀的捍卫。而母亲就是父亲的替身，父亲是完全地赞同母亲的。

桑中和母亲就僵持着。

袁有桃父亲的案件积案很多年以后，突然破获了。

宣判当天。桑中和父亲母亲一起到法庭旁听。法庭大约有一个小剧场那样大小。法庭中间悬挂着国徽。正前方是高高的法官席。法官席前是书记员席。两侧是辩护人、公诉人席。被告人席是一个半开放的笼子。其余就是旁听席。旁听席陆陆续续地坐了不少人，其中有十多个人似乎是某一个单位一起组织来进行学习教育的，旁听席上不乏窃窃私语。法官、书记员、辩护人、公诉人入席了，旁听席并不受到影响，还是不乏窃窃私语。接着，法警带着被告人入席，旁听席似乎受到了某种不同寻常的气氛的影响，陡然安静下来。

宣判按部就班。

大意是——被告人是农民，只有小学文化，多年前来到离城，在餐厅、酒店、KTV、工地都打过工，但因为家庭负担重，一直都没有挣到钱，后来又失业一段时间，手头很紧，就受人指使凶杀了袁有桃的父亲，然后抛尸在离城的湖里，报警立案后，警方曾在现场找到一把尖刀，并在刀刃上提取到一枚指纹痕迹，但因为指纹比对没有结果，一直未能锁定嫌疑人。后来，被告人伙同他人又在离城抢劫一名路人，被警方抓获后，警方曾将其指纹录入系统比对，但因为指纹系统存在一定概率的遗漏，未能查出被告人身上还背着命案，被告人也没有坦白，当时被告人因抢劫犯罪被判处五年有期徒刑。这一年，被告人刑满释放，又入户盗窃，被警方抓获后，警方通过联网系统比对当年命案现场刀刃上的指纹，确定被告人有重大作案嫌疑。庭审时，被告人当庭认罪，法庭审理后认为，被告人到案后如实供述了犯罪事实，罪行极其严重，因此判处其死刑。

桑中坐在旁听席上，开始的时候，感觉法庭就是个剧场，法官，书记员，辩护人，公诉人，以及法警和被告人，都好像是先后粉墨登场的戏子，而旁听席上的人自然就是观众了。观众们似乎就是在看一场戏剧，起初并不把宣判当真，还带着旁观的轻松，但渐渐地似乎就入戏了，神情，内心，都开始庄严、肃穆起来。直至宣读判决的时候，旁听席上被告人的家属突然就凄厉地号啕起来，桑中这才确信这是一场真实的宣判，对已经死去的人，将要死去的人的命运，都有了一个交代和了结。

据传，被告人在审理的时候，还交代过，当年指使他凶杀袁有桃父亲的人曾经透露，他也是受人指使，指使的人是个官员，不过，那个人已经在几年以前车祸身亡，至于这一说法是否属实，是否有官员幕后指使，他是谁，又是为了什么指使，现在都已经死无对证。这让案件在当时一时被人们传说还有悬疑，但随着时间的流逝，这种悬疑很快就被人们遗忘了。

而就在宣判的那天，袁有桃回来了。

桑中和父亲母亲离开法庭的时候，看到了袁有桃也从法庭离开。

袁有桃穿着红色的衣服，就像一团火。穿着红色衣服的袁有桃白得透明，就像一块冰。袁有桃如火似冰，就像画中的人，似真似幻。袁有桃就和消失以前一模一样，就好像袁有桃没有消失过一样。袁有桃就像一幅画，过去了这么多年，依然完好无损，就像什么都没有发生过。

桑中和父亲母亲都以为这不是真的，可它就是真的。

此后，袁有桃就在桑中家里住了下来。

母亲就开始计划让桑中和袁有桃成婚。

母亲说："——你等了袁有桃那么多年——"

桑中说："——我等的不是袁有桃——"

母亲说："——你们青梅竹马——"

桑中说："——我爱的是杜卷耳——"

母亲说："——袁有桃的父亲本来就属意把袁有桃托付给你——"

桑中说："——我和袁有桃不是爱情——"

母亲说："——我们要有情有义——"

桑中说："——没有爱情的婚姻是不会幸福的——"

母亲说："——建立在理性上的婚姻才会幸福——"

母亲不容分说。对于母亲来说，袁有桃回来就像做梦一样，而它又不是梦。在母亲看来，自己和袁有桃两家不啻是贵族，如今的袁有桃虽然已经没有了名门之后的母亲，没有了轩昂的父亲，可终究有着高贵的血统，这是不清白的杜卷耳永生不能比拟的。母亲认为用袁有桃阻止桑中和杜卷耳是最合适的，袁有桃回来得是最及时的。

袁有桃对此，既不说好，也不说不好，既不欢喜，也不伤悲。袁有桃对于过去的这么多年，究竟经历过什么，发生过什么，都概不谈起，既没有说好，也没有说不好，既不欢喜，也不伤悲。袁有桃回来以后，就是这样，对过去，现在，将来，一切，都不说好，也不说不好，既不欢喜，也不伤悲。袁有桃还是像从前一样，只有和桑中最亲近，只有桑中能博得袁有桃咯咯地笑，袁有桃还是只在咯咯地笑的时候才似乎附有凡俗生命，还是只有桑中有这种能力。可是，桑中对袁有桃，还是就像只是单纯地博笑一幅画，袁有桃对桑中也还是就像只是单纯的一幅画。

袁有桃还是就像一幅无血无肉的画。

远看山有色。

近听水无声。

桑中和母亲还是僵持着。

苦厄就在那时候降临了。

父亲自杀了。

父亲先是坐牢了。

父亲的政治生涯已经到了晚期。

父亲还是受到孤立。父亲越是受到孤立，就越是不肯趋炎附势，就越是对趋炎附势的同僚们不屑一顾，父亲就越是不会上别人的船，不肯抱别人的大腿。父亲就越是受到孤立。

越是受到孤立的父亲，就越是眷恋自己缔造的王国。在父亲自己缔造的王国里，父亲就像皇帝一样严苛和挑剔，排着队争相得到父亲垂青的大大小小的房地产老板，很少能够让父亲入眼，父亲说他们，就是一个个商人，父亲看不上商人，父亲说，商人重利，要保持距离，对于他们送来的钱财，或者请客吃饭，父亲都要求母亲一概拒绝，母亲也都能按父亲的要求得体妥帖地处理，父亲因此更像有读书人风骨的儒官。唯独只有屈指可数的几个房地产老板，是真正得到父亲垂青的，因为他们在韬略上，眼光上，分寸上，口碑上，都是父亲最赏识，也最信得过的，父亲说他们，不仅仅是商人，在父亲缔造的王国里，唯独这屈指可数的几个房地产老板，都像父亲的亲兄弟一样，他们让父亲的王国从不寂寞。父亲越是受到孤立，就越是眷恋这个王国。

可是。

父亲的政治生涯是有限的。

父亲缔造的王国是有限的。

父亲是惆怅的。

像亲兄弟一样的屈指可数的几个房地产老板，就对父亲说："做投资理财。交给我们安排。"

烈士暮年。

壮心不已。

投资理财是又一个王国。

父亲斟酌了以后，同意了。

起初。父亲很谨慎。只是让母亲出面，或者投资入股，或者民间借贷，或者购房炒房。母亲得体地处理妥帖。入股的收益，借贷的利率，购房的优惠，都在市场正常的范围之内。一切平安无事。

后来。父亲还是很谨慎。

像亲兄弟一样的屈指可数的几个房地产老板中的一个，感谢父亲帮助解决房地产项目拆迁遗留等问题，对父亲说："到我们公司来投资。投资一百万，两年内一比一返还。"

父亲斟酌以后，让母亲出面，以亲戚朋友的名义，投资了一百万。

不过一年，像亲兄弟一样的屈指可数的几个房地产老板中的一个，就连本带利地，把两百万送给了父亲。投资果然得到了回报。

像亲兄弟一样的屈指可数的几个房地产老板中的又一个，感谢父亲帮助办理房地产项目的土地证等问题，对父亲说：“买我们公司在宛城的排屋。市场价一千万，优惠价七百万。再签订合同，如果房价下跌，购房款就变为借款，按年息百分之二十付给利息，保管只赚不赔。”

父亲斟酌以后，让母亲出面，再以亲戚朋友的名义，买下了房子。

不过一年，房价下跌。像亲兄弟一样的屈指可数的几个房地产老板中的又一个，如数把转为借款的购房款和一百多万利息送给了父亲。果然只赚不赔。

像亲兄弟一样的屈指可数的几个房地产老板中的再一个，感谢父亲帮助获得了经营性用地出让指标，对父亲说：“受让自有股份。三个月以后就可以转让，收益可观。”

父亲斟酌以后，让母亲出面，再以亲戚朋友的名义，转让了股份。

像亲兄弟一样的屈指可数的几个房地产老板中的再一个，把四百多万送给了父亲。收益果然可观。

如此以外，还有以低于市场价上百万订购房屋，不到两个月就将房子转手获取差价的。还有以明显高于市场价格购买了父亲让母亲出面以亲戚的名义买下的商铺，成交价与市场价的差额少则几十万，多则上百万的。还有购买了父亲让母亲出面以亲戚的名义买下的房子，以算错了钱为由，送上几十上百万的。

所有的这些，父亲都很谨慎，都让母亲出面，都以亲戚朋友的名义。父亲眼看着就要缔造起又一个王国，一切都依然平安无事。

直到事发。

祥瑞的泽山脚下的地块已经囤了很久。地价已经越涨越高。汉广房地产开发公司筹谋着该把面粉做成面包了。地块所在地的村民闻风又开始公开举报。汉广房地产开发公司就和村民协商，提出公司可以帮助村里办妥近一百亩的一块地的土地证，作为村集体资产保留开发。汉广房地产开发公司就和村民基本达成了和解。可是，此前的公开举报却发酵了。

丘城市位高权重的领导被调查了。问题就是为汉广房地产开发公司拿祥瑞的泽山脚下的地块，提供便利并受贿。

丘城市位高权重的领导说，汉广房地产开发公司拿祥瑞的泽山脚下的地块，是桑副市长签批的。比丘城市位高权重的领导更位高权重的领导，保全丘城市位高权重的领导，说丘城市位高权重的领导只是和夏株林有说不清道不明的暧昧，被抹黑了。丘城市位高权重的领导就脱了干系。

父亲被调查了。

父亲是孤立的。父亲不趋炎附势，不上别人的船，不抱别人的大腿，茕茕孑立。没有人保全父亲。还有人求之不得父亲有问题。还有人想要杀鸡骇猴。父亲凶多吉少。

坊间都传闻："桑副市长太书生气。没有靠山。在劫难逃。"

坊间还传闻："据说袁有桃是桑副市长家只差过门的媳妇，袁有桃父亲被凶杀是有官员指使的，虽然没有所指，不了了之了，还是让有的领导不高兴，这对桑副市长不利。"

父亲最终被逮捕。指控的罪名是受贿罪。像亲兄弟一样的屈指可数的几个房地产老板中的一个，又一个，再一个，口供俱实。审判认定，父亲利用职务便利，为有关单位和个人在土地开发等事项上谋取利益，先后以房产交易、炒房、投资收益等名义接受人民币逾千万，事实清楚，判决无期徒刑，剥夺政治权利终身，并处没收个人全部财产。

父亲就坐牢了。

父亲在坐牢的时候，是桑中的人生中和父亲最亲近的时候。

桑中每个星期都去探视父亲。

冬天。晴朗。寒冷。偏远的旷地。皑皑白雪，树木银装，大地素裹。一片刷成蓝灰色的房子。高墙。铁门。电网。岗哨。

桑中。

登记。

等候。

叫到号。

接受狱警的检查。

走进一道只容许一个人通过的S形钢筋门。

转弯。向下。通向地下很深的一段楼梯。向前。直行一段低矮、幽暗、阴冷、漫长的通道。脚步声嗒嗒嗒清脆地回响。嗒嗒嗒清脆回响的脚步声，一声，一声，捶打挤压在低矮幽暗、阴冷、漫长的通道中的灵魂，仿佛灵魂在艰难地穿越地狱。向上。通向地面很高的一段楼梯。然后。是一个区，一个区，分开的，探视区。铁窗。玻璃隔断。铁窗内外，人与人举着话机对话。

一个被生生隔断的世界。

一个被剥去尊严的世界。

铁窗外，桑中举着话机。

铁窗内，父亲举着话机。

有一次。

父亲说："——想起袁有桃的父亲，因为襄助我丢了性命，我就很惭愧。惭愧，是自惭形秽，愧对他人，我是惭愧的——"

有一次。

父亲说："——做官容易损耗人格。它会让你的人生走到筋疲力尽，又走到一无所有，不是什么安身立命之所。读书人能用别的方法谋生，最好不要做官。你是不要做官。你以后要是有孩子也不要做官——”

有一次。

父亲说：“——人要做到不为人惑，才能富贵不淫，贫贱不移，威武不屈。这是做人的骨气。我白读了那么多年的书——”

从来。桑中和父亲一直都是疏离的。桑中对父亲是陌生的，陌生得父亲对于桑中就像只是一个父亲的符号。桑中到了宛城以后，和父亲更加疏离了。现在，父亲在铁窗内，桑中在铁窗外，却是桑中和父亲见面最多的时候，也是桑中听父亲说话最多的时候，弥补上了桑中和父亲太久了的疏离，好像父亲和桑中从现在开始才真正像父子一场。桑中甚至想，就这样，固定的时间能见到父亲，能听父亲说话，也很好。

可是。

神龟虽寿。

犹有竟时。

春天快要过去的时候。

父亲自杀了。

母亲就像一块顽石。

母亲得了抑郁症。

母亲是冷静的。

父亲被调查以后，母亲也被带走了，母亲也在看守所被羁押过。

无论怎么审问，母亲都说：“——和其他人相比，他已经是很清廉，已经是很严格要求自己了——他是冤枉的——他是运气不好——”

母亲释放后。

母亲对谁都说：“——我们就是投资理财——很多人都在投资理

财，买房，卖房，每个人都会去找熟人，我们用自己的钱买房，再通过熟人卖了，怎么就变成了低买高卖，利益输送——反省起来，从党风纪律的角度，我们是错了，但不是违法——他是冤枉的——他是运气不好——”

父亲被判决了以后。

母亲还是说：“——非如此不可的话，很多人都应该一网打尽——他是冤枉的——他是运气不好——”

父亲自杀以后。

母亲还是说：“——他是冤枉的——他是运气不好——”

母亲也很克制。

母亲再也没有提起过诸葛生。诸葛生见风使舵。诸葛生给夏株林通风报信说，桑副市长当天就签批了项目，批文可以证明。夏株林就拿着批文，对调查组说，汉广房地产开发公司没有行贿，没有违规，没有违法，只是照章办事，手续齐全。虽然照旧有脱了干系的丘城市位高权重的领导的保全，诸葛生的通风报信，还是及时地帮助夏株林轻易地又把汉广房地产开发公司和调查脱了干系。张氓也就和调查脱了干系。谁都和调查脱了干系。只有父亲成了炮灰。诸葛生终于有机会攀附夏株林了。夏株林却说，一个人最重要的是忠诚，卖主求荣的永远都会卖主求荣。父亲一判决，诸葛生就回到乡镇当原来的副镇长去了。父亲自杀以后，诸葛生像一个儿子一样跟着一个领导来看母亲，母亲蔑视，就像没有看到诸葛生，就好像诸葛生本来就没在这个世界活过一样。

母亲也从不提起夏株林和张氓。父亲自杀以后，丘城市位高权重的领导因为别的问题又被调查了，不久，也被判决了。夏株林安然无恙。关于夏株林之所以安然无恙的传闻，丘城又有各种各样的版本，最多的版本是夏株林和比丘城位高权重的领导更位高权重的领导又有了说不清道不明的暧昧。母亲从来不提到夏株林，以及和夏株林一样安然无恙的张氓。母亲是蔑视，就好像母亲的世界里从来没有容过他们，又好像母亲只要提到了他们一下就会辱没了自己。

母亲还保持着得体。

父亲在农村的一大家族需要安顿什么事务，母亲习惯性地，还想要去得体地处理妥帖。偶尔有以前父亲不便出面，或者不愿意出面，又不得不出面交际应酬的人，来请母亲交际应酬，母亲习惯性地，还想要去得体地处理妥帖。偶尔有以前像对皇帝一样小心翼翼地揣摩、侍候父亲的人，或者以前排着队争相得到父亲垂青的房地产老板，来看母亲，母亲都习惯性地，还想要得体地处理妥帖。母亲就像还活在父亲缔造的王国里一样。可是，都已经没有什么需要母亲再去得体地处理妥帖了。因为，世事已经不同了。

母亲大部分的人生都在做父亲的替身。母亲所有得体地妥帖处理，都是为了母亲能够是父亲安全的屏障，能够是父亲还能保留风骨的防线。母亲曾经是父亲的王国里一人之下万人之上的皇后。

——这样的人生。也许让母亲眷恋。也许让母亲惋惜。也许也让母亲错过了另一种人生：属于她自己本性的人生。她或者为此哀叹。或者从不在乎。她把一切都放到了心里，一直用冷静、克制、得体，给自己封上了外壳。

母亲开始耳朵痛。持续地痛。

耳鼻喉科。疼痛科。神经科。CT。核磁共振。

反复检查。不明原因。

母亲被确诊为抑郁症。

母亲抗拒心理治疗。

母亲住院。母亲每天要吃一颗宜诺斯，一颗阿普唑仑，半颗奥氮平。母亲不肯吃药，把药藏起来，悄悄地扔掉。

东方柏舟查房，问母亲："睡眠怎么样？"

母亲说："好。"

"心情怎么样？"

"好。"

"大小便好不好？"

"好。"

"头痛头昏有没有？"

"没有。"

"心慌胸闷有没有？"

"没有。"

母亲其实不好。还是耳朵痛。东方柏舟给母亲加药，宜诺斯加到每天两颗，阿普唑仑也加到每天两颗，奥氮平还是半颗。母亲不肯吃药，把药藏起来，悄悄地扔掉。

东方柏舟查房，问母亲："睡眠怎么样？"

母亲说："好。"

"心情怎么样？"

"好。"

"大小便好不好？"

"好。"

"头痛头昏有没有？"

"没有。"

"心慌胸闷有没有？"

"没有。"

母亲其实不好。还是耳朵痛。东方柏舟怀疑母亲没有吃药。东方柏舟让护士监督母亲吃药。护士把药给母亲，看着母亲把药放进嘴里，又让母亲先喝三口水，再讲三句话，结果发现母亲就把药含在嘴里不肯咽下去。母亲就是不肯吃药。

母亲坚持要出院。

母亲说："我就是耳朵痛，我没有病。"

东方柏舟常常会遇到抗拒心理治疗的病人。他们有的不把心理问题当成是病。有的害怕用药。有的害怕被别人歧视。有的是对心理医生不信任。东方柏舟就会和这样的病人讲解一些心理治疗的常识。

这些常识，有如：

——遇到问题的时候，百分之八十九的人随着时间的推移都能把自己从痛苦中摆脱出来，而如果有心理医生的介入，就可以迅速摆脱，不必要去承受痛苦和压力。另外百分之十一的则会转向心理疾病和心身疾病，还会导致行为的扭曲和异常，如果身边的人具备一点心理常识，有心理医生早期介入，就不至于此。

——因为没有躯体上的明显病变，大家常常不把心理疾病当成是病。其实，心理疾病不仅仅是情绪的变化和行为的怪异，它往往会转化为各种躯体症状，很多躯体上的不适其实都是心理因素转化的症状，很多疑难杂症都是心理疾病。长期精神抑郁，到以后，罹患糖尿病、高血压、冠心病、恶性肿瘤等疾病的概率，要比长期心情平静的人高很多倍。

——人的情绪、情感、意志、行为，这些心理品质都有物质基础，都建立在大脑物质代谢的基础上，人的高兴或者不高兴，温柔或者粗暴，都是大脑物质代谢的结果，所有的心理疾病都是建立在大脑物质代谢紊乱的基础上，而它要恢复正常依靠的就是药物。

——从心理学的角度，人有健康人、心理问题、心理障碍、精神疾病边缘状态、精神疾病等五个层面。前两个层面归口在心理学的领域，后三个层面归口在精神病学层面。在我们国内，还很少有人在心理学层面就会去找心理医生，一旦找到心理医生的时候，其实都已经到了精神病学层面了，在治疗上单纯依靠心理咨询是没有意义的，必须要结合药物治疗。有的心理医生仅仅经过一两个月的培训就上岗开业，就像只是在书本上学过如何开刀就去做手术，结果，连心理疾病和精神疾病都不能区分，有的把来访者的心理问题复杂化、严重化，有的把精神疾病当作心理问题处理，贻误了治疗。

——无论心理问题还是心理疾病，都容易复发，容易迁延，容易成为慢性病，会给家庭造成重大的财力和精神上的压力。但是，心理问题或者心理疾病患者，是有血有肉的，是可爱的，是可治愈的，他们只是像普通人罹患了感冒一样。

……

这些常识，往往都能让病人接受，继而配合治疗。

可是母亲不接受。

母亲还是说："我没有病。"

母亲还是坚持要出院。

东方柏舟说，既然病人没有治疗动机，只能顺其自然。

母亲就出院了。

母亲是把自己封上了外壳，任凭谁都不能把它轻易打开，母亲的外壳已经凝结得又厚又硬。母亲也是不愿意见到杜卷耳。母亲住院是杜卷耳安排的。虽然杜卷耳按原则在治疗上是回避母亲的，可母亲只要看到杜卷耳就像风刀，霜剑。那时候杜卷耳不知道母亲阻止桑中和杜卷耳在一起，也不知道袁有桃已经回来了，也不知道母亲计划让桑中和袁有桃成婚，杜卷耳是什么都不知道的，只知道母亲就是个经历过苦厄的病人。

房子成了母亲的寄托。

父亲当时被追缴赃款，以及没收个人全部财产以后，还留下了几处没有被调查的房子。有两处在宛城，其他的在其他的城市。母亲过一段时间，就会到这个城市看看房子，再过一段时间，又会到那个城市看看房子，母亲常常打开这些房子，在空荡荡的房子里像个偶人一样枯坐，像个偶人一样枯坐的母亲犹似在缅怀父亲，犹似在缅怀过去的人生。母亲到这个城市那个城市看房子间隔的时间越来越短，母亲似乎只有常常地看到这些房子，才能够踏实地度日。这些房子母亲既不打算卖了，也不打算出租了。似乎父亲不在了以后，只有房子是对母亲最大的告慰，也只有房子是母亲对父亲最忠贞的凭吊。

每次看房子以后，母亲都会对桑中说："——父亲是冤枉的——父亲是运气不好——"

桑中想告诉母亲——一旦你的收入超过某个限度，就得解释你的钱是怎么赚来的，如果你的说服力非常弱，那么很可能自己也锒铛入狱——如果父亲真的没有错，根本就不会被冤枉，也不会有不好的运气——桑中却也没有告诉母亲。

桑中知道。母亲的一生是臣服于父亲意志的一生。母亲这样的一生也是臣服于金钱和权力的一生。母亲因为有这样的一生才有了这样的价值观念。这样的价值观念就像是已经长在母亲身上的皮肤一样，要破除它，就等于是把母亲活剥了一样。

母亲就像一块顽石，冥顽不化。

桑中和袁有桃成婚了。

快过年了。

冬天以来，一直都是重度雾霾，城市在雾霾中就像笼罩上了肮脏的纱幕，能见度只有几百米，严重的时候，即便只有百米以外就已经朦胧模糊，再高的楼房都被雾霾轻而易举地吞噬了。庞大的城市突然显得腐朽又脆弱。天又湿又冷，一直都见不到阳光，无论白天，还是黑夜，都悬浮着一种让人无力的焦虑和无解的迷茫。连快要过年的心劲也仿佛被一种莫名的暗物质压制得极其微弱。人们都戴着口罩，无能为力，来去匆匆，焦灼，孤独，又麻木。

经历了苦厄以后，母亲已经铁石心肠。母亲的面容已经让人不敢直视，肌肤突然就松弛下垂，额际堆满了皱纹，有一条皱纹还一直透迤到鼻翼，眼神黯淡，深深地陷在也是松弛下垂的眼睑中，母亲迅速地苍老了。母亲开始笼罩在一股潜滋暗长的戾气中，表现出要与苦厄进行殊死搏斗的决心，什么都感动不了母亲，摇撼不了母亲。母亲要桑中和袁有桃成婚，一天也不容延宕。

母亲说——这是父亲的遗愿，桑中要是不应允，是大逆不道——虎父无犬子，桑中除了选择担负起这个家东山再起的责任以外，遑论什么个人情爱，这个家是绝对不能再有什么不清白了，桑中要是不应允，是逼迫母亲去死。

袁有桃对此，既不说好，也不说不好，既不欢喜，也不伤悲。

袁有桃对所有的苦厄都漫不经心，似乎她早已看穿尘世的一切。

袁有桃就只是一幅无血无肉的画。

在此之前，桑中没有经历过人生的任何苦厄，人生对于桑中而言都是从心所欲的，桑中因此是一个从不违背自己的人，桑中也几乎从来都没有做过欺骗自己的事情，桑中的人格从来都是坦荡而磊落的。

而苦厄的降临，让桑中在最短的时间懂得了，如果没有坚持，也不抗衡，累于苦厄是会让人遭受到各种恶的摧残，以及各种堕落的影响，还有人格的降低，天性的泯灭，而不自知的，而即便去坚持和抗衡了，桑中也前所未有地充分地感到了自己身处困难的境地，桑中为此悲悯父亲，悲悯母亲，也悲悯袁有桃、杜卷耳和自己。苦厄对于桑中，原来显得那么遥远，现在却那么切近，仿佛它始终都潜藏在人的周围，没有办法逃掉，桑中为此不仅悲悯，而且深彻地痛苦。

桑中对母亲应允和不应允，都是对桑中良知和人格的考验。

桑中忍耐。

桑中忍耐不住的时候，就会怒吼：“——操蛋——”

过年前，桑中和袁有桃就成婚了。

谁不曾想要纯洁美好的人生，并且为之虔诚地付出，承受，求索，奉献，等待，坚守，孜孜不倦，不敢懈怠，而事与愿违，人生就是这样操蛋！

7

后来，杜卷耳去了沙泽。

桑中对杜卷耳说——

和你在一起，就已经是我最好的作品。

桑中这么说的时候，杜卷耳并不知道桑中的忍耐。杜卷耳认为桑中这么说，似乎轻描淡写，而这种轻描淡写并不是桑中惯有的态度，这在当时让杜卷耳有闪念的隐约的不安，不过杜卷耳并没有重视这种不安，也就没有去追究过桑中为什么这样轻描淡写，也就没有知道过桑中在那时候的忍耐。以后杜卷耳屡屡回忆起来，对此，既有无限的伤心，也有无限的温暖。

而这种轻描淡写，在那以前也有过。

就在袁有桃回来以后不久。

桑中带着杜卷再度来到了坡地，寻常的坡地。是初秋。坡地依然仿佛笼罩着一层奇异的光辉，依然还能听到风在耳边吹过的声音。山野已经开始由绿转黄。树木已经有叶子一片，两片，三片，簌簌地飘落。泥土经过季节的转换，已经逐渐地沉淀。有的花谢了，有的花还开着，有的草还绿着，有的草也已经有了开始枯萎的迹象。空气变得透明。有的鸟飞来了，有的鸟飞走了。虫也沉静了。依然还是偶尔有一个，两个，三个的人来。

杜卷耳和桑中并坐在坡地上。

杜卷耳对桑中说了很多的话。

杜卷耳说。

——很短的时间，好像经过了很长的岁月。我的心一直都紧闭着，打不开，你总是鼓励我，打开，放松，我这么做了，其实，我很害怕，害怕被伤害。可是，你能够看到岁月的长远，感情的深重，有绵长的决心，你这样用心、理解、体谅，视我如呼吸和空气，这何曾有过？我就像一个迷路的孩子被你收留，你耐心地抚慰我，痊愈我紧张不安的灵魂，你领着我，让我看到了世间的美。而今，在这样一份洁白的感情面前，我看到自己这样纯洁，我无限欣慰，这是在弥补我残缺的青春少年。是的，不论怎样，我都已经很感谢你，感谢你让我体味到真正的感情，可以对流的感情，两情相悦的感情，情投意合的感情，平等的感情，你矫正了困扰我这么多年的爱情观，你对于我的人生已经功不可没，已经不辱使命。是真的，你是我在走过那么多路，经历过那么多地方，遇到过那么多人，发生过那么多事，有过很多甜蜜和哀愁，有过很多勇敢和脆弱，有过很多悲伤和坚强以后，终于遇到的最可亲的人。我很幸福。我很踏实。

——我幸福吗？我踏实吗？我是一个缺乏安全感的人。我也会问自己，人心是不待风吹自落的花，你的心，会是长开的花吗？

——这片坡地，它在我的心里是不寻常的，甚至是神圣的，我是怀着神圣的情感和你一起再来到这里的，它会提醒我们，要对我们的感情心存敬畏。我想，最好的情谊，是仿若挚友，源远流长，直到老去。我想要和你一直到很久的将来，岁月静谧，你我对坐，你看我，我看你，往事如烟，人生如梦，昔在，今在，永在。

杜卷耳在对桑中说这些话的时候，沉浸在一个澄明的世界里，毫不掩饰地，没有顾忌地，情真意切地，向桑中剖白，袒露对于爱情的感念、忧虑、期许。杜卷耳意犹未尽，全心地等待着桑中和自己一样毫不掩饰地，没有顾忌地，情真意切地回应。在此之前，杜卷耳和桑中彼此总是这样善于浓烈地表达感情，也善于浓烈地回应感情，仿佛他们彼此就像彼此的另一个自己，他们能随时彼此分享任何事情，那么心有灵犀。

可是。

桑中短暂地沉默。

然后，只是说："我知道了。"

虽然，紧接着，桑中和杜卷耳又像初开的少年一样长吻，杜卷耳还是感觉到桑中似乎轻描淡写，杜卷耳有闪念的隐约的不安，但是杜卷耳没有重视这种不安，也或者是长吻也让杜卷耳忽略了这种不安。

其实，那时候，袁有桃回来了。母亲阻止桑中和杜卷耳在一起。母亲已经开始计划让桑中和袁有桃成婚。而这些，桑中都隐瞒了杜卷耳，没有告诉杜卷耳。杜卷耳不知道，桑中在那时对杜卷耳的剖白和袒露，都完全理解，也感同身受，桑中对杜卷耳犹有千言万语，但是桑中选择了轻描淡写。

快过年了。

桑中和杜卷耳一起看《贝聿铭的光影传奇》。已经很久都没有那么宁静的时光了。在下雪。雪花既轻柔又冰冷。空气清凉得沁人心脾。屋外的院子原来是灰霾的，后来变白了。院子里的树，已经掉光了叶子，光秃秃的，原来也是灰霾的，后来变白了。院子前面的路，一直都有车子在开过，原来也是灰霾的，后来变白了。院子前面的房子，一栋一栋，一片一片，一片片一片片，原来也是灰霾的，后来变白了。院子上方的天空，压着很低的云层，原来也是灰霾的，后来变白了。

贝聿铭说，我对未来没有太多期待，理由不言而喻，我已经九十二岁了，我觉得我也不应该再感到难过，因为我没有办法做得更好了，是时候了，人总得知道什么时候干什么事，而什么时候又该放下些什么，而我开始感觉我不该再做下去了，这才是让人伤感的地方，不过，我觉得自己已经尽力了，已经做了很多了，好了，我心满意足。

杜卷耳突然感到了时光的迫切。

杜卷耳说。

——人的生命是有限的，在有限的人生，要尽量去做对生命有意义的事情。人生一定要说后悔的话，我最后悔这么多年一事无成。我最害怕的是，一事无成的人生。

——康老师是对的，对我而言，没有任何可以与建筑相提并论的事物。我想要重新开始做建筑。我想要重新开始我的人生。

——你害怕一事无成的人生吗？

关于人生的领悟，杜卷耳等待着桑中的回应。

可是。

桑中短暂地沉默。

然后，只是说："和你在一起，就已经是我最好的作品。"

桑中似乎轻描淡写。杜卷耳有闪念的隐约的不安，但是桑中和杜卷耳又像初开的少年一样长吻，杜卷耳又没有重视这种不安，也或者是长吻又让杜卷耳忽略了这种不安。

其实，那时候，母亲已经要桑中和袁有桃成婚了。而桑中隐瞒了杜卷耳，没有告诉杜卷耳。杜卷耳不知道，桑中在那时对杜卷耳关于人生的领悟，都完全理解，也感同身受，桑中对杜卷耳犹有千言万语，但是桑中选择了轻描淡写。

以后，杜卷耳会明白。桑中隐瞒杜卷耳是残忍，不隐瞒杜卷耳是更残忍。桑中轻描淡写，是在保护杜卷耳，是在忍耐。对此，杜卷耳屡屡回忆起来，既有无限的伤心，也有无限的温暖。

第二天。

一切都变白了。

一切白得彻底。

桑中联系了韩褰，让杜卷耳到沙泽去。

桑中对杜卷耳说："这些年你的坚韧与刚强，已经让你的一切都更加珍贵，你是应该过着精进建筑的生活。不要辜负自己的天性。你应该过着像韩褰那样的人生。"

杜卷耳到沙泽以后，桑中和袁有桃就成婚了。

韩褰在沙泽走着没有人走过的路。

沙泽在西南边陲。西南边陲有一片始于远古时期地壳裂变而形成的横断山脉。山脉雄奇、壮丽、苍莽，就像天然的巨大的屏障。山脉的峰顶常年覆盖着晶莹剔透的冰雪，就像是天空的一部分，旷世美丽。

山脉的深处，山高险阻，壁立千仞，峡谷江水奔腾，高原上星罗棋布着断陷的盆地，这些盆地又叫坝子。沙泽，就是其中的一个坝子。

沙泽历史久远。沙泽的先民是氐羌人，他们从北方迁徙到沙泽，经过几千年的繁衍、变迁、融合，发展成了一个新的民族，白族。至今，沙泽坝主要的人口都是白族。沙泽还有源自冰河纪时期的天生石。这些石头有非常规整的凹陷，这些凹陷是随着冰川漂移携带冰碎屑、岩屑，对岩石强烈冲击和螺旋研磨形成的，看起来就像古代舂米的石臼，所以，这些石头也叫冰臼，它们属于古冰川遗迹，凝固着千万年的历史。

沙泽是茶马古道上唯一遗存的集市。茶马古道源于藏地边境茶马交易为雏形的茶马互市，曾是世界上地势最高、路况最为险峻的一条交通驿道，主要的交通工具是马帮。沙泽北靠藏区，南面是普洱茶的产地，茶马古道因此经过沙泽。同时，沙泽周遭盐井众多，大量食盐也要到沙泽交易，因此，来到沙泽运盐的马帮也络绎不绝。沙泽显然是茶马古道上最重要的驿站，经过沙泽的马帮，都会在沙泽短暂地停留，或是交换一些货物，或是进行一些补给，久而久之，沙泽就有了集市，热闹非凡，遗存至今。

而后，茶马古道逐渐衰落，沙泽也就渐渐地寂寥下来，直至似乎被世界遗忘了一样，以至于韩褰初来沙泽的时候，沙泽是荒凉破落的。沙泽通往外界只有一条弹石路。弹石路崎岖、颠簸，沿着高峻的山势盘旋。弹石路上往来的只有农用的简易的三轮卡，突突突地走在弹石路上，摇摇晃晃。商店还是供销社的样子。过去茶马古道上的重镇，已经没有一家像样的客栈。房屋的门窗看起来都已经摇摇欲坠。房屋的前后堆着破砖烂瓦。有的人家已经开始外迁。一切都像有的房门上贴着的对联一样褪尽了颜色。

韩褰留在沙泽是自知之明。

一则。韩寨在国外很多偏僻的乡村看建筑的时候，看到除了地理位置以及人口密度的差别以外，他们的城市和乡村在基础设施和公共服务等方面没有太大的差距，这样的乡村是现代而宜居的，这是一种更值得追求的生活状态。韩寨就想，这要在国内的城市里实现，几乎是没有希望的，乡村也许还有可能，人真正需要的东西是很少的，与其在城市里过着看起来很体面，其实要做很多不愿意做的事情，而且需求过度的生活，不如就留在沙泽，尝试过一种更值得追求的生活。二则。瑞士方希望沙泽复兴工程，要以对当地文化遗产保护为基础，改善它的基础设施，让当地人重新回到古村落，或者说不再搬离古村落，让他们在一个历史的环境里面仍然能够享受现代的生活，那也就是让当地人过上更好的生活，它不需要任何经济的回报。也就是说，沙泽复兴工程是给韩寨提供了过一种更值得追求的生活的可能。

韩寨就留在了沙泽。

韩寨提出了，真实性，以及最大保留和最小干预等实施工程原则。可是，在沙泽对此几乎没有人能够确切地理解。韩寨因此和政府有很多的分歧。

沙泽有保存完整的寺庙、戏台、马店、土筑寨门、古桥、店铺、古巷道，因为久经岁月的风雨，都已经破旧，甚至老朽了。

政府说："把这些旧的建筑拆了，造出一模一样的新的来。"

韩寨说："将来沙泽不是摆在博物馆里展览的器物，它的建筑，它的一草一木，它托举的日常生活以及发生在其上的故事，都是活的东西，都是保护的对象，不能拆了一模一样地新建，那只会成为假古董。"

寺登街是沙泽的一条主要道路，百余年前用当地丹霞地貌的特产红砂石铺就，到现在，这些圆圆的，一个坑、一个坑的老石头，已经像是从地面长出来一样。

政府说："统统都挖掉。换成大马路。标准是能让卡车通行。"

韩寨说："这些石头本来就不是为卡车设计的。这样起起伏伏的路面，就是要我们能够在历史面前不由自主地放慢脚步。不能挖。"

沙泽四方街上的兴教寺，它的入口并不是一个寺庙的入口，而是在新中国成立后作为政府办公用地时建盖的办公楼，大门已经失去了原来的面貌。

政府说："建一个一高二低的牌楼式大门。门两侧还要有哼哈二将的塑像。就像县里别的寺院大门一样。"

韩寨说："现在的四方街是在漫长的历史进程中形成的，沙泽最有价值的也就是以四方街为代表的一个综合性的文化遗产。兴教寺是四方街的一部分，它是属于四方街的。四方街的整体性要比兴教寺的大门重要得多，无论寺庙的大门重建成什么样，四方街上现有建筑的位置、高度、体量，都不能也不应该改变。单独改变兴教寺的大门是非常尴尬的，不现实的，只能在既定的体量内做有限的改变。"

四方街的东侧是魁阁带戏台，是沙泽坝造型最优美的魁阁带戏台之一。戏台在以前的一次修复中，加了一个简陋的藻井，就像一个最简单做法的天棚，风格与戏台格格不入。

政府说："把藻井拆了。"

韩寨说："如果从修旧如旧的角度来看，以前这个藻井是不存在的，现在应该拆除。但是如果从真实性的角度来看，这是一种合理的功能诉求，应该在修复过程中得到回应。可以重新设计一个藻井来替换它，让它更好地存在，具有更强大的生命力。"

沙泽的东寨门是一个没有完工的寨门。只是一道土墙，墙中有一个券洞做门。券洞上的墙体做成一高二低的样式，墙体本身则不加修饰，把土砖的砌筑结构完全暴露出来。但是，向外的一侧，券洞上方却刻意做出略向外倾的匾额式样，好像是准备完工后抹灰题字用的。在券洞两侧的土墙上，还均匀地留着四个砖洞，这是施工时穿脚手架留下的洞眼。至今，券洞内侧的石基已经残缺，门内侧的偏厦已经完全倒塌，只剩下几根残存的柱子若即若离，南侧的围墙也已经彻底地倒下，整座寨门的墙体已经是岌岌可危的景象。

当年修建这个寨门的老工匠说——东寨门原来是碉楼形式的。民国末年的一天夜里，大雨倾盆，到了第二天，年久失修的东寨门倒了。由于当时匪患猖獗，没有寨门很不安全，村公所就请了三个工匠重修寨门。但是，村公所财力有限，只有平时处罚违反村规民约的村民得来的三石大米，用来充作材料费和工价。而这点费用想重新恢复原先碉楼式的寨门是远远不够的，工匠们就因陋就简，设计了这样一个相对简单但是实用的寨门。即便如此，还没有完工，三石大米就用完了，只能就留下了这样一座没有完工的寨门，好在基本的防御功能已经具备。

政府说："重新恢复碉楼形式。"

韩寨说："文物原状并不是单纯指文物建造之初的状态，其实在多数时候，等到文物建筑需要维修的时候，已经大不同于建造之初的情形了，想要真正回到建造之初的原状只能是一种理想。历史是发展的，任何历史事件都可能无意中改变文物建筑的存在状态，这些都可能是重要的历史信息。如果单纯地以建造之初的状态来判定原状，等于是否认了这些历史进程中的那些信息的真实性，抹去了时间的痕迹。如果把东寨门按碉楼的形式恢复，会缺失历史的信息。"

如此。

政府不耐烦了。

只能说："反正钱是你们的。你们爱怎么干，就怎么干吧。"

于是，韩寨就爱怎么干，就怎么干了。当然，这是得益于基金会资金的赞助，韩褰所以在复兴工程中是有主动权和话语权的，尽可能地避免了政府的干涉。

而这样的工程进行得尤其慢。有的，要跟在施工队后面，记录下他们拆下哪块瓦，哪块砖，给它们编号，再重新放回原处。有的，要对每一块木头进行标号，贴在墙上，再拿下来清洗，因为历史的熏染，木头已经黑了，工人们清洗的时候却不能打磨，那样更有效率，但是会损伤木头本身，所以，工人们就都用双手慢慢清洗，就像洗衣服一样。有的，还采用传统的手艺，用糯米、石灰和稻草补墙，在锅里把糯米熬稠，然后把石灰加进去，像舂米一样舂，把黏性做到最强。在这以前，在国内几乎从来没有人这样慢地做过文化遗产保护的。

这种慢，陪伴着韩褰在沙泽，已经过去了十二年。

韩褰是那种罕见的散发着先驱精神的人。

韩褰是在走着没有人走过的路。

尽管他完全可以挑容易的路走。

但是他没有。

沙泽让杜卷耳看到了自己的浅薄。

杜卷耳在沙泽，就像找回了家园。

首先让杜卷耳感动的是沙泽的星空和阳光。夜晚，沙泽满天星斗。每一颗星星都明亮、耀眼、灿烂。远的，宛如迢迢的银河划开整个天幕，一泻千里；近的，就仿佛长在路边的树梢上，仿佛举手就可以摘下来。白天，金色的阳光缕缕地照耀在山上，树林上，田野上，河水上，房屋上，看起来，有的透着薄薄的紫色，有的透着薄薄的蓝色，有的透着薄薄的橙色，有的透着薄薄的绿色，有的透着薄薄的红色，每一缕阳光都是那么澄净，那么健康。这样的星空，和阳光，只有在杜卷耳小时候的记忆中才有，长大以后，杜卷耳几乎再也没有看到过，它们让杜卷耳感动。

其余，沙泽的路是不平坦的，有圆圆的石头，有一个坑，一个坑，走起来高高低低，需要小心留意。路两边有小水沟，到了夜晚，流水哗哗，就像轻快的小夜曲。有的客栈在弄堂里，弄堂又小又窄，还要拐过来，拐过去，到了客栈门前，竟然会有一个猪圈，猪在猪圈里呼噜呼噜地大睡，晚上没有路灯，走在弄堂里就要打手电筒，手电筒的亮光有限，而且一晃一晃，要仔细着才能看清路面。房子都是老的，有的是土坯的，有的是木构的，有的这里残破了，补了一块，有的那里凹陷着，就凹陷着，有的倾斜了，就倾斜着，有的还有斑驳的红色标语的字迹。河水秀丽，河面有的地方宽，有的地方窄，有一群群的鸭子浮在水面上，两岸的杂草虽然枯败着，但是仍然可以看出原来丰茂的模样。集市占据了很长很长的一条路，摊位挤挤挨挨，有卖鞭炮的，有卖对联的，有卖自己的水塘里抓上来的鱼的，有卖自己扎的扫帚、簸箕的，有卖鸡、鸭、鹅的，有卖自己蒸的馒头、糕点的，有卖自己采来的各种药材的，有卖衣服的，有卖五金的，目不暇接，人们背着篓子从四面八方来赶集，熙熙攘攘，卖完货物的，买够货物的，都会找个铺子，心满意足地喝点酒，吃点点心，要是带着孩子的，孩子们都兴高采烈……这些，也只有在杜卷耳小时候的记忆中才有，长大以后，杜卷耳几乎再也没有看到过，它们也让杜卷耳感动。

时光在沙泽的流速似乎极其缓慢。

甚至似乎是静止的。

它静止在了几十年以前的时光。

它让杜卷耳就像回到了小时候，就像找回了家园。

而韩褰说，沙泽是忒修斯之船。

韩寨说："——忒修斯之船不断更换部件，最后所有的部件都更换了一遍，而在整个过程中，它具有时空的连续性，就像人的身体不断进行新陈代谢，但不影响它时空的连续性。更换的船板和以前的船板有点区别，但差别不大，功能完全一样，和整艘船的复杂性比起来，这点差别可以忽略不计，整艘船的基本结构也没有改变，即使有一些改变，也就像人比以前变老了一些一样，完全不影响它的同一性。因此，忒修斯之船还是忒修斯之船，你就是把船板更换了一千遍，它还是它。但是，如果你另外再组装一艘船，它和忒修斯之船就没有时空的连续，就是另外一艘船了。

"建筑有空间的维度，也有时间的维度，它因而具备了历史性、文化性、情感性，如果缺失了对建筑时间维度的认识，就会割裂它和人情感的关联，这也是现在的很多古村、古镇、古城，不能让人在情感上有回应的原因。所以，文化遗产的修复是为了展露和传达包含在文化遗产当中的历史信息，而这些历史信息的价值直接决定了文化遗产的价值，对于长远的发展而言，这是不可多得的重要资源。也所以，保护不是保守、不变、原封不动，不是刻舟求剑，但也绝非推倒重来。

"人也是一样。人的过去看起来不再出现，但它和你始终有千丝万缕的联系。你的每个阶段都不一样，看起来有了变化，但是江山易改，本性难移，你还是你。对于人而言，事件不断变化，但其实不会有太大的差别，所谓的改变，也不过是把你原本隐藏的东西打开了。人是在不断被揭开的过程中。

"经过复兴工程以后的沙泽，是忒修斯之船——"

沙泽因此已经由联合国教科文组织颁发了亚太地区文化遗产保护卓越奖，也被写进了英文版的《孤独星球》。它的房子都已经经过加固和修复。基础设施已经和城市没有差别。有的老房子已经成了客栈，有的是酒吧，有的是餐馆，有的是咖啡馆，有的是商铺。原来外迁过的当地人都回来了。有的游客来了以后就留在了沙泽。沙泽已经脱离了贫穷和匮乏，是现代的，文明的，丰饶的，是宜居的。

杜卷耳是真的没有想到，在自己祖国的大地上，还有沙泽这样就像家园一样的地方，还有像沙泽这样可以让人过一种更值得追求的生活的地方。

杜卷耳想到，自己原来对祖国不眷恋，是浅薄的。

韩褰和田裳也让杜卷耳看到了自己的浅薄。

因为自知之明，韩褰知道，现在是最困难的时候。

韩褰告诉杜卷耳，因为杜卷耳来的时候马上就要过年了，来到沙泽的人很少，杜卷耳得以看到了沙泽最纯洁的一面，而事实上，沙泽的纯洁已经在沦陷。因为来到沙泽的游客越来越多，政府看到了沙泽的价值，就大张旗鼓地鼓励沙泽发展旅游业。越来越多的外地人开始涌入沙泽，他们在这里开客栈、酒吧、餐馆、咖啡馆、商铺，带来了大量的资本的侵入。沙泽的当地人把房子租给了外地人，然后拿着租金到沙泽的边上盖起了新的房子，等于又外迁了。而且，因为租金的攀比，本来很和气的邻居也有了不少的纠纷，有的还因为祖宅的产权导致了后代之间的矛盾。而这些都是违背初衷的。

另外，这时候，韩褰已经没有了资金来源。沙泽核心区域的修复已经基本完成，基金会就不再继续投入资金，而没有了资金，韩褰也就没有了主动权和话语权。这时候，韩褰也没有了人手。此前，有瑞士方和政府抽调的工作人员一起组成的项目组，还有一些建筑系的学生会不定期地来做义工，常驻沙泽的其实只有韩褰一个人，而今，项目组解散了，学生还是不定期地来，其实几乎就只剩下了韩褰一个人。

韩褰几乎没有能力去抵御沙泽的沦陷了。

这是韩褰到沙泽以来，最困难的时候了。

田裳就是在最困难的时候来到韩褰身边的。

田裳聪慧、恬静，就像不俗的羽鹤，对什么都能淡然处之。

田裳是桑中的学生。桑中和韩褰是君子之交。每年的寒暑假期，桑中都会带一些学生一起到沙泽做义工，既帮助韩褰做些事情，也让学生能对村落文化遗产的保护有些认识。除此以外，桑中和韩褰日常的交往还是清浅的，保持着一定的距离，保持着相互之间默契的尊重，虽然如此，桑中和韩褰其实都相互支持了彼此漫长寂寞的人生岁月，他们是真正的挚友。

田裳是桑中的学生中最出色的。田裳在学生的时候就已经做过项目的负责，毕业以后负责的都是政府项目，都是最高端最精品的公共建筑，而且拿了不少奖，是很多建筑师梦寐以求的。田裳却厌倦了，田裳说，这样做建筑，没有机会接触到使用者，也得不到使用的反馈，只是在为政府服务，意义不大。田裳就放弃了工作。田裳以前跟着桑中到沙泽做过义工。田裳放弃工作后首先想起来要去的地方就是沙泽。田裳就来到了沙泽，而且在沙泽留了下来。

韩褰这时只在做一些零星的小项目，田裳就帮着一起做。

比如，一个垃圾桶。因为没有资金，田裳因陋就简，就用当地废弃的瓦片作材料。垃圾桶的顶用瓦片盖，桶身用瓦片垒，基座用混凝土浇筑而基座要和桶身以及顶结合起来，也用瓦片做边，但是，瓦片高度太高了，浇那么厚的混凝土，就会多费钱，资金不允许。田裳反复思量，最后想到把瓦片插到土里一截，高度就降低了，也就省钱了。

还有一个是公共厕所。公共厕所的场地局促，屋顶会连接到一旁正在改造的小学的二楼，高差复杂，但是厕所前面有一片青翠的柏树林。田裳就把厕所的屋顶做成了一个看得到风景的观景台。为此，田裳反复琢磨上楼的台阶怎么走，怎么拐弯，以使得台阶能达到屋顶看得到风景，又在局促的场地里不至于太陡。

还有停车场的改造，以及民族广场改造等等。比起田裳原来负责的项目，这些项目实在太小了，而且琐碎，任何事情都要亲力亲为。可是，田裳都投入其中，从来不觉得屈就，好像田裳一直就都是在做这样的小项目一样，好像田裳生来就过着这种生活一样。

田裳也会跟着沙泽的人一起到山上，地里，去种植，或者采摘，慢慢地，就和地参子、牛肝菌、羊肝菌、桂花菌、鸡枞菌、北风菌、土豆、芸豆、玉米、苦荞，还有鸡、鸭、鹅，还有马、牛、羊，都亲昵了起来。有时候，田裳也会用锄头锄地，锄头打在石头上，发出叮当的声响，仿佛乐音传向天空的时候，田裳就会产生一种无法计量的收获的感觉。田裳还常常会看到不知名的鸟，从一个树林飞到另一个树林，有时还会在上空盘旋。田裳喜欢这种乡村生活的无穷兴会。田裳越来越觉得自己本来就应该像现在这样和土地息息相通，就像自己本来就是大地的一部分。田裳感受到了人生的健全、宁静、充足。

田裳洗净了铅华。

嫁给了韩褰。

田裳和韩褰从此成了最理解对方的人。

虽然说现在是最困难的时候，田裳却淡然处之，韩褰也从容不迫。

韩褰告诉杜卷耳，他们已经着手开始乡村建设的探索。

韩褰说："——沙泽复兴工程的得失，让我真正认识到了建筑和社会的关系很紧密，它促使我要有社会的责任感，要求自己所做的事情，要兼顾最大化的社会价值。

"当前，我们的国家，不仅仅在沙泽，广大的乡村都面临着很大的发展压力。国家需要加快城市化进程，但是又没有好的乡村发展的范例，所以现在很多乡村都只能抄袭城市发展的路径。而实际上，城市发展的道路并不适合乡村。城市更注重个体性，但是乡村是熟人社会，它建立在互助和集体协作的基础上，个体很难去抗衡城市文明的侵袭，城市化往往意味着农民完全被动地接受城市的改造。另外，城市和乡村两者的空间、资源、人口密度等等方面都是不一样的，盲目地用发展城市的方式发展乡村，可能只会增加投入，而回报微薄。

“我们现在就在计划要能为沙泽坝的几十个村子寻找一种可持续发展的道路。具体来说，重点就是要在发展经济的同时，能够保育一个乡土社会的基础，保证当地人的幸福感，保持一个好的社会关系和平和的心理感受。好的乡村建设的道路，既不能是对城市的拙劣模仿，也不能只是对乡愁的浪漫空想。我们要找到一条合适的道路，让乡村在创造出改善基本生活质量的大环境的同时，能够引导并帮助当地人更好地自治，实现当地人自信、从容、有尊严地生活，而不是被外来资本生硬地破坏，失去发展的控制。

“现在，很多农民都离开乡村到城市去了，但他们在城市很难扎下根来，这将是我们国家很大的隐患。我们要做的事情，就是要让农民能够回到，也回得到自己的乡村去——”

韩褰还是散淡、清逸，就像优美、轻盈的苍鹭，平心静气。

显然，在沙泽的十二年，对于韩褰，早就已经超出了建筑层面的意义。韩褰已经更像一个乡村建设者。韩褰已经开始在思考乡村建设模式的探索，这在国内，还没有先例。

韩褰罕见地散发着先驱的精神。

再一次选择了没有人走过的路。

尽管他完全可以挑容易的路走。

但是他没有。

田裳也已经开始做乡村建设的准备。开始做一些农产品的包装设计，考虑农产品的合作销售模式。开始研究农村医疗和养老的问题，和沙泽的每一个老人去聊天，去了解他们的需要、困难，做一些基础资料的收集和分析。田裳在做这一切的时候，也都像生来如此。

田裳和韩褰是伴侣，更是挚友。他们的人生范式是高尚的、纯粹的、大美的，是值得讴歌的。

杜卷耳想到，自己原来拘囿于自我的世界，不能突破，是浅薄的。

杜卷耳的人生才要开始。

在此以前，杜卷耳以为自己生长过的乡村，已经沧海桑田，已经和自己没有任何的关联，已经不值得眷恋，杜卷耳对它已经没有了感情，甚至感到了嫌恶。杜卷耳也从来就没有关心过乡村建设的问题。杜卷耳离开乡村已经太久太久，久得似乎已经忘记了自己在乡村生长过了。而杜卷耳不知道，故土乡村其实就像深流一直静淌在自己的体内，它深沉得就像不在了一样，其实它一刻也不曾离开，它是自己最朴实无华的血统。于是，在韩褰和田裳的带动下，杜卷耳自然地就和他们一起谈论起了乡村建设的问题，就像这个问题早就已经在杜卷耳的灵魂深处翻腾过了千百万遍。

杜卷耳说：“——我们国家的社会特征是集家而成乡，集乡而成国，《大学》的三纲八目强调修身、齐家、治国、平天下，就是基于此的一个严密的逻辑体系。所以，乡村其实就是一个小单位的社会，解决乡村发展的问题其实就是解决整个国家发展的问题。而乡村建设首先要重视到三个问题。

“第一，要让乡村重新成为乡村。乡村的本分是农业，农业与土地、五谷、自然节气都息息相关，它是最贴近自然，最符合人性的。我们小的时候，家家户户都种田，孩子们都是在田野里奔跑着长大的，大家收入的差别很小，各自的生活都比较平衡，邻里之间都很亲切。后来，整个社会都在功利化，一切都在向钱看齐，农民也开始急功近利，他们被卷入了急速商品化的社会大流中，同时，整个资本市场的扭曲，又让农产品的价格越来越低，这些，都逼迫着农民不再种地，最终迫使很多乡村都扔掉了农业。所以，现在的乡村就变得城不城，乡不乡，没有本分了。其实，我们国家古代的城市和乡村是很像的，也有大片的农田，只是比乡村多了一道城墙，有很好的人与自然的关系，而现在的城市化发展，却不断地把人与自然隔离开来，这是很致命的。所以，乡村建设一定要重振农业，让乡村成为乡村。

“第二，要让农民愿意回到乡村。现在的乡村生活已经失序。我们小的时候，生活虽然贫乏，但是，都能和父亲母亲生活在一起，而现在大多数的农民都到城市里去了，留下老人，还有孩子在家里，父母和孩子，孩子和父母，大多都不能在一起生活，很多夫妻也常年两地分居，人与人之间最基本的伦理关系已经被破坏。我们小的时候，村子里有学校，有民办教师，有赤脚医生，还有过很小的俱乐部，俱乐部里有《人民日报》《参考消息》《半月谈》《山海经》《故事会》《芙蓉》《十月》《花城》等等的报纸杂志，乡镇里定期还会到村里来放电影，农闲的时候村里也会请来剧团演戏，还是有一定的文化生活的，但是现在的乡村，除了挣钱以外，什么都没有了，就像文化的沙漠。所以，现在农民的收入看起来是比以前多了一些，富了一些，其实生活还没有以前好。政府是在进行新农村建设，可是农民还是宁可在城市里生活，他们宁可在城市里漂泊，也不愿意回到乡村，归根结底，是农民对乡村不再依恋，不抱希望，也没有自信。所以，乡村建设必须要先思考怎么样才能让农民愿意回到乡村。

“第三，要让乡村的房子像乡村的房子。乡村的房子并不是单纯的房子，它包含了一定的社会关系和社会价值，它的结构、材料和形式往往都被赋予了更多的含义，如果只是从建筑专业去理解就会片面。我们小的时候，住过的三合院，虽然破壁了，但是特别有乡村的气息，如今都被拆掉了，实在是可惜。现在乡村盖的房子，都在模仿城市的房子，而且模仿得很简单，甚至低劣，这其实是对乡村文化的粗暴的破坏。所以，做乡村的建筑，不能是简单地在乡村做设计。如果不能真正地从乡村的视角去考察和思考，就对乡村加以所谓的创造性改造，漠视它原本的价值，是非常危险的——”

韩褰说：“——所以，乡村建设的根本目的应该是改善当地人的生产条件和生活条件，恢复活力，重建文化自信。乡村建设的根本动力，一定是祖辈生活于此的当地人，而不是资本，乡村建设必须回归到当地人这个主体，必须关注乡村建设过程对当地人的影响，不能有强势的单一的资本介入，不能带有很强的目的性进行干预，不能越俎代庖——”

田裳说：“——我们现在不乏了解西方哲学和西方理论的建筑师，但是真正明白自己国家传统文化的建筑师却少之又少，对乡村的研究也很匮乏，想要深入地了解和理解乡村就变得十分困难，它需要长时间的接触和在地生活，不是几次调研就可以解决问题的。梁漱溟以前搞乡村建设，就是没有能够真正地走到农民的生活中去，所谓的乡村建设就成了知识精英自己感动自己，却不能运动农民的事业——”

韩褰说：“——在过去很长一段时间里，国家的政策和制度都让大量的农村资源聚集到了城市，以帮助城市的发展，这是城乡发展不平衡的一个重要因素。冰冻三尺非一日之寒，要解决这样一个长期积累起来的问题，不可能一蹴而就。我在沙泽这么多年，最大的收获，就是已经熟知了它，和它建立了感情，也得到了当地人的信任，也有和政府合作的基础，这让我知道我有能力去做什么事情，怎么样去做事情——”

……

杜卷耳，和韩褰，以及田裳，几乎一见如故。他们有着相同的视域。他们就像是来自同一个谱系。他们就像高山流水。不知不觉中，杜卷耳就像是找回了一个在自己身上找不到了很多年的人，就像是恢复了本能，就像是恢复了被废的武功，就像是关在樊笼里很多年的鸟终于又飞回到了大自然，得到了灵魂的释放。

韩褰还告诉杜卷耳，他和田裳现在已经在沙泽坝的范围内，在选择另一个村庄，一旦选定，就要把它做成国家乡村建设的范例。

杜卷耳和他们约定，到那时候，杜卷耳就到村庄做在地建筑师。

时光迫切。

很多人的人生都在老去。

杜卷耳的人生才要开始。

杜卷耳是多么感谢桑中让自己来到了沙泽。杜卷耳是多么欣喜桑中先知自己应该过着像韩褰那样的人生。杜卷耳是多么确信桑中和自己就像是被上帝分开的两半。杜卷耳是多么希望自己和桑中经过了彼此在世界上的游荡，相互寻找，而一旦找到了，就相互亲昵，永远也不会再分离。

杜卷耳见到桑中的时候。

桑中对杜卷耳说。

我爱你。

你知道吗？

杜卷耳对桑中说。

我知道。

我也爱你。

在世人中间谁不想渴死，就必须学会从所有的杯子里喝水。在世人中间谁想保持清洁，就必须懂得用脏水也能洗澡——

杜卷耳知道桑中和袁有桃成婚了。

杜卷耳明白。桑中隐瞒杜卷耳是残忍，不隐瞒杜卷耳是更残忍。桑中轻描淡写，是在保护杜卷耳，是在忍耐。杜卷耳既有无限的伤心，也有无限的温暖。

桑中说：“——对不起你——”

杜卷耳说：“——你还有母亲，我很羡慕你——”

桑中说：“——对不起你——”

杜卷耳说：“——人生要走下去，要学会宽恕——”

桑中说：“——对不起你——”

杜卷耳说：“——人生还有更重要的意义——”

从那时候起，杜卷耳就真正地保持了以后伴随她终身的平静。这种平静有一种很大的力量，它令杜卷耳在以后的人生始终是那么愉悦，那么恬然，那么直率，那么宽大为怀，那么冷静超然，那么生而无憾。

8

我爱你。

你知道吗？

9

我知道。

我也爱你。

10

后来，杜卷耳去马陂了。

袁有桃消失了。

母亲重度抑郁了。

桑中和袁有桃成婚以后。桑中不再能博得袁有桃咯咯地笑了。桑中似乎是失去了这种能力。桑中对袁有桃，已经没有能力哪怕就像只是单纯地博笑一幅画。袁有桃就不再能咯咯地笑了，就不再能附有凡俗生命了。袁有桃对桑中，更像是一幅无血无肉的单纯的画了。袁有桃对这些，还是既不说好，也不说不好，既不欢喜，也不伤悲。

不久。

袁有桃不见了。

没有了哪怕一丁点的消息。

袁有桃就留下了一幅字——

诸行无常。诸漏皆苦。诸法无我。涅槃寂静。

从此，袁有桃又消失了，又像回到画里去了。

那以后，母亲到商场。母亲看到商场里这样那样的商品。母亲突然就惊慌起来。母亲拿了这样的商品，放回去，拿了那样的商品，放回去，拿了，放回去，拿了，放回去。母亲不知道应该买这样的商品，还是应该买那样的商品，母亲怎么都做不了决定，只是做这样一个简单的决定，母亲都好像有天大的困难。

那以后，母亲就不想出门了，连父亲留下来的房子也不去看了。不再到这个城市那个城市看房子，也不再在空荡荡的房子里像个偶人一样枯坐。母亲整天就在家里。就赖在床上，唾液拖不起来，拉也拉不出去。母亲也没有胃口，竟然都不知道还有吃饭这件事了。母亲什么都不会做了，连最简单的刷牙都不会了，洗脸也不会了。母亲对什么事情都很害怕，害怕家里的水管会不会破裂了，害怕家里的煤气会不会爆炸了，害怕桑中走路会不会摔跤了，害怕桌上的纸掉到地上会不会脏了……

那以后，母亲就像小孩一样，整天黏着桑中。桑中出门，母亲也去。桑中去上课，母亲也去。桑中不管到哪儿，母亲都要跟着去。母亲就像小孩一样。

母亲已经重度抑郁了。

母亲说得最多的就是："——要找到袁有桃——除非我死——"

从来，桑中和母亲一直都是疏离的。桑中对母亲是陌生的，陌生得母亲就只是一个母亲的符号。桑中到了宛城以后，和母亲更加疏离了。现在，桑中一直陪伴着母亲，就像照顾小孩一样照顾母亲，这是桑中和母亲在一起最多的时候，补上了桑中和母亲太久了的疏离，好像母亲和桑中从现在开始才真正像母子一场。桑中甚至想，就这样，能够常常地陪伴着母亲，也很好。

几年以后。

母亲罹患了肿瘤。

桑中陪母亲到寺院拜佛。

寺院在深山。深山长满了各类的树。各类的鸟在各类的树的枝头跳跃。各类的树的枝叶缝间露出了黄墙灰瓦的寺院的屋檐。屋檐的四角向上翻翘，像是鸟的双翼。寺院不像别的寺院那样热闹。很少游客，很少信众，是一处偏远、隐蔽、宁静的地方。

桑中陪母亲穿过苔石。穿过上上下下的弯曲的小径。穿过一扇又一扇的门。到了佛殿。佛殿的空气里浮沉着虔诚的信仰和祈求。一尊巨大的佛像几乎占满了殿堂，庄严地散发着金光。尼师在殿堂走动，慈悲地忙着化外事务，法衣发出窸窣的声响。

母亲拜了佛。

又去问法师。

法师简素，安然，自在。

母亲先问了一个问题。然后就有无数的问题牵引而出，而且仿似一个比一个困惑。这些问题沉积在母亲的心中，让母亲不安、痛苦，现在如激流般宣泄：我们是被冤枉的吗？我们是运气不好吗？我们还有希望吗？怎么才能够有希望？我应该怎么办？又应该做什么？我活下去还有什么意义？佛法是如此广大，它能救我吗？谁能救我？……

母亲一直不停地问。

法师只是在母亲停下来喘气时，问母亲：“还有吗？”

母亲继续宣泄。

母亲问完以后，法师叹了口气，对母亲说：“生死可怕，执着悲哀，慢慢学习放下，不要恨众生。”

诸行无常。

诸漏皆苦。

诸法无我。

涅槃寂静。

难的是放不下。

母亲是放不下。

上晚课了。简素、安然、自在的法师和其他法师，还有已经受戒的尼师列队。一人领众起腔，多人敲击木鱼、引磬、铃鼓等法器，众人和声梵唱，时而站立诵经，时而经行绕佛，时而礼佛问讯，时而虔诚祈祷。

母亲远看简素、安然、自在的法师，突然说：“是袁有桃。”

母亲问桑中：“那是袁有桃吗？”

桑中怔怔地，说：“可能是。”

直到晚课结束。

尼师走到殿外。

在夕阳中。

简素。

安然。

自在。

就像一幅画。

母亲拉住法师喊：“袁有桃。”

法师默然不答。

母亲问法师：“你是不是袁有桃？”

法师掉头离开。

就像回到了画中。

远看山有色。

近听水无声。

母亲问桑中：“那是袁有桃吗？”

桑中怔怔地，说：“可能也不是。”

可能是。可能也不是。无论是不是，谁都没有再知道过，对于这个世界，袁有桃说过什么好，说过什么不好，有过什么欢喜，有过什么伤悲。空门不杀，不盗，不淫，不贪，不嗔，不痴，纤尘不染，也许应该是袁有桃最合适去的地方。

以后，桑中陪着母亲几次回到寺院找法师。法师都不在。

其他法师说：“出家人四海为家。”

法师四海为家，已经离开寺院了。

母亲和桑中就再也没有见过法师，再也没有见过袁有桃。

张氓不知所终了。

过了早春。空军疗养院依然安详得仿似与世隔绝。缓缓的山坡已经有明显的绿意。精致的亭台在明显的绿意中安静地伫立，就像常开不谢的花朵。旖旎的公园明显又到了最绰约的季节。树木很快又会蓊郁。花草很快又会轻曳。温柔的和风又重新如约而至。自然生息，万象轮回，美不胜收。

杜卷耳对东方柏舟说：“以后我就常驻马陂，重新开始做建筑了。”

东方柏舟说：“你原来在逃避。逃避，也是社会回避，它可以避免进一步的伤害，有积极的意义，但是也有负性的一面，比如，你做了心理咨询师，就放弃了自己原来辛苦学成的专业，而你要是出国去，就还要接受跨文化的挑战。你现在才是真的回归原本了，这才是最根本的。”

杜卷耳说：“这些年来，有过很多黑暗、孤独和恐惧，幸而遇到了您。”

东方柏舟说：“严格地说，我们到现在才真正地解除了医患关系。”

迷时师渡。悟了自渡。杜卷耳已经悟了。

杜卷耳离开东方柏舟的办公室。

遇到了唐华棣。

唐华棣是来找东方柏舟的。唐华棣失眠。唐华棣每天晚上躺在床上比白天还清醒，好不容易睡上一两个小时，睡了也像醒着一样。唐华棣为了承接项目，经夏株林引荐，先后送了两百万元给比丘城位高权重的领导更位高权重的领导。国家反腐，比丘城位高权重的领导更位高权重的领导严重违法违纪，落马了。陆续有与之过从甚密的人被调查或免职。唐华棣也被带走协查，回来以后，唐华棣就失眠了。

唐华棣告诉杜卷耳，夏株林跳楼了。

比丘城位高权重的领导更位高权重的领导落马以后，夏株林从办公室坠楼，当场身亡。据称，夏株林跳楼是得知自己涉比丘城位高权重的领导更位高权重的领导案后，畏罪所致。

唐华棣还告诉杜卷耳，张氓不知所终了。

张氓享受到过人生的荣华。

张氓在面临了暂时的黑暗，过了一关又一关的难关以后，夏株林凭借位高权重的领导的关系，又下手了宛城的一块地，这时，房价就像暴涨的潮水一样迅猛地抬升，房价几乎涨到让人心惊肉跳的程度，整个房地产市场就像癫狂了一样。于是，项目又给张氓带来了数倍于之前的身家。你的就是我的，我的就是你的，张氓和夏株林又更加暴富了。

此后，夏株林凭借位高权重的领导关系，又下手宛城的一块地。这时，国家政策持续收紧，加上全球金融风暴，国内的房地产市场走向出现了拐点，陷入了低迷，很多房地产开发公司的命运开始分化，甚至于大佬蒹葭以及英雄谷风都曾在这时命悬一线，张氓和很多开发商一样，也战战兢兢地面临资金链断裂的危机。但是，随后四万亿刺激经济新政策反倒刺激了房地产市场逆转性地全线飘红，大佬蒹葭以及英雄谷风率先得到了惊天逆转。于是，张氓也得到了逆转，项目又给张氓带来了数倍于之前的身价。你的就是我的，我的就是你的，张氓和夏株林又更加暴富了。

张氓已经在最好的地方，做了最高等的人。

张氓的人生的荣华几乎已经登峰造极。

直到国家反腐。

而且反腐成了房地产最大的调控。

张氓安然无恙地开发的祥瑞的泽山脚下的地块，以及其他地块的房子，突然就开始卖不动了。张氓的钱眼看着就要填不起银行的贷款了。夏株林想要凭借比丘城位高权重的领导更位高权重的领导的关系来处理这些房子。比丘城位高权重的领导更位高权重的领导落马了。夏株林跳楼了。

从此，没有人再看见过张氓。

人存于世，汲汲求取，常常以为功名、地位、财富，可以转化为荣华，以为这能带来荣耀、幸福和快乐，也许这是真的，但有时却不是这样。

荣华只是一刹那。

经过了多少岁月，唐华棣已经没有了原来的冷淡。唐华棣带着废旧的凄凉气息，说话慢得出奇，就像是松垮下来陷入沼泽地难以挣脱的一个过路人。这个过路人很快就仿佛被空气稀释了，又变得就像空气一样稀薄，少顷，就像被溶解一样，不复存在。

经过了多少岁月。

过去就像一个星球。

原来是非常热的。

后来就在时间的长河里冷却了下来。

杜卷耳。

缄默。

恸哭。

马陂有马帮。

韩寨和田裳最后选定了马陂，发起了乡村建设项目。

韩寨为项目选择了众筹。韩寨说，众筹，最重要的资源不是资金，是人，有了不同的人，就会有不同的视角，视角越全面，乡村建设就会越健康。众筹吸引了有一百多人。有一批知名的建筑师。有罗伯特议事规则、社区营造、环境保护等公益界的领军人物。有知名房地产企业的负责人。有纪录片的导演。有经济、法律、贸易、品牌咨询、投融资、教育等多领域的精英人士。他们或者是国内当下建筑领域的中坚，或者在其他领域都各有建树。他们都被韩寨感染。他们自称马帮。

雨季。沙泽一会儿下一阵雨，一会儿又出一阵太阳。下雨的时候，就感觉到已经有秋天一样的凉意；出太阳的时候，才能感觉到这还是在夏天的时候。是旅游旺季。沙泽就像被施了魔法一样，乌泱泱地变出了许多的人。客栈都是人，酒吧都是人，咖啡馆都是人，餐馆都是人，商铺都是人，寺登街，四方街，广场上，马路上，弄堂里，到处都是人。老房子里有的在播放着热闹的现代西洋乐，有的在门前摆设着各种廉价的纪念品，在用各种各样的方式招徕乌泱泱的人。秀丽的河岸上，世代养马的当地人，给马戴上了铃铛，做起了生意。导游举着小旗子，戴着扩音器，领着一群一群的游客，乌泱泱地来了，又乌泱泱地走了。停车场爆满。来往的车子进入沙泽的路口以外。沙泽似乎和国内的很多景点一样，俗不可耐。

有个客栈的服务员，是当地的一个小姑娘。她忙乱地送走了一批又一批客人，又忙乱地迎来了一批又一批客人。

小姑娘抱怨："这样下去，我一定会离开沙泽的——"

沙泽的天黑得晚。等到天渐渐地黑下来。在一家黄牛肉馆的门前。

有乌泱泱的人的路边。几张矮矮的桌子拼起来。围着矮矮的凳子。马帮有十多个成员在一起吃火锅。短头发，明眸善睐的，是知性的建筑学女博士。宽阔的脑门，睿智、谦逊的，是南方大学建筑系的教授。高个子，清俊、内敛的，是东方大学建筑系的教授。说话慢条斯理，斯文、腼腆的小伙子，是刚刚从设计院辞职的建筑师。中等身高，思维缜密，小麦肤色，矫健的，是房地产公司的董事长。经常朗朗地大笑，圆脸庞的姑娘，是一个公益联盟的理事长。理得很短的黑发，刮得干干净净的下巴，和蔼又儒雅的，是资深的公益人。还有律师、医生、外贸公司的老总、出版社的社长等等。韩褰、田裳、杜卷耳也在其中。火锅喷香，尤其当地的黄牛肉和牛杂格外美味，一连上了几大份都不够，新鲜的菌菇，清凉的薄荷，也都受到大家的欢迎。第二天，大家就要一起到实地去看马陂，因为大多都是第一次到马陂，大家一边兴致勃勃地吃火锅，一边都在兴奋地谈论着马陂。

明眸善睐的女博士说："现在的马陂，就是刚开始时的沙泽。韩褰十几年不求闻达，用最好的青春与时光，舍弃参与城市建设可能带来的腰缠万贯，扎根沙泽，而且他没有把建筑看作专门化的问题，能把建筑放到更大的社会系统来看待，是值得我们建筑人尊敬的。很少有人能像韩褰一样去做马陂这样的项目。但是，小白鼠和人的DNA的差别还不到百分之一，有人去做这百分之一，世代社会就会不同。"

圆脸庞的姑娘说："'仓廪实而知礼节，衣食足而知荣辱'。参与这样的项目，更多的是社会责任，是由个体的实现转化为社会服务，它首先就不是纯商业，不以商业盈利为唯一目的。但是，这样的项目又必须是盈利的，因为只有盈利才有社会存在的意义，才有可持续的意义。"

南方大学建筑系的教授说："柯布西耶一生中唯一为自己建造的

住所，是在法国尼斯蔚蓝海岸上的，一个只有十四平方米的木屋。木屋的外形一点也不柯布西耶，没有带形窗，没有白墙，没有混凝土。在木屋建好的十多年里，每年的八月，柯布西耶都会远离他在巴黎的住所，来到木屋，卸下西装革履和标志性的领结，换上短裤和老旧的麻底布鞋，在这里工作、读书，做设计草图，和当地的朋友相聚聊天。在这里，他还设计出了一生最著名的作品——朗香教堂。尼斯当地媒体曾说，现代建筑之父是奢华炫富的尼斯海岸最寒酸的旅客。柯布西耶却说，我在蔚蓝海岸有一所别墅，它是世上最舒适亲切的地方。柯布西耶一生中的最后一夜就是在木屋中度过的。以空间的形式把所有的欲望都最小化，会有多小？柯布西耶给出的答案是，十四平方米。这是关于人最基本需求和终极欲望的问题——马陂，也许就是我们对这一问题做出的回答。”

刚刚从设计院辞职的小伙子说：“建筑学的实现方法和目标，本来就是面向人的‘营造’，但‘营造’这个词现在已经很少有人再提了。现在国内的建筑工业已然是‘造’的好手职业建筑师们已经能建起世界上最精妙的大厦。而‘营’，蕴含着筹划、协调、参与、保护等多层意义的这个字，却被慢慢剥离了。遗憾的是，过去的建筑实践，难以避免的是在实现少数投资者、决策者的利益，而真正的使用者，需要被庇护的土地和它的主人，只能被动地承受建设的结果。马陂的乡村建设，无疑是一个值得期待的理想模式，它是把来自各个领域的营建者和土地的主人都作为参与营建的一部分，这就是在‘营造’，它并不把资本作为最终目标，而是通过城乡合作互助的共同盈利模式，把可持续的乡村再生机制建立起来。唯其如此，在将来，马陂才不会成为只是被圈固起来的博物馆，也不会成为只是用来招徕游客的布景。”

资深的公益人说：“我们几乎是在做乌托邦的实验，这对我们的要求是很高的。从台湾地区的案例来看，他们做社区营造，会长期住在一个村里，或者长期跟踪，坐上二十年，我们看到的成果，已经是默默地运行了二十年后呈现的样子，这需要一个长期的积淀。我们的国家发展到今天，需要我们去做这样的事情。马陂乡村建设的模式如果能够成型，就不会只是个孤案，而会得到推广，那样的社会就是有希望的。”

东方大学建筑系的教授说：“马陂的未来，应该是马陂的村民带着他们真实的文化、习俗、性情，在他们的家园继续生活下去。马陂的乡村应该是既美丽、纯净，又与村民的生活最契合的乡村，它为村民提供庇护，使他们的生活舒适自得。当建筑契合了使用者内心的关切与希望，不辜负它所在的土地、天空和树木，它在人们的心中才是真正美的，一个乡村也是如此。”

矫健的董事长说：“我们已经离理想太远了。马陂或许能保护我们，让我们有机会重新认识自己内心的愿望。”

……

民为邦本，本固邦宁。马帮们的关切与思想，有深明大义，有家国情怀，脱离了低级趣味，脱离了狭隘小我，他们仿似是更多的韩褰，具有先驱的纯洁和崇高。他们是本固邦宁的脊梁。

人生其实无非两种。

一种随波逐流了。

一种就是像他们这样选择成为时代洪流中的中流砥柱。

第二天。在一会儿一阵雨，一会儿一阵太阳中，杜卷耳和大家一起出发到马陂了，虽然要徒步上山，虽然路途艰辛，但是杜卷耳和大家一样，在内心里都欢欣地跳跃着对马陂未来理想的光芒。

杜卷耳迅速地在马陂的土壤中生长了起来。

杜卷耳第二次到马陂，就在马陂常驻下来了。

韩褰和田裳去参加威尼斯建筑双年展。杜卷耳是一个人到马陂的。一连下了几天的雨，土路塌方了。杜卷耳还是徒步上山。雇了一匹骡子驮行李。先走过几里弹石路。再走上几里塌方的土路。然后走上真正的茶马古道。古道坎坷。有的地方窄得只容许一个人通过。有的地方巨树参天，矮一些的树木的枝丫交错在一起，只能把腰弯得很低才能经过。有的地方没有路，只有不知什么时候，不知从哪里滚落下来的乱石。有的地方突然很陡峭，需要手脚并用才能攀爬上去。有的地方泥泞、湿滑，走起来深一脚，浅一脚，有时脚几乎被泥浆拽住了，怎么也拔不起来。路上，伴随着群峰、莽林、悬崖、峭壁，就像走在艰难险阻的征途上，而且，杳无人烟。杜卷耳无所畏惧，也不感觉孤独，甚至感觉到了久违的轻松、快乐、天真、甜美，就像被广袤而深刻的自然茁壮了身心一样，就像回到了小时候在漫山遍野奔跑的时光一样。这样经过了将近五个小时，穿过最后一段羊肠小道，杜卷耳终于到了马陂。

杜卷耳到马陂以后，马上就要给马陂乡村建设工作站放线。

杜卷耳遇到了纠纷。

工作站是一个白族传统的院落，土木结构，按白族传统的三开间设计。工作站在外观和结构上是传统的，在功能上却是现代的，是将来马陂乡村建设项目工作人员居住和工作的地方，也是将来马帮的据点，也可以提供村民作为民宿改建的样板参考。工作站采用马帮和村民合作的方式，选用了一家村民的土地，签订合约，土地供马帮免费使用，马帮出钱盖房子，这家村民也一起参与到房子的运营，十八年以后，房子和土地一起还给这家村民，这也相当于最终是将房子回馈给了马陂。

工作站请来白族的大木匠指挥施工。在大木匠的指挥下，当地的工人们用传统的工艺放线。他们用事先准备好的木桩先确定了建筑外轮廓的一个角点，然后架起龙门架，在龙门架上开个槽，把几十米长的棉线缠在龙门架的横杠上进行连线，确定另一个角点，再用三角板确定九十度角，然后用一根很长的注满水的橡胶管，也就是水平管，来测量高差，最后用白石灰画线，确定建筑基础开挖的范围。

工人们发现，建筑能使用的土地旁边，还有两米宽左右的一条窄土地是属于另一家村民的，而建筑有五平方米左右的范围落在了这条土地上。究其原因，乡村，尤其是像马陂这样偏远的乡村几乎是没有详细精确的地形图的，前期杜卷耳拿到的地形图既没有任何土地使用权限的信息，精度也非常粗糙，这就导致了方案的误差。

另一家村民得知了，立即就在这原来是废弃的一窄条土地上，种上了蔬菜苗。蔬菜苗青葱碧绿，很触目。另一家村民原来在城市打工，是听说马陂乡村建设项目的消息以后，返乡回到马陂的。另一家村民在城市见识过投资开发土地的事情，认为马帮到马陂来，也就是来投资开发的，既然是投资开发，他也就要借机赚一笔钱。

另一家村民说："要用我的地，就要赔偿。"

杜卷耳是目前在马陂的唯一一个在地建筑师。如果等韩褰回来再解决问题，施工就要停下来。杜卷耳需要做出决断。杜卷耳源于故土乡村的最朴实无华的血统，在这时候，帮助杜卷耳建立起了对马陂宽宏、理智的情感。马陂从此也终将反哺杜卷耳形成更为健全的观念和简朴的思想。

杜卷耳先找到合作社，说："我们和马陂的村民是合作的关系，这件事情处理的原则，就是不能和村民对立起来。合作社要协调一个个村民不同的想法，保证马帮和村民双方的公平和共赢。”

合作社社长说：“地是他家的地，没有办法协调。”

杜卷耳说：“既然如此，赔偿是不能彻底解决问题的，为了避免后患，干脆把一窄条土地的使用权买下来。”

另一家村民说：“要三万块钱。”

杜卷耳和另一家村民商量：“应该按土地的实际价值出价。”

另一家村民说：“最少两万块钱。”

其他村民纷纷指责另一家村民——

“太过分了！”

“他们是来帮助我们的，你却要讹他们的钱！”

“你不该为难他们！”

“你该向他们道歉！”

“……”

另一家村民还是说：“最少两万块钱。”

杜卷耳和签订合约的一家村民商量：“买了土地，以后是归你们的，按理该你们出钱。”

签订合约的一家村民说：“我们穷。没有钱。”

杜卷耳说：“钱可以由马帮出。你们可以通过劳动，把马帮出的钱抵消了。比如，你们可以承担一段时间施工工人的吃住等问题。”

签订合约的一家村民说：“这样是不合理的。要不是已经到了放线的时候，这点地最多千把块钱就可以买下来了，现在太贵了。而且，这一窄条土地和我们家的地高差很大，哪怕买下来，用的时候还要破坏山体，很麻烦。”

杜卷耳说：“那就改方案。”

杜卷耳就改了方案，把建筑压缩了一个开间，往里退了三米。

另一家村民还是想要钱，说："墙还是贴着我的地。屋檐也还是蹭到我的地。还是要两万块钱。"

签订合约的一家村民不想让杜卷耳再为难，说："拿我家的一亩地换他家的一窄条土地吧。"

杜卷耳说："要是开了这个先例，以后再遇到类似的问题，处理起来就会很麻烦。那就再改方案吧。"

杜卷耳就再改了方案，把建筑的外墙倾斜了一些，完全避开了另一家村民的一窄条土地。

杜卷耳行所当行，止所当止，平息了纠纷。

后来，杜卷耳对韩褰说："从表面上看，最终，设计的利益做出了牺牲，建筑的结构和外观都受到了影响。但是，这也反映了建筑的真实。建筑并不都是美轮美奂的，它是时代、社会、人心、环境、文化等等的综合反映，将来这个建筑是会有缺憾，但是也真实地记录下了它的故事。"

韩褰很是赞同，说："所有的事情都是在变化中的。马陂出现任何情况都是有可能的，也都很正常。况且，乡村既然是社会，自然就会有社会自己真实的状态，也会有社会自己的发展规律，谁都抹杀不了它的自然发展。所以，在这里做建筑，不仅仅只是在做建筑，你要控制建筑中所出现的一切东西，你甚至要学会包容整个世界。"

杜卷耳。

是单纯的稚子。

是林中的清风。

是疾劲的草木。

她已经迅速地在马陂现实的土壤中落地生长了起来。

她终将还会像身怀绝技的高手。

一骑绝尘。

我的孩子。
你要贴近大地。
那里是你力量的源泉。

建筑，几乎囊括了人类所关注事物的全部。它是一种艺术形式，是一种环境构成，是一种文化状态，是一种社会结构的显现。它不会移动自己，不可能把自己藏起来，它就在那里，它会向世人揭示很多真相，包括人性的冲撞，包括文明的阵痛，包括创伤、救赎、生存、信仰、宽恕、自新和爱，它会书写下整个文明本身的历史。

马陂或许终究也不可避免会经历种种得失。但它对于杜卷耳而言，是真实的。它让杜卷耳身为一个建筑师，却是在时隔这么多年以后，才第一次如此深刻地接近了建筑的真实，如此深刻地接近了建筑的真意。它对杜卷耳终将是意义非凡的。

11

杜卷耳到马陂去以前。

杜卷耳对宛城有眷恋。

在时光的湍流里，宛城一直就在杜卷耳触手可及的地方，而一直到桑中找到杜卷耳以后，它才掀开了它和杜卷耳隔膜的面纱，才解除了它和杜卷耳隔阂的符咒，它才被赋予鲜活、具体、丰盈，那样厚重，那样深刻，那样真切，那样饱含深情，渐渐地，就像植入了杜卷耳的体内，流淌在了杜卷耳的血流里。

梦里不知身是客。

且把他乡作故乡。

杜卷耳对宛城的眷恋。

就像是对故乡的眷恋。

母亲已经重度抑郁了。

母亲说得最多的就是：“——要找到袁有桃——除非我死——”

杜卷耳和桑中告别。

杜卷耳说。

——不能想象，如果没有你，人生会怎么样。是你，让我在漂泊了很多年以后，终于长出了根，让我已经把宛城当作了故乡。

桑中说。

——不能想象，如果没有你，人生会怎么样。我说过，和你在一起，就已经是我最好的作品。

杜卷耳说。

——不是只有终身厮守，永生永世，才是人活在世上的幸福。

桑中说。

——无论你在哪里，我都会和你在一起，直到白发苍苍的暮年。

杜卷耳说。

——希望我们会成为佳话。

马陂。

从此是杜卷耳生命中。

更大的。

更重要的。

很善良。

很幸福的。

星球。

12

为什么世界如此堕落，你还能保持愉快的心情？

我们必须记住，这是一颗非常小的星球，也许某些更大的、更重要的星球可能是很善良、很幸福的。

后记

小时候，家里有工厂，生产爆竹，父亲母亲借以含辛茹苦供养三个孩子读书，上大学，及至工作，成家。生产爆竹的原材料是废旧的图书，工厂因而有一个巨大的仓库，仓库里囤满了书，堆积如山，形同书库，我小时候的很多时光就是在这座书库中度过的。这些时光，这些书库里的书，伴随着父亲母亲的勤劳、简朴、勇敢、坚强、铸成了我最纯正而坚固的人生底板。

书，就是从我小时候开始就成为我后来全部人生的护佑的。小学，我代表学校参加县里的作文比赛。中学，我代表县里参加市里的作文比赛。师范，我开始有文章发表，并常常拿奖，有几次是当时的全国最高奖。毕业，我是极少数留城中的一个。工作，我在讲课上有自己的领悟，很早就相对出众。在我人生的每个阶段，我都得到了当时那个阶段师长们的格外扶持和勉励。我不敏于人际，不长于辞令，不巧于逢迎，归结自己的履历，是多受于读过的很多书，受于这很多书造就自己的资质和禀赋，是书护佑我一直能和这个世界保持着距离，又能赖以安身立命。

完成《最好的人生》，我用了四年。

这是一段孤独、艰巨，而又幸福的跋涉。

在这段跋涉里，我领悟到此前所有人生的珍贵。它们无论是活泼的、荣光的、明媚的、喜悦的，还是局促的、失落的、难堪的、悲伤的，都闪耀着光芒，都意义非凡。一切过去了的，你以为它们已经消逝，而它们原来时时刻刻都在提供你书就人生的素材，它们永恒在你的生命里，不会磨灭，不会枯竭。

在这段跋涉里，我领悟到自我的局限和匮乏。书稿经历了四个阶段的修改，每一个阶段的修改都达五六稿，每一稿的修改都面临艰难的自我突破，自我的知识结构，自我的宇宙观、世界观、人生观，自我对家国的理解，自我对人性的体认，自我对情操的修为，但有浅薄，修改就难以为继，于是，抱以最大耐心和努力进行大量的人物访谈、专业学习、广博阅读、实地深入，得到了自我的弥补、净化和升华，这个过程是对我全部人格的挑战和健全。

在这段跋涉里，我领悟到了生而为人的甜蜜。书稿开笔以来，最为紧迫的是时光。工作，生活，女儿的成长，每天都照常发生、继续，不会停顿，不会等待，留给写书的时间是那么有限，我前所未有地感到光阴的迫切，不舍昼夜，这也让我最大限度地免于了人存于世的琐屑、繁杂、蹉跎，常常能够忘我，怀抱赤子之心，沉浸在纯洁的精神世界里。光阴似箭，人生是有限的，在有限的人生里，能够只争朝夕，来得及去做对人生有意义的事情，是甘甜的。

《最好的人生》得到了很多成全。

时代和社会的成全。从前，曾经以为时代、社会，只是一个宏大的词语，一个抽象的概念，它离自己是遥远的，是不需要也不可触及的。后来，懂得了是无数渺小的个人才奔腾汇流成了大时代、大社会，无数渺小的个人，包括渺小的自己，无时无刻不在和大时代，大社会，水乳交融，休戚相关。《最好的人生》就生长于时代和社会的最广袤而亲切的土壤上。

良师挚友的成全。《最好的人生》遇到很多良师挚友。有的一起恳切地探讨过艺术的真谛，以及文学创作的基准和高标。有的仅仅一面之交，就建立深厚的情谊，给予专业上无私的指导和纠正。有的知遇提携，给予最衷心的期许，以及最及时耐心的引领，跟进了全书每一阶段每一稿的读稿和精进。有的不曾谋面，但是声气相投，中肯引介。有的彼此领会，坦诚相见，倾力编辑、设计。有的莫逆知心，肝胆相照，全程默默地陪伴。《最好的人生》有幸得到了他们真诚的催使和砥砺。

亲人的成全。和先生初识的时候，我遭遇困顿，他开导我“人的胸襟应该像大海一样宽广”，这么多年，他就是用他像大海一样宽广的胸襟在包容和照顾我，全心全意，始终如一。女儿一粟是上天对我最好的赐予，她天真无邪，对于我遥遥无期的创作显示出了不凡的承受和理解，祖见慧根，令我无限欣慰。《最好的人生》是我们共同的作品。

《最好的人生》收笔以后，开始进行家装，经历到各种凌乱、急促、消耗，同时交杂着周围人事的跌宕无常，对于社会人心的遽变和金钱世界的魔幻叹为观止，所幸《最好的人生》一直都在出版的推进中，总能带给我巨大的镇定和慰藉，让我欢欣、振奋，保持灵魂的平静和清明，心存对生活不息的热爱。

感谢父亲母亲的生养，他们是最高尚的人，我过去、现在及至将来所有的努力，都是对他们最深沉的挚爱，《最好的人生》也是我对离开的母亲最深厚的缅怀。

愿书能够继续护佑我。

愿我的书也能够让人得到护佑。

郑锦杭

2016 年冬

图书在版编目（CIP）数据

最好的人生 / 郑锦杭著 .—杭州：浙江文艺出版社，2017.1

ISBN 978-7-5339-4746-0

Ⅰ . ①最… Ⅱ . ①郑… Ⅲ . ①长篇小说－中国－当代 Ⅳ . ① I247.5

中国版本图书馆 CIP 数据核字 (2017) 第 004652 号

责任编辑 瞿昌林
装帧设计 田震坤

最好的人生
郑锦杭 · 著

出 版 浙江出版联合集团 浙江文艺出版社
地 址 杭州市体育场路 347 号 邮 编 310006
网 址 www.zjwycbs.cn
经 销 浙江省新华书店集团有限公司
印 刷 杭州富春印务有限公司
开 本 920 毫米 ×1260 毫米 1/32
字 数 286 千字
印 张 12
版 次 2017 年 1 月第 1 版 2017 年 1 月第 1 次印刷
书 号 ISBN 978-7-5339-4746-0
定 价 32.00 元